Barbara Taylor Bradford

Claires Geheimnis

Barbara Taylor Bradford

Claires Geheimnis

Aus dem Amerikanischen
von Barbara Röhl

Weltbild

Die Originalausgabe erschien 1999 unter dem Titel
A Sudden Change of Heart bei Doubleday,
a division of Random House, New York.

Genehmigte Lizenzausgabe
für Weltbild Verlag GmbH, Augsburg 2001

Veröffentlicht 2000 im Marion von Schröder Verlag, München
Bildredaktion: Patricia Büdinger
Umschlaggestaltung: Michael Keller
Umschlagfoto: gettyone Stone, München
Autorenfoto: Patrick Demarchelier
Gesamtherstellung: Clausen & Bosse, Leck

Gedruckt auf chlor- und säurefreiem Papier

Printed in Germany

ISBN 3-8289-6897-X

Für Bob, in Liebe

Prolog

Sommer 1972

Die Siebenjährige war groß für ihr Alter. Strahlendblaue Augen beherrschten ein aufgewecktes, intelligentes Gesicht. Ihre schmale, ja fast drahtige Gestalt hatte etwas Jungenhaftes an sich – ein Eindruck, den ihre Magerkeit, das kurze Haar und ihre Zappligkeit vielleicht noch verstärkten. Und ihre Art sich anzuziehen. Ihre Uniform, nannte die Großmutter die Kleidungsstücke, die sie bevorzugte, aber die Kleine liebte nun einmal ihre Jeans, das weiße T-Shirt und die weißen Turnschuhe. Bei letzteren war sie äußerst eigen; Hemd und Schuhe hatten stets makellos und blütenweiß zu sein, so daß die Teile ständig in die Waschmaschine wanderten oder durch neue ersetzt wurden.

Laura Valiant lautete der Name des siebenjährigen Mädchens, und sie war wie beschrieben gekleidet, als sie an diesem Morgen aus dem weißen, kurz nach der Unabhängigkeit errichteten Schindelhaus auf dem Hügel schlüpfte und über die Wiesen zum Fluß hinunterrannte, der den Besitz ihrer Großeltern durchquerte – ein langgestrecktes, breites Tal, grün und von hoch aufragenden Hügeln umgeben. Das Gut lag in der Nähe von Kent, einem Provinzsstädtchen im ländlichen Nordwestzipfel von

Connecticut. Vor vielen Jahren, in den Zwanzigern, waren Lauras Großeltern aus Wales nach Amerika eingewandert. Später hatten sie dieses herrliche grüne Tal erworben und ihm den Namen Rhondda Fach, »das kleine Rhondda« gegeben, nach dem walisischen Tal, in dem sie beide geboren waren.

Vom Fluß aus lief Laura zur Bruchsteinmauer am Wäldchen, wo dicht an dicht gewaltige Eichen und Ahornbäume wuchsen. Vor Jahren, als ihr Vater noch ein Junge gewesen war, hatte er mit seinen Geschwistern in einer der hohen Eichen ein Baumhaus gebaut. Es war noch unverändert erhalten und – wie schon für andere Valiant-Kinder vor ihr – Lauras Lieblingsplatz. Das Mädchen war kräftig für ihr Alter, sportlich, agil und barst fast vor Energie. Sie brauchte nur Sekunden, um die von einer Astgabel herabhängende Strickleiter zu erklettern.

Laura kroch in das Häuschen und ließ sich im Schneidersitz gemütlich in ihrem von Laubwerk umgebenen Nest nieder, um hinaus in den morgendlichen Himmel zu schauen. Sechs Uhr morgens an diesem hellen, leuchtenden Julitag, und noch war niemand sonst auf den Beinen, zumindest nicht im Haus. Ihre Großeltern nicht und auch nicht ihre beste Freundin Claire, die sie häufig bei ihren Besuchen auf dem Gut ihrer Großeltern begleitete. Laura liebte einfach alles auf Rhondda Fach und zog die Farm New York, wo sie mit ihren Eltern und ihrem Bruder Dylan lebte, bei weitem vor.

Bei dem Gedanken an ihre Eltern verdüsterte sich Lauras Kindergesicht kaum merklich. Ihr Vater Richard war ein bekannter Komponist und Dirigent. Für gewöhnlich befand er sich irgendwo auf Reisen, um ein Symphonieorchester zu leiten, und Lauras Mutter begleitete ihn stets. »Diese beiden sind unzertrennlich«, pflegte ihre Großmutter zu sagen, aber mit einem Naserümpfen und in einem Tonfall, der ihre Bemerkung wie eine Kritik klingen ließ.

Zumindest verstand Laura sie so. Es stimmte schon, daß ihre Eltern kaum jemals da waren. Wenn Maggie, Lauras Mutter, sich nicht gerade auf Reisen befand, hielt sie sich in ihrem Studio an der New Yorker Westside auf und malte ihre berühmten Blumenbilder. »Schließlich verdient sie gutes Geld damit«, meinte Großvater Owen dazu, der ihre Mutter in Schutz nahm, weil er immer und zu jedermann freundlich war.

Und so ließen die Eltern Laura und ihren Bruder Dylan, der drei Jahre jünger war als sie, häufig in der Obhut ihrer Großeltern zurück. Sie lebte gern bei ihnen, und eigentlich waren sie ihr von allen Familienmitgliedern die teuersten. Sicher, sie liebte ihre Eltern und stand ihrem Vater ziemlich nahe – jedenfalls, wenn er da war und ihr Gelegenheit dazu gab. Ihre Mutter empfand sie meist als kühl und distanziert.

Laura fiel die Strickleiter ein, die immer noch bis auf den Boden baumelte, und sie robbte bäuchlings darauf zu. Sie wollte sie hochziehen, wie ihr Vater es ihr gezeigt hatte, besann sich dann aber anders. Ohnehin würde niemand in ihr privates Reich eindringen. Dylan war mit seinen vier Jahren noch zu klein, um mehr als ein paar Sprossen zu schaffen, und Claire hatte Angst abzustürzen und kam daher nicht ins Baumhaus. Die Strickleiter war zugegebenermaßen ein bißchen wacklig, wie Laura am besten wußte.

Claire fürchtete sich vor allem möglichen, und dabei war sie schon zwölf und viel erwachsener als Laura. Mit ihren großen grünen Augen und dem roten Haar wirkte sie klein, zart, zerbrechlich und sehr hübsch. »Ein Püppchen aus Meißener Porzellan«, nannte Grandma Megan sie, und diese Beschreibung paßte wirklich perfekt auf Claire.

Laura liebte Claire über alles. Trotz aller Unterschiede zwischen ihnen waren sie die allerbesten Freundinnen. »Wie Tag und Nacht«, sagte Grandpa Owen über die beiden, wobei Laura nie wußte, ob sie dabei den Tag oder die Nacht vorstellte. Ihr Großvater hielt sie an, Sport zu treiben und auf Abenteuer auszugehen. Er hatte ihr das Reiten beigebracht, sie zum Bergsteigen mitgenommen, ihr Schwimmstunden erteilt und Lauras Selbstvertrauen geweckt. Und er hatte sie gelehrt, vor nichts Angst zu haben. »Du mußt immer tapfer sein, Laura, unerschrocken und mutig, und du darfst dir nichts gefallen lassen.«

Für Claire stellte sich dabei allerdings das Problem, daß sie ganz und gar unsportlich war und allgemein nicht viel von körperlicher Betätigung hielt. Dafür verstand sie sich meisterhaft aufs Erzählen. Sie besaß Erfindungsgabe und Phantasie und ersann unablässig Märchen, Geisterstories und andere phantastische Geschichten. Die Kinder spielten Scharaden, schrieben Theaterstücke und führten sie auf, und sie waren sich einig in ihrer Liebe zu Filmen, Musik und Kleidern. In mancherlei Hinsicht empfand Laura großen Respekt vor Claire. Immerhin war sie fünf Jahre älter als sie selbst und wußte so viel mehr als Laura. Dylan dagegen hatte von kaum etwas Ahnung und wurde Lauras Meinung nach ziemlich verhätschelt.

Laura hängte sich den Tragegurt ihrer Tasche über die Schultern und kramte darin nach der Plastikflasche mit Orangensaft, die Fenice, die Haushälterin, ihr jeden Morgen in die Küche stellte. Nachdem sie ein, zwei tiefe Züge getan hatte, stellte sie die Flasche auf ein kleines Bord, zog ihr Tagebuch aus seinem Geheimversteck und schickte sich an, wie jeden Tag ihre ganz persönlichen Gedanken niederzuschreiben.

Bald stieg die Temperatur im Baumhaus, und Laura mußte mehrere Male feststellen, daß ihr einfach die Augen zufielen. Schließlich legte sie Buch und Stift beiseite und stützte den Kopf an die Wand. Sie gab sich große Mühe, wach zu bleiben, nickte aber dennoch ein.

Laura war sich nicht sicher, wie lange sie geschlafen hatte, aber dann riß sie plötzlich die Augen auf und fuhr erschrocken hoch. Eben hatte sie Schreie vernommen, die aus weiter Ferne an ihr Ohr drangen. Ob sie wohl geträumt hatte?

Dann hörte Laura es wieder: einen leisen Ruf und eine noch schwächere Stimme, die »Hilfe, Hilfe!« schrie.

Das war kein Traum; hier steckte wirklich jemand in der Klemme. So schnell sie konnte kroch Laura rückwärts zum Ausgang des Baumhauses, ließ die Beine über den Rand baumeln, bis sie Halt auf der Strickleiter fand und kletterte blitzschnell nach unten. Diesen Abstieg hatte sie tausendmal geübt und stand bald am Boden.

Die Schreie wurden immer leiser und verstummten dann ganz. Aber jetzt wußte Laura, daß sie von dem Abschnitt des Flusses gekommen sein mußten, der besonders breit und tief war. Dort lag hinter der Bruchsteinmauer die Wiese, auf der alle möglichen Wildblumen wuchsen. Laura spürte instinktiv, daß es Claire war, die da um Hilfe rief. In halsbrecherischem Tempo rannte sie über die Wiese, daß ihre langen Beine nur so flogen. Claire mußte dort in Schwierigkeiten geraten sein, da war Laura sich sicher. Wer sonst würde um diese Zeit im Tal umherstreunen?

Als sie den Blumenkorb sah, stoppte Laura, zog Turnschuhe und Jeans aus und stolperte durch das schlammige Ufer ins Wasser. In diesem Moment tauchte Claires bleiches Gesicht kurz über der Wasseroberfläche auf.

»Ich bin da, Claire!« schrie Laura, hechtete in den Fluß und schwamm auf ihre Freundin zu.

Claires Kopf verschwand wieder, und Laura holte ein paarmal tief Luft und tauchte unter. Sofort entdeckte sie Claire, die unter Wasser trieb.

Laura schwamm zu ihr hin, faßte sie unter den Armen und stieß sich, so gut sie konnte, mit ihr zur Oberfläche ab. Sie war groß und kräftig, und Claire war kleiner und leichter als sie, so daß Laura sie – wenn auch mit einiger Mühe – zu halten vermochte. Aber als sie sich dann anschickte, ihre Freundin zurück zum Ufer zu schleppen, wurde sie zusammen mit Claire, die sich an ihr festklammerte, zurückgezogen.

»Mein Fuß«, konnte Claire prustend hervorstoßen. »Er hängt irgendwo fest.« Entsetzen malte sich auf ihrem kalkweißen Gesicht und in ihren panisch aufgerissenen Augen.

Laura konnte nur mit einem Nicken antworten. Hektisch blickte die Siebenjährige sich um und überlegte, was sie tun sollte. Sie mußte Claires Fuß von dem unbekannten Gegenstand befreien, der ihn unter Wasser festhielt. Andererseits konnte sie Claire nicht loslassen, denn sonst würde sie untergehen. Nicht weit von ihnen beiden entfernt entdeckte Laura einen Ast. Er war dick und lag halb am Ufer und halb im Wasser, und sie war erfahren genug, um zu ahnen, daß er wahrscheinlich zu schwer für sie war. Aber sie entschied, daß sie versuchen mußte, zumindest den im Fluß liegenden Teil auf sie zuzudrehen. Wenn sie das schaffte, konnte Claire sich daran festhalten wie an einem Floß.

Laura sah der Freundin fest in die Augen und rief: »Ich muß dich loslassen Claire, damit ich ...«

»Nein, bloß nicht! Ich hab Angst!« keuchte Claire.

»Geht nicht anders. Ich will den Ast da drüben zu uns ranziehen, damit du dich festhalten kannst. Dann befreie ich deinen Fuß. Wenn ich dich loslasse, rudere mit den Armen und trete mit deinem freien Bein. Wirst schon sehen, dann bleibst du oben.«

Claire brachte kein Wort heraus. Sie fürchtete sich schrecklich.

Laura ließ sie los und schrie: »Rudere mit den Armen! Beweg dein Bein!« Sobald Claire ihren Befehl befolgte, schwamm Laura flußaufwärts auf den Ast zu. Er lag auf der Oberfläche und ließ sich nach einigem Rucken und

Ziehen bewegen, und dann rutschte unerwartet das andere Ende vom Ufer herunter und klatschte ins Wasser. Laura packte die Seite mit den Blättern und zerrte weiter, bis der Ast neben ihr trieb. Mit einer Hand zog sie ihn hinter sich her, während sie mit kräftigen Schwimmzügen auf Claire zuhielt.

Obwohl sie ein paarmal untergegangen war, hatte Claire weiter mit den Armen und einem Bein gerudert und sich über Wasser halten können. Kaum hatte Laura den Ast in ihre Nähe geschleppt, griff Claire danach und klammerte sich daran fest.

Laura tat es ihr nach, denn sie brauchte ein paar Sekunden, um zu Atem zu kommen. Als sie sich ein wenig erholt hatte, tauchte sie zum Grund des Flusses hinunter, ließ sich langsam nach oben treiben und schwamm näher an Claire heran, um festzustellen, was da los war.

Erschrocken sah Laura, daß Claires Fuß in einer Rolle Maschendraht hing, dessen Netzgewebe sich zum Teil aufgelöst hatte. Darin hatte sich Claires Fuß verkeilt und im losen Teil des Drahtgewebes verfangen. Erfolglos versuchte Laura, den Fuß ihrer Freundin zu befreien. Auch den Schuh vermochte sie ihr trotz aller Bemühungen nicht auszuziehen. Sie ließ sich an die Oberfläche gleiten, holte ein paarmal tief Luft und legte die Arme über den Ast.

Sie spähte in Claires besorgtes Gesicht. »Ich muß Tom holen gehen, damit er mir hilft.«

»Laß mich nicht allein«, wisperte Claire zittrig und klang nervöser denn je.

»Ich muß. Laß einfach den Ast nicht los«, wies Laura sie an und schwamm zum Ufer hinüber.

Das Mädchen zog sich an Land, fuhr rasch in Jeans und Turnschuhe und rannte über die Wiese. Eilig hielt Laura auf die Nebengebäude des Gutshauses zu, um Tom zu suchen, den Gärtner. Doch er war nirgendwo zu finden, und Laura wußte, daß sie keine Zeit verlieren durfte. Sie stürzte in den Werkzeugschuppen, entdeckte eine Gartenschere und lief zum Fluß zurück. Von neuem warf sie ihre Kleider ab, sprang in den Fluß und schwamm zu Claire, die sich immer noch mit ängstlicher Miene an den Ast klammerte.

Laura hielt die Gartenschere in die Höhe. »Tom kann ich nicht finden«, erklärte sie Claire. »Ich gehe runter und schneide deinen Schuh auf.«

Claire nickte. Sie zitterte jetzt unkontrolliert und hatte am ganzen Körper eine Gänsehaut. Schon viel zu lange befand sie sich im kalten Wasser. Laura tauchte, doch zuerst kam sie nur sehr schwer an Claires Fuß heran, so daß sie Versuche aus verschiedenen Winkeln starten mußte. Endlich konnte sie ihre rechte Hand mit der Gartenschere unter den Maschendraht manövrieren. Zuerst probierte sie, den feststeckenden Fuß loszubekommen, indem sie die Schnürsenkel aufschnitt. Das gelang, aber Claires Fuß ließ sich trotzdem nicht aus dem Schuh ziehen. Laura mühte sich noch ein paar Sekunden weiter, doch dann mußte sie hinauf, um nach Luft zu schnappen.

Nur Sekunden später tauchte sie von neuem. Dieses Mal schnitt sie beide Seiten des Turnschuhs auf, zerrte an Claires Knöchel und befreite schließlich ihren Fuß. Zutiefst erleichtert schwamm Laura nach oben, warf sich über den Ast und hielt sich heftig nach Luft schnappend daran fest.

»Es tut mir so leid«, flüsterte Claire. »Bist du okay, Laura?«

Ihre Freundin nickte und ruhte sich noch ein, zwei Minuten aus. Dann umfaßte sie Claire, schleppte sie ans Ufer zurück und zog sie nach oben auf die Wiese.

Beide Mädchen waren tropfnaß und zitterten vor Kälte. Trotz ihrer Erschöpfung vergeudete Laura keine Zeit und zog schnell Jeans und Turnschuhe an. Sich gegenseitig stützend, machten die Mädchen sich auf den Rückweg zum Haus.

An der Hintertür, die in die Küche führte, blieb Laura stehen und sah Claire forschend an. »Ehe wir reingehen, will ich wissen, was passiert ist. Wie bist du bloß in den Fluß geraten?«

Claire nickte und schob sich das nasse Haar aus dem Gesicht. Sie war so bleich, daß ihre Sommersprossen sich als dunkle Flecken von ihrer Haut abhoben. »Ich hab Blumen gepflückt und bin zu dicht an den Rand gegangen, Laura. Plötzlich bin ich ausgeglitten und über das Ufer ins Wasser gerutscht. Ich hatte Angst und hab nur noch panisch um mich geschlagen. Ehrlich, ich weiß nicht, wieso ich in die Mitte des Flusses getrieben bin.«

»Gran sagt, dieser Teil des Flusses wäre so gefährlich, weil es im tiefen Wasser eine Art Strudel gibt. Aber jetzt komm, du zitterst ja.«

»Du auch«, meinte Claire zähneklappernd.

Die Wirtschafterin von Rhondda Fach war eine auffällige Erscheinung. Hochgewachsen, rothaarig und in eine weiße Trachtenbluse und ein geblümtes Dirndl gekleidet, stand Fenice am Herd, drehte sich aber um, als die Mädchen eintraten. Als sie die beiden sah, stöhnte sie entsetzt auf.

»Herrjemine! Was ist denn mit euch passiert?« rief sie und stürzte auf Claire und Laura zu. »Ihr seht ja aus wie zwei ertrunkene Ratten!« Sie sah, daß die Mädchen vor Kälte zitterten, besonders Claire. Sie schob das ältere der Kinder auf den großen Küchenherd zu, wo sie das Frühstück zubereitete, und schaute Laura an. »Lauf doch bitte zum Wäscheschrank im hinteren Flur und hole ein paar große Handtücher. Ich fürchte, Claire ist schlimmer dran als du.«

»Ja, ich weiß«, gab Laura zurück und flitzte los, um Fenices Auftrag zu erfüllen. Mit einem Stoß Badetücher auf dem Arm kehrte sie zurück.

»Komm, Claire, wickel dich ein und laß uns nach oben

gehen. Du auch, Laura. Ihr braucht beide sofort eine heiße Dusche.«

»Was ist passiert? Was geht hier vor?« fragte Megan Valiant, die in der Tür des Eßzimmers erschienen war, das direkt neben der Küche lag.

»Claire hat Blumen gepflückt und ist in den Fluß gefallen, an der Wiese, wo er am tiefsten ist«, erklärte Laura schnell.

»Wenn Laura mich nicht rausgefischt hätte, wäre ich ertrunken«, unterbrach Claire sie. »Tut mir schrecklich leid, daß ich Ihnen solche Umstände mache, Grandma Megan.«

Wie erstarrt stand Megan Morgan Valiant da. Erinnerungen stiegen in ihr auf, und sie sah ein anderes Kind vor sich ... ihren Enkel Mervyn, der in New Preston im See ertrunken war. Sie spürte, wie ein Schauer sie überlief. Doch rasch schob sie die Gedanken beiseite und betrachtete Claire verwundert. Warum entschuldigte sich das Mädchen für ihr Mißgeschick, und wieso schien sie sich schutzsuchend neben Laura zu ducken?

Megan eilte zu den beiden Kindern, die sich vor dem riesigen Herd zusammendrängten, und schaute sie sich rasch, aber gründlich an. »Ihr scheint beide nicht allzuviel abbekommen zu haben«, erklärte sie munter, »aber ihr geht wohl besser nach oben und duscht, wie Fenice vorgeschlagen hat. Und Sie, Fenice, setzen bitte den Wasserkessel auf. Ich glaube, die Mädchen brauchen etwas Heißes zu trinken. Grandpa Owens Bergmannstee wird sie wieder auf die Beine bringen.«

»Bin schon dabei, Mrs. V«, antwortete Fenice, holte den Kessel, füllte ihn über dem Spülbecken mit Wasser und setzte ihn auf den Herd.

»Komm mit, Claire«, befahl Laura und scheuchte ihre Freundin aus der Küche.

Grandma Megan folgte den Kindern. Immer noch ging ihr Claires merkwürdiges Verhalten nicht aus dem Kopf.

Kein Wunder, daß sie mir verängstigt vorkommt, dachte Megan, schließlich hat sie ein schreckliches Erlebnis hinter sich. Sie kann nicht schwimmen, daher muß sie bei ihrem Sturz in den Fluß Todesängste ausgestanden haben. Megan ging auf, daß Claire durchaus einen Schock erlitten haben könnte, und sie überlegte, ob sie den Arzt anrufen sollte. Vielleicht sollten sie Claire untersuchen lassen. Auch Laura sah blaß aus und zitterte, aber ansonsten schien ihre Enkeltochter in Ordnung zu sein.

»Du hast ja einen Schuh verloren, Claire«, bemerkte Megan, die auf der Treppe hinter den beiden Mädchen ging.

»Der liegt im Fluß, Gran«, meinte Laura mit einem Blick über die Schulter.

»Ich verstehe. Macht nichts, Claire, wir fahren später nach Kent und kaufen dir neue.«

»Das ist doch nicht nötig«, gab Claire schnell zurück. »Ich habe noch meine Sandalen dabei.«

»Auf dem Land sind Turnschuhe praktisch und bequem, und außerdem schenke ich sie dir«, erklärte Megan, als sie auf dem oberen Treppenabsatz standen. »Und nun, Mädels, ab unter die Dusche mit euch beiden.«

Claire lief in das blauweiß tapezierte Gästezimmer, das sie stets bewohnte, wenn sie hier zu Besuch war, und Laura ging in ihr Zimmer.

Megan folgte ihrer Enkelin und schloß die Tür hinter sich. »Jetzt aber raus aus den nassen Sachen und unter die Dusche, Laura«, befahl sie. »Später kannst du mir berichten, was passiert ist.«

»Aber ich habe dir alles erzählt, Gran.«

»Claire könnte einen Schock erlitten haben«, sagte Megan. »Ich glaube, ich sollte euch beide zu Dr. Tomkins fahren.«

»Uns geht's gut, Gran«, protestierte Laura.

»Ich will noch kurz bei Claire vorbeischauen, um zu sehen, wie sie sich fühlt.«

»Ja, Gran«, antwortete Laura und marschierte ins Badezimmer.

Megan klopfte an Claires Zimmertür. Als sie keine Antwort erhielt, trat sie ein. Aus dem Bad drang Wasserrauschen. Als Megan sich umdrehte, erblickte sie sich in dem Wandspiegel, der über der antiken französischen Kommode hing.

Wie blaß sie aussah! Doch das erstaunte die alte Dame nicht. Vor den Mädchen hatte sie sich nichts anmerken lassen, aber Claires Mißgeschick hatte sie aus der Fassung gebracht. Laura hatte ihr zwar noch nicht in Einzelheiten über den Unfall berichtet, aber offensichtlich waren die beiden in eine heikle Lage geraten. Und Laura war ein großes Risiko eingegangen, um Claire zu retten. Die Sache hätte auch ganz anders ausgehen können, denn die Stelle, wo der Fluß sich verbreiterte, war gefährlich. Als Megan klar wurde, welch entsetzliche Folgen der Vorfall hätte haben können, erschauerte sie, und auf ihren Armen bildete sich Gänsehaut. Der kleine Mervyn ... er hatte nicht so viel Glück gehabt, als er damals in den See gefallen war ...

Sie trat ans Fenster und schaute einen Augenblick nach draußen, während sie darauf wartete, daß Claire zurückkehrte. Trotz ihrer achtundsechzig Jahre war Megan Valiant noch immer eine schöne Frau. Sie war groß und schlank und hielt sich gerade. Haltung und Auftreten verrieten immer noch den großen Musicalstar vom Broadway. Obwohl sie heutzutage der Hilfe ihres Friseurs bedufte, damit ihr Haar dasselbe satte Haselnußbraun zeigte wie früher, fiel es immerhin noch dicht und üppig. Ihr Gesicht war noch relativ faltenfrei und bewahrte seinen jugendlichen Ausdruck. Das Markanteste daran waren jedoch ihre großen tiefblauen Augen, die weit auseinander standen. Ihre Enkeltochter hatte sie von ihr geerbt, genau wie den Teint und die Haarfarbe. Megan war im Herzen jung geblieben, eine geschmeidige Frau, die vor Energie nur so sprühte. Was Theaterengagements anging, so trat sie seit einiger Zeit aus eigenem Antrieb etwas kürzer, aber noch verehrten viele Menschen sie als Star.

»Oh, Sie sind's, Grandma Megan«, meinte Claire offensichtlich überrascht, als sie, in ein Handtuch gewickelt, ins Zimmer trat. »Nach der Dusche fühle ich mich besser. Und mir ist wärmer.«

Megan nickte. »Aber vielleicht sollten wir doch nach Kent zum Arzt fahren …«

»Nein, nein, ich brauche keinen Doktor«, unterbrach Claire sie. »Mir geht's prima, ganz ehrlich.«

»Was ist denn nun geschehen? Claire, Liebes, wieso hast du dich bloß in den Fluß gewagt, wo du doch nicht schwimmen kannst?«

»Aber das habe ich ja gar nicht. Hineingefallen bin ich. Ich habe Blumen gepflückt und bin ausgerutscht. Und irgendwie wurde ich in die Mitte gezogen, da, wo der Fluß am tiefsten ist.«

»Dort verläuft tatsächlich eine starke Strömung«, bekräftigte Megan. »Und die Stelle ist wirklich gefährlich. Wir haben das seit Jahren gewußt und uns Sorgen deswegen gemacht. Du hattest großes Glück, daß Laura bei dir war.«

»Oh, das war sie gar nicht. Ich war allein. Laura muß meine Hilferufe gehört haben. Sie ist ins Wasser gesprungen, konnte mich aber zuerst nicht an Land ziehen. Mein Fuß hatte sich in einer Rolle Maschendraht verfangen. Deswegen mußte sie mir den Schuh aufschneiden.«

»Mein Gott, das ist ja noch schlimmer, als ich dachte! Da hast du wahrhaftig großes Glück gehabt.«

»Ja, das stimmt. Aber jetzt gehe ich mir besser die Haare fönen.« Claire drehte sich um und steuerte wieder auf das Badezimmer zu. Dabei rutschte ihr auf einer Seite das Badetuch von den Schultern, so daß ein Teil ihres Körpers entblößt wurde.

»Claire, was in aller Welt hast du denn da auf dem Rücken?« rief Megan aus und starrte auf die gelblichen Prellungen unterhalb von Claires Schulterblatt.

»Ich habe mich wohl gestoßen, als ich in den Fluß gefallen bin«, murmelte Claire und wickelte sich schnell wieder in das Tuch.

»Nein, Claire, das sind alte Blutergüsse«, widersprach Megan freundlich, aber besorgt.

»Ach ja, da bin ich im Central Park vom Fahrrad gefallen«, antwortete Claire schnell und verschwand im Bad.

Ein paar Minuten später stieß Megan im Speisezimmer zu ihrem Mann, der sich zum Frühstück gekochte Eier schmecken ließ, dazu dünnen Buttertoast und seinen berühmten Tee nach Bergmannsart, der sehr heiß und süß serviert wurde.

»Ich habe schon alles gehört«, erklärte Owen, als Megan ins Zimmer eilte. »Fenice hat mir von dem kleinen Unfall erzählt, und wie sie sagt, geht es beiden Mädchen gut. Oder, Megan?«

Sie nickte. »Das stimmt, aber für Claire hätte die Sache übel ausgehen können«, antwortete sie und beschrieb ihm dann, was dem Kind zugestoßen war.

»Laura ist ein tapferes Mädchen und kräftig für ihr Alter«, rief Owen aus. »Und Gott sei Dank war sie so geistesgenwärtig, ins Wasser zu springen und Claire zu helfen, statt zurückzulaufen und nach mir oder Tom zu suchen. Claires Fuß hatte sich also in einer Rolle Maschendraht verfangen. Gott weiß, wie die in den Fluß geraten ist. Ich rede später mit Tom, damit er sie herauszieht.« Owen warf Megan einen vielsagenden Blick zu. »Aber ich fürchte, ich muß darauf bestehen, daß Claire schwimmen lernt«, fuhr er fort. »Laura und ich werden ihr im Pool Unterricht geben.«

»Das ist eine gute Idee ...« Megan verstummte, lehnte sich auf ihrem Stuhl zurück und sah blicklos in die Ferne.

Owen hatte sie genau beobachtet. »Ich weiß, ich weiß, mein Schatz«, sagte er behutsam, »dieses Mißgeschick hat bei dir alte Wunden aufgerissen ... Du hast an den armen kleinen Mervyn gedacht.«

»Ja, das habe ich«, gab Megan zurück. Ihre Stimme klang ebenso ruhig wie die seine. Sie richtete sich auf, brachte irgendwie ein Lächeln zustande und fuhr fort. »Ich glaube, ich trinke auch eine Tasse Tee. Nach all dem kann ich eine gebrauchen.« Noch während sie sprach, griff sie nach der Teekanne und schenkte sich ein.

»Ich bin froh, daß ich Lauras sportliche Neigungen gefördert habe«, meinte Owen. »Das hat ihr bis jetzt gute Dienste geleistet, und in Zukunft wird das nicht anders sein.«

»Laura ist schon immer beherzt gewesen, Owen, sogar als Kleinkind. Und auch geistesgegenwärtig.«

»Sie vergöttert Claire«, bemerkte Owen, der laut dachte. »Unsere Kleine wird ihr unter jeden Umständen zur Hilfe eilen.«

»Ich weiß.« Megan seufzte und blickte zu Owen hinüber.

»Was hast du?« fragte ihr Mann stirnrunzelnd. »Du siehst besorgt aus.«

»Claires Rücken ist mit alten Blutergüssen übersät.«

»Was?« Owen klang verblüfft.

»Ich habe sie gesehen, als sie aus der Dusche kam. Sie sagte, sie sei im Park vom Fahrrad gefallen«, erläuterte Megan.

»Und du glaubst ihr nicht?«

»Ehrlich gesagt weiß ich nicht, was ich davon halten soll.«

»Die Bensons sind mir schon immer etwas merkwürdig vorgekommen«, behauptete Owen und hob die Hand an den üppigen Mund. Nachdenklich rieb er sich das Kinn, und seine Augen zogen sich zusammen. »Weißt du, sie könnte ja wirklich gestürzt sein.«

»Ja ...« Megan verstummte. »Ich hoffe, Owen, wir beide leben noch lange, damit wir auf Laura und Claire aufpassen, für sie sorgen können«, sagte sie schließlich.

Er streckte die Hand aus, legte sie über die ihre und lächelte ihr liebevoll zu. »Ich auch. Aber vergiß eines nicht ... diese beiden werden immer füreinander dasein.«

1. Teil

Winter 1996

1 Wenn Laura Valiant geschäftlich in Paris zu tun hatte und eine oder zwei Stunden Freizeit fand, zog es sie stets ins Musée d'Orsay im siebten Arrondissement, auf dem linken Seineufer. Heute war ein solcher Tag. Sobald ihr Mittagessen mit zwei prominenten Kunsthändlern der Galerie Théoni beendet war, dankte sie den beiden, versprach, wegen des Matisse mit ihnen in Verbindung zu bleiben, und empfahl sich.

Sie verließ das Relais Plaza, durchquerte das Foyer des Hotels Plaza Athénée und trat auf die Avenue Montaigne.

Der Taxistand vor dem Hotel war verlassen und weit und breit kein Wagen in Sicht, so daß Laura sich entschied zu laufen. An diesem kalten Dezembertag lag ein Hauch von Regen in der Luft. Sie erschauerte und kroch tiefer in ihren schwarzen Mantel.

Vom Mantel bis zu dem schicken wollenen Hosenanzug, den sie darunter trug, und den Stiefeln aus weichem Leder, die ihr kurz bis unters Knie reichten, war Laura ganz in Schwarz gekleidet. Ihr tiefschwarzes Haar, das zu einem kurzen, exakten Schnitt gestylt war, betonte sowohl ihr blasses Gesicht als auch ihre Augen, die ein leuchtendes, fast unwirkliches Blau aufwiesen. Die schlanke, hochgewachsene junge Frau wirkte weit jünger als einunddreißig.

Laura gab eine auffallende Erscheinung ab, und manch ein Mann wandte den Kopf, als er sie vorübereilen sah. Doch sie bemerkte die bewundernden Blicke nicht, so konzentriert und zielbewußt schritt sie dahin.

Einmal hob sie den Kopf und sah zum Himmel auf. Ohne viel Erfolg bemühte sich eine wäßrige Sonne, die schweren, bleigrauen Wolken zu durchdringen. Aber Laura machte das Wetter nichts aus. Für sie war Paris eine Stadt voller Nostalgie und Erinnerungen, glücklichen und traurigen ... so vieles hatte sie hier erlebt.

Die erste Liebe – ach, wie hatte sie diesen Mann vergöttert und ihm mit achtzehn bereitwillig ihre Unschuld geschenkt. Dann der erste Liebeskummer, als er ihr erklärt hatte, es sei vorüber, und sie so abrupt sitzenließ, daß sie wie vom Donner gerührt gewesen war. Und die gräßliche Eifersucht, als sie ihn ein paar Tage später besuchte und mit einem anderen Mädchen im Bett vorgefunden hatte. Aber wie La Rochefoucault schon vor vielen Jahren geschrieben hatte, wohnt in der Eifersucht mehr Eigenliebe denn Liebe, und diese weisen Worte hatte sich Laura an jenem schrecklichen Tag zu Herzen genommen und für Jahre zu ihrem persönlichen Motto erhoben. Und obschon sie damals glaubte, sich nie wieder verlieben zu können, war das doch geschehen, und zwar mehr als einmal. Wundersamerweise – zumindest war ihr das damals so vorgekommen – war ihr gebrochenes Herz schließlich doch geheilt, und sie hatte entdeckt, daß es auf der Welt noch andere attraktive junge Männer gab und viele von ihnen ungebunden waren.

Mit zwölf hatte ihre Mutter sie zum ersten Mal mit nach Paris genommen, und die Stadt hatte sie in ihren Bann geschlagen. Mit achtzehn war sie zurückgekehrt, um an der Sorbonne Kunstgeschichte und Literatur zu studieren.

Während ihrer zwei Studienjahre in Paris hatte Laura die französische Hauptstadt so gut kennengelernt wie New York, wo sie geboren und aufgewachsen war. Ob in Frühlingsregen gehüllt, unter der Sommerhitze ächzend, wenn kein Lüftchen wehte, oder im Winter mit Schnee überzogen – Paris blieb immer die schönste aller Metropolen.

Stadt des Lichts, der Liebenden, der Lustbarkeiten, der Künstler ... Die Menschen hatten ihrer Stadt viele Namen verliehen, aber für Laura war Paris wahrhaftig ein magischer Ort. Niemals hatte es seine Faszination auf sie eingebüßt, und jedes Mal, wenn sie zurückkehrte, verfiel sie von neuem diesem Zauber.

Für Laura war Paris vor allem die Stadt der Künstler. Hatten nicht alle großen Maler des neunzehnten und zwanzigsten Jahrhunderts irgendwann einmal hier gelebt und gearbeitet? Wo immer sie auch herstammten, welche Stilrichtung sie auch vertraten, schließlich waren sie alle hier gelandet, bewaffnet mit Palette, Pinsel, Farbe und ihrem emporstrebenden Talent – Gauguin, van Gogh, Renoir, Manet, Monet, Matisse, Cézanne, Vuillard, Degas, Sisley und Seurat. Die Impressionisten und Neoimpressionisten, denen Lauras größte Bewunderung galt und auf deren Arbeiten sie sich spezialisiert hatte, hatten eines gemeinsam, nämlich daß sie sich sämtlich – wenn auch manchmal nur für kurze Zeit – in Paris niedergelassen hatten.

Solange Laura zurückdenken konnte, war ihre Welt die der Malerei gewesen. Die Liebe zur Kunst hatte sie von ihrer Mutter geerbt, Maggie Valiant, einer bekannten amerikanischen Malerin, die am Royal College of Art in London und an der École des Beaux-Arts in Paris studiert hatte.

Aber Laura hätte als erste zugegeben, daß ihr das Talent und die Kreativität ihrer Mutter fehlten. Daher hatte sie seit ihren frühen Teenagerjahren das Malen eher als Hobby denn als Berufung betrachtet. Trotzdem hatte sie beschlossen, nach Ende ihres Studiums auf dem Gebiet der Kunst zu arbeiten und nach ihrem Abschluß an der Sorbonne Praktika in mehreren Pariser Galerien absolviert, ehe sie in die Staaten heimgekehrt war. Zurück in New York, war sie weiter in Galerien tätig gewesen und hatte dann vier äußerst lehrreiche Jahre am Metropolitan Museum of Art zugebracht.

Einer ihrer Vorgesetzten am Museum hatte ihr – beeindruckt von Lauras untrüglichem Blick, ausgezeichnetem Geschmack und ihrer Kunstkenntnis – geraten, sich als Kunstberaterin selbständig zu machen. Und so hatte sie vor drei Jahren – da war sie achtundzwanzig gewesen – zusammen mit Alison Maynard, einer Kollegin aus dem Metropolitan, ihre eigene Firma gegründet. Die beiden hatten das Unternehmen, das sie Art Acquisitions tauften, zu einem großen Erfolg geführt. Laura und Alison erwarben Kunstwerke für eine Reihe begüterter Klienten und unterstützten sie dabei, Sammlungen von maßgeblicher Bedeutung aufzubauen. Laura liebte ihren Beruf; und abgesehen von ihrem Ehemann Doug und den Valiants war er das Wichtigste in ihrem Leben.

Vor einigen Tagen war Laura in der Hoffnung, Gemälde für einen ihrer wichtigsten Kunden, einen kanadischen Pressezar, zu erstehen, von New York nach Paris geflogen. Leider hatte sie bis jetzt noch nichts Besonderes entdeckt, so daß sie telefonisch mit Alison abgesprochen hatte, noch ein wenig zu bleiben und ihre Suche fortzusetzen. Sie hatte eine Reihe von Terminen vereinbart und war zuversichtlich, während der kommenden Woche noch die eine oder andere interessante und vor allem wertvolle Erwerbung tätigen zu können.

Laura beschleunigte ihre Schritte und bog bald in die Rue de Bellechasse ein, wo – nicht weit vom Eiffelturm und dem Invalidendom enfernt – das Musée d'Orsay lag. Sie hatte für den Weg vom Hotel hierher weniger Zeit als sie geglaubt hatte gebraucht und spürte ein leises Prickeln der Erregung, als sie das Museum betrat. Hier hingen einige ihrer Lieblingsstücke.

Die Säle lagen wie ausgestorben da, was Laura durchaus begrüßte; sie haßte es, von Menschenmengen umgeben zu sein, wenn sie Bilder ansah. Aber heute nachmittag war das Museum so verlassen, daß man eine Stecknadel fallen gehört hätte.

Lange stand Laura vor dem *Akt in der Sonne*. Renoir hatte das Bild im Jahr 1875 gemalt, und doch wirkte es so frisch wie erst gestern geschaffen. So wunderschön war das Bild, daß Laura niemals müde wurde, es anzusehen. Die Perlmuttschattierungen und die rosa-bläulichen Töne, die der Maler für die Haut des Modells verwendet hatte, waren unvergleichlich und wurden noch hervorgehoben von den schwachen, ins Bläuliche gehenden Schatten an ihren Schultern, die aus dem sie umgebenden Blattwerk zu entspringen schienen.

Renoir war wahrhaftig ein Meister gewesen. Das Gemälde wurde von Licht, geradezu einem Leuchten, durchflutet. Aber Laura kamen Renoirs Bilder ohnehin immer vor, als hätte der Maler seinen Pinsel in Sonnenschein getaucht. Der Künstler hatte das Leben und die Frauen geliebt und war ein äußerst sinnenfroher Mensch gewesen; dies spiegelte sich auch in seinen Bildern wider, die geradezu vor Vitalität zu pulsieren schienen.

Laura ging weiter und blieb stehen, um ein weit größeres Gemälde zu betrachten: *Tanz im Moulin de la Galette*. Es stellte Lebenslust und junge Liebe dar, und so vieles war darauf zu sehen: die fröhlichen, glückstrahlenden Gesichter der Tanzenden, die attraktiven jungen Männer, die hübsche Mädchen in den Armen hielten. Wie vollkommen Renoir ihre Lebenslust eingefangen hatte! Und großartig, wie er die Farben einsetzte: die Blau- und Grüntöne der Bäume, Schattierungen von Blau, Altweiß und Rosa für die

Kleider der jungen Frauen, das weiche, klare Gelb an den steifen Strohhüten der Männer, und die …

»Hallo, Laura.«

Die junge Frau hatte sich allein mit den Renoirs gewähnt und schrak zusammen, als sie ihren Namen hörte. Erstaunt drehte sie sich um. Dann malte sich Verblüffung auf ihren Zügen, und sie erstarrte.

Der Mann, der zwei oder drei Meter von ihr entfernt stand, sprach weiter. »Ich bin's, Laura, Philippe. Philippe Lavillard.« Er lächelte und tat einen Schritt auf sie zu.

Unmerklich fuhr Laura zurück. Abneigung und Zorn wallten in ihr auf.

Der Neuankömmling lächelte immer noch herzlich und streckte ihr die Hand entgegen.

Laura nahm sie zögernd, berührte kurz seine Finger und zog ihre Hand dann fort. Dieser Mensch hatte schon immer Katastrophen und Probleme um sich verbreitet. Sie konnte kaum glauben, daß sie ihn einfach so hier traf.

»Ich dachte, du arbeitest in Zaire«, brachte sie schließlich heraus, während sie überlegte, wie sie ihn wieder loswerden konnte. Nach kurzem Schweigen setzte sie hinzu: »Claire hat mir erzählt, du … lebtest in Afrika.«

»Das stimmt schon. Ich bin seit einigen Tagen in Paris. Das heißt, eigentlich befinde ich mich auf der Durchreise in die Staaten. Ich treffe mich mit dem Leiter der CDC.«

»CDC?« wiederholte Laura mit verwirrtem Unterton.

»Centers for Disease Control, das Institut für Seuchenbekämpfung. In Atlanta. Ich habe ein paar Besprechungen dort.«

»Claire hat erwähnt, daß du dich mit dem Ebola-Virus beschäftigst.«

»Und mit anderen aktuellen Mikroorganismen.«

Laura nickte und versuchte, von ihm abzurücken.

»Bleibst du lange in Paris, Laura?« fragte Philippe.

»Nein.«

»Wie geht's dem berühmten Doug?«

»Gut, danke.«

»Dies ist eines meiner liebsten Gemälde«, begann Philippe Lavillard mit einem eindringlichen Blick auf *Tanz im Moulin de la Galette* von neuem und wies auf das Bild. »Wahrscheinlich gefällt es mir so gut, weil es eine so positive Ausstrahlung besitzt. Da steckt so viel Leben darin, solches Glück, so viel Hoffnung und Erwartung auf den Gesichtern der Menschen. Und eine Art stillen Überschwangs, ja sogar Unschuld ...« Philippe brach ab und schaute nach rechts.

Laura folgte seinen Blick und sah, daß eine Frau auf sie zusteuerte. Als sie näher trat, erkannte Laura in ihr plötzlich Philippes Mutter wieder; eine mollige Matrone in einem braunen Wollkleid, einen schwarzen Mantel über die Schultern gelegt. Sie hatte sich ihre Handtasche über den Arm gehängt, trug eine Kaufhaustüte von den Galéries Lafayette in der Hand und bewegte sich gemessenen Schrittes vorwärts.

Einen Augenblick später stand Rosa Lavillard neben ihrem Sohn und starrte Laura unverhohlen neugierig an.

»Du erinnerst dich doch an Laura Valiant, Mutter?« fragte Philippe.

»O ja, natürlich«, gab Rosa Lavillard kühl zurück. »Guten Tag.« Rosas von Linien durchzogenes Gesicht war ausdruckslos und unergründlich; ihre blassen Augen blickten frostig, und in ihrem Auftreten lag ein gewisser Grad von Feindseligkeit.

»Hallo, Mrs. Lavillard. Lange nicht gesehen«, antwortete Laura und erinnerte sich, wann sie Philippes Mutter zuletzt begegnet war, nämlich auf Claires Hochzeit. In dem Bemühen, höflich zu sein, setzte sie hinzu: »Ich hoffe, Ihnen geht es gut.«

»O ja, danke. Machen Sie hier Ferien?« fragte Rosa.

»Nein, ich halte mich beruflich in Paris auf.«

»Laura ist Kunstexpertin, Mutter«, erklärte Philippe und warf zuerst Rosa und dann Laura einen Blick zu. »Sie berät Sammler bei der Auswahl und beim Ankauf von Gemälden.«

»Ich verstehe. Sie mögen Renoir, nicht wahr?« murmelte Rosa.

»Sehr. Er ist einer meiner Lieblingsmaler, und jedesmal, wenn ich mich in Paris aufhalte, versuche ich herzukommen«, antwortete Laura.

»So viel Schönheit«, bemerkte Rosa und sah sich um. »All diese Renoirs ... sie nähren die Seele und beruhigen das Herz. Und sie machen einem Mut ... Diese Gemälde teilen uns mit, daß dort draußen in der Welt noch etwas anderes als Häßlichkeit existiert. Ja, diese Schönheit ... sie trägt dazu bei, das laute Getöse der Grausamkeit vergessen zu machen.« Beinahe abwesend wedelte sie mit der Hand durch die Luft und peilte Laura an. »Mögen Sie van Gogh?«

»O ja, und auch Degas und Cézanne. Und Gauguin, ein weiterer meiner Favoriten.«

»Die Naivität seiner Bilder täuscht. Sie scheinen einfach, doch das sind sie nicht, sondern komplex. Wie die Menschen.« Rosa nickte bekräftigend. »Offensichtlich liegen Ihnen die Impressionisten.«

»Ja, sie sind sozusagen mein Spezialgebiet. Auch die Neoimpressionisten.«

»Ich mag sie ebenfalls. Hätte ich viel Geld, würde ich mein Leben damit zubringen, Gemälde der impressionistischen Schule zu sammeln. Aber ich bin nur eine arme Frau und muß mich damit bescheiden, sie im Museum zu betrachten.«

»Wie die meisten anderen Menschen auch, Mutter«, wies Philippe sie sanft zurecht.

»Das stimmt«, pflichtete Rosa ihm bei und wandte sich zum Gehen. »Viel Spaß noch mit Ihrem Renoir«, rief sie Laura über die Schulter zu.

»Den werde ich haben«, gab Laura zurück. »Auf Wiedersehen, Mrs. Lavillard.«

Rosa gab keine Antwort mehr.

Philippe senkte den Kopf und warf Laura ein schiefes Lächeln zu, als hätte die Szene ihn in Verlegenheit gebracht. »Nett, dich wiederzusehen, Laura. Bis dann.«

Laura nickte, sagte aber nichts.

Einen Augenblick lang betrachtete Philippe sie eingehend, mit scharfem, durchdringendem Blick. Dann drehte er sich auf dem Absatz um und folgte seiner Mutter aus dem Saal.

Laura sah den beiden Lavillards nach und widmete sich schließlich von neuem ihrer Betrachtung der Renoirs. Aber die zwei hatten ihr die Stimmung verdorben. Sie waren in Lauras Privatsphäre eingedrungen und hatten zu viele Erinnerungen aufgewühlt, von denen die meisten übel waren. Mit einem Mal fühlte sich Laura nervös, unruhig und unfähig, sich auf die Gemälde zu konzentrieren. Aber sie wollte das Museum noch nicht verlassen; vielleicht bot sich ja bei diesem Parisaufenthalt keine weitere Gelegenheit zu einem Besuch.

Sie blickte sich um und erspähte an der gegenüberliegenden Wand eine kleine Bank. Dorthin ging sie und setzte sich. Immer noch dachte sie über die Lavillards nach. Diese Rosa war wirklich eigenartig. Plötzlich fielen ihr ein paar wenige Dinge ein, die Claire ihr vor Jahren erzählt hatte; in erster Linie, daß Rosa unberechenbar sei, eine kranke Frau, die lange Zeitspannen in Hospitälern verbracht hatte. Hatte Claire nicht auch erwähnt, daß sie einmal in der Psychiatrie gelandet war?

Soweit Laura sich jetzt an das Gehörte erinnerte, hatte Rosa ein bewegtes Leben geführt … eine schwere Kindheit im kriegsgeschüttelten Frankreich, wo sie bei den Bombenangriffen der Alliierten ihre Familie verloren hatten. Später dann eine stürmische Ehe mit Pierre Lavillard und schließlich, 1950, die Auswanderung in die Staaten, wo Philippe zur Welt kam. Ihr einziges Kind, der Arzt und preisgekrönte Virologe, der unter seinen Fachkollegen als Genie galt.

In einem Augenblick des Zorns hatte Claire einmal erklärt, Rosa sei verrückt, und man hätte sie nie aus der Heilanstalt entlassen dürfen. Zu jener Zeit hatte sie Rosa anscheinend leidenschaftlich gehaßt.

Laura schloß die Augen, und ihre Gedanken wandten sich Claire Benson zu, ihrer besten Freundin und Vertrauten, der großen Schwester, die sie nie gehabt hatte, und ihrem Vorbild. Claire lebte seit Jahren in Paris, was einer der Gründe war, aus denen Laura gern herkam. Dann konnte sie etwas Zeit mit Claire verbringen.

Laura öffnete die Augen und stand auf. Sie begann die lange Galerie entlangzuschlendern und verbannte entschlossen jeden Gedanken an die Lavillards, Mutter wie Sohn. Sekunden später hatte sie die beiden vergessen und gab sich dem Genuß der Renoirs hin. Die Schönheit der Bilder beruhigte sie, und bald versank sie wieder ganz darin.

Und dann war sie von neuem nicht mehr allein. Unerwartet stand Claire neben ihr und nahm ihren Arm.

»Was machst du denn hier?« rief Laura aus. Sie war überrascht, ihre Freundin zu sehen, und Besorgnis stieg in ihr auf. O Gott, war Claire etwa den Lavillards begegnet? Sie hoffte nicht; für gewöhnlich brachten die beiden ihre Freundin aus der Fassung. Sie forschte in Claires Gesicht nach verräterischen Anzeichen.

»Du hattest gesagt, du wolltest nach dem Lunch ins Museum, also habe ich gedacht, ich schließe mich dir an«, erklärte Claire. Aufmerksam sah sie Laura an. »Hast du etwas? Du siehst irgendwie seltsam aus.«

»Nein, gar nichts. Ich bin okay«, gab Laura zurück. »Du hast mich bloß überrascht, das ist alles.« Erleichtert sah sie, daß Claire vollkommen ruhig war. Offenkundig hatte sie die Lavillards verpaßt, wenn auch wahrscheinlich nur um Minuten. Mühsam setzte Laura ein Lächeln auf. »Wenn das so ist, dann komm. Laß uns losgehen.«

Claire hakte sich bei Laura unter. »Ich liebe es, Gemälde mit deinen Augen zu sehen. Irgendwie machen sie mir mehr Freude, wenn ich sie mit dir zusammen anschaue.«

Laura nickte. Sie gingen weiter, betrachteten die Meisterwerke an den Wänden und schwiegen eine Zeitlang. Stirnrunzelnd verharrte Laura kurz vor einem Bild, das eine Mutter und ihr Kind darstellte.

Claire entging kein Stimmungsumschwung ihrer besten Freundin. »Was überlegst du?« fragte sie.

»In letzter Zeit habe ich mich oft gefragt, wie viele dieser Gemälde gestohlen sein mögen ...«, gab Laura kopfschüttelnd zurück.

»Gestohlen? Was meinst du damit?« unterbrach Claire sie.

»Während des Krieges haben die Nazis Tausende und Abertausende Bilder geraubt, und heute hängt diese Beutekunst in Museen auf dem ganzen Globus. Einst haben diese Stücke den bedeutendsten Sammlern der Welt gehört, zum Beispiel den Rothschilds, den Kanns oder Paul Rosenberg, der einmal eine der angesehensten Galerien von Paris besaß, um nur einige wenige zu nennen.«

»Ich habe kürzlich darüber gelesen. Anscheinend haben die Erben der ursprünglichen Besitzer Schwierigkeiten, die Bilder zurückzubekommen, wenn sie keinen Nachweis über ihre Herkunft beibringen können.«

»Genau das ist das Problem. Und während des Krieges sind viele Aufzeichnungen verlorengegangen oder wurden von den Nazis absichtlich vernichtet, um die Herkunft der Stücke zu verschleiern.« Laura verzog das Gesicht. »Eine Menge Museen wissen ganz genau, wer die wahren Besitzer sind, denn viele der Gemälde tragen auf der Rückseite der Leinwand eine Codenummer. Die ganze Sache stinkt zum Himmel. Aber versuch einmal, ein Museum zu bewegen, sich von einem Gemälde zu trennen und es zurückzugeben. Das bringen sie einfach nicht fertig ... jedenfalls die meisten nicht. Ein paar sind allerdings zumindest nervös geworden.«

»Könnten denn die ursprünglichen Besitzer die Museen nicht verklagen?«

»Ich denke schon«, antwortete Laura. »Aber nur, wenn sie den Beweis antreten können, daß die Bilder ihnen gehören. Und selbst dann ist zweifelhaft, ob sie die Kunstwerke jemals zurückbekommen würden.«

Claire nickte. »Jetzt fällt mir wieder ein, daß Hercule sich mit diesem Thema auskennt. Erst kürzlich hat er mir davon erzählt. Ich glaube, er hat einen Klienten, zu dessen Erbe Kunstschätze gehören, die die Nazis seiner Familie 1938 gestohlen haben.«

»Oh, und wer ist dieser Kunde?«

»Keine Ahnung. Das hat Hercule nicht gesagt.«

»Ein großer Teil dieser Beutekunst befindet sich heute in Privathand. Du kannst gern einmal probieren, einen Sammler zur Rückgabe solcher Stücke zu bewegen. Niemand wird dazu bereit sein, vor allem nicht, wenn er Millionen dafür bezahlt hat. Jetzt, da die ganze Sache ans Licht kommt, wird es in den nächsten paar Jahren eine ganze Menge Ärger geben. Darauf kannst du dich verlassen.«

»Genau das hat Hercule auch vor kurzem zu mir gesagt«, meinte Claire. »Am besten solltest du einmal mit ihm über das Thema reden.«

»Das würde ich sehr gern.«

»Vielleicht können wir uns dieses Wochenende mit ihm treffen. Vertrittst du denn jemanden, der Anspruch auf gestohlene Kunstwerke erhebt?«

»Derzeit nicht, aber vielleicht tritt der Fall ja demnächst ein.«

Schweigend setzten die beiden ihren Rundgang durch

das Museum fort. Immer noch fühlten sie sich miteinander so ungezwungen wie damals als Kinder. Laura, die sich stets um Claire sorgte, warf ihrer Freundin einen raschen, verstohlenen Blick zu. In den Jahren, seit sie in Paris lebte, hatte Claire sich einen gewissen, ausgesprochen französischen Chic zugelegt. Heute nachmittag trug sie einen Wollmantel in dunklem Violett, wadenlang und mit einem engen Gürtel, und darunter Hosen in derselben Farbe und einen Rollkragenpullover. Das Violett betonte Claires große grüne Augen und ihren kastanienroten Lockenschopf. Große goldene Kreolen und eine dunkelrote Schultertasche waren ihre einzigen Accessoires. Das Ensemble wirkte elegant und gut zusammengestellt. Laura bewunderte Claires natürlichen, ungekünstelten Stil.

Claire blieb stehen und warf Laura einen Blick zu. »Ich freue mich so, daß du für eine Weile in Paris bist, Laura. Du fehlst mir.«

»Ich vermisse dich auch«, gab Laura schnell zurück.

Mit einem Blick auf die Uhr fuhr Claire fort: »Ich glaube, ich muß zurück ins Studio. Wie du weißt, habe ich ein Shooting für die Zeitschrift, und Hercule wollte später noch vorbeischauen. Ich brauche seinen Rat bei einem meiner Sets.«

»Er ist zu einem guten Freund geworden«, meinte Laura. »Oder?«

»Ja. Aber nicht mein bester Freund. Das bist du, Laura Valiant. Niemand könnte je deinen Platz einnehmen.«

Laura drückte Claires Arm. »Oder deinen bei mir«, sagte sie.

Durch das Plätschern des einlaufenden Badewassers hindurch hörte Laura das Telefon klingeln und hob den Hörer des Wandapparats ab.

»Hallo?«

»Hi, Süße.«

»Doug! Hallo, Schatz.« Sie setzte sich auf den kleinen Badezimmerschemel, der vor dem Schminktisch stand, und sah auf die Uhr. Achtzehn Uhr. In New York war es Mittag.

Ihr Mann sprach weiter. »Ich hab schon mal angerufen, aber du warst nicht da. In ein paar Minuten esse ich mit einem Kunden zu Mittag, und ich wollte dich noch erwischen, ehe du wieder ausgehst.«

»Die Verbindung ist so gut, daß man meinen könnte, du stündest in der Telefonzelle an der Ecke!« rief Laura fröhlich aus. Sie freute sich, Dougs Stimme zu hören.

»Ich wünschte, dem wäre so.«

»Hör mal, ich habe gerade eine großartige Idee! Warum kommst du nicht übers Wochenende nach Paris? Morgen ist Freitag, könntest du dir da nicht freinehmen und rüberfliegen? Das wäre doch herrlich, Doug.«

»Geht leider nicht, so gern ich auch möchte«, gab Doug zurück, und seine Stimme klang plötzlich fast unmerklich anders, kühl und geschäftsmäßig. »Das ist ein weiterer Grund, aus dem ich dich anrufe. Ich muß morgen an die Westküste fliegen. Sitzungen mit den Anwälten von Aaronson. Es kommt jetzt wohl doch zu der Fusion.«

»Ach. Das ist aber unerwartet, oder?«

»Das kann man wohl sagen. Aber was soll ich machen; die Firma braucht mich da unten.«

»Macht ja nichts. Aber gefreut hätte ich mich schon, dich in Paris zu sehen, und wenn es nur für ein paar Tage gewesen wäre.«

»Tut mir leid, Schätzchen. Das ist nicht zu ändern. Was glaubst du, wann du zurück bist?«

»Ich habe noch eine Reihe Termine für Anfang der Woche festgemacht, so daß ich wahrscheinlich Donnerstag oder Freitag wieder nach New York fliege.«

»Prima! Dann sind wir beide nächstes Wochenende hier. Diese Reise nach L.A. wird wahrscheinlich eher eine Spritztour. Schnell hin und ebenso rasch wieder zurück.«

»Wo wirst du wohnen?«

»Ähem ... im Peninsula in Beverly Hills, wie immer.«

»Doug?«

»Ja?«

»Du hast mir diese Woche wirklich gefehlt.«

»Du mir auch, Schatz. Aber wir holen alles nach. Du weißt doch, wie das alte Sprichwort heißt: Die Liebe wächst mit der Entfernung.«

Sie lachte. »Wahrscheinlich, wenn man danach urteilt, wie ich mich jetzt gerade fühle. Ich wünschte, du wärest hier ...« Wieder lachte sie fröhlich und ansteckend.

Doug fiel ein. »Ich muß los, Süße.«

»Wann brichst du morgen auf?«

»Mein Flug geht um neun Uhr morgens. Ich werde gerade Zeit haben, mein Gepäck abzustellen, ehe ich mich in die Konferenzen stürze.«

»Mach's gut, Liebling.«

»Tschüs, Laura. Und einen dicken Kuß«, setzte Doug noch hinzu. Dann legte er auf.

Laura aalte sich länger als sonst in der Badewanne. Als sie zusammen mit Claire das Museum verlassen hatte, war weit und breit kein Taxi zu entdecken gewesen, und so waren sie zu Fuß zum Hotel zurückgegangen, wo Claire endlich einen Wagen aufgetrieben hatte.

Das heiße Bad half Laura, sich aufzuwärmen und zu entspannen. Lange rekelte sie sich in dem duftenden Schaum und dachte an Doug. Douglas Casson und sie hatten geheiratet, als sie fünfundzwanzig und er siebenundzwanzig gewesen war. Sie waren das perfekte Paar, paßten wunderbar zusammen und hatten sich im allerbesten Sinne aufeinander eingespielt. Aber in letzter Zeit arbeitete Doug zu viel. Bei diesem Gedanken mußte Laura innerlich lächeln. Behauptete er nicht auch immer dasselbe von ihr?

Seiner Meinung nach waren sie beide Workaholics, und so, wie er das verkündete, schien er auch noch stolz darauf zu sein. Irgendwie stimmte das natürlich, aber Laura gefiel das Wort nicht. Es klang nach Besessenheit, und sie war sich ziemlich sicher, daß das auf keinen von ihnen zutraf. Nicht wirklich.

Claire jedenfalls hatte schon immer behauptet, die Fähigkeit, über lange Stunden hart zu arbeiten, sei das Wichtigste von allem und das, was Frauen von kleinen Mädchen unterscheide.

Aber Laura fand, daß die Liebe ebenfalls bedeutsam war. Hatte nicht Colette, ihre Lieblingsautorin, einmal geschrieben, Liebe und Arbeit seien die einzigen Dinge von Belang im Leben? Laura glaubte das auf jeden Fall, Claire jedoch nicht. Zumindest nicht den Teil mit der Liebe, heute nicht mehr. Claire hatte sich die Finger verbrannt. »Und das waren Verbrennungen dritten Grades«, hatte Claire einmal erklärt. Es hatte lange gedauert, bis diese Wunden geheilt waren. »Jetzt habe ich eine Mauer um mich errichtet, und niemand kann mich je wieder verletzen oder mir sonstwie weh tun. Mein Panzer beschützt mich. Nichts und niemand wird mir je wieder Schmerz zufügen.«

Laura liebte Claire über alles. Und sie bedauerte ihre Freundin unendlich, weil ihr im Leben so viel Schlimmes widerfahren war. Laura war sich durchaus bewußt, daß Claires Herz immer noch eine offene Wunde darstellte; trotzdem konnte sie sich nur wünschen, ihre Freundin würde sich wieder der Liebe öffnen, statt sich derart hinter ihren Schutzwall zurückzuziehen. Das Leben einer

Frau schien seltsam steril zu sein, wenn darin keine Liebe wohnte, kein Mann, der sie verwöhnen konnte.

Doch wenn Laura dieses Thema anschnitt, pflegte Claire nur ein unechtes Lachen auszustoßen. »Ich habe Natasha«, antwortete sie dann, »und sie bedeutet mir alles. Mein Kind ist jetzt mein Leben, da brauche ich keinen Mann.«

Aber eine vierzehnjährige Tochter konnte doch nicht genug sein, oder? überlegte Laura. Bestimmt nicht für eine leidenschaftliche und intelligente Frau wie Claire, die wie geschaffen für die Liebe zu sein schien.

Claire. Die liebste Freundin, die sie je besessen hatte. Und immer noch ihre beste Freundin, der Mensch, der ihr am nächsten stand, obwohl sie inzwischen so weit entfernt voneinander lebten. Ihre Freundschaft reichte weit zurück. Eigentlich war sie fast so alt wie sie selbst.

Laura war fünf gewesen, als Claire und ihre Eltern – Jack und Nancy Benson – in dem hübschen Altbau Ecke Park Avenue und Sechsundachtzigste Straße die Wohnung gegenüber bezogen hatten. Für Laura war es Liebe auf den ersten Blick gewesen, die typische Schwärmerei eines fünfjährigen Mädchens für eine sehr erwachsen wirkende Zehnjährige. Von Anfang an hatte sie Claire verehrt und ihr nachgeeifert. Als die beiden Familien besser miteinander bekannt wurden, hatte das ältere Mädchen Laura und Dylan unter seine Fittiche genommen und war ihre Babysitterin, Kameradin und Vertraute geworden.

Cissy, das Kindermädchen der Valiants, hatte alle Hände voll mit Dylan zu tun, der damals erst zwei und ziemlich unleidlich war. Daher hatten die Valiants Claire nur zu gern als neues Mitglied in ihren Haushalt aufgenommen. Als Einzelkind hatte Claire sich begeistert in diese Großfamilie eingefügt, zumal Lauras Großeltern, Owen und Megan Valiant, ebenfalls eine wichtige Rolle spielten. Sie alle trugen dazu bei, daß Claire sich wie ein ganz besonderes Mitglied ihrer Familie fühlte.

Weil Claire Miss Hewitts Lehrinstitut besuchte, ging Laura ebenfalls dorthin. Und später kam dann eine Zeit, als der Altersunterschied von fünf Jahren mit einem Mal kaum noch etwas auszumachen schien. Laura und Claire waren als Teenager und junge Frauen ebenso unzertrennlich wie in ihrer Kinderzeit. Zwar waren sie nicht blutsverwandt, aber geistig und seelisch standen sie sich so nahe wie Schwestern.

Claire hatte jung geheiratet, mit einundzwanzig, und ein Jahr später war ihre Tochter Natasha geboren worden. Zwei Jahre später war sie mit Mann und Kind nach Paris gezogen. Aber nichts – weder die Entfernung, Ehe oder Mutterschaft – hatte sich jemals zwischen diese beiden geschoben oder etwas am Charakter ihrer Freundschaft geändert. Die Sache war schlicht und einfach: sie liebten einander und würden, wie Claire zu sagen pflegte, immer Seelenschwestern sein, komme was da wolle.

Am traurigsten stimmte Laura, daß Claires Leben vor sieben Jahren eine so tragische Wendung genommen hatte. Ihre Ehe war gescheitert, und sie ließ sich scheiden. Nicht lange darauf waren im Abstand von wenigen Wochen ihre Eltern gestorben, und dann erlitt Natasha einen Autounfall, bei dem sie schwere Verletzungen davontrug. Doch dank Claires aufopfernder Pflege war das Mädchen wie durch ein Wunder genesen.

Laura gab sich einen Stoß und stand in der Wanne auf. Hier lag sie und hing Tagträumen über die Vergangenheit nach, während sie sich dringend anziehen mußte.

Jetzt war nicht die rechte Zeit zum Trödeln.

2

»Gefällt dir der Raum nicht, Hercule?« fragte Claire Benson, blieb neben einer Gruppe Louis-XV-Stühle stehen und legte die Hand auf eine Rückenlehne. »Sind das die Stühle? Findest du, daß sie nicht zu dem Ensemble passen? Wirken sie nicht?« Während sie diese Salve von Fragen auf ihren Gesprächspartner losließ, warf sie zuerst einen Blick auf den versilberten Holzrahmen unter ihrer Hand und dann auf den silbergrauen Polsterstoff. »Ja, es sind die Stühle, nicht wahr?« bekräftigte sie. »Vielleicht sind sie vollkommen falsch für diese Dekoration.« Nun sah sie ihn auskunftheischend an und zog eine perfekt geschwungene kastanienbraune Augenbraue hoch.

Der Franzose schmunzelte. »Ah, Claire, wie viele Fragen du abfeuerst, rat-a-tat wie ein Maschinengewehr. Und du machst Scherze, *n'est-ce pas*?«

»Nein, die Sache ist mir vollkommen ernst.«

»Dieser Raum ist exquisit. *Formidable, oui*. Du besitzt einen erlesenen Geschmack. Die Möbel, die Stoffe, die du ausgesucht hast, dieser Aubusson-Teppich, all das ist vollkommen. Aber …«

»Aber was?« unterbrach ihn Claire, ehe er zu Ende sprechen konnte.

»Dem Raum fehlt etwas, meine Liebe. Ein Zimmer ist niemals vollständig ohne ...«

»Ohne Kunst«, fiel Claire hilfreich ein und mußte sogleich lachen, als sie die Belustigung auf seiner Miene und das Funkeln in seinen Augen sah. »An diese Wände gehören Gemälde, Hercule, das ist sogar mir klar. Aber was für Bilder? Das war einer der Gründe, warum ich wollte, daß du dir das Setting ansiehst – damit du mir hilfst, ein paar Entscheidungen über die Kunstwerke zu treffen. Soll ich einen Picasso nehmen? Einen Gauguin? Oder eher modernere Arbeiten wie von Larry Rivers? Van Gogh? Vielleicht Renoir? Andererseits könnte ich mir auch etwas richtig Altes vorstellen, zum Beispiel ein paar Canalettos.«

»Ein van Gogh oder ein Gauguin würden dem Raum Stärke verleihen, aber ich glaube nicht, daß du hier einen Ausdruck von Kraft brauchst, Claire. Und Canaletto wäre ganz verkehrt. Die ideale Wahl wäre ein zartes Bild, etwas mit Pastelltönen. Das würde die Ruhe unterstreichen, dieses Gefühl von ... Frieden, das du geschaffen hast. Außerdem wirkt dieser Raum leicht, wie schwebend. Renoir, ganz eindeutig. *Oui. Parfait.*«

»Ganz meine Meinung, das wäre genau das Richtige. Aber wo soll ich den auftreiben? Wer würde mir wohl für diese Fotoaufnahmen einen leihen? Für gewöhnlich lassen die Leute ihre Renoirs nicht aus den Augen.«

Hercule Junot lächelte. »Ich sehe da vielleicht eine Möglichkeit. Vor ein paar Monaten hat man mir einen Renoir gezeigt, der zum Verkauf stand ...« Er hielt inne, zuckte leicht die Achseln und hob in einer typisch mediterranen Geste die Hände. »Nun ja, ich weiß nicht, *chérie,* vielleicht ist er ja schon verkauft.«

»Falls nicht, meinst du, der Eigentümer wäre vielleicht bereit, ihn mir zu leihen?« fragte Claire eifrig.

»*Mais oui.* Die Besitzerin ist eine Freundin von mir, eine ehemalige Klientin ... Ich will gern mit ihr sprechen. Wenn sie das Bild noch besitzt, wird sie mir gestatten, es auszuleihen. Zumindest für ein paar Stunden, falls dir das ausreicht, Claire. Wegen seines großen Wertes wird sie das Bild gewiß nicht über Nacht hier im Studio lassen wollen.«

»Das wäre mir selbst auch nicht recht, es sei denn, ich würde daneben schlafen. Diese Verantwortung möchte ich nicht übernehmen, obwohl wir das Bild natürlich auch für die paar Stunden versichern werden. Viel zu gefährlich, das nicht zu tun.« Claire trat aus dem Set und stellte sich neben Hercule Junot. »Wann könntest du denn mit deiner Freundin sprechen?«

»Für dich rufe ich sie gern heute abend an.«

»Wie du weißt, habe ich drei bis vier Monate Vorlaufzeit, und diese Aufnahmen sind für die Märzausgabe bestimmt«, meinte Claire. »Das hier wird das Titelbild.«

»Wenn meine Freundin das Gemälde noch nicht verkauft hat, könnte das durchaus ein Anreiz sein, den Renoir auszuleihen. Es würde ihr sogar nützen, wenn er in einer Zeitschrift erscheint.«

Claire nickte. »Ein guter Gedanke. Was sieht man denn auf dem Gemälde?« Sie grinste. »Andererseits, wozu braucht man so etwas zu wissen? Renoir ist Renoir.«

Bei dem Gedanken an das Bild hatte Hercules Miene sich aufgehellt, und jetzt strahlte er sie geradezu an. »Wunderschön ist es, *bien sûr*. Ein Halbakt, eine Badende, die auf einem Stein sitzt. Aber das Gemälde ist nicht groß, Claire. Es würde höchstens über den Kamin oder die Konsole passen. Du wirst ein größeres brauchen … für die Wand, an der das Sofa steht.«

»Ich bin ziemlich sicher, daß ich bereits eines gefunden habe. Mein Assisent hat in einer Galerie einen Seurat entdeckt, und die Besitzer sind bereit, uns das Bild auszuleihen.«

»*Très bien*. Ein Seurat würde gut zu dem Ensemble passen. Er wird sich neben dem Renoir ausgezeichnet machen. Morgen, nachdem ich mit meiner Freundin gesprochen habe, rufe ich dich an.« Hercule griff nach seinem dunklen Mantel, den er über die Lehne eines Holzstuhles geworfen hatte. »Claire, ich muß zurück in mein *bureau*. Kommst du mit mir? Kann ich dich in die Redaktion fahren? Oder bleibst du noch im Studio?«

»Nein, Hercule. Für heute bin ich hier fertig. Ich will nur noch kurz mit meinen Mitarbeitern reden, die noch an einem anderen Set beschäftigt sind. Falls das kein allzu großer Umweg ist, wäre es herrlich, wenn du mich zum Plaza Athénée mitnehmen könntest.«

»*Ce n'est pas un problème.* Überhaupt kein Problem, Claire.«

Claire kannte Hercule Junot seit zwölf Jahren. Sie war ihm begegnet, kurz nachdem sie als junge Ehefrau nach Paris gezogen war. Bei einer vornehmen Dinnerparty hatte man sie nebeneinander plaziert, und der berühmte ältere Mann und die unbekannte junge Frau waren einander sogleich sympathisch gewesen. Hercule hatte Claire respektlos, keck, provozierend und herausfordernd gefunden, und ihre Kenntnisse über Kunst und Antiquitäten, kombiniert mit ihrem journalistischen Instinkt dafür, eine gute Geschichte zu erzählen, hatten ihn beeindruckt. Seit vielen Jahren hatte er kein so interessantes und unterhaltsames Tischgespräch mehr geführt. Mit Claire zusammenzusein, war eine reine Freude.

Der inzwischen sechsundsiebzigjährige Hercule Junot galt – neben seinen Kollegen Stéphane Boudin, der ebenfalls in Paris lebte und arbeitete, und dem Italienier Renzo Mongiardino – als einer der berühmtesten Innenarchitekten der Welt. Er war bekannt für seine eleganten, kostbaren und repräsentativen Interieurs, besaß einen erlesenen Geschmack, ein unglaubliches Flair sowie einen scharfen, kritischen Blick. Man rühmte ihn als einen der besten Experten für edle französische Möbel. Sein enormes Fachwissen erstreckte sich auch auf den Impressionismus, insbesondere die Gemälde van Goghs und Gauguins, wobei letzterem Künstler Hercules besondere persönliche Vorliebe galt.

Hercule Junots Geschäfte waren mit dem Alter nicht etwa abgeflaut, sondern schienen besser denn je zu florieren. Unablässig wurde er von Auftraggebern in Anspruch genommen, die seine außerordentliche Begabung zu schätzen wußten, geschmackvolle und doch auffällige Interieurs zu schaffen, die stilvoll, originell und trotzdem gemütlich waren. Er hatte Kunden, die über praktisch unbegrenzte Mittel verfügten und sich die Antiquitäten und die hochrangigen Kunstwerke leisten konnten, die Hercule für seine Entwürfe favorisierte.

Als die beiden einander begegnet waren, hatte Claire beruflich an einer Art Scheideweg gestanden. Einerseits wollte sie gern weiter als Journalistin arbeiten, doch andererseits fühlte sie sich zunehmend von der Welt der bildenen Künste und der Innendekoration angezogen.

Bei ihrem ersten Zusammentreffen beim Dinner hatte Claire zu ihrer eigenen Überraschung Hercule ihre Sorgen anvertraut und ihm erzählt, daß sie nicht wisse, welche Richtung sie beruflich in Zukunft einschlagen solle. Hercule hatte beschlossen, der jungen Frau unter die Arme zu greifen.

Gleich am nächsten Vormittag sprach er mit einer Reihe einflußreicher Persönlichkeiten, zog ein paar der richtigen Fäden und brachte es auf diese Weise zuwege, Claire eine Anstellung bei *Decoration, Arts et Design* zu verschaffen, einem Hochglanzmagazin, das sich mit Kunst, Antiquitäten und Innenarchitektur beschäftigte und sowohl beim französischen als auch internationalen Publikum Anerkennung fand. Der Besitzer war ein Freund Hercules, der ihm seit langem einen Gefallen schuldete.

Claire hatte von ganz unten angefangen, als Bildtexterin, doch durch ihre kreative Begabung und Energie war sie innerhalb von acht Jahren an die Spitze des Magazins aufgestiegen.

Schon vor vier Jahren hatte man sie zur Herausgeberin und Chefredakteurin befördert. Über ihr stand nur noch der Eigentümer. Hercule Junot war – nicht verwunderlich – stolz auf ihren Erfolg und den Namen, den sie sich gemacht hatte.

In den für Claire so erfolgreichen Jahren nach ihrer ersten Begegnung blieben sie enge Freunde, und Hercule war für die junge Frau so etwas wie ein Mentor geworden. In allem, was die Welt des Designs anging, vertraute Claire seinem Urteil, und wann immer sie Zweifel bezüglich eines Projekts hegte, wandte sie sich an ihn, um seine Meinung und seinen Rat einzuholen.

Dies war auch heute der Fall gewesen: plötzlich hatte sie sich wegen des Sets unsicher gefühlt, etwas, das bei ihr sonst nie vorkam. Also hatte sie Hercule ins Fotostudio eingeladen, damit er seine Meinung abgab.

Sie hatte das Interieur peinlich genau entworfen und mit Geschick und höchster Sorgfalt aufgebaut. Aber trotzdem war sie, als sie das Endergebnis sah, ungewöhnlich kritisch mit sich selbst ins Gericht gegangen. Und mit einem Mal war sie zögerlich und unentschlossen wegen der Auswahl der Kunstwerke gewesen, die den Raum komplettieren würden.

Hercule dagegen hatten die Schönheit und Erlesenheit des eleganten Salons und die ausgezeichnete Auswahl, die Claire getroffen hatte, noch mehr beeindruckt, als er tatsächlich zum Ausdruck gebracht hatte. Nun überlegte er, ob dies ein Fehler gewesen war. Vielleicht hätte er seine Meinung wortreicher kundtun sollen. Auf jeden Fall wirkte Claire still und besorgt und saß in seinem Mercedes schweigend neben ihm, und das sah ihr ganz und gar nicht ähnlich.

Verstohlen seufzte Hercule, lehnte sich in die Lederpolster und blickte aus dem Fenster. Vorhin war etwas Schnee gefallen, doch die zarten Flocken waren geschmolzen, so daß die Straßen jetzt feuchtglänzend dalagen. Unter den hellen Lichtern des Boulevard du Montparnasse wirkte die Straße spiegelglatt, und Hercules Chauffeur manövrierte den Wagen vorsichtig durch den regen Verkehr auf dem linken Seineufer.

Was Claire anging, so bedauerte Hercule in beruflicher Hinsicht nur eines, nämlich daß er sie vor all diesen Jahren nicht als Assistentin zu sich geholt hatte. Heute wäre sie für ihn ein Geschenk des Himmels gewesen, die perfekte rechte Hand. Claire besaß Flair und Geschmack, und ihr Talent als Inneneinrichterin war bei der Zeitschrift vergeudet. Sie konnte ihre Begabung nur einsetzen, wenn sie einen Raum für ein Titelfoto des Magazins gestaltete. Die restliche Zeit über war sie mit dem üblichen journalistischen Tagesgeschäft eingedeckt. *C'est dommage*, dachte Hercule. Schade. Da habe ich wohl einen Fehler gemacht.

Doch noch etwas anderes, zutiefst Persönliches, bedrückte Hercule in seinem Verhältnis zu Claire. Immer wieder warf er sich vor, daß er Claire nach ihrer Trennung vor inzwischen sieben Jahren nicht stärker umworben hatte. Gewollt hätte er schon, aber dann hatte er … Angst bekommen. Ja, er hatte gefürchtet, sich lächerlich zu machen, abgewiesen zu werden oder ihre Freundschaft aufs Spiel zu setzen. Besser, Claire als Freundin in seinem Leben zu haben als überhaupt nicht.

Außerdem durfte er sein Alter nicht vergessen; schließlich war er vierzig Jahre älter als Claire. Was in aller Welt könnte eine junge Frau von ihm wollen? hatte er sich unzählige Male gefragt. Veronica, seine verstorbene Frau, hatte zwar immer behauptet, er wirke weit jünger, und er hatte ihr gern geglaubt. Er war fit, gut in Form und wirkte Gott sei Dank nicht so faltig und greisenhaft wie andere Männer seines Alters, die er kannte. Zugegeben, sein Haar war weiß, dafür aber noch dicht und voll. Und Potenzprobleme plagten ihn nun wirklich nicht.

Zu Anfang hatte er Claire geschont und seiner Werbung keinen Nachdruck verliehen, weil ihre Scheidung sie in so tiefe Verzweiflung gestürzt hatte, ein Umstand, den er höchst eigenartig fand, da sie zugleich behauptete, ihren Mann zu verabscheuen. Darüber war die Zeit hingegangen, andere Dinge waren dazwischengekommen und die Gelegenheit verstrichen. Die Beziehung zwischen den beiden hatte sich zu einer Art herzlicher Freundschaft entwickelt, und Hercule hatte keine Ahnung, wie er etwas daran ändern sollte, ohne Claire unnötig zu bestürzen.

Veronica war jetzt fünfzehn Jahre tot. Kein Tag verging, an dem Hercule seine Frau nicht vermißte. Doch als Claire sich von ihrem Mann trennte, war ihm klargeworden, daß diese junge Amerikanerin die Lücke, die der Tod seiner Frau in sein Leben gerissen hatte, leicht hätte füllen können. Auch Veronica war aus den USA eingereist, das zumindest verband die beiden. Doch hier endeten die Gemeinsamkeiten bereits. Veronica war groß und langbeinig gewesen, eine typisch amerikanische Schönheit. Blond, blauäugig und überschlank, war sie eines der großen Models der Nachkriegszeit, hatte Christian Diors *New Look* auf dem Laufsteg vorgeführt und war auf den Titelseiten sämtlicher Modejournale der Welt erschienen. Ihre Begegnung war Liebe auf den ersten Blick gewesen, ein echter *coup de foudre*, ein Blitzschlag, und ihre Ehe hatte sich bis zu Veronicas Todestag als außerordentlich glücklich bewährt.

Aus dem Augenwinkel warf Hercule seiner Freundin einen verstohlenen Blick zu, und zum zweiten Mal an diesem Tag kam ihm der Gedanke, daß sie nicht gesund aussah. Unter Claires Augen lagen blaßblaue Schatten, und das kurze kastanienrote Haar, dieser leuchtende Lockenkranz, den er so anziehend fand, schien seinen üblichen satten Schimmer verloren zu haben.

Heute nachmittag, bei seinem Eintreffen im Studio, war er erschrocken über ihre Erscheinung gewesen, genauer gesagt, ihren Gewichtsverlust. Schlank war sie immer gewesen, aber nun kam sie ihm schmaler denn je vor. *Maigre*. Wie ein halbverhungertes Kind. Claire, die sonst auf attraktive Weise knabenhaft wirkte und dies durch ihren Stil noch unterstrich, erschien plötzlich knochig. Hatte sie letzte Woche schon so ausgesehen, als er bei Taillevent mit ihr zu Mittag gegessen hatte? Nein, unmöglich, das wäre ihm aufgefallen. War sie vielleicht krank? Aber nein, das glaubte er nicht; im Studio hatte sie ihre gewohnte Energie ausgestrahlt.

Oder hatte Claire andere Sorgen? Finanzielle Schwierigkeiten? Falls das ihr Problem war, dann hatte es sich schon erledigt. Hercule hätte ihr sofort jede Summe überlassen, die sie benötigte. Doch sofort verwarf er den Gedanken, daß Claire in Geldnöten steckte. Die bloße Vorstellung war lächerlich. Ihr geschiedener Mann zahlte Unterhalt für Natasha, und Claire selbst bezog bei der Zeitschrift ein gutes Gehalt. Hatte sie vielleicht Probleme mit Natasha? Nein, ach was, auch das hielt er für unmöglich. Claires Tochter war ein außergewöhnliches Mädchen, sehr ausgeglichen und praktisch und ihren Altersgenossen in vielerlei Hinsicht voraus. Wenn Claire sich in der Vergangenheit Sorgen um ihre Tochter gemacht hatte, dann hatte sie mit ihm darüber diskutiert, und er hatte ihr nach bestem Vermögen geraten. Da Hercule nie Kinder gehabt hatte, kam er sich dabei zwar ein wenig unzulänglich vor, aber Claire war immer so freundlich gewesen und hatte sein Interesse an Natasha zu schätzen gewußt.

In Gedanken begann er eine Eröffnung zu formulieren. Er wollte ihr gewisse Fragen stellen. Wie sehnte er sich danach, das, was sie quälte – was immer es sein mochte – zu zerstreuen! Der ältere Mann wußte, daß er dazu in der Lage war, wenn sie ihn nur ließe. Er liebte sie, liebte sie schon seit langer Zeit und würde sie immer lieben. Und deswegen empfand er das Bedürfnis, ihr die Bürde ihres Lebens zu erleichtern, wenn er konnte – und wenn sie ihm das gestattete. Ah, was für widersprüchliche Kreaturen Frauen doch waren! Hercule war Franzose, er kannte ihr Wesen nur allzu gut.

Claire hatte Hercule Junots Gesellschaft schon immer äußerst angenehm gefunden und empfand ihre Beziehung als sehr entspannt. Daher dachte sie sich nicht das geringste dabei, als sie ihre Gedanken schweifen ließ, während Hercules Wagen sich auf dem Weg in die Avenue Montaigne durch den dichten Feierabendverkehr schob.

Sie betrachtete den älteren Mann als ihren engsten Freund in Paris, bei dem sie sich nicht mit Förmlichkeiten aufzuhalten brauchte. Für Claire war das Schweigen zwischen ihnen vollkommen normal und legitim, denn bei ihm spürte sie niemals den Drang, reden zu müssen, die Pflicht, ihn zu unterhalten. Und sie wußte, daß er für sie dasselbe empfand.

Claire dachte an Laura. Sie freute sich darauf, heute mit ihr zu Abend zu essen. Außer Natasha war Laura ihre ganze Familie. Ihre Eltern waren tot, Tante Fleur ebenso, und ihre Scheidung lag so lange zurück, daß ihr Mann auch so gut wie aus der Welt war. Kurz flackerte sein Gesicht vor ihrem inneren Auge auf, doch sie schob es beiseite. Sie hatte keine Lust, jetzt über Philippe nachzudenken und sich damit den Abend zu verderben.

Auf dem Rückweg vom Museum hatte sie mit Laura Pläne für das Wochenende geschmiedet. Sie würden viel Spaß zusammen haben. Natasha war ebenso aufgeregt wie Claire über Lauras unerwartetes Auftauchen in Paris – und zur Abwechslung einmal ohne Doug im Schlepptau. Nicht, daß sie etwas gegen den Mann ihrer Freundin gehabt hätte, er war schon in Ordnung. Aber Laura nur für sie beide zu haben, war doch ein ganz besonderes Geschenk.

»Hast du irgendwelche Probleme, Claire?« fragte Hercule und unterbrach ihren Gedankengang.

Claire wandte sich zur Seite und sah ihn an. »Nein, natürlich nicht, Hercule!« rief sie aus. »Wie kommst du nur darauf?«

»Du bist während der Fahrt sehr still gewesen«, meinte er und legte leicht die Hand auf ihren Arm. »Und ich muß dir gestehen, daß dein Aussehen heute nachmittag mich zutiefst bestürzt hat. Claire, du hast abgenommen. Du siehst aus wie ... wie eine Bohnenstange.«

»Ach was, höchstens schlank wie eine Gerte!« konterte sie lachend. »Denk daran, was die Herzogin von Windsor zu sagen pflegte: Eine Frau kann niemals zu reich oder zu dünn sein.«

»Aber du bist zu mager.«

»Schon gut, Hercule, ich gestehe, daß ich Diät gehalten habe. Ich möchte schlank und chic auf deiner Silvesterparty erscheinen.«

»Du bist eine wunderschöne junge Frau, und diese ganzen Diäten sind unnötig. Fasten, fasten, fasten, und alles für ein Kleid in Größe sechsunddreißig. *Mon dieu,* du würdest ja durch ein Nadelöhr passen.«

»Eher geht ein Kamel durch ein Nadelöhr, als daß ein reicher Mann ins Himmelreich gelangt«, murmelte Claire, lächelte Hercule zu und nahm seine Hand. »Zum ersten Mal habe ich dieses Bibelzitat in diesem alten Tyrone-Power-Film mit Gene Tierney, Anne Baxter und Clifton Webb gehört.«

»*Auf Messers Schneide*«, ergänzte Hercule. »Wie könnte ich das jemals vergessen? Ich habe den Film hundertmal mit dir gesehen.«

»Vielleicht nicht ganz hundertmal«, gab Claire lachend zurück. »Aber wir sind gleich da, und mir geht es gut, Hercule, wirklich. Ich bin kerngesund. Nur ein bißchen überarbeitet, das ist alles. Aber hör zu, ich möchte mit dir über den Renoir reden. Wenn er noch nicht verkauft ist, könnte Laura durchaus Interesse an dem Bild haben. Für einen ihrer Klienten. Ich weiß, daß sie ihr Herz an einen Matisse oder Bonnard gehängt hat, falls sie einen auftreiben kann, aber warum nicht auch einen Renoir? Zu ihren Kunden gehören mehrere bedeutende Sammler.«

»Ich weiß, und dies ist eine ausgezeichnete Idee, Claire. Ich habe so das Gefühl, daß das Bild noch immer im Haus meiner Freundin hängt. Wenn sie es verkauft hätte, hätte sie mir bestimmt davon erzählt.« Er schenkte ihr sein strahlendes Lächeln und nickte erfreut. »Ich werde der Gräfin berichten, daß sich vielleicht die Möglichkeit eines Verkaufs eröffnet.«

3

»Das wird ein Wochenende wie in alten Zeiten«, schwärmte Laura. »Wie früher, als ich an der Sorbonne studiert habe und du gerade mit deinem Mann und dem Baby hergezogen warst. Damals haben wir uns wirklich amüsiert, was?«

Claire lachte. »O ja, das haben wir. Aber Natasha ist kein Baby mehr! Sie ist jetzt vierzehn, größer als wir beiden und interessiert sich für Make-up, Kleider und junge Männer. Dich wird der Schlag treffen, wenn du sie siehst, Laura. In den letzten paar Monaten ist sie richtig in die Höhe geschossen.«

Laura nickte, schmiegte sich tiefer in den Sessel und nahm noch einen Schluck Champagner.

Die beiden Frauen saßen in Lauras Hotelzimmer, wo sie in aller Ruhe einen Drink vor dem Abendessen hatten nehmen wollen. In der halben Stunde, die sie damit verbracht hatten, einander überschwenglich zu begrüßen und über den Renoir zu diskutieren, war jedoch das Wetter umgeschlagen. Als sie endlich zu Benoît aufbrechen wollten, einem ihrer Lieblingsbistros, herrschte dichtes Schneetreiben, und nach Auskunft des Portiers wehte ein eisiger Wind. Daher hatten die Freundinnen entschieden, daß es weit klüger wäre, im Hotel zu bleiben und den Zimmerservice in Anspruch zu nehmen.

»Was möchtest du essen?« fragte Laura und nahm die Speisekarte, die auf dem Couchtisch lag. »Mir ist alles gleich, Hauptsache, ich bekomme Pommes Frites dazu. In diesem Hotel machen sie die allerbesten, wie du weißt.« Sie grinste. »Wenn ich zu oft hier esse, werde ich noch zunehmen. Ich kann einfach nicht widerstehen.«

»Ich weiß, was du meinst. Ich nehme die gegrillte Seezunge – und dazu ebenfalls Pommes Frites.«

»Für mich dasselbe. Möchtest du eine Vorspeise, Claire?«

»Einfach einen grünen Salat. Hercule meint, ich sähe aus wie eine Bohnenstange, viel zu dünn. Was meinst du? Das stimmt doch nicht, oder?«

»Du bist ein bißchen schmaler als sonst, aber du siehst großartig aus, Claire. Ganz ehrlich, und sehr chic. Ich mag dich in diesem Tiefrot. Es betont dein rotes Haar.«

»Vielen Dank. Ich muß zugeben, daß ich meine Diät ein bißchen strenger als sonst eingehalten habe, damit ich in mein Kleid für Hercules Silvesterparty passe.« Claire zuckte die Achseln. »Auf der Herfahrt vom Studio hat er mir eine ordentliche Gardinenpredigt gehalten. Über mein Gewicht, meine ich.«

»Besorgt wie immer. Er liebt dich halt.«

Claire starrte ihre Freundin an und zog eine Braue hoch. »Ja sicher, er ist wie ein Vater zu mir.«

»Nein, ganz im Gegenteil. Er fühlt wie ein Liebender, besser gesagt, jemand, der dein Liebhaber, dein Ehemann werden könnte.«

»Du nimmst mich wohl auf den Arm!« rief Claire aus und sah Laura entsetzt an. »Hercule und ich, also wirklich. Red doch kein Blech.«

»Das ist kein Unsinn. Ich habe immer gewußt, daß er … wie soll ich sagen … ein Auge auf dich geworfen hat, Claire. Man kann es ihm vom Gesicht ablesen. Selbst Doug hat das mir gegenüber geäußert, und zwar mehr als einmal.«

»Hmm, dann bin ich also die letzte, die es merkt, ja?« Vehement schüttelte Claire den Kopf. »Ich liebe Hercule als Menschen. Er ist immer wunderbar zu mir gewesen und mein bester Freund in Paris... Aber ich habe kein... romantisches Interesse an ihm.«

»Du meinst, er ist dir zu alt?« hakte Laura nach.

»Nein, das Alter spielt dabei keine Rolle, und außerdem ist er trotz seiner sechsundsiebzig weit agiler als viele Leute in den Dreißigern, die ich kenne. Ich interessiere mich nur einfach nicht mehr für Männer, wie ich dir schon seit Jahren erzähle. Können wir jetzt bitte das Essen bestellen?«

»Ja, nur zu. Und ich nehme noch einen Champagner. Wie steht's mit dir? Martini?«

»Himmel, nein! Dann bin ich betrunken. Einer reicht mir.«

Laura ging zum Telefon, wählte den Zimmerservice an und gab ihre Bestellung durch. Dann fuhr sie behutsam fort. »Sieh mal, nur weil du eine schlechte Erfahrung gemacht hast, heißt das noch lange nicht, daß du die Schotten dichtmachen und dich gegen jeden anderen Mann verschließen mußt. Okay, du bist nicht an Hercule interessiert. Aber vielleicht läuft da draußen in der Welt jemand anderes herum, der genau der Richtige für dich ist, Claire. Wenn du dir selbst bloß den Hauch einer Chance geben würdest...«

»Nein!« rief Claire leise, aber nachdrücklich aus. »Kein Interesse. Die Ehe ist ein Schlachtfeld, und ich stehe mit meinen Narben als Zeugin dafür ein. Ich habe diesen Krieg gewonnen, indem ich mich aus dem Kampfgetümmel zurückgezogen habe, und ich hege keinerlei Absicht, mich noch einmal in die Schußlinie zu begeben.« Sie lachte unfroh. »Wenn man sich dem Schmerz aussetzt, hat man keinen Platz mehr... nirgendwo auf der Welt.«

»Die Ehe muß aber doch kein Schlachtfeld sein«, wandte Laura ein. »Meine jedenfalls ist keines.«

»Dann hast du eben mehr Glück gehabt als ich, Laura. Du bist Doug begegnet, hast dich in ihn verliebt, und irgendwie ist für dich alles reibungslos verlaufen. Ohne Streit, Machtkämpfe oder gravierende Meinungsverschiedenheiten. Ihr beiden seid vollkommen aufeinander eingestimmt und führt ein nettes, ordentliches und glückliches Eheleben.«

»Aus deinem Mund klingt das schrecklich langweilig!« ereiferte sich Laura. »Du weißt genau, daß das Zusammenleben mit Doug so einfach nun auch wieder nicht ist. Er kann auch pedantisch, perfektionistisch und rechthaberisch werden. Und er ist ein Nörgler! Mein Gott, ständig meckert er, weil ich nicht schwanger werde…« Laura unterbrach sich, schürzte die Lippen und schüttelte den Kopf. »Herrje, das klingt so gemein«, schloß sie matt und blickte bekümmert drein. Heftig warf sie sich gegen die Sofalehne zurück.

»Ich weiß, daß er dir ständig zusetzt, ein Kind zu bekommen. Aber die Ursache, daß du nicht schwanger wirst, könnte ja auch bei ihm liegen. Wieso gibt er dir die Schuld?«

»Keine Ahnung, aber das tut er. Zumindest habe ich das Gefühl. Wir haben uns noch einmal untersuchen lassen, und anscheinend ist bei uns beiden alles in Ordnung. Nur ich werde halt nicht schwanger.«

»Willst du denn ein Kind?« fragte Claire und sah Laura forschend an.

»Doch, schon, ich habe mir immer ein Kind gewünscht. Aber ich bin erst einunddreißig, also habe ich noch Zeit. Schließlich bin ich noch nicht alt und grau.«

»Vielleicht sieht Doug das Ganze zu verkrampft, Laura«, meinte Claire ruhig. Ihre Miene wirkte nachdenklich. »Das passiert oft. Ein Mann und eine Frau bekommen kein

Kind. Sie reagieren panisch, und genau das wirkt sich zu ihrem Nachteil aus.«

»Ich bin nicht panisch.«

»Du nicht, aber Doug vielleicht, Liebes.«

»Mag sein. Auf jeden Fall benimmt er sich im Moment ziemlich hektisch.«

»Er muß lernen, sich zu entspannen.«

Laura lachte. »Du träumst wohl. Entspannen! Himmel, Doug ist ein Nervenbündel, immer auf Trab und rennt von Pontius zu Pilatus, wie Grandma Megan sagen würde. Kürzlich hat sie mir erklärt, Doug könnte es gar nicht lange genug in einem Bett aushalten, um ein Baby zustande zu bringen.«

Claire brach in Gelächter aus. »Die gute alte Grandma Megan! Ich muß zugeben, daß mir ihre farbige Ausdrucksweise und ihre unverblümte Art fehlen. Sie hat doch immer einen treffenden Spruch auf Lager.«

»Neulich erklärte sie mir, in ihrem Alter nehme sie sich das Recht heraus, jedermann alles zu sagen, wonach ihr der Sinn stehe.«

»Alte Leute sind oft ein bißchen so. Ich schätze, man gelangt an einen Punkt, an dem man nichts mehr um die Meinung anderer gibt. Diese Art Freimütigkeit kann durchaus erfrischend sein.« Sie stieß Laura leicht in die Rippen. »He, weißt du noch, was wir uns als junge Mädchen immer vorgenommen haben? Wenn wir alte Frauen wären und mit Männern und all dem Unsinn abgeschlossen hätten, wollten wir zusammen an die französische Riviera ziehen. Dort würden wir am Strand sitzen, breite Florentinerhüte und Kaftane tragen und uns von wunderschönen jungen Gigolos die Zehennägel purpurrot lackieren lassen.«

Laura nickte, und ihre Miene hellte sich auf. »Klar erinnere ich mich. Wir beiden besaßen damals eine blühende Phantasie.«

»Ach weißt du, vielleicht machen wir unseren Traum ja noch wahr«, erklärte Claire grinsend. »Wenn wir erst groß sind.« Sie nahm einen Schluck von ihrem Gin Martini und wechselte das Thema. »Ich bin gespannt, was du sagst, wenn du Natasha wiedersiehst. Ich habe dir ja schon erzählt, daß sie sich in letzter Zeit ziemlich gemausert hat, und seit du sie letzten Sommer gesehen hast, hat sich auch ihr Gesicht verändert. Sie wirkt irgendwie schmaler, wozu natürlich auch beiträgt, daß sie einen Teil ihres Babyspecks verloren hat. Sie ist ganz einfach sehr, sehr hübsch geworden.«

»Wie die Mutter, so die Tochter.«

Claire lächelte nur. »Natasha ist ein ganz besonderes Kind, Laura, auch wenn ich das als ihre Mutter gar nicht behaupten dürfte. Trotzdem strahlt sie wirklich etwas Spezielles aus ... ach, ich weiß nicht, etwas Magisches.«

»Dein Leben war vielleicht eine Zeitlang ein Schlachtfeld, aber immerhin ist etwas dabei herausgekommen, glaubst du nicht?«

»Ja, ganz bestimmt. Natasha ist alles wert gewesen ... In diesem Krieg habe ich tatsächlich etwas Herrliches gewonnen. Sie ist ein Juwel, und ich liebe sie über alles.« Claires Stimme hatte sich verändert. Tiefe Zärtlichkeit klang darin, als sie jetzt weitersprach. »Ich habe keine Ahnung, worauf das alles hinausläuft, unsere heutige Welt oder mein Schicksal. Aber was immer das sein mag, das Kind hat meinem Leben einen Sinn gegeben. Natasha ist der beste Teil von mir. Jeden Tag danke ich Gott dafür, daß ich sie zur Welt gebracht habe und sie bei mir lebt. Auf eine merkwürdige Weise behütet sie mich. Manchmal verhält sie sich, als wäre sie die Mutter und ich das Kind.«

»Ich finde, sie ist schon immer sehr reif für ihr Alter gewesen«, murmelte Laura, um dann einen behutsamen Vorstoß zu wagen. »Sieht sie ihren Vater manchmal?«

»Nein.« Claire schüttelte den Kopf und verzog das Gesicht. »Nun ja, jedenfalls nicht oft. Sie macht sich nichts mehr aus ihm. Anfangs hat er ihr natürlich gefehlt, aber jetzt hat sie sich damit abgefunden.« Claire seufzte leise. »Zumindest, was das Finanzielle angeht, kann ich mich über Philippe nicht beklagen. Seine Schecks treffen jeden Monat pünktlich ein, und er hat noch nie eine Zahlung ausgelassen.«

»Ich dachte immer, er liebt seine Tochter«, meinte Laura halblaut, unterbrach sich jedoch abrupt, als sie Claires Miene sah.

»Hmmm.« Claire drehte ihr Martiniglas an seinem zarten Stiel, und von neuem trat ein nachdenklicher Ausdruck in ihre grünen Augen. Sie starrte in ihren Drink.

Laura beschloß, nicht weiter über Natashas Vater und seine Gefühle für sein Kind zu sprechen. Dieses Thema stellte bei Claire einen wunden Punkt dar.

Kurz darauf stand der Zimmerkellner vor der Tür. Laura ließ ihn ein und räusperte sich verstohlen. »Unser Essen ist da, Claire. Ach, soll ich uns Wein bestellen?«

Claire nickte. »Ein Glas Weißwein zum Fisch, das wäre nett. Danke, Laura. Warum nimmst du nicht eine kleine Karaffe von dem Hauswein? Er ist gut. Eine ganze Flasche wäre zu viel für uns.«

Nachdem sie ihre Bestellung aufgegeben hatte, setzte Laura sich an den Tisch und wandte ihre Aufmerksamkeit dem Salat zu. Schweigend widmeten die beiden Freundinnen sich ein paar Minuten dem Essen. »Hat Hercule dir schon mitgeteilt, was der Renoir seiner Freundin kosten soll?« fragte Laura dann. »Zumindest eine ungefähre Vorstellung, was sie dafür verlangt?«

»Nein, und um die Wahrheit zu sagen, habe ich keine Ahnung, ob er das selbst weiß.«

»Billig wird die Sache jedenfalls nicht«, grummelte Laura, blickte von ihrem Teller auf und sah Claire an. »Um es mit Gertrude Stein zu sagen, ein Renoir ist ein Renoir ist ein Renoir.«

»Schön ausgedrückt. Hör mal, Hercule könnte sich als gute Quelle für dich erweisen. Unter seinen Klienten befinden sich viele Kunstsammler, und der eine oder andere hat vielleicht auch etwas zu verkaufen. Ein Bild, das von Interesse für dich ist, meine ich, zum Beispiel einen Matisse oder Bonnard. Du sagtest doch, daß dein Kunde verrückt nach diesen beiden Malern sei.«

»Das stimmt; und ein anderer Klient von mir behauptet ständig, für einen Gauguin würde er seinen rechten Arm hergeben. Zumindest hat er sich in diesem Sinne geäußert.«

»Du weißt ja, daß Hercule ein bedeutender Gauguin-Experte ist. Wenn etwas auf den Markt kommt, wird er davon hören. Wir sollten mit ihm reden. Am Wochenende. Ich lade ihn für einen der Abende zum Essen ein.«

»Ich mag Hercule, und ich genieße es, mich mit ihm über Kunst zu unterhalten. Über jedes Thema eigentlich. Er ist ein sehr interessanter Mensch.«

»Großartig, dann bitte ich ihn für Sonntag zum Essen.« Claire legte ihre Gabel ab und lehnte sich zurück. »Ich habe ganz vergessen, dir zu erzählen, daß ich vor ein paar Wochen Dylan getroffen habe.«

»Ach ja? Und wie geht's meinem kleinen Bruder?« fragte Laura. Sie klang erstaunt.

»Er ist ungnädig wie immer, sogar ein wenig streitsüchtig, um ehrlich zu sein. Er hatte mich zum Abendessen ins Espadon eingeladen. Er wohnte im Ritz und schien es darauf anzulegen, auf Teufel komm raus einen Streit mit einem der Kellner vom Zaun zu brechen. Zuerst war mir dabei ein bißchen unwohl, aber schließlich hat Dylan sich beruhigt – nachdem ich ihm unter dem Tisch vors Schienbein getreten und ihn in den Arm gekniffen hatte. Ich hasse es, wenn er auf Menschen herumhackt, die sich nicht wehren können.«

»Was für ein Jammer, daß er diese abscheuliche kleine

Angewohnheit immer noch nicht abgelegt hat. Und was treibt Dylan sonst noch? Ich meine, wirklich. Mom behauptet ständig, er hätte endlich gelernt, sich zu benehmen, und bekäme sein Leben jetzt in den Griff. Aber wie du weißt, hat mein Bruder sich seit jeher darauf verstanden, Mutter Sand in die Augen zu streuen.«

»So erstaunlich das für dich klingen mag, Laura, aber ich glaube, daß er wirklich gut zurechtkommt. Auf eine eigenartige Weise hat das Leben in England ihn ... wie soll ich sagen? Ja, er ist zur Ruhe gekommen und hat sein Leben in Ordnung gebracht. Ich glaube, Dylan hat seinen Platz gefunden. Er sagt, er liebe seine Arbeit bei *Time*, und ich glaube ihm.«

»Gut zu hören. Aber ich wette, sein Privatleben ist ein einziges Chaos.«

Claire grinste. »Eine ausgewachsene Katastrophe, um ihn zu zitieren. Wie er erzählt, hat seine Freundin Minerva sich von ihm getrennt, und nun macht er sich Sorgen, sie könnte schwanger sein und ihm sein Kind vorenthalten. Seine Exfreundin Nina stellt ihm nach, behauptet er. Und jetzt hat er eine neue junge Frau kennengelernt – Inga, eine Schwedin –, und er überlegt, ob sie nicht zusammenziehen sollen. Ach, und er hat sich einen Bauernhof in Wales gekauft.«

»Das alles war wohl nicht anders zu erwarten«, meinte Laura und konnte sich das Lachen nicht verkneifen. »Wir beiden hatten recht, als wir Dylan schon vor Jahren abgeschrieben haben. Wie Gran ständig verkündet, ist er einfach ein unartiger Junge. Und was er von uns hält, weißt du ja. Er hat etwas gegen uns beide und unsere Freundschaft. Dylan hat uns nie verziehen, daß wir ihn als kleinen Jungen immer weggeschickt und von unseren Unternehmungen und Spielen ausgeschlossen haben. Und dann noch seine Wutanfälle. Ziemlich durcheinander, mein Herr Bruder.«

»Sind wir das nicht alle?« Claire musterte Laura eingehend.

»Wahrscheinlich. Ich schätze, die Valiants sind genauso funktionsgestört wie jede beliebige andere Familie.«

»Laß das lieber nicht Grandma Megan hören ...«

»Sonst gerbt sie mir das Fell, um die liebe alte Gran zu zitieren«, schloß Laura.

»Trotzdem bin ich froh, daß ich daran teilhaben durfte.«

Laura bedachte Claire mit einem fragenden Blick aus ihren strahlendblauen Augen. »Was meinst du damit?«

»Daß ich ein Teil deiner gestörten, verrückten, wunderbaren Familie sein durfte. Ohne die Valiants wäre mein Leben vielleicht ganz anders verlaufen.«

»Zumindest hättest du deinen Verstand gerettet.«

»Nein, ich wäre gewöhnlich und langweilig geworden.«

»Ausgerechnet du? Niemals! Du bist als etwas ganz Besonderes zur Welt gekommen, nimm mein Wort darauf. Und ich bin froh, daß du nach wie vor zu uns gehörst, ein Teil von uns bist. Du hast den Valiants so viel Wunderbares von dir geschenkt. Ganz besonders mir.«

Laura fuhr aus dem Schlaf.

Sie war in kalten Schweiß gebadet, und das Nachthemd klebte ihr am Körper. Mühsam richtete sie sich in eine sitzende Haltung auf, schlug die Bettdecken zurück und schwang die Füße auf den Boden. Gleichzeitig knipste sie die Nachttischlampe an.

Auf dem Weg ins Badezimmer fragte sie sich ernstlich, ob sie sich einen Virus eingefangen hatte. So stark zu schwitzen war nicht normal; Laura hoffte nur, daß sie keine Grippe oder schwere Erkältung ausbrütete. Sie durfte einfach nicht krank werden, dazu hatte sie in den wenigen Wochen bis Weihnachten noch zu viel zu tun.

Nachdem sie das Nachthemd ausgezogen und sich abgetrocknet hatte, hüllte Laura sich in einen Frotteebademantel und ging auf bloßen Füßen zurück ins Zimmer. Hellwach stopfte sie die Kissen am Kopfende zusammen und setzte sich aufs Bett.

Sie zappte sich durch die Fernsehkanäle, fand CNN und trank im Sitzen das Glas Sprudelwasser, das sie vor dem Schlafengehen auf den Nachttisch gestellt, bis jetzt aber nicht angerührt hatte. In die Kissen gelehnt, starrte sie auf das Gerät und war dankbar dafür, daß der Sender aus Atlanta Tag und Nacht einen ununterbrochenen Strom von Nachrichten in alle Welt schickte. Zumindest konnte sie sich so in den frühen Morgenstunden etwas Gescheites ansehen.

Mit einem Mal stand Laura von neuem ihr seltsamer Traum vor Augen. Sie stellte das Glas ab, daß es klirrte, und setzte sich aufrecht hin ... Sie hatte von Rosa Lavillard geträumt. Die Stimmung war bedrückend, ja furchteinflößend gewesen. Sie hatte sich zusammen mit Rosa in einem riesigen Gebäude in einer unbekannten Stadt befunden, und sie beide hatten sich in den labyrinthischen Korridoren verirrt, die alle ins Nirgendwo zu führen schienen. Endlos erstreckten sich die Flure, von denen zahllose Türen abzweigten. Jedesmal, wenn sie eine davon öffneten, blickte ein verblüffter Bewohner auf, starrte sie an und erklärte ihnen auf ihre Frage, der Ausgang liege am anderen Ende des Korridors. Doch das stimmte nie. Jede neue Tür führte nur in einen weiteren Flur. Laura wurde nervös, geriet außer sich und wäre fast in Panik verfallen, doch Rosa Lavillard verhielt sich anders. Die ältere Frau blieb ruhig.

»Man findet immer einen Ausweg«, hatte Rosa ein ums andere Mal wiederholt, und doch vermochten sie die Tür, die nach draußen – und in die Freiheit – führte, nicht zu entdecken.

Immer weiter war die Temperatur in den fensterlosen Fluren gestiegen, und Laura hatte sich überhitzt und erschöpft gefühlt. Aber Rosa war unerschütterlich und stoisch weitergegangen und hatte immer wieder versprochen, sie beide aus diesem Labyrinth zu befreien, was auch geschehen mochte. Die letzte Tür führte auf eine Rutsche. Rosa hatte Laura darauf geschoben, und sie glitt tiefer und tiefer in eine grauenhafte Finsternis hinab. Und während Laura in diesen bodenlosen Schacht hinabsauste, hörte sie Rosa auf Französisch singen, obwohl sie die Worte nicht genau verstand ... Plötzlich saß Rosa selbst auf der Schräge und raste hinter Laura in die Tiefe, wobei sie wie um ihr Leben schmetterte.

Und dann war Laura aufgewacht. Schweißgebadet, und das aus gutem Grund. Im Traum hatte sie große Angst empfunden.

Der Alptraum stellte Laura vor ein Rätsel. Was in aller Welt hatte er zu bedeuten? Und warum war Rosa Lavillard darin vorgekommen, eine Frau, die sie kaum kannte? Zumindest die zweite Frage war relativ einfach und offensichtlich zu beantworten. Sie war den Lavillards heute über den Weg gelaufen, und anscheinend hatte sie sich unbewußt weiter mit ihnen beschäftigt.

Als die Freundinnen nach ihrem Abendessen beim Kaffee gesessen hatten, war Laura einen Augenblick lang drauf und dran gewesen, Claire von der Begegnung mit den beiden im Museum zu erzählen, aber dann war der richtige Moment ungenutzt verstrichen. Claire hatte begonnen, über den Renoir, Hercule und ihre Pläne für das Wochenende zu plaudern. Aber ich hätte ihr davon erzählen sollen, tadelte Laura sich schuldbewußt. Eine Unterlassungssünde ist auch eine Art Lüge.

Ein paar Minuten verweilten ihre Gedanken noch bei den Lavillards und sprangen dann weiter zu ihrem Bruder Dylan.

Ihr war klar, daß sie ihn in London anrufen sollte, um einfach Hallo zu sagen, aber bis jetzt hatte sie sich davor gedrückt. Seit Tagen schob sie das Gespräch vor sich her, und zwar aus einem ganz einfachen Grund. Ihr Bruder und sie gerieten sich grundsätzlich in die Haare. Dylan war von Natur aus streitlustig, und sie war nicht im geringsten überrascht gewesen, als Claire ihr erzählte, wie er sich an jenem Abend im Ritz mit dem Kellner angelegt hatte. Dylan suchte nur allzugern Händel mit jedermann. Ihr Bruder war verwirrt und wie von Dämonen besessen. Aber waren sie das nicht alle? Ihre wunderbaren walisischen Großeltern hatten immer behauptet – nein, sie hatten sich dessen gerühmt –, daß sie Kelten und deswegen anders seien, und Laura hatte dies zumindest mit einem Teil ihres Herzens geglaubt.

Aber sie war auch so klug zu erkennen, daß sie selbst und ihr Bruder tatsächlich bis zu einem gewissen Grade eigenartig, aufgewühlt und beziehungsgestört waren. Zumindest teilweise war daran ihre Familie schuld: ihre Mutter, die zwar liebevoll, aber flatterhaft und nachlässig gewesen war und sich zum Nachteil ihrer Kinder ganz und gar ihrem Ehemann und ihrer Malerei verschrieben hatte; ihr Vater, der dieses Verhalten überkompensiert und seine Kinder mit seiner Liebe erdrückt hatte – und ihre Großmutter, die berühmte Schauspielerin. Die Kinder waren mit ihrer theatralischen Art, ihren Extravaganzen und den mythischen Geschichten aus dem alten Wales aufgewachsen.

Laura lächelte in sich hinein. Was immer diese Erziehung auch aus ihr gemacht haben mochte, sie wußte jedenfalls ganz genau, wer sie war: eine Valiant und stolz darauf.

4

»Schön daß Sie Zeit hatten, sich mit mir zu treffen, Laura«, erklärte Hercule Junot und schenkte ihr sein herzliches Lächeln. »Meine Freundin reist noch heute abend zu ihrem *château* an der Loire ab, und dieser Termin um drei Uhr nachmittags war der einzige, zu dem sie uns noch empfangen konnte.«

»Kein Problem, Hercule. Ich freue mich, sie zu treffen, und was den Renoir angeht, bin ich schon ganz aufgeregt. Verblüffend, daß er sich noch in ihrem Besitz befindet.«

»Claire kann von Glück reden, und Sie ebenfalls. Aber kommen Sie, lassen Sie uns keinen Augenblick länger zögern.« Hercule nahm Lauras Arm und führte sie durch das Foyer des Plaza Athénée, wobei er im Gehen weitersprach. »Draußen wartet mein Wagen. Meine Freundin wohnt im *Septième*, in Saint-Germain-des-Prés. Wir haben also nicht weit zu fahren.«

»Dies ist einer der Stadtteile, die ich an Paris besonders liebe«, gestand Laura, während sie auf die Straße traten und zum Auto gingen. Sie nahmen auf dem komfortablen Rücksitz Platz, und der Wagen setzte sich in Bewegung. »Ja, ich verstehe, was Ihnen am siebten Arrondissement gefällt«, meinte Hercule. »Auch für mich selbst ist dieses Viertel immer etwas ganz Besonderes gewesen, vielleicht ebenso wegen seiner Vielfalt wie um seiner Schönheit willen … Eine Enklave für Aristokraten und ihre wunderbaren Villen, und dennoch ein Viertel, in dem es von Studenten, Künstlern und Schriftstellern wimmelt.«

»Zu meiner Studienzeit an der Sorbonne habe ich mich ständig im Siebten herumgetrieben, Hercule«, verriet Laura ihm. »Wenn ich nicht durch das Rodin-Museum gewandert bin, saß ich im Café de Flore oder im Deux Magots, oder ich war zum Invalidendom unterwegs, um Napoleons Grab zu besuchen.«

»Stimmt, ja, er gehört zu Ihren Lieblingspersönlichkeiten«, sagte Hercule. »Claire hat mir schon erzählt, wie sehr Sie unseren berühmten Kaiser verehren.«

Laura lächelte. »Napoleon und Winston Churchill sind meine beiden großen Helden.«

»Nicht Lincoln oder George Washington?«

»Nun ja, schon, aber auf eine andere Art. Churchill steht bei mir an erster Stelle, und dann kommt Napoleon. Darin hat mich mein walisischer Großvater stark beeinflußt. Er war der Meinung, Churchill habe die westliche Zivilisation vor dem Untergang gerettet, einmal abgesehen davon, daß er ganz Europa geholfen habe, die schwierigen Zeiten des Zweiten Weltkriegs durchzustehen. Bis zu seinem Todestag erklärte mein Großvater Owen Valiant immer wieder, Churchill sei die bedeutendste Persönlichkeit des zwanzigsten Jahrhunderts gewesen. Und ich kann mich seiner Überzeugung nur anschließen.«

»Und wie sind Sie zu Napoleon gekommen, dem großen Diktator?«

»Sehen Sie ihn so … als Tyrannen?«

»Ich persönlich nicht. Darin teilen übrigens die meisten Franzosen meine Meinung. Aber die übrigen Europäer?« Hercule zuckte verhalten die Achseln und hob die Hände. »Sie halten ihn für ein Ungeheuer, aber ich glaube nicht, daß er das war.«

»Ganz meine Meinung. Und Napoleon entdeckt habe ich während meiner Studienzeit. Ich stieß auf eine wunderbare Biographie von Vincent Cronin und war fasziniert. Ich finde, Napoleon war ein Genie.«

Hercule nickte. »Was ihn angeht, gibt es keine Halbheiten. Entweder man liebt ihn, oder man verabscheut ihn. Um aber auf ein anderes Thema zu kommen, Laura, ich muß Ihnen von meiner Freundin erzählen, die Sie gleich kennenlernen werden. Ihr Name ist Jacqueline de Antoine-St. Lucien, und ich kenne sie seit vielen Jahren. Ihr verstorbener Gatte Charles war ein enger Freund von mir, und er hat Jacqueline in ihrer großen Leidenschaft unterstützt ... dem Sammeln von Kunst. Sie besitzt einen erlesenen Geschmack ...« Er hielt inne und küßte genießerisch seine Fingerspitzen. »*Superbe, formidable*. Ihre Sammlung ist hinreißend. In wenigen Minuten werden Sie einige der bedeutendsten Gemälde der Welt betrachten.«

»Warum will die Gräfin den Renoir verkaufen?« fragte Laura neugierig.

»Den eigentlichen Grund hat sie mir nicht anvertraut, aber ich weiß, daß der Unterhalt des Familienschlosses bei Loches gewaltige Summen verschlingt. Letztes Jahr hat sie einen van Gogh veräußert.«

»Ich wünschte, ich hätte davon gewußt!«

»Das geht mir nicht anders, Laura. Sonst hätte ich Sie gewiß informiert. Sofort. Wie Jacqueline mir später erzählte, ist das Bild nicht einmal auf den Kunstmarkt gelangt. Jemand sah den van Gogh und unterbreitete ihr ein Angebot, und ihm hat sie das Bild verkauft – einfach so.« Er schnippte mit den Fingern. »Soweit ich weiß, hatte sie gar nicht vor, das Gemälde abzugeben, aber das Angebot war so enorm, daß sie es einfach nicht ausschlagen konnte.«

»Unter allen Werken van Goghs sind mir die *Weißen Rosen* am liebsten.«

»Ah, *mais oui*, dieses Bild ist das allerschönste. Und nun hängt es wieder in Frankreich, zumindest für den Augenblick.«

»Schon, aber in der US-Botschaft.«

»Und damit streng gesehen auf amerikanischem Boden«, gestand Hercule ihr zu. »Tatsächlich befindet sich das Gemälde in der Botschafterresidenz.«

»Ich würde alles geben, um es einmal zu sehen.«

»Vielleicht könnte man das arrangieren. Ich kenne Pamela Harriman, die Botschafterin.«

»Das wäre wunderbar, Hercule. Übrigens, was verlangt Ihre Freundin für den Renoir? Oder wissen Sie das nicht?«

»Als ich gestern abend mit ihr sprach, erwähnte sie, daß sie an ungefähr vier Millionen denkt. Etwas in dieser Richtung.«

»Dollar?«

»Allerdings, US-Dollar. Ah, da sind wir ja, Laura. Hier wohnt Jacqueline. Das Haus befindet sich schon seit vielen, vielen Jahren im Besitz der Familie.«

Die Privatvilla oder *hôtel particulier* gehörte zu einer Reihe ähnlicher Residenzen, die – verborgen hinter hohen Mauern aus hellem Stein – die berühmte Straße säumten. Der Chauffeur klingelte, und kurz darauf öffnete ein Bediensteter in einer gestreiften Uniform die riesigen, dunkelgrün gestrichenen und mit dicken Beschlägen verzierten Holzflügel des Tores.

Als der Mercedes in den gepflasterten Hof rollte, erblickte Laura zur Rechten ein Hausmeisterhäuschen und in der Mitte der Fläche einen Springbrunnen. Vor den efeubewachsenen Wänden standen zwei herrliche alte Haselnußbäume. Die Bäume hatten einen großen Teil ihres Laubs abgeworfen und wirkten an diesem kalten Dezembernachmittag ein wenig traurig.

Hercule half Laura aus dem Wagen, und gemeinsam schritten sie die breite Fronttreppe hinauf. Diese führte zu Doppeltüren aus dickem, in geschnörkeltes Schmiedeeisen gefaßtem Glas. Ehe Hercule auf den Klingelknopf drücken konnte, hatte ihnen schon ein Diener mit dunklem Anzug und Fliege geöffnet.

Hercule begrüßte ihn mit einem Kopfnicken. »*Bonjour,* Pierre.«

Der Butler neigte das Haupt. »Monsieur, Madame. *Entrez, s'il vous plaît.*« Während er sprach, öffnete er die Tür weiter, um die beiden ins Foyer einzulassen, das wie eine lange Galerie gestaltet war. An der gegenüberliegenden Schmalseite befanden sich Glastüren, die ins Freie führten. Während Pierre sie durch die Galerie geleitete, warf Laura rasch einen Blick hindurch und sah einen Park, einen von Bäumen umstandenen Rasen und in der Mitte einen Springbrunnen, genauso wie im vorderen Hof.

»*Madame la comtesse* erwartet Sie im grünen Salon, Monsieur«, murmelte der Butler.

Laura konnte sich eines gerührten Lächelns nicht erwehren, als sie Jacqueline, Comtesse de Antoine-St. Lucien, erblickte. Die Gräfin war die zierlichste, hübscheste Frau, die ihr jemals unter die Augen gekommen war. Sie konnte nicht größer sein als einen Meter achtundvierzig, war schlank und besaß weit auseinanderstehende, leuchtendgrüne Augen, modisch geschnittenes Haar und ein engelsgleiches Gesicht, auf dem kaum Falten zu entdecken waren. Sie strahlte etwas sehr Kindlich-Niedliches aus, obwohl Laura vermutete, daß sie Anfang Siebzig sein mußte.

Jacqueline, die vor dem Kamin des blaßgrün gehaltenen *salon vert* stand, erwiderte Lauras Lächeln und kam rasch herbei.

»Hercule!« rief sie aus. »Wie nett, daß du gekommen bist und deine Freundin mitgebracht hast.«

Hercule küßte sie auf beide Wangen. »Ich freue mich sehr, dich zu sehen, Jacqueline«, antwortete er. »Darf ich dir Laura Valiant vorstellen? Laura, dies ist die Comtesse de Antoine-St. Lucien.«

»Ich bin entzückt, Sie kennenzulernen, Mademoiselle«, sagte Jacqueline und schüttelte Laura die Hand.

»Ganz meinerseits, Gräfin«, entgegnete Laura und lächelte der perfekt gepflegten und elegant gekleideten Frau zu.

»Kann ich Ihnen etwas anbieten? Kaffee, Tee, einen Drink vielleicht?«

»Nein, vielen Dank«, antwortete Laura.

Hercule schüttelte den Kopf. »Für mich auch nicht, Jacqueline. Aber ich danke dir.«

»Dann wollen wir uns doch setzen«, antwortete die Gräfin, lächelte liebenswürdig und führte sie zu einer Gruppe bequemer Sessel in der Nähe des Kamins.

Fast sofort brachte Hercule die Sprache auf das *château* bei Loches im Loiretal, an dem die Gräfin anscheinend Reparaturarbeiten am Dach durchführen ließ. So hatte Laura Gelegenheit, sich umzusehen.

Rasch ließ sie den Blick durch den Raum schweifen und registrierte die nilgrünen Wände, die blaßgrünen Seidenbezüge der Stühle und Sofas und die passenden Taftvorhänge. Der zarte Farbton der Wände gab einen weichen, bezaubernden Hintergrund für die Gemälde in diesem Raum ab, unter denen sich ein Bonnard, ein Degas und ein Cézanne befanden. Und natürlich der Renoir. Das Bild hing an einer schmalen Seitenwand über einer Kommode mit gewölbter *bombé*-Front.

Laura empfand einen quälenden Drang aufzuspringen und das Gemälde anzusehen, doch das verboten ihr ihre guten Umgangsformen.

Statt dessen erhob Hercule sich plötzlich und rief aus: »Ah, der Renoir. Jacqueline, wenn du erlaubst, ich muß ihn noch einmal anschauen.«

»Aber gewiß doch, Hercule«, antwortete die Gräfin. »Bitte, tu dir keinen Zwang an, und auch Sie nicht, Mademoiselle Valiant. Geht nur und betrachtet das Bild.«

»Kommen Sie, Laura«, forderte Hercule seine junge Freundin auf. »Ich weiß, daß Sie darauf brennen, alle Kunstwerke der Gräfin in Augenschein zu nehmen.«

»Nun ja, das stimmt«, gestand Laura.

Sie traten vor den Renoir, standen da und betrachteten das Werk. Beide waren entzückt von seiner Schönheit und Anmut.

»Ich habe dieses Bild im Lauf der Jahre oftmals gesehen, Laura«, meinte Hercule, »und ich muß gestehen, daß ich niemals müde werde, es zu betrachten. Aber schließlich war Renoir, wie wir wissen, ein großer Meister.«

»Und dieses Gemälde hier ist einfach hinreißend«, murmelte Laura mit ehrfürchtigem Unterton. Dennoch konnte sie sich des Verdachts nicht erwehren, ihr kanadischer Kunde könnte das Bild zu klein finden. Bei ihren vorhergehenden Transaktionen hatte er in der Regel größere Formate bevorzugt. Andererseits war dieses Gemälde ein kleines Juwel; im Licht des Bildes schimmerte die Haut des Modells wie Perlmutt, und das Mädchen schien wahrhaftig zum Leben zu erwachen, so wie die Landschaft und der Teich neben dem Stein, auf dem die junge Frau saß. Laura hoffte sehr, daß ihr Klient es kaufen würde.

Nachdem Hercule und Laura eine oder zwei Minuten vor dem Bild verweilt hatten, nahm der Franzose ihren Arm und zog sie auf die andere Seite des Raumes, um zuerst den Degas, darauf den Bonnard und schließlich den Cézanne zu betrachten. Alle drei waren wie der Renoir vollkommen, erstklassige Zeugnisse der Arbeit des Künstlers. Laura konnte nicht umhin zu überlegen, ob vielleicht auch eines dieser Bilder zum Verkauf stand, insbesondere der große Cézanne.

Schließlich gesellten sie sich vor dem Kamin wieder zu ihrer Gastgeberin. »Der Renoir ist exquisit, und Ihre übrigen Bilder ebenfalls, Gräfin«, erklärte Laura der Gräfin. »Sich in einem Raum mit vier solchen Meisterwerken zu befinden, ist eine bemerkenswerte Erfahrung. Ich meine, einem Raum in einem Privathaus.«

»*Merci*, Mademoiselle Valiant. Sie sind sehr freundlich, und ich muß sagen, daß es mich glücklich macht, diese Bilder anzusehen. Aber ich habe mich niemals mit Dingen umgeben, die mich erzürnen oder niederdrücken. Ich spüre das Bedürfnis, mich an der Kunst zu erbauen.«

»Sehr wahr!« rief Hercule aus. »Ich bin ganz deiner Meinung, Jacqueline. Und nun würde ich Laura gern ins Speisezimmer führen, um ihr die Gauguins zu zeigen. Gauguin ist einer Ihrer Lieblingsmaler, stimmt's, Laura?«

Sie nickte.

Jacqueline stand auf. »Ich begleite euch.« Mit diesen Worten schwebte die Gräfin über den Aubusson-Teppich und führte ihre Gäste durch die Galerie zum Eßzimmer, das am anderen Ende des Flurs lag.

Dort war in Schwammtechnik eine wolkige graurosa Farbe auf die Wände aufgebracht worden, ein Ton, der einen wunderbaren Hintergrund für die Gemälde abgab. Insgesamt hingen hier drei der atemberaubenden, naiv anmutenden Werke von Paul Gauguin. Eines befand sich an der Längswand und die beiden weiteren an den Stirnseiten des Raumes. Die vierte Wand war eine nach Norden liegende Fensterfront, durch die das Licht ungehindert einfiel und die perfekte Beleuchtung für genau diese Kunstwerke abgab.

Alle drei Gemälde bildeten dunkelhäutige Tahitianerinnen ab, am Strand, im Meer oder in der exotischen Naturlandschaft der polynesischen Inseln. Die bunten Lendentücher der Frauen, die farbenprächtige Vegetation und das ungewöhnliche Korallenrosa, dessen Gauguin sich so häufig bedient hatte, um die Erde und die Sandstrände von Tahiti dazustellen, betonten die dunklen Hautschattierungen. Die graurosa Wände des Eßzimmers, eine verhaltene Wiederholung dieses Korallentons, trugen ebenfalls dazu bei, die dunkelhäutigen Schönheiten hervorzuheben.

Laura stand wie gebannt da. Noch nie hatte sie solche Werke von Gauguin außerhalb eines Museums gesehen, und sie waren beeindruckend. Alle drei Gemälde waren großformatig und dominierend, genau die Art von Malerei, für die ihr anderer wichtiger Kunde, Mark Tabbart, seinen rechten Arm herschenken würde, wie er ihr gegenüber so häufig behauptete. »Die Bilder sind überragend«, rief sie mit einem Blick auf die Gräfin aus, und ehe sie sich Einhalt gebieten konnte, platzte sie schon heraus. »Sollten Sie einmal darüber nachdenken, sie zu veräußern, würde ich jedes einzelne oder auch alle kaufen.«

»Die Bilder sind tatsächlich fabelhaft«, murmelte Jacqueline. »Gauguin hat sie alle im selben Jahr, nämlich 1892, gemalt, und sie sind wahrhaftig außerordentliche Beispiele seines Schaffens. Ich könnte sie niemals veräußern, dazu liebe ich sie zu sehr. Doch selbst wenn ich den Wunsch hegte oder mich gedrängt fühlte, sie an den Meistbietenden zu versteigern, so wäre das leider nicht möglich, Mademoiselle Valiant. Die Gemälde haben meinem Mann gehört, und dieser hat sie unserem Sohn Arnaud und dessen Frau Natalie vermacht. Die Bilder befinden sich in meiner Obhut, damit ich mich für den Rest meines Lebens daran erfreuen kann, doch sie sind nicht mein Eigentum.«

»Ich beneide Sie darum, mit diesen Werken zu leben«, meinte Laura. »Sie sind so wunderschön. Man ist … geblendet.«

»Vielleicht sollten wir über den Renoir sprechen«, warf

Hercule ein. »Wie du weißt, Jacqueline, ist einer von Lauras Klienten womöglich daran interessiert. Und dann dürfen wir natürlich Claire Benson nicht vergessen, die das Bild am Montag fotografieren möchte.«

»Laßt uns in den *salon vert* zurückgehen. Dort können wir uns setzen und alles in Ruhe bereden«, antwortete Jacqueline.

Am späten Nachmittag setzte Hercule Laura wieder vor ihrem Hotel ab. Sie dankte ihm überschwenglich. »Ich werde meinen Kunden in Toronto anrufen und hoffe, daß ich der Gräfin am Montag eine Antwort übermitteln kann«, erklärte sie. »Vielleicht sogar noch eher.«

Hercule nickte. »Das ist auf jeden Fall früh genug, Laura.« Er half ihr aus dem Mercedes und begleitete sie bis zur Tür des Hotels. »Wenn ich darf, würde ich gern noch einen Moment mit nach drinnen kommen«, erklärte er. »Ich möchte mit Ihnen über zwei mir wichtige Anglegenheiten sprechen; eine betrifft die Kunst, und die andere Claire.«

Laura sah ihn erschrocken an. »Was ist mit Claire? Stimmt etwas nicht? Sie hören sich so merkwürdig an.«

»Möglich, daß ich besorgt klinge, Laura. Aber wir wollen nicht hier stehenbleiben. Bitte lassen Sie uns nach drinnen gehen und eine Tasse Tee zusammen trinken. Oder etwas anderes, wenn Sie wünschen.«

»Ja«, entgegnete Laura rasch, »selbstverständlich, Hercule.« In ihrer Stimme schwang eine plötzliche Unruhe, die sie nicht zu unterdrücken vermochte.

Gemeinsam traten sie ins Foyer. »Ich glaube, ich möchte keinen Tee«, verkündete Laura. »Ein Drink wäre mir lieber. Können wir bitte in die Bar gehen, Hercule?«

»*Mais oui*, nur zu.« Ohne ein weiteres Wort schritten sie

schweigend weiter und gingen die Treppe zur Bar hinunter. Laura sprach erst weiter, als sie schließlich an einem der kleinen Tische im schummrigen Licht der Bar Anglais mit ihrer Clubatmosphäre saßen.

»Warum sorgen Sie sich um Claire? Bitte erzählen Sie mir davon, Hercule.«

»Das werde ich, aber alles zu seiner Zeit. Lassen Sie uns zuerst bestellen. Was möchten Sie?«

»Ein Glas Weißwein, bitte.«

Hercule winkte den Kellner heran, gab Lauras Bestellung auf und ließ sich selbst einen Scotch mit Soda bringen. Dann lehnte er sich in den schwarzen Ledersessel zurück und begann zu sprechen. »Auf Claire komme ich gleich. Zuerst möchte ich mit Ihnen über Malerei reden. Eine ernste Angelegenheit«, versetzte er nach kurzem Zögern.

Laura nickte und sah ihn beunruhigt an. »Bitte erzählen Sie mir davon, Hercule.«

»Es geht um Bilder von Gauguin. Es ist von höchster Wichtigkeit, daß Sie mir Mitteilung machen, wann immer eines davon in den Staaten auf den Markt gelangt. Vorausgesetzt natürlich, Sie erfahren davon und sind für einen Kunden daran interessiert. Ich bitte Sie, dies zu Ihrem eigenen Schutz zu tun.«

»Natürlich gebe ich Ihnen Bescheid. Aber warum das alles?«

»Es existieren mehrere Gauguins, die, nun … fragwürdig sind. Ich weiß, wieviel Sie von Gauguin als Maler halten und wie sehr Sie seine Arbeiten lieben, daher möchte ich nicht, daß Sie einen Fehler begehen. Keinesfalls sollten Sie sich zu etwas verpflichten, ohne zuvor mit mir gesprochen zu haben.«

»Sie meinen, daß sich Fälschungen im Umlauf befinden?«

»Ich will Ihnen eine Geschichte über ein Werk von Gauguin erzählen, die Sie faszinierend finden werden.« Hercule unterbrach sich und sah Laura eindringlich an. »Laura, dies ist absolut vertraulich. Was ich Ihnen jetzt berichte, ist nur für Ihre Ohren bestimmt und muß unter uns bleiben. Zumindest für den Moment.«

»Ich würde niemals mit jemandem darüber sprechen«, versicherte sie ihm. Gespannt, mit erwartungsvoller Miene, sah sie ihn an.

»Vor vielen Jahren war einmal ein Kunstsammler ...«, begann Hercule. Und dann erzählte er ihr langsam und bedächtig seine Geschichte.

Atemlos hing Laura an seinen Lippen.

Als Hercule seine Erzählung beendet hatte, wechselte er das Thema. »Und nun zu Claire. Ich glaube, daß es ihr nicht gutgeht. Tatsächlich möchte ich sogar behaupten, daß sie krank ist.«

Mit offenem Mund starrte Laura ihn an. »Sie hat mir erzählt, Sie hätten sie wegen ihres Gewichts getadelt«, bemerkte sie.

Hercule nickte. »Claire hat stark abgenommen. Sie behauptet, sie hätte Diät gehalten. Dennoch bereitet mir nicht eigentlich ihr Gewichtsverlust Sorgen. Eher ... wie sie aussieht, Laura.«

Laura runzelte die Stirn und schüttelte den Kopf. »Ich verstehe nicht, was Sie meinen«, sagte sie leise.

»Gestern, im Studio, sprach sie mich in einem bestimmten Moment vom Set aus an, und sie hatte ...« Er unterbrach sich und blickte in die Ferne, als versuchte er, sich an etwas zu erinnern. »Sie sah sehr spitz – nein, das ist nicht richtig. Wie war noch das Wort, das ich suche? Sie wirkte abgehärmt ... erschöpft ... als spannte sich ihre Gesichtshaut sehr straff über ihre Knochen.« Er holte tief Luft. »Ihr Gesicht wirkte wie eine Totenmaske, und das hat mir angst gemacht, Laura«, erklärte er fast im Flüsterton.

»Hercule! Das ist ja furchtbar! Wie kann man nur so etwas Schreckliches sagen?« rief Laura aus und erschauerte.

Der Kellner brachte ihre Getränke, und sie schwiegen, bis er wieder hinter der Bar verschwunden war. Dann fuhr Hercule fort. »Ich befürchte das Allerschlimmste für Claire, obwohl ich nicht erklären kann, warum. Begreifen Sie, ich liebe Claire…« Hercule verstummte und starrte Laura an. Mit einem Mal fehlten ihm die Worte.

»Ich weiß, was Sie für meine Freundin fühlen, Hercule«, kam Laura ihm schnell zur Hilfe. »Das ist mir schon lange klar. Mir gegenüber braucht Ihnen das nicht peinlich zu sein oder Sie in Verlegenheit zu setzen. Ich verstehe Sie. Und ich freue mich, daß Sie so viel für Claire empfinden.«

Hercule, der erleichtert wirkte, antwortete mit einem leichten Kopfnicken. »Ich bin froh, daß ich Ihnen das gestanden habe und danke Ihnen für Ihr Verständnis, meine Liebe.« Er hob sein Glas und nahm einen Schluck von seinem Scotch.

Laura nippte ebenfalls an ihrem Wein. »Was meinen Sie damit, daß Sie um Claire fürchten?« fragte sie dann.

»Wie gesagt glaube ich, daß es ihr nicht gutgeht, aber ich vermag nicht zu erklären, wie ich zu diesem Eindruck gelangt bin, jedenfalls nicht rational. Ich habe die Zeit, die ich im Studio mit ihr verbracht habe, noch einmal Revue passieren lassen. Gewiß, sie wirkte tatkräftig wie immer. Aber…« Von neuem verstummte er, lehnte sich zurück und trank von seinem Scotch mit Soda. In seinem Blick stand tiefe Sorge, und seine Schultern wirkten verspannt vor Nervosität.

Laura sah, wie aufgewühlt Hercule war und wartete, bis er sich gefaßt hatte. »Was, glauben Sie, stimmt nicht mit Claire? Sie sagten, Ihrer Meinung nach sei sie krank, aber was könnte das sein?«

Auf typisch französische Weise hob er die Hände und

schüttelte den Kopf. »Das weiß ich leider nicht, Laura.« Er seufzte und fuhr fort. »Ich versuche nicht daran zu denken, so wie eben, bei Jacqueline. Doch immer wieder drängt sich die Sorge zurück in meine Gedanken. Claire ... hat sie Ihnen etwas anvertraut?«

Laura schüttelte den Kopf. »Sie ist halt immer noch sehr zornig«, antwortete sie leise. »Über ihre gescheiterte Ehe, die Männer im allgemeinen oder vielleicht einen bestimmten. Manchmal scheint ihre Wut sie auszuhöhlen und zu verzehren. Möglicherweise haben Sie nur das wahrgenommen – ihren Zorn, ihre Enttäuschung. Dazu kommt noch, daß sie hart arbeitet und gelegentlich erschöpft ist.« Laura beugte sich vor und legte Hercule eine Hand auf den Arm. »Versuchen Sie, sich deswegen nicht so aufzureiben. Ich glaube nicht, daß sie krank ist, Hercule, wirklich nicht.«

Ihre Worte schienen den alten Herrn aufzumuntern, und die tiefen Linien um seine Augen glätteten sich ein wenig. »Ich hoffe, daß Sie recht haben. Wenn man eine Frau so liebt wie ich Claire, dann ist es besorgniserregend, wenn sie ... nun, wenn sie nicht sie selbst zu sein scheint.«

Laura entschloß sich zu einem Vorstoß. »Warum sagen Sie Claire nicht, was Sie für sie empfinden? Daß Sie sie lieben?«

»Ach, das brächte ich nicht fertig, Laura. Niemals, unmöglich. Claire fühlt für mich nicht das gleiche wie ich umgekehrt. Und ich fürchte mich. Ja, Ihnen kann ich das gestehen, Laura. Ich habe Angst, mich ihr zu erklären. Verstehen Sie, ich möchte sie nicht verlieren, und das könnte geschehen, wenn sie ... erführe, wie ich wirklich empfinde. Ihr Freund und ein Teil ihres Lebens zu sein, ist mir sehr wichtig.«

»Sie sollten es ihr sagen. Vielleicht wären Sie überrascht über Claires Reaktion.«

»Das raten ausgerechnet Sie mir, Laura? *Mon dieu*! Gerade haben Sie mir erzählt, daß Claire zornig über ihre gescheiterte Ehe ist, über diesen Mann. Nein, für mich ist kein Platz in Claires Leben, so sehr ich mir das auch wünsche.«

Seine gelassenen Worte trafen Laura wie ein Schlag, und sie zuckte innerlich zusammen. Sie lehnte sich zurück und dachte, wie traurig es doch war, daß Claire so grausam zu sich selbst war und sich auf gewisse Weise ohne Grund selbst strafte. Kein Platz für mich in ihrem Leben. Sie ließ sich Hercules Worte noch einmal durch den Kopf gehen, und sie wußte, daß er recht hatte und dies tatsächlich eine Tragödie war. Hercule war viel älter als Claire, aber er war attraktiv, gut gebaut, groß und kräftig wie ein Stier. Und er war ein freundlicher und liebevoller Mensch. Er hätte Claire umsorgt, sie beschützt und ihr so vieles geschenkt.

Hercule meldete sich zu Wort. »Vielleicht sorge ich mich ja grundlos. Haben Sie das eben gedacht?«

Laura schüttelte den Kopf. »Nein, ich habe nur überlegt, wie traurig ich es finde, daß Claire diese … Haltung zum Leben einnimmt.«

»Dann glauben Sie nicht, daß sie krank ist?«

»Nein. Tatsächlich bin ich vollkommen sicher, daß dem nicht so ist, jedenfalls nicht so, wie Sie meinen. Nicht körperlich.«

»Etwa psychisch?« fragte er. Seine Stimme klang ein wenig schärfer, und er sah Laura forschend an.

»Aber nein, das meine ich auch nicht. Unsere liebe Claire ist vollkommen normal. Aber sie ist eine Frau, die ihre schlimmen Erfahrungen einfach nicht verkraftet, Hercule, und ich weiß nicht, wie ich ihr helfen soll. Seit Jahren versuche ich das schon.«

»Glauben Sie, daß Claire … ihren geschiedenen Mann noch liebt?«

»Nein. Ich denke, daß sie ihn von ganzem Herzen haßt.«

Einen Moment lang schwieg Hercule und drehte das

Glas in den Händen. Schließlich hob er den Kopf und sah tränenfeuchten Blickes in Lauras Augen. »Welch schreckliche Verschwendung. Wie tragisch … daß jemand sich so isoliert, sich auf diese Weise selbst um die Chance zu lieben bringt.«

»Ja«, flüsterte Laura.

Später, nachdem sie in ihrem Hotelzimmer ein leichtes Abendessen zu sich genommen hatte, arbeitete Laura eine Weile an ihren Papieren. Aber sie konnte sich nicht konzentrieren, was sonst bei ihr nie vorkam. Schließlich legte sie den Schreibstift weg und lehnte sich zurück.

Sie sorgte sich um Claire.

Nicht um ihre Gesundheit wie Hercule, sondern um ihren Gemütszustand. Seit ihrem Bruch mit Philippe und vielleicht sogar schon vorher hatte Claire eine tiefe Abneigung gegen ihren Exmann gehegt. Doch nun war daraus Haß geworden, und Laura begriff den Grund dafür nicht.

In den vergangenen sechs Monaten hatte Claire sich verändert. Im letzten Sommer, als Laura mit Doug nach Paris gereist war, hatte Claire weit entspannter gewirkt, viel mehr im Einklang mit sich selbst. Aber jetzt, überlegte Laura, erschien ihr Claire nervös, voller Spannung und benahm sich ziemlich sprunghaft.

Laura konnte nicht umhin sich zu fragen, woher dieser Wandel rühren mochte. Claire ist halt einsam und allein, dachte sie. Sie stand auf und trat ans Fenster. Nachdem sie die Vorhänge zurückgezogen hatte, blickte sie in den Hof hinunter. Im Frühling und Sommer wurde er als Gartenrestaurant genutzt, doch jetzt, ohne die Blumen und die Möblierung, war er einfach eine gepflasterte Fläche, erhellt von dem Licht der Fenster, die nach hinten gingen. Leer, kalt und abweisend. Wie Claires Leben. Wenn sie nur jemanden kennenlernen würde, einen netten Mann im richtigen Alter, in den sie sich verlieben, mit dem sie vielleicht eine feste Partnerschaft eingehen könnte. Aber instinktiv wußte Laura, daß das nicht geschehen würde, denn Claire würde so etwas nicht zulassen. Sie ist ihr eigener schlimmster Feind, murmelte Laura leise. Sie liebte ihre Freundin, aber plötzlich verwirrte und ärgerte sie Claires Verhalten auch. Ich will ihr helfen und weiß nicht wie, dachte Laura und erinnerte sich, wie schwierig das immer gewesen war, sogar als sie noch Kinder waren. Claire hatte versucht, sich unabhängig und tapfer zu geben, aber selbst damals hatte Laura immer die Furcht dahinter gespürt. Claire war ... verschüchtert gewesen. Das war ein gutes Wort, um sie zu beschreiben. Lauras Großmutter hatte den Ausdruck geprägt. »Claire ist ein ängstliches kleines Ding, nicht wahr?« hatte sie einmal bemerkt. »So verschüchtert und zurückhaltend.« Als sie beide klein waren, hatte Laura sich oft gefragt, wovor Claire sich wohl ängstigte, und sie auch ein- oder zweimal danach gefragt. Aber Claire hatte ihre Angst abgestritten. Eine merkwürdige Sache allerdings drängte sich mit einem Mal wieder in Lauras Erinnerung. Ihre Großmutter hatte nie viel von Claires Eltern gehalten. Grandma Megan hatte ihre Mutter als unfähig und ihren Vater als Schürzenjäger bezeichnet. Aber das wäre doch für Claire kein Grund zum Fürchten gewesen, oder?

Leise seufzend wandte Laura sich vom Fenster ab, zog sich aus und ging zu Bett. Sie fühlte sich hellwach, daher schaltete sie den Fernseher an, lag noch eine Stunde da und sah CNN. Als sie gerade den Apparat und auch das Licht ausgeschaltet hatte, klingelte das Telefon. Sie hob ab und meldete sich. »Hallo?«

»Hi, Liebling.« Das war Doug.

»Ach du. Ich wünschte, du wärest hier«, seufzte Laura betrübt.

»Wenn du willst, kann ich zu dir kommen.«

»Aber nicht schnell genug.«

»Wie wär's mit drei Sekunden?«

»Wie bitte? Wovon redest du?«

»Ich bin gleich bei dir«, gab er zurück und lachte. »Ich stehe unten im Foyer.«

5

»Was führt dich denn nach Paris?« fragte Laura und lächelte Doug zu, der durch die Tür trat. »Eigentlich solltest du doch nach Los Angeles fliegen.«

»Das hatte ich nie vor. Ich habe gelogen, um dich zu überraschen, Liebling.«

»Das ist dir aber wirklich gelungen«, seufzte Laura und flog in seine Arme.

Doug schob die Tür mit dem Fuß hinter sich zu und drückte seine Frau einen Augenblick lang fest an sich, ehe er sich hinabbeugte und sie auf den Mund küßte. »Ich dachte, ein gemeinsames Wochenende in Paris wäre eine tolle Sache für uns beide. Und da bin ich«, erklärte er, nachdem er sich schließlich von ihr gelöst hatte.

»Ich bin ganz aus dem Häuschen. Das ist einfach herrlich, mehr fällt mir dazu nicht ein.«

Doug legte den Arm um Lauras Schultern und zog sie durchs Zimmer. »Was auch immer du am Wochenende vorhattest, streich es. Ich möchte dich ganz für mich haben.«

»Ja, das will ich auch. Aber, Doug … Ich hatte Claire versprochen, morgen abend zum Essen zu ihr zu kommen. Sie kann ich wirklich nicht sitzenlassen.«

»Das sollst du auch gar nicht. Du weißt doch, wie gern

ich Claire mag. Ich würde mich freuen, sie und die kleine Krabbe wiederzusehen.«

Laura lachte. »Ich hatte ganz vergessen, daß du Natasha so nennst. Aber ein kleines Krabbeltier ist sie jetzt nicht mehr. Eher so etwas wie ... ein Feuersalamander.«

»Hmm. Sie ist also zu einer hinreißenden Schönheit herangewachsen, was?«

»Genau das.«

»Es klingelt. Das ist mein Gepäck«, sagte Doug, ging zur Tür und öffnete. Der Hoteldiener brachte seinen Koffer, die Aktenmappe und den Mantel ins Zimmer, dankte Doug für das Trinkgeld und zog sich diskret zurück.

»Hast du Hunger?« fragte Laura. »Das Hotelrestaurant hat bestimmt noch geöffnet. Ich ziehe mich schnell an, dann gehen wir noch auf einen Happen nach unten.«

»Ach was, mach dir keine Umstände, Schatz. Ich habe im Flieger zu Abend gegessen. Aber etwas zu trinken hätte ich gern. Weißwein wäre prima.« Er zog sie an sich und küßte sie auf die Wange. Dann zog er das Jackett aus und nahm die Krawatte ab. »Ich gehe kurz duschen und bin dann gleich bei dir. Bestell eine Flasche Pouilly-Fumé, Schätzchen.« Er kleidete sich weiter aus, und Laura rief den Zimmerservice an.

Als Doug eingehüllt in ein Badetuch, das er wie eine Toga um sich geschlungen hatte, aus der Dusche trat, saß Laura gegen die Kissen gestützt im Bett und nippte an einem Glas Mineralwasser.

»Der Wein steht drüben auf der Kommode«, erklärte sie. »Ich habe den Zimmerkellner gebeten, die Flasche zu öffnen.«

»Danke.« Er sah zu ihr hinüber und zog eine Braue hoch. »Trinkst du denn ein Glas mit mir?«

»Aber natürlich.«

Doug füllte zwei Gläser und trug sie zum Bett. Eines reichte er Laura, dann schlenderte er auf die andere Seite, kletterte auf die Matratze und ließ sich neben seiner Frau nieder. Er drehte sich zu ihr, hob sein Glas und ließ es gegen ihres klingen. »Auf unser Wochenende, mein Schatz«, prostete er ihr strahlend zu.

Über den Rand des Weinglases hinweg erwiderte Laura sein Lächeln. »Auf das Wiedersehen. Und auf dich, Liebling. Du bist ein verrückter Kerl, einfach für zwei Tage diese ganze Strecke zu fliegen. Aber ich bin sehr glücklich darüber.«

Nach ein paar Schlucken Wein stellte Doug sein Glas auf den Nachttisch, rückte näher an Laura heran und küßte sie zuerst auf die Wange und dann auf den Nacken.

Sofort setzte Laura ihr Glas ab, drehte sich so herum, daß sie ihm ins Gesicht sah, und einen Augenblick später zog er sie in seine Arme. Doug erneuerte seine Liebkosungen und übersäte Lauras Hals, die Schultern und die bloßen Arme mit Küssen. Er griff unter ihr Nachthemd, begann ihre Brüste zu streicheln und entlockte ihr damit leise Seufzer.

Laura rückte an ihn heran und löste das Handtuch, das Doug um sich geschlungen hatte. Sanft ließ sie die Hand über seinen flachen Bauch kreisen; dann bewegten ihre Finger sich bebend nach unten und begannen ihn zu erregen.

Mit fest geschlossenen Augen lag Doug vollkommen still da, genoß ihre Berührungen und ließ sich von seinen erotischen Phantasien davontragen. Er spürte ihren Körper an seinem Bein, als Laura im Bett nach unten rutschte und sich über seine Schenkel kniete. Immer noch streichelte sie ihn, und dann umschloß sie unerwartet seinen Penis mit ihren feuchten Lippen. Doug stieß einen langgezogenen Seufzer aus, als sie ihn ganz in ihren Mund aufnahm.

Plötzlich war er stark erregt. Nach kurzer Zeit hörte sie auf, hob den Kopf und küßte ihn auf den Bauch. Dann schob sie sich nach oben und bedeckte seinen Mund mit den Lippen.

Dougs Erregung wuchs. Er erwiderte Lauras leidenschaftliche Liebkosungen und riß sie dann plötzlich, beinahe abrupt, herum, so daß er auf ihr zu liegen kam. Dabei hatten sie die Lippen nicht voneinander gelöst. Lauras Zunge spielte mit seiner, und sie teilten einen Augenblick tiefster Vertrautheit, ehe Doug seine Hände unter Lauras Schenkel schob und ihren hochgewachsenen, schmalen Körper in die richtige Stellung brachte. Und dann endlich war er hart genug, um leicht und erfahren in sie hineinzugleiten. Praktisch sofort fanden sie ihren Rhythmus und hoben und senkten sich miteinander. Ihre Bewegungen wurden immer schneller, beinahe hektisch. Sie hob die Beine und schlang sie hinter seinem Rücken zusammen, so daß er noch weiter in sie eindrang, und er ließ sich tief in diese Wärme sinken.

Bald hatte Doug das Gefühl, er stürze durch tiefblaue Wasser. Tiefer und tiefer fiel er in einen bodenlosen dunklen Ozean. Die Wogen überspülten ihn, schlugen gegen ihn. Noch fester preßte er die Augen zusammen. Bilder tanzten hinter seinen Lidern. O ja, dachte er, wie herrlich, und als er begann, die lange Spirale zur vollständigen Extase hinabzugleiten, sah er jenes Gesicht, das sich in sein Bewußtsein eingebrannt hatte …

»Doug, o Doug!« stöhnte Laura. »Jetzt. Ja. O bitte, hör jetzt nicht auf, Liebling.«

Ihr Schrei drang aus weiter Ferne zu ihm, war aber dennoch klar und deutlich. Die Stimme, die er so gut kannte, brachte ihn auf den Boden der Tatsachen zurück. Augenblicklich verging seine Erektion. Seine Phantasievorstellung zerstob. Doug ließ sich auf Laura sinken und lag schwer atmend und reglos da. Plötzlich fühlte er sich vollkommen erschlafft und ohne jede Energie. Das Ganze war ihm über alle Maßen peinlich.

»Warum hast du aufgehört? Was ist passiert?« murmelte Laura kurz darauf.

»Weiß nicht genau«, flüsterte er zurück. »Das wird gleich schon wieder.« Doch er irrte sich, und nach kurzer Zeit glitt er von ihr herunter und rollte sich, immer noch schwer atmend, auf den Rücken.

»Ist alles in Ordnung, Doug?« fragte sie. Die Sorge um ihn ließ ihre Stimme ein wenig scharf klingen.

»Mir geht's gut«, gab er leise zurück. Er fühlte sich vernichtet und aller Kraft beraubt.

Laura streckte die Hand nach ihm aus. Sie begann ihn zu streicheln und versuchte, ihn erneut zu erregen. Doch als sie kurz darauf sein Glied mit den Lippen umschloß, war ihm klar, daß ihre Bemühungen vergeblich sein würden. In letzter Zeit war ihm das mit Laura schon häufiger passiert. Im entscheidenden Augenblick verlor er seine Kraft und Energie. Doug stieg aus dem Bett und eilte ins Bad.

Er knipste das Licht an, verriegelte die Tür und sah sich im Spiegel an. Was in Gottes Namen war mit ihm los? Warum vermochte er den Liebesakt nicht mehr zu seinem richtigen Ende zu bringen? Er war immer stolz auf seine Potenz und sein Stehvermögen gewesen.

Eigenartig war es jedenfalls, daß er seit einiger Zeit derart versagte und nicht mehr zum Höhepunkt gelangte. Panik stieg in ihm auf. Würde sich das nie wieder ändern? Für den Rest seines Lebens? Würde er auf ewig ein unfähiger Liebhaber bleiben, ein Mann, der nicht in der Lage war, eine Frau zu befriedigen, seine eigene Frau im Bett glücklich zu machen? Doug wäre am liebsten vor Scham im Boden versunken. Er war um die halbe Welt geflogen, um mit Laura zu schlafen, und er hatte sie enttäuscht, hatte versagt.

Und dann dachte er: Natürlich, Sex spielt sich vor allem im Kopf ab. Dort beginnt alles. Und dort endet es.

6

Laura hatte sich seit jeher für eine gute Beobachterin gehalten. Sie pflegte sich zurückzulehnen und zuzuschauen, wobei sie wenig sagte, aber alles in sich aufnahm. Und sie hatte im Leben allerhand zu sehen und zu hören bekommen, ob sie nun ihren rebellischen Bruder Dylan betrachtet hatte, ihren Vater, den Komponisten und Dirigenten, oder ihre Mutter, die Künstlerin.

Dann waren da noch ihre Großmutter Megan gewesen, einst ein berühmter Musicalstar, und ihr Großvater Owen, Theaterimpresario und Waliser. Und Claire Benson – ihre Heldin, ihr Vorbild und ihre beste Freundin.

All diese Menschen waren ausgeprägte Individualisten und komplexe Persönlichkeiten und daher faszinierende Studienobjekte.

Am liebsten jedoch hatte Laura immer ihre Großeltern beobachtet, Owen und Megan Valiant. Diese beiden, besonders ihre Großmutter, hatten sie in ihrem Leben am nachhaltigsten beeinflußt. Und da sie die zwei so sehr liebte, sah sie Owen und Megan mit unkritischen Augen. Einen Großteil ihrer Werte hatte sie von ihnen übernommen. Auch ihre Vorstellung von Romantik.

»Unsere Liebesgeschichte ist eine der größten aller Zeiten«, pflegte Großvater Owen stolz zu verkünden. »Ich habe mich in Megan verguckt, als ich sie zum ersten Mal in der Kapelle in Port Talbot singen hörte, und seitdem liebe ich sie über alles.«

Und immer, wenn er dies sagte – was sehr häufig geschah –, errötete ihre Großmutter anmutig und strahlte Owen voller Anbetung an. »Genauso war das, Laura. Als ich deinen Großvater zum ersten Mal sah, haben die Engel mich geküßt. Der Tag, an dem ich ihn kennenlernte, war der glücklichste meines Lebens.«

Schon als kleines Mädchen war Laura bewußt gewesen, daß ihre Eltern einander ebenfalls liebten. Aber im Unterschied zu Owen und Megan, die sich niemals stritten, führten Richard und Margaret häufig stürmische Auseinandersetzungen.

»Deine Eltern kennen nur Extreme«, pflegte Lauras Großmutter seufzend zu bemerken. »Entweder sie liegen einander in den Armen oder gehen sich an die Kehle. Meine Güte, ein solches Benehmen habe ich mein Lebtag noch nicht gesehen.«

Nach ihren heftigen Meinungsverschiedenheiten versöhnten Lauras Eltern sich üblicherweise, indem sie eine oder zwei Wochen allein verreisten. »Schon wieder Flitterwochen«, stöhnte Claire dann. Unterstützt von Mae, der Haushälterin, Dylans Kindermädchen Cissy und Grandma Megan, die wie ein Wirbelwind heranrauschte, um die Verantwortung für den Haushalt zu übernehmen, fungierte Claire dann als eine Art Ersatzmutter für Laura und Dylan.

Claire war der andere Mensch, der Laura stark beeinflußt hatte. Sie hatte ihre Freundin ihr Leben lang mit liebevollen Augen betrachtet und kaum jemals etwas auszusetzen gefunden.

»Immer auf dem Ausguck, Laura«, hatte ihre wunderbare Großmutter damals oft gesagt und dazu fröhlich gelacht; und dann pflegte Megan unweigerlich zu prophezeien, ihre Lieblingsenkelin würde einmal Schriftstellerin. Das war natürlich anders gekommen; aber trotzdem war Laura eine gute Menschenkennerin geblieben, die ständig alles und jeden beobachtete und ihr Urteil darüber abgab.

Auch heute abend ging Laura ihrer Lieblingsbeschäftigung nach. Sie saß auf dem Schemel in Claires Küche, wo ihre Freundin zusammen mit Natasha das Essen kochte. Als sie so zwischen Mutter und Tochter hin- und herblickte, nahm sie die tiefe Liebe und Freundschaft wahr, die zwischen den beiden herrschte. Das Gefühl war so machtvoll, so beinahe stofflich, daß Laura meinte, sie könnte die Hand danach ausstrecken und es berühren. Laura war glücklich, daß die beiden so wunderbar harmonierten. Weder sie noch Claire hatten ihren Müttern je besonders nahegestanden, was Laura oft betrübt hatte. Aber sie selbst hatte schließlich Grandma Megan gehabt, und Claire ebenfalls. Eigentlich war ihre Großmutter auch heute noch für sie beide da.

Alles, was Claire im Verlauf der Woche über Natasha erzählt hatte, war keineswegs geschmeichelt gewesen. Laura hatte ihr Patenkind seit fast fünf Monaten nicht gesehen, und in dieser Zeit hatte das Mädchen seinen Babyspeck verloren und war etliche Zentimeter gewachsen. Wie ihre Mutter besaß Natasha leuchtendes rotbraunes Haar, nur daß sie ihre Mähne offen und lang trug statt kurzgeschnitten wie Claire. Mit ihrer schimmernden Lockenpracht wirkte sie, als wäre sie gerade aus einem Renaissancegemälde herausspaziert. Natashas Augen waren von einem eigentümlichen Goldbraun, einem Bernsteinton, den Laura schon immer ungewöhnlich gefunden hatte. Abgesehen von ein paar Sommersprossen, die ihren schmalen Nasenrücken sprenkelten, wies ihre milchweiße Haut keinerlei Makel auf.

Natasha hatte einen kurzen Rumpf und lange Beine und

überragte die beiden Freundinnen, genau wie Claire erzählt hatte, trotz ihrer erst vierzehn Jahre. Sie wächst zu einer richtigen Schönheit heran, dachte Laura. Dann richtete sie ihre Aufmerksamkeit auf Claire.

Im Gegensatz zu Hercules Befürchtungen war Laura fest davon überzeugt, daß mit ihrer Freundin alles in Ordnung war. Heute abend sprühte sie wie üblich vor Energie. Ihre Wangen waren gerötet, ihre Augen blitzten, und die kurzen rotbraunen Locken rahmten ihr hübsches Gesicht ein wie ein leuchtender Kranz. Nein, Claire ging es gut, entschied Laura und fühlte sich plötzlich erleichtert. Ihre beste Freundin sah aus wie die Verkörperung strahlender Gesundheit.

Claire trug ein rotes Wollhemd zu passenden Leggins. Lachend und vor Fröhlichkeit übersprudelnd bereitete sie geschickt ein *navarin de mouton* zu, ihren berühmten Lamm-Schmortopf mit Gemüse. Zugleich legte sie letzte Hand an eine weitere ihrer Spezialitäten, Erdbeeren à la Romanoff.

Claire war schon immer eine wunderbare Köchin gewesen. Dies war das einzige, um das Laura sie beneidete, denn sie selbst besaß in dieser Richtung nur geringe Begabung. Claire hatte sie zwar in anderer Hinsicht stark beeinflußt, doch sie war nie in der Lage gewesen, ihre Freundin auch nur die simpelsten Grundzüge der Gourmet-Küche zu lehren.

Dafür hatte Claire ihr andere wichtige Dinge beigebracht, zum Beispiel Make-up aufzutragen, sich die Augenbrauen zu zupfen oder die Zehennägel zu lackieren; und ebenfalls von Claire hatte Laura – lange bevor sie alt genug war, um so etwas zu tragen – gelernt, wie man auf hohen Absätzen richtig geht. Und das Allerwichtigste, wie man mit jungen Männern flirtet.

Der erste Flirt. Laura lächelte in sich hinein und dachte, daß es wohl nicht mehr lange dauern würde, bis Natasha mit Jungen anbändelte. Sie hätte fast laut gelacht, denn aller Wahrscheinlichkeit nach war das Mädchen schon lange soweit.

»Bitte, laßt mich doch auch etwas mithelfen.« Laura rückte unruhig auf ihrem Schemel herum. »Ich komme mir vor wie das fünfte Rad am Wagen«, meinte sie mit einem Blick auf Claire und Natasha.

Claire lachte. »Ich schwöre dir, wir haben alles unter Kontrolle. Entspann dich einfach und leiste uns Gesellschaft, bis Hercule kommt. Dann kannst du ihn unterhalten, während wir alles fertigmachen.«

»Na schön, abgemacht. Aber sagt mir Bescheid, wenn ihr jemanden braucht, der eine Kartoffel schält, irgend etwas in Stücke hackt oder sonstige unqualifizierte Arbeiten verrichtet.«

»Das ganze Drumherum hab ich für Mom schon erledigt«, sagte Natasha und blickte lachend auf. Dann wandte sie sich wieder ihrer Aufgabe zu, kleine Häufchen Teig, aus denen Kekse mit Schokoladenchips werden sollten, auf ein Backblech zu setzen.

»Das duftet wirklich köstlich, Claire«, bemerkte Laura. »Dein Lammtopf mundet mir besser als Dina Zuckerbergs berühmte Spezialitäten.«

Als Claire dies vernahm, brach sie in lautes Gelächter aus, und Laura fiel ein. Ihr übermütiges Gekicher erfüllte die ganze Küche.

Diese plötzliche und unerwartete Ausgelassenheit verblüffte Natasha, die auf einmal gar nichts mehr begriff. »Wer ist Zina Duckerberg?« fragte sie.

»Nicht Zina Duckerberg, sondern Dina Zuckerberg«, verbesserte Laura sie. »Als wir junge Mädchen waren, wohnte sie im selben Haus in New York wie wir, und wenn ihre Mutter ausgegangen oder auf Reisen war, hat sie uns immer zum Dinner eingeladen.«

»Und sie hat immer dasselbe ›gekocht‹: Pizza aus Rays

Pizzasalon und Vanilleeis von Häagen-Dazs«, warf Claire ein, die ebenso wie Laura schon wieder losprustete.

Verwundert schüttelte Natasha den Kopf, lächelte den beiden Frauen, die ihrer Meinung nach mit einem Mal leicht übergeschnappt waren, nachsichtig zu und wechselte rasch das Thema. »Eines könntest du doch tun, Laura. Würdest du wohl Doug fragen, ob wir genug Eis haben?«

»Gute Idee«, gab Laura zurück und glitt von ihrem Schemel. Sie fand Doug auf einem Sofa vor dem Kamin, einen Drink in der Hand.

»Brauchen wir noch Eis, Doug?«

»Nein, Schatz, im Eiskübel ist noch jede Menge.«

Laura blickte sich um und bewunderte ein weiteres Mal diesen Raum. Claire hatte ihn mit viel Stilgefühl und Flair ausgestattet – und mit ein wenig Unterstützung durch Hercule. Laura vermochte mit Leichtigkeit hier und dort seine Handschrift zu erkennen, zum Beispiel bei den bauschigen Taftvorhängen an den Fenstern. »Tanzkleider« nannte er sie, weil sie oben schmal waren und kurz bevor sie den Boden erreichten ausgestellt waren wie ein Rock. Auch die großen seidenen Lampenschirme und die Bodenvasen mit Zweigen und Gräsern darin erkannte sie als Hercules wohlbekannte Markenzeichen.

Das Zimmer war altmodisch, traditionell, weitläufig und großzügig aufgeteilt. Ein auf Hochglanz polierter Holzboden kontrastierte mit frischen weißen Wänden, und an der Längsseite gegenüber dem Kamin ragten hohe Bücherregale bis zur Decke.

An den anderen Wänden hingen überdimensionale gerahmte Poster, sämtlich farbenfrohe Reproduktionen von Toulouse-Lautrecs Cancan-Tänzerinnen aus dem Moulin Rouge. Ein cremefarbener, rot, schwarz und grün gemusterter Savonnerie-Teppich bedeckte einen Teil des dunklen Bodens, und zwei lange, mit cremefarbenem Samt bezogene Sofas und etliche Sessel standen zu einer lockeren Sitzgruppe arrangiert.

Claire sammelte seit Jahren französische Antiquitäten im ländlichen Stil, und nun leuchteten deren alte Hölzer in dem flackernden Licht des Kaminfeuers und verliehen dem Raum einen Anstrich von Eleganz und Wärme. Auf den antiken Kommoden und Tischen hatte Claire wunderschöne alte Porzellanstücke aufgestellt und auf einer provenzalischen Anrichte eine große Sammlung in Silber gerahmter Fotos angelegt. Alle Valiants einschließlich ihrer eigenen Person blickten Laura von dort aus entgegen. Und auch Natasha, Claire selbst und ihre Eltern waren hier in verschiedenen Posen auf Zelluloid gebannt.

In der Luft lag der Duft frischer Blumen, von Potpourri-Schalen und Rigaud-Kerzen. Dies waren Claires Markenzeichen, die sie ebenso wie Hercule pflegte. Der Raum war zu jeder Tageszeit reizend, aber besonders abends, wenn die Kerzen brannten, die Lampen mit ihren Seidenschirmen glühten und das Feuer im Kamin munter knisterte. Das Zimmer strahlte eine anheimelnde Wärme und viel Liebe aus.

Laura trat an eines der hohen Fenster. Dort stand sie und blickte auf den Place de Furstemberg hinunter, ihrer Meinung nach einer der malerischsten kleinen Plätze von ganz Paris. Die Nacht war kalt und der tintenschwarze Himmel klar und wolkenlos. Nur wenige Sterne waren zu erkennen, doch eine geschwungene, helle Mondsichel warf ihr silbriges Licht über den schattenumflossenen Platz.

Unmittelbar unterhalb der Wohnung stand der einsame, altmodische Laternenpfahl mit seinen fünf kugelförmigen Glaslampen, der abgesehen von dem Licht, das aus den benachbarten Fenstern fiel, die einzige Beleuchtung darstellte. Laura stellte sich diese Laterne immer als charmanten kleinen Wachposten vor, der neben den alten Paulownia-Bäumen, die alle Anwohner des Platzes so schätzten, Stellung bezogen hatte.

Laura kannte das sechste Arrondissement ganz genau, besonders dieses idyllische Plätzchen mit seinem bezaubernden Charme und der Atmosphäre aus alten Zeiten. Sie war es auch gewesen, die vor sieben Jahren diese Wohnung für ihre Freundin entdeckt hatte, kurz nachdem Claire sich von ihrem Mann getrennt hatte. Sie hatte Madame Solange Puy gehört, der Großmutter ihrer alten Freundin Marie-Louise Puy, die Laura aus ihren Studientagen an der Sorbonne kannte.

Marie-Louise hatte die Wohnung von ihrer verstorbenen Großmutter geerbt und zum Verkauf angeboten. Zum Glück für Claire hatte sich Laura zu der besagten Zeit in Paris aufgehalten. Sobald sie hörte, die Wohnung sei auf dem Markt, hatte sie Marie-Louise mitgeteilt, daß Claire womöglich großes Interesse an einem Kauf hegte.

Die drei hatten sich in der Wohnung getroffen, und für Claire war es Liebe auf den ersten Blick gewesen. Innerhalb weniger Tage war der Verkauf abgeschlossen gewesen, alle Papiere unterzeichnet, und die Wohnung gehörte endlich Claire. Sobald sie den Kaufvertrag in Händen hielt, hatte Claire begonnen, die Räume zu renovieren und auszustatten. Wie immer war Hercule ihr bester Ratgeber und ihre Inspiration, und gemeinsam hatten sie das geschaffen, was Claire »mein erstes richtiges Heim als Erwachsene« nannte. Und die Räume waren wunderschön, wie Laura als erste anerkannt hätte.

»Laura?«

Als sie Natashas Stimme hörte, fuhr Laura herum. »Ja?«

»Dein Lippenstift ... na ja, der ist nicht ganz okay ... hat die falsche Farbe. Ich hab dir den hier mitgebracht. Einen von meinen. Der steht dir viel besser.« Natasha kam auf Laura zu und drückte ihr den Stift in die Hand.

Wie üblich verblüfft über Natashas Offenheit, nahm

Laura ihn an. Das Mädchen war so aufrichtig, daß es einem den Atem verschlug, aber waren heutzutage nicht die meisten Vierzehnjährigen so? »Was stimmt nicht mit der Farbe, die ich trage?« fragte Laura nach kurzem Schweigen.

»Sie ist zu rot für dich. Außerdem ist diese leuchtende Farbe total out. Echt von gestern. Schau dir an, was ich dir mitgebracht habe. Eine Art Braun mit einer Andeutung von Pink, und außerdem ist es echt in. Du kannst Mom fragen. Sie benutzt jetzt einen von meinen Brauntönen. Rot ist definitiv kraß.«

»Danke für deine Schönheitstips, Liebes. Früher hat mir deine Mutter Ratschläge erteilt, und nun tust du es.«

»Du bist doch nicht böse, Laura, oder?«

»Nein, natürlich nicht«, gab diese mit einem unbeschwerten Lachen zurück, belustigt angesichts der Ernsthaftigkeit des Mädchens und ihrer besorgten Miene, die dem Lippenstift galt.

Die Türklingel schrillte. »Das ist Hercule. Er ist doch immer pünktlich!« schrie Natasha. Sie warf einen Blick auf die Uhr, die auf dem Kaminsims stand. »Kaum zwei Minuten nach sieben«, erklärte sie noch und rannte durch das Zimmer in Richtung Diele.

Laura folgte ihr etwas gemächlicher.

Doug sprang auf und strich sein Jackett glatt.

Natasha riß die Tür auf. »Hercule, wir haben ...« Abrupt brach ihr Satz ab. Stocksteif stand Natasha da und starrte Hercules Begleiter mit offenem Mund an. Dort stand Philippe Lavillard.

Auch Laura verharrte mit einem Mal wie angenagelt und schaute Philippe ebenso sprachlos an wie Natasha.

Philippe blickte von Natasha zu Laura und tat dann einen Schritt vorwärts, der ihn ein wenig näher an die Türschwelle führte. Offensichtlich wollte er etwas sagen, denn er öffnete den Mund, schloß ihn aber gleich wieder. Die Worte blieben unausgesprochen.

In diesem Moment flog scheppernd die Küchentür auf und Claire kam ins Wohnzimmer gelaufen. Sie lachte. »Da bist du ja, Hercule, so pünkt…« Auch sie unterbrach sich mitten im Satz, als sie Philippe Lavillard sah. Bei seinem Anblick wirkte sie wie vom Donner gerührt. »Was zum Teufel willst du hier?« rief sie, doch ihr Ausruf ähnelte mehr einem Knurren als allem anderen.

»Wir, ich meine er und ich, sind uns an der Haustür begegnet«, begann Hercule. Er merkte bereits, daß Streit in der Luft lag, wollte die Auseinandersetzung aber zumindest zivilisiert führen. Freundschaftlich, soviel war ihm klar, würde das Gespräch nicht verlaufen, das war zwischen diesen beiden Kontrahenten ein Ding der Unmöglichkeit. »Wir haben uns auf der Treppe getroffen«, schloß er ein wenig matt und zuckte die Achseln.

Ohne ein Wort starrte Claire ihren alten Freund an, wobei sie heftig blinzelte, als hätte plötzlich ein nervöser Tic Besitz von ihr ergriffen. Dann richtete ihr Blick sich auf Philippe. »Was willst du?« verlangte sie mit schriller Stimme zu wissen.

Laura ging auf, daß Claire Streit mit Philippe suchte, und sie überlegte, was zu tun sei, um die Situation zu entschärfen, ehe sie außer Kontrolle geriet und sich zu einem ausgewachsenen Krach entwickelte. Sie warf Doug einen Blick zu; der erwiderte ihren Blick bewußt ausdruckslos.

Zur Antwort auf Claires Frage versetzte Philippe ruhig: »Du weißt genau, was ich möchte.«

»Was du willst und was du kriegen wirst, sind zwei völlig verschiedene Dinge. Du kannst nicht einfach ohne Vorwarnung hier hereinplatzen und Forderungen an mich stellen, das weißt du ganz genau«, zischte Claire mit eisigem Blick.

»Ich habe ein Recht darauf, Natasha zu sehen.«

»Pah! Ausgerechnet du! Du scherst dich doch einen

Dreck um deine Tochter. Wenn sie dir etwas bedeutete, würdest du dich nicht im tiefsten Afrika vergraben und dich um die Eingeborenen kümmern, um Beulenpest, Schwarzen Tod und was die sonst noch für scheußliche Krankheiten an sich haben. Du würdest hier leben, in Paris, wo du erreichbar wärest, wenn deine Tochter dich braucht. Statt dessen hältst du dich Tausende von Kilometern entfernt auf, sitzt die Hälfte der Zeit mit deinen tödlichen Viren in Quarantäne und bist weder Natasha noch mir irgendwie von Nutzen, wenn wir dich einmal wirklich brauchen.«

»Du weißt, daß ich im Notfall so schnell wie möglich herkommen würde, wenn du mich nur darum bätest. Und ich habe ein Recht darauf, meine Tochter zu sehen«, erwiderte Philippe kühl und sachlich.

»Deine Rechte hast du verwirkt, als du auf und davon gegangen bist!«

»Ich bin nicht ›auf und davon gegangen‹, wie du das auszudrücken beliebst, Claire, das weißt du selbst. Und vergiß nicht, ich habe das Besuchsrecht.«

»Wenn ich das gestatte. Denk du daran, daß ich das alleinige Sorgerecht innehabe und dein Besuchsrecht in meiner Hand liegt. In meinem Ermessen. Das waren die Worte des Richters, und du hast seine Auflage ohne zu murren akzeptiert.«

»Ich möchte nicht mit dir streiten, Claire«, entgegnete Philippe unmerklich seufzend. Er nahm sich zusammen, denn er wußte, daß es müßig war, mit Claire zu streiten. Unweigerlich mündete ihr Zorn irgendwann in eine Flut übler Verunglimpfungen, die ihm Angst einjagten, weil er niemals wußte, wohin sie führen mochten. »Sieh mal, ich möchte doch nur ein bißchen mit Natasha zusammensein«, wiederholte er.

»Aber sie will dich nicht sehen, oder, Natasha?« Claire wandte den Kopf und starrte ihre Tochter eindringlich an.

Zuerst gab Natasha keine Antwort. »Nein, Mom«, sagte sie dann leise.

»Siehst du!« trumpfte Claire auf warf Philippe ein selbstgefälliges Lächeln zu. »Du hast sogar deine eigene Tochter vergrault. Nicht, daß sie dich je wirklich als Elternteil gekannt hätte. Im Grunde hat sie niemals einen Vater gehabt. Du warst ja ständig unterwegs, viel zu oft, um irgendeine Rolle in der Familie zu spielen. Eigentlich bist du für sie ein Fremder.«

»Das stimmt doch nicht«, erwiderte Philippe rasch. Er schüttelte den Kopf und trat kaum merklich von einem Fuß auf den anderen. Am liebsten hätte er Claire einfach stehengelassen. »Und laß uns nicht die Vergangenheit aufrühren«, fuhr er fort, immer noch beherrscht und mit ruhiger Stimme. »Ich dachte nur, wir beiden – Natasha und ich – könnten ein wenig Zeit miteinander verbringen. Ich bin nur für ein paar Tage hier.«

»Jetzt? Um diese Uhrzeit? Wieso schneist du überhaupt um diese Zeit herein? Ich werde dich jedenfalls nicht zum Abendessen einladen, falls du das im Sinn hattest.«

»Ich möchte nicht zum Essen bleiben. Ich will meine Tochter sehen.«

»Nein. Nicht jetzt. Du hättest anrufen sollen, wie sich das gehört.«

»Ich wußte, wenn ich dich anrufe, würdest du nein sagen. Oder einfach auflegen.«

»Dann hänge ich eben jetzt auf. Ende der Durchsage. Bitte geh.«

»Claire, sei doch vernünftig«, bat Philippe noch verbindlicher als eben. »Bitte erlaube mir …«

»Ausgeschlossen«, fiel Claire ihm schnell ins Wort. Haß stand in ihren Augen und verzerrte ihr Gesicht. Ihr Exmann zuckte innerlich zusammen, als er das sah.

Philippe startete einen weiteren Versuch. »Morgen, Claire. Ganz kurz nur. Zum Mittagessen vielleicht?«

»Nein.«

»Oder auf einen Kaffee? Morgen früh. Hier in der Wohnung. Oder in einem Café. Was immer dir lieber ist.«

»Geh jetzt. Ich will dich nicht in meinem Heim sehen.« Claire schrie es beinahe heraus und stampfte mit dem Fuß auf.

Laura war nicht nur erschrocken, sondern tief besorgt. Noch nie hatte sie erlebt, daß Claire sich so aufführte.

Hercule mischte sich ein. »Vielleicht wäre es passender, diese Diskussion in der Wohnung weiterzuführen und nicht hier draußen auf dem Flur.« Mit einem langen Schritt trat er in die Diele und zog behutsam die Wohnungstür hinter sich zu. Zugleich brachte er es fertig, Philippe mit einem sanften Stoß nach drinnen zu befördern. Dann befreite er sich aus seinem Mantel und hängte ihn in den Flurschrank.

Mit einschmeichelnder Stimme unternahm Philippe einen allerletzten Versuch. »Laß mich morgen eine Stunde mit Natasha verbringen. Das ist alles, worum ich bitte.« Plötzlich kühner geworden, trat er einen weiteren Schritt auf seine Exfrau zu.

Claire wich zurück.

Die beiden starrten einander wütend an. Die tiefe Abneigung zwischen ihnen war fast mit Händen greifbar und schien sich wellenartig über den ganzen Raum auszubreiten.

Haß, dachte Laura. Sie empfinden nur noch Haß füreinander. Wie schrecklich, daß ihre Beziehung so enden mußte. Einst haben diese beiden sich leidenschaftlich geliebt, all ihre Hoffnungen und Träume geteilt, ihre Zukunft geplant und wollten ihr ganzes Leben miteinander verbringen. Und jetzt stehen sie einander als unversöhnliche Feinde gegenüber.

Auch Natasha spürte die feindselige Stimmung zwischen ihren Eltern, und wie immer bestürzte und bekümmerte sie das. Doch es gelang ihr, die Situation bis zu einem gewissen Grad zu entschärfen. »Ist schon okay, Mom«, meldete sie sich zu Wort. »Ein Kaffee morgen früh geht in Ordnung.«

»Nein!« kreischte Claire. »Ich will nicht, daß du das tust, nur damit er Ruhe gibt, Natasha.«

Natasha trat zu ihr, schlang einen Arm um Claire, die ein ganzes Stück kleiner war als sie, und zog sie an sich, als müsse sie sie beschützen. Sie konnte ihre Mutter nicht leiden sehen. Das brach ihr das Herz. »Mom, mir macht es nichts aus, ehrlich nicht. Das ist besser so.«

Claire gab keine Antwort, sondern schmiegte sich einfach an ihre Tochter, plötzlich getröstet durch Natashas Nähe, die Wärme und Liebe, die sie ausstrahlte.

Mit einem Blick auf ihren Vater fuhr Natasha fort: »Zehn Uhr. Dann bin ich fertig. Wir können in das Café an der Ecke gehen.«

Philippe nickte, und seine zusammengepreßten Lippen verzogen sich unerwartet zu einem Lächeln. »Ja, das wäre wunderbar. Danke, Natasha. Vielen Dank.« Er warf Claire einen Blick zu. »Bist du damit einverstanden? Du wirst doch morgen keine Schwierigkeiten machen, oder?«

»Alles wird glatt verlaufen«, warf Natasha rasch ein. Plötzlich hatte sie in dieser heiklen Situation, die jederzeit hätte umkippen können, das Heft an sich gerissen. »Versprochen. Keine Probleme.«

Erleichtert und besänftigt von diesem merkwürdig erwachsenen Mädchen – seiner eigenen Tochter! – entspannte Philippe sich ein wenig. Kurz wandte er Laura seine Aufmerksamkeit zu. »Hat mich gefreut, dich neulich zu treffen«, murmelte er und nickte dann Hercule zu. Ihm war klar, daß er besser das Weite suchte, ehe Claire doch noch Einwände gegen die Verabredung erhob, die ihre Tochter mit ihm getroffen hatte. Daher machte er sich ohne weitere Umstände von dannen.

In dem Moment, als die Tür hinter Philippe zufiel, löste Claire sich von Natasha, wandte den Kopf und sah Laura stirnrunzelnd an. »Was soll das heißen, du hast ihn neulich getroffen?« fragte sie hörbar verblüfft.

»Ich bin ihm im Musée d'Orsay über den Weg gelaufen, kurz bevor du gekommen bist. Er hat sich die Renoirs angesehen.«

»Und als ich kam, hast du kein Wort davon gesagt … mir nicht verraten, daß er sich in Paris aufhält. Wieso nicht?«

»Zuerst wollte ich das, Claire, Liebes, aber dann habe ich mich dagegen entschieden. Mir ging auf, daß du nicht wußtest, daß Philippe hier war – auf der Durchreise, wie er mir erzählte –, sonst hättest du das mir gegenüber erwähnt. Und um ehrlich zu sein, wollte ich dich nicht aufregen. Schon sein Name ist wie ein rotes Tuch für dich, das weißt du selbst, und ich dachte … Nun, ich habe damit gerechnet, daß du mir erzählst, er hätte angerufen. Aber als von dir nichts kam, habe ich beschlossen zu schweigen. Offensichtlich hatte er keinen Kontakt zu dir aufgenommen. Warum sollte ich schlafende Hunde wecken?«

»Eine Unterlassung ist auch eine Lüge«, erklärte Claire kategorisch. Ihre Mundwinkel zogen sich nach unten. »Ich kann das einfach nicht glauben«, murrte sie halblaut.

»Ach Claire, komm schon, nimm dir das nicht so zu Herzen«, rief Laura aus. »Das war keine Unterlassungslüge.« Sie räusperte. »Na ja, jedenfalls keine richtige«, meinte sie und dachte daran, daß sie selbst vor zwei Tagen, als sie und Claire im Relais Plaza zu Abend gegessen hatten, zu demselben Schluß gelangt war. »Das verstehst du doch bestimmt, oder, Claire?«

Aber Claire schwieg.

Laura sprach weiter. »Sieh mal, ich wollte Philippes Namen nicht unnötig aufs Tapet bringen, nur um zu erzählen, daß ich ihm zufällig begegnet war. Wozu wäre das gut gewesen? Du wärest bloß höllisch wütend geworden, weil Philippe sich in Paris aufhält und dich nicht angerufen und nicht gebeten hat, Natasha sehen zu dürfen.«

»Zornig bin ich jetzt auch.«

»Mom, laß deinen Ärger nicht an Laura aus. Sie hat nichts getan«, sagte Natasha sanft. Ihr Blick war besorgt.

»Ein wahreres Wort konntest du nicht sprechen, Kleines«, pflichtete Hercule ihr bei. »Ich weiß nicht, wie es euch geht, aber ich hätte gern einen Drink.« Er ging weiter ins Wohnzimmer hinein und warf Laura einen Blick zu. »Ich brauche jetzt dringend einen. Sie auch?«

»Auf jeden Fall, Hercule. Setzen Sie sich nur, ich mache das«, antwortete Laura und trat an die Hausbar. »Scotch mit Soda, wie üblich?«

»*Oui. Merci.*«

»Wie steht's mit dir, Claire?« fragte Laura, während sie Eis in zwei Gläser gab. »Ich werde mir zur Abwechslung mal einen Wodka zurechtmachen.«

»Für mich nichts, danke«, antwortete Claire, deren Stimme plötzlich wieder normal klang. »Ich glaube, ich sollte besser einmal nach dem Abendessen schauen.«

»Ich komme mit«, rief Natasha aus und stürzte ihrer Mutter in die Küche nach.

»Und du, Doug? Möchtest du etwas?« fragte Laura.

»Im Moment nicht, vielen Dank. Ich trinke noch dieses Glas Weißwein aus.«

Laura trug die Getränke zu dem Sofa, das vor dem Kamin stand, reichte Hercule den Scotch und nahm dann ihm gegenüber in einem Sessel Platz. »*Cheers*«, sagte sie und hob ihr Glas. Doug tat es ihr nach und lächelte ihr zu.

»*Santé*«, antwortete Hercule und nahm einen Schluck. Er lehnte sich in das cremefarbene Samtsofa zurück und sah einen Moment lang blicklos ins Feuer. Ein abwesender Ausdruck trat auf sein Gesicht.

Laura, die ihn beobachtete, gönnte ihm ein paar Minuten, um sich zu sammeln und ein wenig zu entspannen.

Doch schließlich sprach sie ihn mit leiser, besorgter Stimme an. »So habe ich Claire noch nie erlebt, nicht in all den Jahren, seit ich sie kenne.«

»Eine gräßliche Szene«, meinte Hercule und schüttelte seinen Kopf. Er sah Laura direkt an und fuhr fort: »Auch ich habe noch nie etwas Derartigem beigewohnt. Aber ich fürchte, Laura, daß Claire inzwischen einen furchtbaren Abscheu gegen Philippe hegt.«

»Das verstehe ich nicht, Hercule. Ich meine, schließlich scheitern eine Menge Ehen, und Menschen lassen sich scheiden. Aber nicht immer herrscht dann zwischen ihnen eine solche unversöhnliche Verbitterung.«

»Das ist wahr, ja. Ich bin kaum je dabeigewesen, wenn Claire und Philippe gelegentlich zusammentreffen, aber Natasha hat mir anvertraut, daß sie dabei immer streiten und Claire wie eine Furie auf Philippe losgeht.« Er schüttelte den Kopf, und auf seinem Gesicht malte sich leise Verwunderung. »Mir kommt es vor, als hätte Claires Abscheu gegen ihren geschiedenen Mann im Laufe der Jahre sogar noch zugenommen. Außerordentlich, würde ich meinen.«

Laura antwortete nichts; ihr fehlten die Worte. Aber tief in ihrem Inneren wußte sie, daß Hercule recht hatte. Sie spürte, wie sich ein flaues Gefühl in ihrer Magengrube breitmachte. »Ich hoffe nur, dieser Vorfall hat nicht den ganzen Abend ruiniert. Vorhin in der Küche, bevor Philippe aufkreuzte, war Claire so unbeschwert. Aber damit war ja zu rechnen …« Sie unterbrach sich und nippte an ihrem Wodka.

»Womit haben Sie gerechnet ?« Fragend ruhte Hercules Blick auf Laura. »Was wollten Sie sagen?«

»Philippe Lavillard hat schon immer nichts als Probleme verbreitet. Eigentlich habe ich ihn nie gemocht.«

»Also, ich finde, er ist gar kein übler Bursche, Laura«, warf Doug ein.

Hercule schenkte Laura ein Lächeln. »Vielleicht sehen Sie Philippe ja mit Claires Augen statt durch Ihre eigenen, meine Liebe«, meinte er.

»Schon möglich«, gestand Laura ihm höflich zu.

Hercule schmunzelte und blickte nachdenklich ins Feuer.

»Was haben Sie? Warum lachen Sie?«

»So vieles in unserem Leben haben wir unter Kontrolle … nur nicht das, was andere Menschen sagen oder tun. Und deren Taten und Worte zeitigen enorme Auswirkungen auf uns. Daher haben wir unser Leben doch nicht so stark im Griff, wie wir glauben, Laura.«

»Nein, wohl nicht«, pflichtete Laura ihm bei.

»Das können Sie aber laut sagen«, lautete Dougs Kommentar.

7

Natasha sah ihren Vater auf der anderen Seite des Place de Furstemberg stehen und rannte quer über den Platz auf ihn zu.

»Hallo, Natasha«, rief er, als sie vor ihm zum Stehen kam, und zog sie an sich.

»Hi, Dad«, gab sie zurück und erwiderte seine Umarmung. »Laß uns den Kaffee woanders trinken, nicht in dem Café an der Ecke«, fuhr sie fort, nachdem sie sich voneinander gelöst hatten. »Vielleicht können wir danach einen Spaziergang machen.«

»Aber deine Mutter …«, begann Philippe, unterbrach sich dann und sah seine Tochter an. Seine dunklen Augen blickten plötzlich besorgt. »Erwartet sie dich nicht bald zurück? In einer Stunde?«

»Ach nein, das ist schon okay, Dad, ganz ehrlich«, beruhigte ihn Natasha. »Ich habe Mom gesagt, ich möchte heute länger mit dir zusammen sein, und sie meinte, das wäre in Ordnung.«

Philippe Lavillard betrachtete seine Tochter noch einen Moment aufmerksam und versuchte, ihre Äußerung einzuschätzen. Er kannte sie zwar nicht so gut, wie ihm lieb gewesen wäre, aber dennoch war er ziemlich sicher, daß das Mädchen ihm niemals die Unwahrheit sagen würde. Claire hatte ihre Tochter gut erzogen.

»Na schön«, meinte er schließlich. »Da deine Mutter, wie du sagst, einverstanden ist, laß uns ein Stück gehen und ein Lokal suchen, in dem wir frühstücken können. Ich habe noch nichts gegessen. Du, Schatz?«

Natasha schüttelte den Kopf und blickte zu ihm auf. Sie hakte ihren Vater unter, und schnellen Schrittes gingen die beiden davon. Natasha liebte ihren Vater und glaubte nicht, daß er der Unmensch war, als den ihre Mutter ihn ständig darstellte. Der unversöhnliche Zorn ihrer Mutter und der Umstand, daß sie sich weigerte, über ihre frühere Beziehung zu Philippe zu diskutieren, verwirrten sie. Andererseits stellten die Erwachsenen, die ihr, vorsichtig formuliert, manchmal sehr eigenartig vorkamen, sie häufig vor Rätsel. Ganz besonders, wenn es um Gefühle ging.

»Ich überlege, Afrika zu verlassen«, verkündete Philippe völlig unvermittelt.

Überrumpelt und verblüfft über diese Erklärung rief Natasha aus: »Warum, Dad? Ich dachte, du bist gern da unten.«

»Das war auch so, und ich habe dort gute Arbeit geleistet, aber jetzt möchte ich etwas anderes tun. Ich bin müde, Nattie. Außerdem will ich in deiner Nähe leben, dich öfter sehen. Würde dir das gefallen?« fragte er und fühlte sich plötzlich ziemlich beklommen. Er hatte immer geglaubt, daß seine Tochter ebenso empfand wie er, daß sie seine Zuneigung erwiderte, und nun hoffte er, daß er recht mit seiner Annahme gehabt hatte.

»Also, wie fändest du es nun, wenn ich öfter da wäre?« fragte er, als Natasha nicht gleich antwortete.

»Das wäre cool, echt«, erklärte Natasha aufrichtig. »Und Mom würde doch bestimmt erlauben, daß ich dich öfter sehe, oder?«

»Dessen bin ich sicher, Natasha. Deine Mutter ist zornig auf mich und nicht auf dich, und ich weiß, wenn du sie darum bittest, wird sie einverstanden sein.«

»Warum ist sie wütend auf dich, Dad?« wollte Natasha wissen – eine Frage, die ihr schon seit Jahren auf der Seele lag.

»Sie glaubt, ich hätte sie im Stich gelassen. Ich schätze, das ist der Grund.«

»Und, hast du?« fragte die Vierzehnjährige und sah ihn an.

Philippe seufzte. »Wir haben uns gegenseitig auf vielerlei Art enttäuscht, und du hast darunter zu leiden gehabt.« Er warf seiner Tochter einen Blick zu und lächelte reuevoll. »Bei einer Scheidung haben immer die Kinder das Nachsehen.«

»Kann sein.« Natasha zögerte, dann platzte sie heraus. »Stimmt das, was Mom sagt? Daß du andere Frauen gehabt hättest?«

»Nein, natürlich nicht. Aber deine Mutter war immer argwöhnisch, besonders wenn ich auf Forschungsreisen ging.«

»Aber wieso, Dad? Ich begreife nicht, warum sie dir nicht vertraut hat.«

Philippe schüttelte den Kopf, und ein weiterer Seufzer entrang sich ihm. »Ich habe keine Ahnung, Nattie. Aber sie hat daran geglaubt, wirklich geglaubt. Sie hat nicht etwa so getan, als wäre sie erbost. Das war echt und ist es immer noch.« Schweigend gingen sie ein paar Minuten lang weiter, dann meinte Philippe zögernd: »Ich habe so das Gefühl …« Er hielt inne und überlegte, ob er weitersprechen sollte.

»Raus mit der Sprache, Dad, was wolltest du sagen?«

»Ich kann mich des Eindrucks nicht erwehren, daß deine Mutter aus einem mir unbekannten Grund einen gewaltigen, tief verwurzelten Argwohn gegen alle Männer hegt. Mir scheint, daß sie diese Einstellung gründlich verinnerlicht hat, und ich glaube, auf irgendeine Weise bin ich ihr zum Opfer gefallen. Ich will nicht behaupten, daß ich nicht auch Schuld am Scheitern unserer Ehe trage, aber Claire hat mir häufig ungerechtfertigterweise Dinge vorgeworfen, die ich nicht getan habe.«

Natasha nickte sofort. »Ich weiß, daß du nicht der Schurke bist, als den Mom dich hinstellt. Im Grunde …« Abrupt unterbrach sie sich, blickte zum ihm auf und grinste mit einem Mal. »Ich glaube, Mom liebt dich noch immer, Dad.«

Einen Moment war Philippe sprachlos. »Das möchte ich aber stark bezweifeln, Nattie!« rief er dann aus. »Da geht deine romantische Phantasie mit dir durch.«

»Nein, das stimmt nicht, Dad. Ich fühle das einfach.« Natasha zuckte die Achseln und zog einen Schmollmund. »Du findest natürlich, das ist reines Wunschdenken von mir, aber da bin ich anderer Meinung.«

Philippe schwieg, und das Mädchen sprach hastig weiter. »Deswegen ist Mom auch so wütend auf dich … weil du nicht hier bist, nicht mit uns lebst. Ich weiß, daß sie dich noch liebt, Dad.«

»Nun ja, auf gewisse Weise liebe ich sie ebenfalls noch.«

»Das ist doch schon ein Anfang. Glaubst du nicht, ihr beide solltet versuchen, wieder zusammenzukommen?«

Philippe blieb wie angewurzelt stehen, nahm seine Tochter am Arm und zog sie so herum, daß sie ihm ins Gesicht sehen mußte. »Um deinetwillen, Nattie, wünschte ich, das wäre tatsächlich möglich«, erklärte er ihr so sanft wie möglich. »Aber ich kann das nicht. Und um die Wahrheit zu sagen, glaube ich auch nicht, daß deine Mutter mich zurückhaben will. Ich habe gesagt, auf gewisse Weise liebte ich sie noch, aber das ist kein Gefühl, auf dem man eine neue Ehe aufbauen könnte. Vielleicht muß ich mich verbessern: Ich mag deine Mutter sehr gern, wegen dem, was wir einmal füreinander empfunden haben, und deinetwegen. Das macht einen großen Unterschied.«

»Ich weiß.«

Sie setzten sich von neuem in Bewegung.

Natasha hakte ihn unter und ging neben ihm im Gleichschritt. Sie sahen einander sehr ähnlich, und Natasha war fast so groß wie Philippe. Kein Vorübergehender hätte bezweifelt, daß sie Vater und Tochter waren. Philippe war schlank, eine elegante Erscheinung und mit seinem schmalen, sensiblen Gesicht und seinen mitfühlenden, freundlichen dunkelbraunen Augen auf eine verhaltene Weise attraktiv. Natasha mußte wohl einsehen, daß ihre Eltern nie wieder zusammenkommen würden, etwas, wovon sie häufig geträumt hatte. Aber sie hoffte zumindest, daß die beiden in Zukunft freundschaftlicher miteinander umgehen würden. Vielleicht würde ihre Mutter ihren Vater in einem besseren Licht sehen, wenn er tatsächlich nach Paris zurückkehrte und hier arbeitete, und sich ihm gegenüber zugänglicher verhalten.

»Würdest du dann wieder im Pasteur-Institut arbeiten, Dad?« fragte sie jetzt.

»Das täte ich schon gern, Nattie, aber ich bin nicht sicher, ob das möglich ist. Die Leitung ist jedoch an einem Gespräch mit mir interessiert. Tatsächlich habe ich schon morgen einen Termin beim Direktor.«

»Du bist doch ein so brillanter Virologe, Dad. Die Leute werden dich haben wollen. Das weiß ich einfach.«

Philippe lachte. »Danke für dein Vertrauen, Natasha. Ich bin froh, daß du auf meiner Seite stehst.«

»Das tue ich wirklich, Dad.«

»Was hältst du davon, wenn wir hier einkehren?« schlug ihr Vater vor und blieb vor einem Café stehen. »Ich erinnere mich noch gut an dieses Lokal. Sie haben wunderbare Croissants und braten die besten Spiegeleier der Welt. Komm, wagen wir den Versuch.«

Sobald sie im Café standen, streifte Natasha ihren grünen Steppmantel ab, und Philippe hängte ihn zusammen mit seiner Schaffelljacke auf. Sie nahmen Platz und bestellten. »Ende nächster Woche fliege ich nach New York zu deiner Großmutter«, berichtete Philippe dann.

Über den Tisch hinweg sah Natasha ihn gespannt an. »Wie geht es ihr?«

»Recht gut, Nattie. Sie war jetzt gerade für ein paar Tage hier in Paris, und sie sehnt sich danach, dich wiederzusehen.« Er lächelte. »Vielleicht lernt ihr beide euch ja eines Tages wirklich kennen.«

»Das wäre doch möglich, wenn du nach Paris ziehst«, meinte Natasha und konnte vor Aufregung kaum an sich halten. »Ich meine, sie könnte doch herkommen, um dich zu besuchen. Und mich. Glaubst du nicht?«

Philippe nickte. Er war froh, daß er sich gestern abend durchgerungen hatte, Claire und Natasha aufzusuchen. Trotz Claires Wutanfall war das Ergebnis besser ausgefallen, als er sich hätte träumen lassen. Und er wußte jetzt, daß seine Tochter ihn wirklich liebte und vielleicht auch eines Tages seine Mutter lieben würde. Und das erfüllte ihn mit großer Zufriedenheit.

»Ich möchte mich nicht aufdrängen, Laura«, begann Philippe. Er hatte sie aus dem Foyer ihres Hotels angerufen. »Aber ich hatte gehofft, wir könnten uns kurz sehen, und wenn es nur ein paar Minuten sind. Ich muß mich mit dir über Natasha unterhalten. Und über Claire.«

»Einen kleinen Augenblick bitte, Philippe«, gab Laura zurück.

Obwohl sie die Hand über den Hörer legte, konnte er undeutlich vernehmen, wie sie mit Doug redete. Dann sprach sie wieder ins Telefon. »Ja, in Ordnung. Ich bin in ein paar Minuten unten. Setz dich doch in die lange Galerie, in der man Tee trinken kann, und warte auf mich.«

»Wunderbar. Vielen Dank«, antwortete er und hängte auf.

Philippe Lavillard durchquerte das Foyer, betrat die Galerie, wo Tee und Drinks serviert wurden, und suchte sich einen Tisch. Er zog das Sakko aus, hängte es über einen Stuhl und ließ sich auf einem anderen nieder, um auf Laura Valiant zu warten.

Er hatte sie immer gern gemocht und fand, daß sie Claire eine wirklich gute Freundin war. Schon oft hatte er sie fragen wollen, ob sie etwas über Claires Vergangenheit wußte, das ihren Argwohn gegen alle Männer und ganz besonders ihm gegenüber erklärte. Doch immer hatte ihn im letzten Augenblick der Mut verlassen.

Plötzlich war Laura da. Elegant in einen dunkelroten Blazer und schwarze Hosen gekleidet, stand sie vor ihm. Hübsch wie immer, dachte er bei sich, während er aufsprang und ihr die Hand entgegenstreckte.

Laura erwiderte seinen Händedruck und setzte sich. »Hattest du einen schönen Vormittag mit Natasha?« fragte sie.

»Ja, mit ihr zusammen zu sein, ist immer eine große Freude. Sie ist ein ganz besonderes Mädchen und sehr erwachsen für ihr Alter. Zuerst sind wir spazierengegangen, dann haben wir gefrühstückt und anschließend noch eine Runde durch den Jardin du Luxembourg unternommen. Wir haben es genossen, zusammenzusein.«

»Das freut mich«, meinte Laura. »Und du hast ganz recht, Philippe, Natasha ist ein wunderbares Mädchen. Claire hat ihre Sache gut gemacht.«

»Das hat sie, Laura, und ich bin der erste, der das zugibt.«

»Möchtest du eine Tasse Tee?« fragte Laura höflich und warf Philippe einen Blick zu. »Oder einen Drink? Spät genug ist es.«

Er schüttelte den Kopf. »Danke, aber ich möchte wirklich nichts, nur ein paar Minuten mit dir über Claire reden.«

»Was ist mit ihr?« fragte Laura argwöhnisch.

Philippe beugte sich nach vorn. »Siehst du, Laura, ich möchte mehr Zeit mit Natasha verbringen, und meine Tochter denkt ebenso«, erklärte er leise und vertraulich. »Aber du hast ja erlebt, wie heftig Claire auf mich reagiert. Sie ist fest entschlossen, uns voneinander fernzuhalten.«

Ein nachdenklicher Ausdruck huschte über Lauras Miene. »Ich habe den Eindruck, Claire hält dich für denjenigen, der schuld an dieser Entfremdung ist. Ich meine, weil du in Zaire arbeitest.«

»Ich weiß, daß sie das glaubt. Aber ich habe vor, Afrika zu verlassen. Vielleicht brauche ich noch etwas Zeit, um mich loszueisen und einen neuen Job zu finden. Aber ich habe mich entschlossen, wenn möglich in derselben Stadt zu leben wie meine Tochter.«

»Ich verstehe«, meinte Laura. »Der Vorfall gestern abend war wirklich schrecklich. Ich muß zugeben, daß das Ausmaß von Claires Wut mich ein wenig erschreckt hat. So habe ich sie noch nie erlebt.«

»Um ehrlich zu sein, Laura, ich ebenfalls nicht. Sie ist schon seit langer Zeit zornig auf mich, aber gestern abend hat sie sich schlimmer aufgeführt denn je. Claire schien so völlig außer sich zu sein, daß ich mich sogar gefragt habe, ob sie vielleicht anderweitige Probleme hat. Hast du eine Ahnung, was da los sein könnte?«

»Nein, keine«, gab Laura zurück und dachte sofort an Hercules Sorge, Claire könnte krank sein. Aber sie unterließ es, das Thema anzusprechen. Das ging Philippe nun wirklich nichts mehr an.

»Ich hoffe nur, daß ich eine bessere Beziehung zu Claire aufbauen kann, sobald ich wieder in Paris lebe«, erklärte Philippe. »Meinst du, das liegt im Bereich des Möglichen?«

Einen Augenblick lang schwieg Laura und dachte darüber nach. »Vielleicht«, meinte sie schließlich.

»Nur vielleicht? Das klingt nicht besonders vielversprechend.«

»Wahrscheinlich nicht. Andererseits klagt Claire ja darüber, daß du so weit weg lebst, in Zaire. Wenn du nach Europa zurückkehrst, wird sie möglicherweise begreifen, daß du es ernst mit Natasha meinst und wirklich an ihrer Erziehung mitwirken möchtest. Denn das hast du doch vor, oder?«

»Hundertprozentig. Und ich möchte, daß Natasha meine Mutter besser kennenlernt. In den letzten paar Jahren hat sie ihre Großmutter kaum gesehen, und das ist nicht recht, Laura. Gerade du müßtest das verstehen.«

Laura nickte nur darauf, aber tief in ihrem Inneren pflichtete sie ihm bei. Langsam ging ihr auf, daß Philippe ernsthaft versuchte, sein Leben zu ändern, damit darin Platz für seine Tochter war. Natürlich wollte er mit Natasha zusammensein, miterleben, wie sie aufwuchs. Laura liebte Claire, aber wie alle Menschen war ihre Freundin nicht unfehlbar. Hercule hatte gestern abend angedeutet, sie hätte Philippe immer mit Claires Augen gesehen statt durch ihre eigenen. Selbst Doug hatte erklärt, er fände Natashas Vater gar nicht übel. Vielleicht hatten die beiden ja recht. Plötzlich erschien Philippe Lavillard ihr in einem anderen Licht.

Laura sprach weiter. »Ja, ich finde auch, daß es wichtig für Natasha ist, ihre Großmutter kennenzulernen. Schließlich braucht jeder Mensch eine Familie. Aber ich dachte, deine Mutter wohnt in New York?«

»Das stimmt schon, aber sie kommt häufig nach Paris. Wie du weißt, ist sie hier geboren. Und wenn ich hier lebte, würde sie mich wahrscheinlich noch öfter besuchen.« Er hielt inne und sah Laura eindringlich an. »Ich weiß, wie nahe du Claire stehst, deswegen wage ich kaum, dich darum zu bitten. Aber kannst du nicht ein gutes Wort für mich einlegen? Ich will mich aufrichtig bemühen, Natasha näherzukommen und in diesen wichtigen Jahren ihres Lebens für sie dazusein.«

»Das weiß ich doch. Aber Claire könnte sich trotzdem fragen, warum ich mich plötzlich einmische.«

»Du könntest ihr ja sagen, daß ich dich aufgesucht habe.«

»Hmm, wahrscheinlich könnte ich das.«

»Du klingst immer noch sehr zögerlich, Laura. Ich möchte nicht, daß du bei Claire in ein schiefes Licht gerätst. Schau mal, warum denkst du nicht einfach darüber nach ... Vielleicht könntest du ja mit Claire reden, sobald ich nach Paris gezogen bin, und sie dann überzeugen, daß es mir ernst ist.«

»Ja, die Möglichkeit sehe ich, Philippe. Ich verstehe, wie wichtig dir diese Frage ist, und ich glaube, sie ist auch bedeutsam für Natasha. Sie sollte ihren Vater wirklich besser kennenlernen.« Laura nickte. »Abgemacht. Ich rede mit Claire, aber erst, wenn du dich fest in Paris etabliert hast und wirklich in der Lage bist, an Natashas Leben teilzunehmen.«

Philippe lächelte ihr zu, und seine dunklen Augen leuchteten auf. »Danke, Laura. Ich danke dir von ganzem Herzen.«

8

Der Rest der Woche in Paris schien Laura wie im Flug zu vergehen. Ehe sie es sich versah, war Freitagmorgen, und sie hetzte umher und erledigte in letzter Minute alles mögliche.

Bis sie endlich in der Bar des Théâtres gegenüber dem Plaza Athénée eintraf, zeigte die Uhr Viertel nach eins. Sie kam zu spät zu ihrer Verabredung mit Claire.

Aber als sie begann, Entschuldigungen hervorzusprudeln, lächelte Claire nur. »Macht nichts; ich stehe schließlich selbst oft genug unter Zeitdruck«, erklärte sie verständnisvoll. »Komm, Laura, zieh deinen Mantel aus und setz dich, Liebes.«

Laura tat wie ihr geheißen, bestellte auf Claires Anregung ein Glas Champagner und lehnte sich zurück. Nachdem sie tief Luft geholt hatte, grinste sie. »Mit einem Mal ist alles über mich hereingebrochen, aber nur Gutes! Viele meiner Bemühungen haben heute morgen Früchte getragen, endlich.«

»Also war die Reise doch erfolgreich?« fragte Claire und zog eine Braue hoch.

»Das kann man wohl sagen. Unser kanadischer Klient hat sich auf den Matisse und den Cézanne festgelegt, und dann hat heute morgen ein mir bekannter Privathändler einen Bonnard herbeigezaubert, der einfach wunderbar ist. Ich bin mir sicher, daß der Kanadier dieses Bild ebenfalls kaufen wird. Und ich glaube, ein anderer Klient in New York wird den Renoir erwerben … den Renoir der Gräfin.«

»Großartig! Hercule wird sich freuen und die Gräfin ebenfalls. Anscheinend braucht sie das Geld für Reparaturen an ihrem *château* an der Loire«, meinte Claire. »Ich weiß wirklich nicht, warum sie sich verpflichtet fühlt, diesen Bau instand zu halten. Hercule sagt, er sei riesig. Meiner Meinung nach sollte sie das Schloß verkaufen.«

»Hercule hat mir aber noch mehr erzählt… Anscheinend befindet sich das Gebäude seit Jahrhunderten im Familienbesitz. Und dann ist da noch der Sohn der Gräfin, der den Adelstitel und die Ländereien geerbt hat. Ich bin sicher, daß das Schloß … nun, wie soll ich sagen, dazugehört. Das *château* ist der Stammsitz der Familie, das heißt eigentlich sein Erbteil.«

»So wird es wohl sein«, pflichtete Claire ihr bei. »Meine Mutter pflegte zu sagen, ein Haus ist wie ein Dieb. Es stiehlt dir dein ganzes Geld. Vergiß das niemals.«

»Als ob ich das könnte! Als Grandma Megan mir das Haus in Connecticut überschrieb, war ich begeistert … bis ich dann feststellte, daß es ein Faß ohne Boden ist. Und dabei erledigt Doug eine Menge Reparaturen und andere Arbeiten selbst. Du weißt ja, wie gut er mit Werkzeug umgehen kann.«

»Richte dem berühmten Doug liebe Grüße aus. Ich habe mich sehr gefreut, ihn letztes Wochenende zu sehen.«

»Das werde ich.« Laura nahm einen Schluck von dem Champagner und prostete ihrer Freundin zu. »Wieso nur nennen alle Leute ihn in diesem Tonfall den ›berühmten Doug‹?« fragte sie dann stirnrunzelnd.

»Ich wußte nicht, daß alle das tun; ich dachte, ich wäre

die einzige«, antwortete Claire. Den Kopf zur Seite gelegt, sah sie Laura neugierig an.

»Nun ja, tatsächlich hat Philippe kürzlich dieselbe Formulierung gebraucht ...« Laura unterbrach sich und überlegte, ob sie einen Fauxpas beging, indem sie Philippes Namen erwähnte.

»Als du Philippe im Museum getroffen hast, sagte er: ›Richte dem berühmten Doug liebe Grüße aus‹?« murmelte Claire. Verwirrung malte sich auf ihrem Gesicht.

»Nein, nicht ganz. Seine Worte waren: ›Wie geht es dem berühmten Doug?‹ Was ich gern wissen möchte, ist, warum ihr beide Doug ›berühmt‹ nennt.«

»Ich glaube, damit habe ich angefangen. Denn als du ihn kennenlerntest, hast du so viel über ihn geredet, von seinem Aussehen, seiner Intelligenz und ... seinen Muskeln geschwärmt. Du warst verrückt nach ihm, hast ihn angehimmelt wie einen Filmstar. Deswegen berühmt. Und er sieht doch auch gut aus: der sprichwörtliche große, dunkle, attraktive Held, oder?« schloß Claire kichernd.

Laura fiel in das Lachen ihrer alten Freundin ein. »Ich schätze, damals war ich in dieser Hinsicht nicht ganz zurechnungsfähig. Doug war das hinreißendste männliche Wesen auf zwei Beinen, dem ich je begegnet war. Eigentlich ist er es immer noch.«

»Dann richte ihm meine besten Grüße aus.«

»Das werde ich. Und ich kann dich jetzt schon von ihm zurückgrüßen. Er schätzt dich sehr.«

Das schien Claire gern zu hören, obwohl sie nichts auf Lauras Bemerkung erwiderte. »Was möchtest du essen?« fragte sie statt dessen. »Ich glaube, ich nehme das Omelett mit *fines herbes,* und dazu einen grünen Salat.«

»Für mich das gleiche, Claire. Ich habe keinen großen Hunger.«

Claire gab ihre Bestellung auf. »Dich hier zu haben, war wunderbar, Laura«, gestand sie dann. »Du wirst mir fehlen und auch Natasha. Sie hat niemanden auf der Welt als dich, weißt du. Außer mir natürlich.«

»Und ihrem ...« Laura schlug die Hand vor den Mund und begann zu husten. »Sie hat schließlich Hercule«, setzte sie hinzu, nachdem sie sich beruhigt hatte. Sie wußte, wie unklug es gewesen wäre, »ihrem Vater« zu sagen, was ihr auf Zunge gelegen hatte.

»Du wolltest sagen, ihrem Vater, nicht wahr?« fragte Claire.

Laura spürte, wie ihr das Blut in die Wangen stieg. Zögernd nickte sie.

Rasch sprach Claire weiter. »Aber sie hat ihn nicht, versteh doch. Eigentlich ist das nie anders gewesen. Philippe ist ihr niemals ein guter Vater gewesen, und übrigens auch kein guter Ehemann. Seine Arbeit und seine Frauengeschichten standen unweigerlich an erster Stelle. Er war extrem unabhängig, tat immer, was er wollte. Auf sehr egoistische Weise. Er hat mich vernachlässigt, und Natasha ebenfalls.«

Plötzlich befanden sie sich mitten in einem Gespräch, das Laura nicht gesucht, ja um jeden Preis hatte vermeiden wollen. Sie überlegte, was sie antworten sollte, denn sie fürchtete, Claire aufzuregen, indem sie das Falsche sagte. Also entgegnete sie überhaupt nichts.

Mit einem Mal beugte Claire sich über den Tisch und blickte in Lauras beunruhigte Miene. »Tut mir furchtbar leid wegen letzten Samstag. Ich wünschte, das wäre nicht passiert. Diese Konfrontation war so gräßlich und unnötig. Aber Philippe hätte nicht einfach ohne Vorwarnung aufkreuzen dürfen. Er weiß genau, daß so etwas mich durcheinanderbringt. Irgendwie schafft er es immer, für Schwierigkeiten zu sorgen.«

»Ich weiß, daß du nach wie vor verletzt und zornig bist, Claire«, gestand Laura ihr mitfühlend zu. »Aber ich wünschte so sehr, du wärest in der Lage, all das beiseite zu schieben und die Vergangenheit hinter dir zu lassen. Bis auf die Tatsache, daß er gelegentlich Natasha trifft, ist Philippe kein Teil deines Lebens mehr. Es ist so aufreibend, sich derart in seinen Zorn zu verbeißen, Liebes.«

Claire seufzte. »Ich wollte, ich könnte mich über das Vergangene hinwegsetzen, Laura. Aber ich vermag einfach all die schrecklichen Dinge, die Philippe mir angetan hat, nicht zu vergessen. Ich schätze, ich bin verbittert.«

Der Kellner brachte das Essen und enthob Laura damit einer Antwort. Sie war zutiefst erleichtert, denn sie hätte nicht gewußt, was sie Claire darauf erwidern sollte. Zumindest nichts, was ihre Freundin gern gehört hätte. Laura war sich bewußt, daß es tödlich war, die eigene Bitterkeit zu pflegen. Das brachte nur noch mehr Schmerz hervor und richtete auf lange Sicht Schaden an. Wie sie Claire zu dieser Einsicht bewegen sollte, war allerdings eine ganz andere Frage. Selbst der Versuch wäre müßig gewesen.

Laura hielt es für klüger, immer noch nicht zu antworten. Sie nahm ihre Gabel, begann den Salat zu essen und nahm dann einen Bissen von dem Omelett.

Eine Zeitlang widmeten die beiden sich stumm ihrer Mahlzeit. Schließlich brach Claire das Schweigen. »Schon merkwürdig, in mancherlei Hinsicht empfinde ich sehr widersprüchlich, was Philippe angeht. Ich möchte, daß er Natasha sieht, ihr ein Vater ist, aber zugleich wünscht ein anderer Teil von mir, er würde sich vollständig aus Paris fernhalten und niemals versuchen, seine Tochter zu treffen. So wüßten wir wenigstens alle, wo wir stehen. Vielleicht sollte ich ihm das erklären. Was meinst du?«

»Hält er sich immer noch in Paris auf?« fragte Laura bedächtig.

»Keine Ahnung. Er erzählt Natasha nie besonders viel von sich, wenn er mit ihr zusammen ist. Was sagte er noch zu dir, als du ihm im Museum begegnet bist?«

»Nur, daß er auf der Durchreise sei, auf dem Weg nach Atlanta, um den Leiter des Instituts für Seuchenbekämpfung zu treffen.«

Claire nickte. »Das paßt ja ins Bild. Immer kehrt er den großen Wissenschaftler heraus.«

Laura hätte Claire am liebsten daran erinnert, daß Philippe Lavillard auf seinem Fachgebiet tatsächlich bemerkenswerte Arbeit geleistet und außerordentliche Entdeckungen gemacht hatte, doch sie beschloß, sich auf die Zunge zu beißen und wechselte das Thema. »Hör mal, Claire, seit einigen Tagen geht mir etwas im Kopf herum, das ich mit dir bereden möchte. Wie wär's, wenn du über Weihnachten nach New York kommst? Besser gesagt, nach Connecticut. Mit Natasha, und wenn Hercule mag, ist er ebenfalls herzlich eingeladen. Das wäre doch herrlich ...« Sie unterbrach sich, lachte und setzte hinzu: »Wie in alten Zeiten, du weißt schon. Mom kommt auch und bringt Grandma Megan mit; außerdem Dougs Freund Robin Knox mit Karen, seiner Verlobten. Das Haus wird voll sein, wir machen es uns gemütlich und haben einen Riesenspaß. Was meinst du dazu?«

Claires Miene hellte sich auf, und Laura konnte sehen, daß sie begeistert von ihrer Idee war. Aber dann schüttelte Claire den Kopf. »Gerade jetzt kann ich nicht einfach weg, und außerdem habe ich Hercule versprochen, mit ihm zusammen seine Silvesterparty auszurichten.«

»Aber du wärst rechtzeitig zurück. Heute ist erst der dreizehnte Dezember.«

»Freitag, der dreizehnte«, warf Claire ein und zog eine Grimasse.

»Ach, na ja, weißt du«, rief Laura verächtlich aus und sprach rasch weiter. »Wenn ihr nächstes Wochenende kämt, das heißt am Samstag, dem einundzwanzigsten, oder am Sonntag, dem zweiundzwanzigsten, könntet ihr leicht eine Woche oder sogar acht Tage bleiben und dann zu Hercules Party am einunddreißigsten zurückfliegen. Oh, versuch es doch wenigstens, Claire! Denk nur, wie glücklich Natasha wäre. Und ich auch. Wir alle würden uns freuen.«

»Ich denke darüber nach«, sagte Claire und nahm einen Bissen Salat. »Aber ich hätte da auch noch eine Bitte an dich, Laura.« Claire zögerte und fragte dann: »Könnten Natasha und ich im Sommer zu dir aufs Land kommen? Die Schulferien in Frankreich sind so lang, daß ich nie recht weiß, was ich mit dem Mädchen anfangen soll. Gewöhnlich nimmt Hercule uns mit in sein Haus in der Bretagne, aber meist bleiben wir dort nur ein paar Wochen. Was meinst du dazu?«

»Eine fabelhafte Idee! Natürlich könnt ihr kommen. Aber die Sommerferien sollen kein Ersatz für euren Weihnachtsbesuch sein. Versprichst du mir, daß du, verflixt noch mal, dein möglichstes tust und daß du Hercule fragst?«

»In Ordnung, ich werde sehen, was ich ausrichten kann, und selbstverständlich werde ich Hercule deine Einladung weitergeben.« Claire schüttelte den Kopf. »Ich habe im Moment halt so viel Arbeit«, schloß sie bedrückt.

»Das verstehe ich ja. Im Augenblick bin ich ebenfalls ziemlich eingedeckt. Eigentlich müßte ich nach Palm Beach fliegen, um mir das Haus einer Klientin anzusehen und ihr zu raten, welche Art Kunst sie für die Ausstattung verwenden soll. Aber ich glaube, das schaffe ich vor Weihnachten nicht mehr«, erklärte Laura. »Dann muß ich halt im Januar dorthin.«

»Ich nehme an, Grandma Megan besitzt noch dieses hübsche kleine Häuschen am Island Drive in Palm Beach?«

Laura nickte. »Mom hält sich im Januar und Februar gern dort auf. Sie meint, im Bedelia Cottage könne sie gut malen. Aber Grandma fliegt nicht mehr hin, seit Jahren schon nicht. Frag mich nicht, wieso. Ich persönlich finde, die Wärme würde ihr guttun.«

»Ja, ganz bestimmt. Aber du weißt ja, wie sie ist. Grandma Megan läßt sich keine Vorschriften machen.«

Bei dem Gedanken an ihre Großmutter lächelte Laura. »Sie ist einfach wunderbar, mehr kann ich dazu nicht sagen.«

Ihr Gespräch wandte sich Megan Valiant zu, die sie liebten und die in ihrer Jugend einen so großen Einfluß auf beider Leben ausgeübt hatte. Anschließend ergingen die Freundinnen sich in Erinnerungen an ihre gemeinsame Kindheit in New York und in dem Haus in Connecticut; sie gedachten der alten Zeiten mit Liebe, Wärme und einem gehörigen Schuß Nostalgie.

Die beiden fühlten sich so eng miteinander verbunden, daß sie gar nicht auseinandergehen mochten, und so tranken sie noch eine Tasse Kaffee, um ihr Zusammensein so lange wie möglich auszudehnen. Doch schließlich beendete Claire das Abschiedsessen, indem sie erklärte, sie müsse zurück in ihr Büro.

Die beiden Frauen überquerten die Avenue Montaigne. Für ein paar Minuten standen sie noch vor dem Hotel und unterhielten sich weiter, um sich noch nicht trennen zu müssen. Und dann umarmten sie sich zum Abschied, als wollten sie einander nie wieder loslassen.

»Bitte versuch unbedingt, Weihnachten zu kommen«, bat Laura und drückte Claires Arm.

»Das werde ich, versprochen«, gab Claire zurück. Dann lächelte sie ein wenig matt und ging eilig davon, ohne zurückzublicken.

Sie wird mir schrecklich fehlen, dachte Laura und sah Claires langsam entschwindender Gestalt nach. Sie betrat das Hotel und fuhr mit dem Aufzug nach oben in ihr Zimmer. Höchste Zeit zu packen und ein paar letzte geschäftliche Anrufe zu tätigen.

9

Douglas Casson war äußerst angetan von seinem Werk. Er hatte das Laub in die Mitte der Terrasse gefegt, und nun brauchte er die Blätter nur noch in die Schubkarre zu schaufeln. Gerade hatte er damit begonnen, als plötzlich ein böiger Wind aufkam und das Laub um seine Füße wirbelte. Unterdrückt fluchend fand er sich damit ab, daß er sich die Arbeit vergebens gemacht hatte. Schließlich lachte er in sich hinein, warf die Schaufel fort und setzte sich auf die Mauer.

»Zum Teufel, was soll's«, brummte er, »gegen den Wind komme ich nicht an.« Er würde sich halt später um das Laub kümmern. Was machte das schon? Absolut nichts.

Der junge Anwalt blieb noch einen Augenblick auf der niedrigen Mauer der Terrasse sitzen und genoß die Wintersonne und die frische Luft. Es war klirrend kalt, doch der Himmel war strahlendblau und die Sonne spendete zwar keine Wärme, aber sie verschönerte zumindest den Tag.

Douglas saß nicht besonders lange auf der Bruchsteinmauer. Sehr bald kroch die Kälte in seine Daunenjacke, und er stand auf, legte die Schaufel in die Schubkarre und holperte damit zum Gartenschuppen.

Wenige Minuten später war er ins Haus zurückgekehrt, stand vor dem Kamin in der großen Eingangshalle und wärmte sich auf. Das Wetter täuschte. Vom Fenster aus gesehen lockte verführerisch ein wunderschöner heller Tag, aber sobald man draußen war, drang einem die Eiseskälte bis in die Knochen. Strenger Frost herrschte, vor dem Laura ihn vor einigen Stunden gewarnt hatte. Kein Tag, um sich länger draußen aufzuhalten, hatte sie gesagt.

Er hätte auf sie hören sollen; was das Wetter in Connecticut betraf, hatte sie immer recht. Schließlich war sie in diesem alten Kolonialhaus in Kent aufgewachsen und hatte viele Wochenenden und dazu alle Weihnachts-, Oster- und Sommerferien hier bei ihren Großeltern verbracht.

Ihre Eltern hatten sie bei Megan und Owen abgeladen – so dachte Doug heute – und waren dann verschwunden, um ihr eigenes Leben zu führen. Noch nie hatte er ein Paar erlebt, das derart ausschließlich auf sich bezogen war wie Lauras Mutter und Vater. Doug hatte den Eindruck gewonnen, sie bemerkten kaum, daß Laura und Dylan existierten. Einmal hatte er dies Laura gegenüber bemerkt, doch sie hatte diese Vorstellung empört von sich gewiesen. »Dad war immer für uns da, wenn wir ihn brauchten. Zugegeben, er hat sich mehr um uns gekümmert als Mom, aber meine Mutter hat uns genauso geliebt.«

Douglas war sich da niemals ganz sicher gewesen. Er hielt Margaret Valiant für eine selbstbezogene, egoistische Frau, obwohl er nie gewagt hatte, Laura gegenüber diese Einschätzung zu äußern. Was er auch sagte, sie nahm ihre Mutter immer in Schutz. Aber das lag ja wohl in der menschlichen Natur, oder? Ein Kind durfte seine Eltern und seine Familie kritisieren, aber Gott behüte, wenn ein Fremder dasselbe wagte. Für gewöhnlich brach dann die Hölle los.

Aber er war sich gewiß, daß er Lauras Mutter richtig einschätzte. Einzig ihre Malerei und ihr Ehemann waren in ihrem Leben wichtig und bedeutungsvoll gewesen. Er hatte Laura zwar in ihrer Jugend nicht gekannt, aber Maggie selbst hatte ihm praktisch gestanden, ihre Kinder vernachlässigt zu haben; einmal, in einem Augenblick der Schwäche, als sie Vertraulichkeiten ausgetauscht hatten. In der Art und Weise wie sich die Trauer in ihren dunklen, seelenvollen Augen spiegelte, erkannte Doug, daß sie ihre Handlungsweise später bedauert hatte.

Er fragte sich, wie es wohl sein mochte, jemanden auf diese Art zu lieben. So etwas hatte er nie erlebt. Natürlich liebte er Laura, aber nicht so, daß dieses Gefühl alles andere in seinem Leben ausschloß.

Die Unruhe, die er seit langer Zeit wie ein kleines Geschwür mit sich herumtrug, schien mit einem Mal zu wachsen und sich auszubreiten. Unerwartet stieg ein Gefühl der Übelkeit in ihm auf. Zum wiederholten Mal wurde Doug klar, daß er sich außerordentlich unwohl in seiner Haut fühlte, eine Empfindung, die seit längerer Zeit ständig kam und ging. Doch ganz verließ sie ihn nie, und so langsam machte er sich Sorgen deswegen.

Er ging zu einem Ohrensessel und plumpste hinein. Dann lehnte er den Kopf gegen das dunkelrote Samtpolster und schloß die Augen.

Seine Ehe steckte in der Krise.

Darüber war er sich seit langem im klaren. Aber er hatte keine Ahnung, ob Laura sich bewußt war, daß sie Probleme hatten. Er wußte nicht, wie er ihr das sagen sollte, hatte nicht die geringste Vorstellung, wie er dieses Thema auch nur zur Sprache bringen konnte.

Ihre Schwierigkeiten hatten nichts mit dem Umstand zu tun, daß sie keine Kinder bekamen. Darüber machte er sich inzwischen kaum noch Gedanken. Vielmehr hatte diese Krise mit ihnen beiden zu tun, mit ihrer Beziehung und ihrer Zukunft. In letzter Zeit waren sie beide beruflich viel auf Reisen gewesen und oft lange getrennt. Und stimmte es nicht, daß sie sich auseinanderentwickelten, gefühlsmäßig und körperlich? Er glaubte das schon, aber er war sich ziemlich sicher, daß Laura sich keinen Begriff davon machte. Absolut nicht. Nicht, weil sie dumm gewesen wäre – tatsächlich besaß sie mehr Grips als die meisten Menschen, die er kannte. Der Grund war, daß er jetzt ein anderer war; er selbst hatte sich verändert.

»Doug, könntest du mir mal helfen?«

Lauras Stimme drang hallend aus dem Treppenhaus am anderen Ende der großen Eingangshalle, und Doug riß die Augen auf und sprang augenblicklich hoch.

»Natürlich. Was kann ich für dich tun?« fragte er.

»Ich habe hier ein Rollo, das du wieder in seine Angeln – oder wie immer man das nennt – zurücksetzen müßtest. Es ist rausgerutscht und heruntergefallen.«

»Schon unterwegs, Süße.«

Laura beobachtete, wie er auf sie zukam, und ihr fiel auf, wie gut er heute morgen aussah. In seinem cremefarbenen Fischerpullover und den dunkelblauen Cordhosen wirkte er sehr jung. Durch den Aufenthalt im Freien waren seine Wangen rosig, was seine knabenhafte Schönheit noch hervorhob. Schwarzes Haar, grüne Augen, einen Meter achtundachtzig, und alles trainierte Muskeln. Groß, dunkel und attraktiv, wie Claire vor gut einer Woche in Paris bemerkt hatte. Kein Zweifel, Doug war ein außerordentlich anziehender Mann, und er wirkte weit jünger als dreiunddreißig. Eher wie fünfundzwanzig, entschied Laura, als er zielbewußt durch die Halle schritt.

»Tut mir leid, daß ich dich störe. Du hast dich bestimmt gerade ausgeruht«, meinte sie, als er, immer zwei Stufen auf einmal nehmend, die Treppe hinaufsprang. »Aber ich muß alles fertig haben, ehe Robin und Karen heute nachmittag eintreffen.«

»Kein Problem, ich habe nur die Zeit totgeschlagen und mich nach meinen vergeblichen Mühen mit dem Laub aufgewärmt.« Doug grinste schief und erklärte ihr, was passiert war. »Die Blätter sind schwer in den Griff zu bekommen, wenn starker Wind aufkommt.« Er lehnte sich an das Geländer am oberen Treppenabsatz.

Laura lachte, so daß sich in den Winkeln ihrer blauen Augen kleine Fältchen bildeten. »Das Laub kann ruhig warten.«

»Ich weiß. Aber wäre es nicht Zeit, daß ich anfange, etwas zum Mittagessen zusammenzuwerfen, während du die letzten Weihnachtsdekorationen anbringst? Morgen kommen deine Mutter und Grandma Megan, und ehe du weißt, wie dir geschieht, hast du alle Hände voll zu tun.«

»Ich werde heute fertig. Und mach bloß nichts Kompliziertes zum Lunch, Doug. Ich will bloß ein Sandwich.«

»Das reicht mir auch vollkommen, aber wie wär's mit einer Tasse Suppe dazu? Hühner-Nudelsuppe aus der Tüte, mit den besten Empfehlungen des Knorr-Kochstudios?«

»Hört sich köstlich an«, meinte Laura und eilte über den langen Korridor davon, an dessen anderem Ende eines der vier Gästezimmer lag.

»An diesem Fenster«, sagte Laura, während sie in das gelbe Zimmer mit seinem Himmelbett, der farbenfrohen Patchworkdecke und den gerahmten Blumendrucken an den sonnengelben Wänden trat.

Doug benötigte nur ein paar Minuten, um das Rollo ordentlich aufzurollen und setzte es dann wieder in die Aufhängungen, die rechts und links in der Fensterlaibung angebracht waren. »Siehst du, schon erledigt! Was kann ich sonst noch für dich tun?«

»Nichts. Hier ist alles ziemlich gut in Schuß. Aber ich hätte gern, wenn du mitentscheiden würdest, welches Zimmer wir Robin und Karen geben.«

»Und wer schläft hier?« fragte Doug und blickte sich um. Gerade diesen Raum hatte er immer besonders gemocht, weil er so fröhlich, so voll leuchtender Gelb- und Rosatöne war.

»Ich hatte überlegt, Mom dieses Zimmer zu geben, aber wenn du möchtest, kann ich auch die beiden hier unterbringen.«

»Nein, nein, deine Mutter soll es ruhig haben. Ich vermute, für deine Großmutter hast du wie üblich ihr altes Zimmer vorgesehen.«

»Es gehört ihr, solange sie lebt, das weißt du doch. Sie hat fast sechzig Jahre lang jede Nacht darin geschlafen, und ich bin sicher, überall anders würde sie sich unwohl fühlen.«

»Ganz meine Meinung.«

Laura trat aus dem gelben Zimmer und meinte über die Schulter: »Ich hatte überlegt, Robin und Karen in dem blauweißen Zimmer unterzubringen. Dieser Raum ist so klar und frisch. Aber sie könnten auch das kleine Apartment oben unter dem Dach bekommen. Was meinst du?«

»Auf jeden Fall das Apartment! Es ist gemütlich und charmant, Robin wird begeistert sein. Die Räume haben so eine französische Atmosphäre, und er liebt alles, was an Frankreich erinnert. Laß uns hinaufgehen und einen Blick in die Zimmer werfen.«

Gemeinsam kletterten sie die schmale, gewundene Treppe hinauf, die zur obersten Etage des Hauses führte. Doug wanderte durch die drei zusammengehörigen Räume, die eigentlich die alte Mansarden waren. Sie bestanden aus einem Schlafzimmer, einem winzigen Wohnraum, einem Ankleidezimmer von der Größe eines Wandschranks und einem Bad. Laura hatte das Apartment in Rot und Weiß dekoriert. Die Wände waren mit einem *Toile-de-jouy*-Stoff in diesen Farben bespannt und das Kopfende des Bettes mit einem ähnlichen. Mehrere Sessel hatte Laura mit einem rot-weiß karierten Stoff bezogen, und im Wohnraum stand ein großes rotes Samtsofa, das zu dem leuchtend roten Teppich paßte.

»Ja, das wird Robin ganz bestimmt gefallen«, sagte Doug,

nachdem er alles in Augenschein genommen hatte. »Und Karen auch«, setzte er eilig hinzu. »Außerdem sind sie hier oben ungestört.«

»Bleiben die beiden nun endgültig über Weihnachten?« fragte Laura.

Doug nickte. »Ja. Robin hat sich in der Bank ein paar Tage freigenommen, und Karen hat ihren Laden bis Januar geschlossen. Das wird ein hübscher Kurzurlaub für die beiden.«

»Ich will noch ein paar Bücher nach oben bringen«, meinte Laura, während sie die Treppe hinuntergingen. »Die neuesten Zeitschriften und auch eine Obstschale.«

»Laß uns das nach dem Lunch erledigen«, schlug Doug vor. »Zuerst essen wir, und dann helfe ich dir bei dem Rest.«

Schließlich zog das Mittagessen sich doch länger hin, denn Doug beschloß, etwas Gehaltvolleres zuzubereiten als eine Suppe aus der Tüte und Sandwiches mit Dosenthunfisch. Statt dessen tischte er Eier à la Benedict mit frisch aufgebackenen englischen Muffins und kanadischem Schinken auf, gefolgt von einer seiner Spezialitäten, karamelisierter Grapefruit auf Vanilleeis.

»Nicht allzu übel, oder?« fragte Doug nach dem Essen und ließ sein Glas mit Weißwein gegen Lauras klingen.

»Ganz und gar nicht. Das war köstlich. Du darfst jederzeit mal wieder für mich kochen«, gab Laura zurück, und ihre leuchtendblauen Augen blitzten, als sie ihn über den Rand ihres Weinglases hinweg ansah.

»Ich habe das Gefühl, daß ich nie etwas anderes getan habe«, konterte er und fiel in ihr Lachen ein. Daß seine Frau absolut nicht kochen konnte und er nichts mehr liebte, als in der weitläufigen ländlichen Küche am Herd zu stehen, war eine alte Geschichte, fast schon ein Familienwitz.

»Wir sollten wohl nach oben gehen und letzte Hand an das Apartment unterm Dach legen«, stöhnte Laura und hob ihr Glas noch einmal an die Lippen.

»Ich helfe dir. Aber laß uns doch zuerst den Wein austrinken. Ein Schluck ist noch da. Es wäre eine Schande, einen Pouilly-Fumé zu vergeuden«, erklärte Doug und schenkte ihnen beiden nach. »Du bist schon Geschichte, Bursche«, setzte er hinzu, nahm die leere Weinflasche und trug sie zum Recycling-Eimer.

Er kehrte an den Küchentisch zurück und sprach weiter. »Wir werden beim Weihnachtsessen wohl zu zehnt sein, Laura. Meine Eltern haben doch noch zugesagt, und Malcolm und Gloria Mason haben unsere Einladung auch endlich angenommen. Gestern. Ich hatte ganz vergessen, dir Bescheid zu geben.«

»Oh, wie schön. Das wird nett, und ich weiß, daß die Masons Robin und Karen gern mögen.« Laura leerte den letzten Schluck Wein, schob ihren Stuhl zurück und stand auf. »Ich vermute, du wirst deine berühmte Gans mit allem Drum und Dran zubereiten, und ich werde dir helfen, so gut ich kann. Aber das Menü können wir ruhig später besprechen, oder?«

»Wir haben jede Menge Zeit«, beruhigte Doug sie. »Die Einkäufe brauchen wir erst Anfang nächster Woche zu erledigen.«

Laura durchquerte die Küche und begann, Gegenstände aus dem Schrank zu nehmen und auf einem großen Holztablett zu arrangieren. Nachdem sie Gläser, Dessertteller, Servietten, Obstmesser und -gabeln versammelt hatte, füllte sie eine Glasschale mit Äpfeln, Bananen und Trauben. »Das sollte reichen, meinst du nicht?« Sie spähte zu Doug hinüber, der zustimmend nickte.

Auch er war aufgestanden. »Ich verziehe mich dann mal in meine Höhle und hole ein paar Zeitschriften und einige der Bücher, die du letzte Woche besorgt hast. Soll ich dir dieses Tablett nach oben tragen, oder kommst du zurecht?«

»Das geht schon, Schatz.« Während sie sprach, hievte Laura das Holztablett hoch. »Das Mineralwasser können wir ja später raufbringen.«

»Ich bin in einer Minute bei dir«, erklärte Doug und machte sich auf in seine »Höhle«, wie er sein Arbeitszimmer nannte.

Als Laura das Apartment unter dem Dach betrat, war sie ein wenig außer Atem. Nachdem sie das Tablett auf einer Kommode abgestellt hatte, ließ sie sich auf das große rote Sofa fallen und versuchte, wieder zu sich zu kommen.

Kurz darauf kam Doug mit einem Stapel Zeitschriften und Büchern herein. Als er Laura immer noch schwer atmend auf dem Sofa lehnen sah, brach er in Gelächter aus.

»Das war ein langer Aufstieg«, keuchte sie erklärend. »Drei Treppen. Ich bin ein bißchen außer Puste.«

Er lächelte ihr zu und schüttelte den Kopf. Und mit einem Mal entzückte ihn ihre Erscheinung ganz außerordentlich. Auf Lauras hohen Wangenknochen und ihrem feingeschnittenen Gesicht spielten die letzten Strahlen der Nachmittagssonne, so daß sie von innen heraus zu leuchten schien. Was für eine wunderschöne Frau. Seine Frau. Er begehrte sie und wollte mit ihr schlafen.

Doug ließ die Bücher und Zeitschriften auf einen rotweiß karierten Sessel in der Nähe fallen und setzte sich neben Laura auf die Couch. Er umarmte sie, zog sie an sich, legte den Mund auf ihre Lippen und küßte sie. Sanft zuerst, und dann, als sie auf ihn reagierte und sein Gesicht streichelte, immer fordernder. Sie hielten einander fest umschlungen, und ihre Erregung wuchs. Doug küßte sie jetzt noch leidenschaftlicher, und ihre Zungen trafen einander in einer intimen Liebkosung. Beiden war, als verschmölzen sie miteinander.

Unablässig bedeckte Doug das Gesicht seiner Frau mit

Küssen, die Augenlider, die Stirn, den Hals. Geschickt glitten seine Hände zu ihren Brüsten und erspürten zu seiner Freude, daß die Spitzen sich unter Lauras Baumwollbluse aufgerichtet hatten.

Kurz hielt er inne. »Komm, laß uns ein Bett suchen«, flüsterte er, die Lippen noch an Lauras Hals. Er nahm ihre Hände und zog seine Frau hoch. Eng umschlungen traten sie nach nebenan, ins Schlafzimmer.

Sekunden später lagen beide nackt auf der Patchworkdecke. »Du frierst doch nicht, oder?« fragte er leise.

»Nein. Mir ist sogar heiß«, antwortete Laura flüsternd.

Mir auch, dachte Doug, sagte jedoch nichts weiter, sondern vergrub das Gesicht zwischen ihren Brüsten. Er schob ein Bein über sie, schmiegte sich an ihre Seite und liebkoste langsam ihren Arm, dann ihren Schenkel. Es stimmte, sie glühte geradezu; er spürte, wie die Hitzewellen von ihrem Körper aufstiegen.

Doug umschlang Laura und rollte mit ihr auf dem Bett herum, so daß er auf dem Rücken landete und sie auf ihm zu liegen kam. Langsam kniete sie über ihm und erregte ihn auf die Weise, die ihm am liebsten war.

Doch kurz darauf umarmte er sie und zog sie nahe an sich heran. Als er in sie eindrang, geschah das so abrupt und heftig, daß sie einen leisen Schrei ausstieß. Dann begannen sie sich in dem altvertrauten Rhythmus, der ihnen beiden ganz allein zu gehören schien, zu wiegen.

Von ihrer gemeinsamen Leidenschaft davongerissen, stiegen sie immer höher. Sie hatten das Gefühl zu schweben ... höher und höher ... immer weiter.

Von irgendwo, aus weiter Ferne, vernahm Doug ein Geräusch. Er riß die Augen auf und blickte zur Tür.

Robin Knox stand da und beobachtete sie. Seine blauen Augen blickten verblüfft, und sein Gesicht wirkte bleich. Und dann, sekundenschnell, war er verschwunden.

Doug blinzelte und überlegte, ob er sich Robins unerwartetes Auftauchen bloß eingebildet hatte. Doch er wußte, daß dem nicht so war.

Laura sank über ihm zusammen. »Warum hast du aufgehört?« fragte sie fast unhörbar. »Stimmt etwas nicht? Was ist passiert?«

»Nichts«, entgegnete er. »Alles okay.« Aber er wußte, daß gar nichts in Ordnung war.

Das Schweigen zog sich in die Länge. Doug räusperte sich. »Ich schätze, der Wein zum Mittagessen war zu viel für mich«, log er und hoffte, daß sie ihm glauben würde.

2. Teil

Winter und Frühjahr 1997

10 Laura verließ ihr Büro in der Sechsundachtzigsten Straße und eilte die Madison Avenue entlang. Ihre Konzentrationskraft war eine ihrer größten Gaben, und eine weitere ihre Fähigkeit, komplexe Sachverhalte in kleine Teile zu zerlegen, um sich dann mit dem im Augenblick wichtigsten Einzelproblem auseinanderzusetzen. Dieses Talent, sich vollständig und ausschließlich auf ein Thema zu konzentrieren – Laura nannte das ihren »Tunnelblick« –, stellte eine ihrer Stärken dar. Während sie jetzt zu ihrem Termin hastete, stellte sie sich innerlich auf die knifflige Situation ein, die sie mit Sicherheit vorfinden würde.

Laura dachte über ihren Kunden nach. Mark Tabbart war einer der cleversten, gewieftesten und erfolgreichsten Finanziers der USA, einer dieser neuen superreichen Freibeuter des Big Business, die einem luxuriösen Lebensstil huldigten, Geld wie Heu besaßen und auf ihr Image bedacht waren. Er war nun schon seit zwei Jahren Lauras Klient. Mark war zwar knallhart, eigensinnig und tyrannisch, aber bis heute hatten die beiden eine gute Beziehung gepflegt. Sie gingen ungezwungen miteinander um und respektierten die Fähigkeiten des jeweils anderen. In den meisten Fällen hörte der Geschäftsmann auf Lauras

Rat und beugte sich ihrem überlegenen Urteil in Kunstdingen, doch sie hatte das ungute Gefühl, daß es heute zu einer Konfrontation kommen würde.

Laura und Alison galten als zwei der besten in ihrem Geschäft. Selbstbewußt vertrauten sie auf ihre Kenntnis der impressionistischen Kunst und des internationalen Marktes. Bisher hatten die beiden jungen Frauen Spitzenmanager und neureiche Berühmtheiten, die in Kunstwerke investieren wollten, beim Aufbau ihrer Sammlungen beraten. Und alle verließen sich auf das professionelle Urteilsvermögen, das Wissen und die Erfahrung der beiden, vertrauten ihrer Einschätzung und befolgten ihre Ratschläge. Auf dem Kunstmarkt, der sich einmal mehr in einer Hochphase befand, genossen die beiden jungen Frauen erstklassige Referenzen und einen untadeligen Ruf.

Laura hatte Mark Tabbart über einen ihrer Kunden kennengelernt. Als erstes hatte der Geschäftsmann Laura gefragt, wozu in aller Welt jemand die Notwendigkeit verspüren sollte, sich ihrer Kenntnisse oder der eines anderen Experten zu bedienen. »Ich habe Augen im Kopf, ich sehe, ob mir ein Bild gefällt oder nicht, und ich kann den Namen des Malers auf der Leinwand lesen. Was soll ich also mit einer Kunstberaterin?«

Die junge Frau hatte mit einer Gegenfrage geantwortet. »Würden Sie ein juristisch verbindliches Dokument unterzeichnen, bei dem es um Millionen von Dollar geht, ohne sich zuvor mit einem Anwalt beraten zu haben? Das möchte ich doch stark bezweifeln.«

»Da haben Sie allerdings recht«, hatte Mark geantwortet, und Laura hatte ihm, ermuntert durch seine Offenheit, noch etwas zu bedenken gegeben. »Dann stimmen Sie gewiß mit mir überein, daß es töricht wäre, ein teures Gemälde anzukaufen, ohne zuvor den Rat eines Experten eingeholt zu haben, der über profunde Kunst- und Marktkenntnisse verfügt.«

»Akzeptiert«, hatte Tabbart ihr beigepflichtet. Seit jenem Tag war er Lauras Klient.

In den folgenden zwei Jahren hatte Laura den Unternehmer beim Aufbau einer exzellenten Sammlung unterstützt. Sie hatte für ihn etliche Werke der großen französischen Impressionisten und Neoimpressionisten gekauft, darunter Gemälde von Cézanne und Matisse, sowie Werke amerikanischer Meister wie John Singer Sargent und Frank Benson; und sie hatte zwei Bilder von Dame Laura Knight, der britischen Neoimpressionistin, aufgetan.

Doch einen Herzenswunsch hatte sie Mark bisher nicht erfüllen können – den Erwerb eines Gauguin. Und jetzt plötzlich, aus heiterem Himmel, hatte er selbst einen entdeckt, der tatsächlich zum Verkauf stand.

Laura hatte vor vier Tagen von dieser Entwicklung erfahren, als Tabbart sie – glucksend vor Schadenfreude über seinen außerordentlichen Glücksgriff – aus Aspen angerufen hatte. Sie waren übereingekommen, sich heute zu treffen, und als Laura jetzt das Foyer von Tabbarts Bürogebäude betrat, wurde ihr klar, daß sie vielleicht mit ihm würde streiten müssen. Sie holte tief Luft, um sich für die Auseinandersetzung zu wappnen, trat in den Aufzug und fuhr ins vierzigste Stockwerk hinauf.

Mark Tabbart ließ sie jetzt schon zwanzig Minuten warten, aber Laura war sich bewußt, daß dies nichts Besonderes und nicht unhöflich gemeint war. Mit Sicherheit hatte es nichts mit ihr zu tun. Tabbart war ein außerordentlich beschäftigter Mann, dessen Zeit ständig von allen Seiten mit Beschlag belegt wurde, und dies war nicht die erste Gelegenheit, bei der sie an seiner Rezeption herumlungerte, bis er seine jeweilige Transaktion abgeschlossen hatte.

Gerade, als sie ihr Handy hervorzog, um Doug im Büro anzurufen, erschien plötzlich Alec Fulham, Marks Assistent, am Privateingang zu dessen Allerheiligstem. Sofort steckte sie das Telefon zurück in die Handtasche und stand rasch auf. Dann mußte sie Doug halt später anrufen.

Alec stürzte herbei. »Tut mir schrecklich leid«, entschuldigte er sich. »Mark hatte ein kompliziertes Telefongespräch zu führen. Er hat eben erst aufgelegt.«

»Kein Problem«, antwortete Laura. Schweigend folgte sie ihm durch den Korridor, der zu Marks Büro führte.

Als sie den Raum betraten, stand Mark Tabbart am Fenster und blickte hinaus. Er war klein, mager und drahtig, ein Mann mit einem Babygesicht, der langsam kahl wurde und körperlich nicht besonders einnehmend wirkte. Doch als Geschäftsmann war er brillant, und seine Kollegen hielten ihn für ein Finanzgenie. In seinem Büro arbeitete Mark für gewöhnlich in Hemdsärmeln. Sein dunkles Jackett hing über der Lehne seines Stuhles.

Er wandte sich um und kam über den dicken Teppichboden elastischen Schrittes auf Laura zu, um sie überschwenglich zu begrüßen. Sofort setzte Mark eine leutselige Miene auf, obwohl sein herzliches Lächeln sich nicht auf seine blaßblauen Augen erstreckte, die wie immer kalt und prüfend dreinblickten.

Nachdem sie einander auf beide Wangen geküßt und ein paar Nettigkeiten ausgetauscht hatten, trat Mark an seinen Schreibtisch und nahm einige Fotos zur Hand. »Ich möchte, daß Sie sich diese Aufnahmen von …«

»*Tahitianische Träume* ansehen«, warf Laura rasch ein und beendete den Satz an seiner Stelle. Sie wollte sich einen Vorteil verschaffen, indem sie Mark gleich den Wind aus den Segeln nahm. »1896 von Paul Gauguin gemalt. Das Bild stellt das Porträt einer Tahitianerin in einer Sternennacht dar – tintenschwarzer Himmel, leuchtende weiße Sterne. Die Frau ruht unter einem Baum. Neben ihr steht eine Schale mit Früchten, und die verschwommene Silhouette eines Pferdes ist zu erkennen. Weiter rechts befindet sich ein Tahitianer, der sie ansieht. Gauguins wunderbar lebendige Farben treten stark in Erscheinung: ein herrliches Tiefrot an dem Fächer, den die Frau in Händen hält, das warme Korallenrosa, das er häufig als Erdfarbe eingesetzt hat, in den Bäumen hinter der Tahitianerin eine Mischung dunkelgrüner Töne und pfauenblaue Schattierungen für den Himmel. Bis auf einen Streifen gelber Seide, den die Tahitianerin um ihre Hüften gewickelt hat, ist sie nackt; und sie weist eine starke Ähnlichkeit mit der Frau aus Gauguins Gemälde *Variumati* auf, das im Musée d'Orsay in Paris hängt. Der Bildaufbau jedoch ähnelt dem von *Te Arii Vahine,* das sich im Puschkin-Museum in Moskau befindet. Ach übrigens, Gauguin hat *Tahitianische Träume* auf seiner zweiten Reise nach Tahiti gemalt.«

Mark Tabbart brachte kein Wort heraus. Er saß einfach da und starrte Laura an.

Laura erwiderte seinen harten Blick, ohne mit der Wimper zu zucken. Momentan befand sie sich im Vorteil, weil sie ihn mit ihrem Wissen beeindruckt hatte. »Ich habe das Bild doch korrekt beschrieben, oder?« fragte sie, als Mark nicht antwortete, und zog eine Augenbraue hoch.

Er nickte knapp. »Anscheinend sind Sie genauestens mit diesem Gemälde vertraut«, bemerkte er schließlich scharf. Immer noch ruhte der eindringliche Blick seiner hellen, durchscheinenden Augen auf ihr.

»Ja, das stimmt.«

»Daher wird Ihnen wohl auch der Eigentümer bekannt sein.«

»So ist es. *Tahitianische Träume* befindet sich im Besitz von Norman Grant.«

»Norman hat mir erzählt, das Bild sei schon seit etwa drei Monaten auf dem Markt. Hatten Sie eine Ahnung, daß die *Tahitianischen Träume* zum Verkauf stehen?«

»Allerdings. In Kunstkreisen wußten viele Menschen davon, Mark.«

»Wieso haben Sie mir dann nicht davon berichtet? Mir zum Kauf geraten?« fragte er und klang verblüfft.

»Ich war der Meinung, das Bild wäre nicht das Richtige für Sie«, entgegnete Laura gelassen.

»Warum nicht? Sie wissen, wie sehr ich mir einen Gauguin wünsche. Seit Jahren versuche ich händeringend, einen aufzutreiben.«

»Dieser hier ist ein problematisches Stück. Ich würde niemandem zum Kauf raten.«

Max runzelte die Stirn. »Was meinen Sie mit problematisch? Das Bild ist doch keine Fälschung, oder?«

»Nein«, fiel Laura rasch ein und schüttelte den Kopf. »Ich wollte nichts dergleichen andeuten. Das Gemälde ist meiner Meinung nach eine von Gauguins besten Arbeiten, und ich würde alles darum geben, könnte ich es Ihnen empfehlen. Aber das ist mir nicht möglich.«

Mark Tabbart gab es auf, Laura durchdringend zu fixieren, schlug endlich die kühlen grauen Augen nieder und betrachtete die Fotos, die er in der Hand hielt. Er konnte absolut nicht vertragen, wenn jemand ihm einen Strich durch die Rechnung machte. »Ich will das Bild, Laura! Ich werde Norman Grant auf jeden Fall ein Angebot unterbreiten«, rief er mit kalter Stimme aus.

»Davon muß ich Ihnen dringend abraten. Bitte lassen Sie die Finger von dem Gemälde; Sie werden sich damit nichts als Schwierigkeiten einhandeln.«

Mark schleuderte die beiden Fotos auf den Schreibtisch und trat hinter das Möbel. Schwer ließ er sich auf den Stuhl fallen und starrte Laura aufgebracht an.

Als sie in der Mitte des Raumes stehenblieb, bedeutete er ihr, näher zu kommen. »Setzen Sie sich auf den Stuhl gegenüber, und lassen Sie uns dieser Sache auf den Grund gehen.«

Sie nickte und tat, was er sagte.

»Und nun heraus mit Ihrer Erklärung. Verraten Sie mir, warum ich Grant kein Angebot machen soll.« Unerwartet verzogen seine Lippen sich zu einem Lächeln, das sich über Marks ganzes Gesicht ausbreitete. »Das Bild ist doch nicht gestohlen, oder?«

Laura zögerte kurz. »Allerdings, genau das«, antwortete sie dann entschlossen.

Das Grinsen wich von Marks Gesicht, er richtete sich in seinem Stuhl gerade auf und beugte sich vor. »Das kann nicht Ihr Ernst sein.«

»Ich fürchte doch.«

»Aber Norman Grant ist ein seriöser Mensch und hoch angesehen. Er würde mir doch kein Diebesgut anbieten, um Himmels willen.«

»Das hat er aber. Vor vier Tagen, um genau zu sein.«

»Was Sie behaupten, ist grotesk, und ich …«

Laura unterbrach ihn. »Lassen Sie mich alles erklären, damit wir uns richtig verstehen. Darf ich?«

Mark Tabbart lehnte sich wieder zurück, aber seine Miene verriet seine Ungeduld. »Nur zu«, knurrte er.

»Die *Tahitianischen Träume* sind ein Risiko und könnten in nicht allzu ferner Zukunft in den Mittelpunkt einer Kontroverse geraten. Deswegen versuche ich, Sie von dem Bild abzubringen.«

»Wem wurde es gestohlen?« verlangte Mark zu wissen. »Und woher wissen Sie das?«

»Ich bin Kunstberaterin, Mark. Solche Dinge zu erfahren, gehört zu meinem Beruf. Jeden Tag wandern eine Menge Informationen aus aller Welt über meinen Schreibtisch. Auf dieses Bild bin ich erst vor kurzer Zeit aufmerksam geworden. *Tahitianische Träume* hat eine merkwürdige Geschichte und ist, nebenbei erwähnt, schon durch etliche Hände gegangen, allerdings ohne daß die Beteiligten viel Aufhebens darum gemacht hätten.«

»Das weiß ich. Norman Grant hat mir die Provenienz des Gemäldes zukommen lassen«, erklärte Mark in ärgerlichem Tonfall.

»Das habe ich auch nicht anders erwartet. Norman Grant hat das Bild vor etwa fünf Jahren von einer gewissen Mrs. Anthea Margolis aus Boston gekauft. Diese Dame hat es ihrerseits vor fünfzehn Jahren erworben, von einem Joshua Lester aus New York, besser gesagt, von Mr. Lesters Witwe. Das Gemälde hatte sich etwa achtzehn Jahre im Besitz der Lesters befunden, ehe sie es an Mrs. Margolis verkauften. Mr. Lester seinerseits hatte das Bild von einem gewissen Arthur Marriott, der in London lebte und es seit …«

»1950!« stieß Mark verärgert hervor. »Hören Sie, das alles weiß ich.« Er warf einen Blick auf das Papier in seiner Hand und wedelte damit herum. »Alle relevanten Daten habe ich hier.«

»Dann lesen Sie bitte weiter, Mark, und verraten Sie mir, von wem Arthur Marriott das Bild 1950 gekauft hat«, erwiderte Laura. Sie veränderte ihre Sitzhaltung ein wenig, schlug die langen Beine elegant übereinander und sah Tabbart scharf an.

»Das steht hier nicht, nur daß es sich seit diesem Jahr in seinem Besitz befand. Und was soll's? Wir haben jetzt Januar 1997. Siebenundvierzig Jahre sind belegt. Was wollen Sie noch mehr?«

»Wissen Sie, siebenundvierzig Jahre bedeuten nicht viel, wenn man bedenkt, daß Gauguin das Bild 1896 gemalt hat. Das war vor einhundertundeinem Jahr. Was glauben Sie, wo es sich die vierundfünfzig Jahre dazwischen herumgetrieben hat? Bevor dieser Gentleman mit Namen Arthur Marriott es gekauft hat.«

»Ich habe keine Ahnung«, entgegnete Mark kalt. »Kann uns das nicht egal sein?«

»Sie sollten sich dafür interessieren, denn schließlich haben Sie darüber nachgedacht, das Gemälde zu kaufen.«

»Der Nachweis, den Norman Grant mir zu Verfügung gestellt hat, ist mir gut genug«, konterte Mark und warf Laura von neuem einen wütenden Blick zu.

»Dann werde ich Ihnen mal mit ein paar weiteren Informationen nachhelfen«, meinte Laura leise und erwiderte seinen kalten Blick unverwandt. Bis jetzt war es ihm noch nie gelungen, sie einzuschüchtern. »Arthur Marriott war Kunsthändler in London, und er hat das Gemälde von der Galerie Hermann Seltzer in Wien gekauft«, fuhr Laura fort. Sie hielt inne, holte tief Luft und stürzte sich in die Geschichte. »Diese Galerie hatte das Bild im Jahr 1949 erworben, und zwar von einem gewissen Josef Schiller – einem ehemaligen SS-General, einem Nazi, der einen ziemlich hohen Rang in Hitlers Militärhierarchie einnahm. Tatsächlich stammt das Bild aus der Kunstsammlung von Sigmund und Ursula Westheim und wurde von Schillers Schergen konfisziert. Dieser Sigmund entstammte einer reichen jüdischen Bankiersfamilie in Berlin. Das Haus Westheim, eine private Handelsbank, war berühmt; und ebenso bekannt war die Kunstsammlung der Westheims, die Sigmunds Großvater Friedrich im neunzehnten Jahrhundert begründet hatte, unmittelbar nach jener historischen Gemeinschaftsausstellung der Impressionisten 1874 in Paris. Friedrich Westheim war ein passionierter Sammler und erwarb im Lauf der Jahre eine Reihe außerordentlicher Werke. Er kaufte Bilder von Renoir, Matisse, Manet, Vuillard, van Gogh, Sisley, Seurat, Monet und Degas, und auch Skulpturen von Degas und Rodin. Außerdem sammelte er in großem Umfang Bilder von Gauguin. Friedrich Westheim kaufte die *Tahitianischen Träume*, kurz nachdem das Gemälde erstmals in Paris ausgestellt wurde – wahrscheinlich im Jahr 1897, aber jedenfalls nicht lange, nachdem Paul Gauguin das Bild zusammen mit anderen kürzlich abgeschlossenen Werken von Tahiti nach Paris gesandt hatte. Zufällig war Friedrich Westheim ein enger Freund von Claude Monet und pflegte den Künstler häufig in Giverny zu besuchen, wo er einige bemerkenswerte Gemälde von ihm erwarb. Möglicherweise haben Sie noch nicht davon gehört, aber in Kunstkreisen ist die Westheim-Sammlung allgemein bekannt. Tatsächlich stellte sie die bedeutendste Sammlung impressionistischer und neoimpressionistischer Kunst dar, die je zusammengetragen wurde. Nie wieder hat es dergleichen gegeben, weder in Privathand noch in einem Museum. Und zwischen 1938 und 1939 ist diese Sammlung vollständig vom Erdboden verschwunden.«

Laura verhielt, warf Mark einen prüfenden Blick zu und kam zum Schluß. »Konfisziert von den Nazis. Wobei konfisziert hier natürlich nur ein anderes Wort für gestohlen darstellt.«

»Alles klar.« Tabbart nickte zum Zeichen, daß er verstanden hatte. »Und deswegen ist der Gauguin, den Norman Grant besitzt, ein Risiko.«

»Genau. Ich weiß nicht genau, ob Ihnen dieser Umstand bewußt ist, aber die Kommission für die Rückgabe von Raubkunst beim Jüdischen Weltkongreß setzt Himmel und Erde in Bewegung, um Kunstwerke, welche die Nazis den europäischen Juden gestohlen haben, zu retten ... überall, wo ein solches Stück auftaucht, unter welchen Umständen auch immer – falls der Besitzer einen Anspruch darauf geltend machen kann.«

»Und genau das hat jetzt jemand getan!« rief Mark aus. »Natürlich! Das ist die Erklärung. Es gibt einen Erben der Westheims, der beweisen kann, daß das Bild einmal seiner Familie gehört hat. Ich liege richtig, oder?«

»Ja. Es sind neue Dokumente ans Licht gekommen, die keinen Zweifel daran lassen.«

»Und was bedeutet diese Entwicklung für Norman Grant?«

»Ein Problem. Er könnte das Bild verlieren.«

»Mir scheint, daß er unschuldig und an der ganzen Sache nicht beteiligt ist.«

»Wahrscheinlich. Andererseits ist das Bild gestohlen und gehört daher dem ursprünglichen Besitzer, der Person, der es entwendet wurde.«

»Nun kommen Sie schon, Laura«, knurrte Mark gereizt. »Anscheinend ging das Gemälde zwischen 1938 und 1939 verloren. Das ist jetzt neunundfünfzig Jahre her. Also wirklich.«

Laura schüttelte heftig den Kopf. »So kann man nicht argumentieren. Nein, jetzt hören Sie mir zu. Wenn ich in Ihr Haus einbreche und etwas stehle, egal ob ein Gemälde oder irgendeinen kleinen Gegenstand, und das Objekt dann jemand anderem verkaufe, dann befindet es sich trotzdem noch in Ihrem Besitz. Es gehört nicht mir. Sie haben es nicht verkauft, sondern ich – ein Dieb – habe es verkauft. Habe ich recht?«

»Ja, schon. Aber in diesem Fall hinkt der Vergleich doch wohl. Ich sehe hier einige mildernde Umstände.«

»Das finde ich nicht. Dieses Bild wurde von den Nazis illegal beschlagnahmt und gehört daher rechtmäßig dem Erben der Familie Westheim. Ebenso wie der Rest der Westheim-Sammlung übrigens. Die, wie ich Ihnen schon sagte, wie vom Erdboden verschluckt zu sein scheint.«

»Also, ich weiß nicht ...« Mark verstummte, und seine Miene wirkte plötzlich verunsichert. Er sah weit weniger selbstbewußt aus als noch vor einigen Minuten. »Wenn der Westheim-Erbe vor Gericht geht, geht die halbe Kunstwelt auf die Barrikaden«, murmelte er. »Man würde praktisch in ein Wespennest stechen, stimmt's?«

»Möglicherweise. Auf der anderen Seite bin ich aufrichtig davon überzeugt, daß es falsch ist, die Herkunft gestohlener Gegenstände zu verschleiern, wie das vor vielen Jahren geschehen ist. Dieses Problem reicht bis zu Arthur Marriott zurück. Als er die *Tahitianischen Träume* 1950 von der Galerie Hermann Seltzer erwarb, hätte er darum bitten – nein verlangen – müssen, über die wahre Herkunft des Bildes aufgeklärt zu werden.«

»Und meinen Sie, der Besitzer der Galerie hätte ihm die Wahrheit gesagt?« fragte Mark mit skeptischem Unterton.

»Keine Ahnung. Ich vermute allerdings, General Josef Schiller verfügte über eine Reihe gefälschter Belege, die den Eindruck erwecken sollten, er sei legal zu dem Bild gekommen. Vielleicht ist die Galerie hier ebenfalls unschuldig. Aber einer Sache bin ich mir vollkommen sicher. Der Erbe von Sigmund und Ursula Westheim ist der rechtmäßige Eigentümer des Gauguin, und das Bild sollte an die Familie zurückgegeben werden, ganz gleich, in wessen Besitz es sich gegenwärtig befindet.«

Einen Moment lang saß Mark nachdenklich da und rieb sich das Kinn. Dann warf er Laura einen Blick zu und kniff die Augen zusammen. »Ich vermute, Sie sehen eine Folge von Prozessen voraus? Das meinen Sie doch, oder?«

»Keine Ahnung, wie die Sache sich entwickeln wird. Aber ja, die Lage könnte brisant werden.«

»Ich will einmal eine Vermutung riskieren. Nein ich glaube, ich kann sogar eine Prophezeiung wagen«, meinte Tabbart. »Norman Grant wird die Frau verklagen müssen, von der er das Bild gekauft hat. Sie wird dasselbe mit dem Vorbesitzer tun, und so weiter und so fort, die ganze Reihe durch. Jetzt verstehe ich, warum Sie wollen, daß ich die Finger von dem Gauguin lasse.«

»Das freut mich, Mark.«

»Weiß Norman Grant von dem Westheim-Erben?«

»Ich habe keine Ahnung. Aber die Geschichte hat begonnen, die Runde zu machen, zumindest in Kunstkreisen. Ein paar Leute, die ich kenne, wissen davon. Aber ich glaube nicht, daß bereits juristische Schritte eingeleitet worden sind. Durch den Westheim-Erben, meine ich. Aber zumindest habe ich gehört, daß der Nachfahre der Westheims eine Menge Nachforschungen und Ermittlungen angestellt hat, um den langen Weg, den das Bild im Lauf der Jahre zurückgelegt hat, zu rekonstruieren. Daher weiß er meiner Ansicht nach inzwischen, daß das Gemälde sich in Norman Grants Besitz befindet.«

»Woher sind eigentlich Sie so gut über diese Situation informiert?«

»Wie ich Ihnen schon erklärt habe, landet eine große Menge von Material in meinem Büro, und es gehört zu meinem Beruf, alles durchzusehen und die Spreu vom Weizen zu trennen. Und dann hat ein Freund aus Kunstkreisen mir etwas – eigentlich ziemlich viel – darüber erzählt und mich auch über die Geschichte aufgeklärt, die dahintersteckt. Verstehen Sie, mein Freund wußte, wie sehr ich Gauguins Werk liebe. Er wollte mich warnen.«

»Ich bezweifle, daß Norman Grant etwas davon weiß. Sollte er nicht informiert werden?«

»Nicht von mir, Mark. Und im übrigen auch nicht durch Sie. Halten Sie sich da heraus, Mark.«

»Wissen Sie was, Laura, das ist alles nicht richtig.« Mark lehnte sich wieder in seinen Schreibtischsessel zurück. »Das Gemälde ist halt vor vielen Jahren verlorengegangen, und der Erbe der Westheims sollte das akzeptieren und keine Entschädigung oder gar eine Rückgabe des Bildes erwarten. Und nicht nur das. Wir wollen doch nicht vergessen, daß Norman Grant eine ordentliche Stange Geld dafür bezahlt hat, und zwar in gutem Glauben. Jetzt könnte man ihn dafür verklagen; möglicherweise verliert er ein Stück, das ihn Millionen gekostet hat. Und dabei hat er nichts Unrechtes getan.«

»*Tahitianische Träume* wurde von einem Nazi-General, einem SS-Mann, gestohlen. Zu behaupten, daß Grant es rechtmäßig besäße, ist moralisch falsch. Was er gekauft hat, ist ein gestohlenes Bild, und nun verlangt der legitime Eigentümer es zurück.«

»Aber Grant wußte und weiß bis heute nicht, daß das Gemälde seinem Eigentümer entwendet wurde«, protestierte Mark ungehalten.

»Das behauptet er zumindest«, fauchte Laura säuerlich zurück.

»Ich wette, Norman gibt sich nicht so leicht geschlagen«, erklärte Tabbart und lachte trocken auf. »Ich kenne ihn zwar nicht persönlich, aber er kommt mir vor wie ein verdammt harter Hu ... ich meine, ein zäher Verhandlungspartner. Wenn der Erbe den Gauguin in die Hand bekommen will, wird er wohl tatsächlich vor Gericht ziehen müssen. Ich muß zugeben, daß ich Norman irgendwie verstehen kann. Niemand möchte gern Millionen Dollar in den Wind schreiben.«

»Gerade eben dachte ich, Sie hätten begriffen, doch offenkundig ist das nicht der Fall«, bemerkte Laura bedächtig. Sie beugte sich vor, rückte näher an Marks Schreibtisch heran und runzelte die Stirn. »Finden Sie denn nicht, daß es völlig inakzeptabel ist, auf diese Weise eine Sammlung aufzubauen – Kunst zu kaufen, die den Todeskandidaten in den Konzentrationslagern gehört hat, ohne sie oder ihre Erben dafür zu entschädigen?«

»Wenn Sie es so ausdrücken, ja, dann muß ich Ihnen zustimmen. Aber sehen Sie, der Ursprung der heutigen schwierigen Situation liegt doch im Jahr 1950, in dieser Wiener Galerie. Der Besitzer hat das Bild an einen Unbeteiligten verkauft, der keine Ahnung von seiner Herkunft hatte.«

»Da wäre ich mir nicht so sicher, Mark. Zu jener Zeit kannte man in Kunstkreisen die Westheim-Sammlung und wußte, welche Werke sie vor dem Krieg beherbergt hatte. Wir reden hier nur über einen Zeitabstand von zwölf Jahren – von 1938 bis 1950 –, und vergessen Sie nicht, der Bursche, der das Gemälde von der Galerie Seltzer erworben hat, war Kunsthändler.«

»Akzeptiert, aber wir haben uns mit der Gegenwart, dem Hier und Jetzt, auseinanderzusetzen. Übrigens, nur aus Neugierde, wer ist dieser Westheim-Erbe?«

»Sir Maximilian West.«

»Der britische Industrielle?«

»Ja.«

»Dann hat er seinen Namen geändert«, behauptete Mark.

»Nein, nur anglisiert. Soweit ich gehört habe, ist er als Kind nach England gebracht worden, dort aufgewachsen und nach dem Zweiten Weltkrieg britischer Staatsbürger geworden.«

»Ich verstehe.«

Beide schwiegen eine oder zwei Minuten. Mark Tabbart sprach als erster wieder. »Wie kommt es, daß er bis jetzt wegen des Gemäldes nichts unternommen hat?«

»Meinen Quellen zufolge hat West erst jetzt herausbekommen, in wessen Besitz die *Tahitianischen Träume* sich befinden. Außerdem ist er anscheinend vor kurzem auf alte Dokumente gestoßen, die seinen Besitzanspruch zweifelsfrei belegen.«

»Verstehe.«

»Soll ich Norman Grant anrufen und ihm mitteilen, daß Sie kein Interesse mehr an dem Gauguin haben?« fragte Laura.

Mark warf ihr einen eigenartigen Blick aus dem Augenwinkel zu und schaute auf die Fotos herunter. »Nein, nein, ich rede selbst mit ihm«, antwortete er ohne aufzublicken.

»Aber als Ihre Kunstberaterin macht es mir nichts aus, einen Anruf zu erledigen.«

»Ich sagte doch, daß ich mich selbst darum kümmere«, knurrte Tabbart und stand auf. Betont sah er auf seine Uhr. »Ich fürchte, mein nächster Termin wartet schon, Laura. Wenn Sie mich jetzt entschuldigen würden …«

11 Laura war wütend.

Schnellen Schritts und innerlich kochend ging sie zu Fuß in ihr Büro zurück. Keine Frage, Mark Tabbart hatte sie praktisch aus seinem Allerheiligsten geworfen, und das so kurzerhand, daß sein Benehmen fast ans Unverschämte gegrenzt hatte.

Vielleicht existierte der andere Termin ja tatsächlich; auf der anderen Seite hatte Mark sie noch nie so rasch und ohne Umstände nach draußen an die Rezeption befördert. Plötzlich hatte er sie loswerden wollen. Um Norman Grant anzurufen? Sicher konnte sie sich da natürlich nicht sein, aber die Möglichkeit bestand durchaus.

Ihr ging auf, daß Mark nicht auf ihren Rat hören würde. Er war von seiner Unfehlbarkeit überzeugt. Vielleicht traf das in geschäftlicher Hinsicht sogar zu, aber nicht in dieser Angelegenheit. Tabbart kannte sich in der Kunstwelt kaum aus. Was sollte sie tun? Wie konnte sie ihn von ihrer Meinung überzeugen? Lauras Gedanken überschlugen sich.

Und dann blieb sie wie angewurzelt stehen, als ihr plötzlich klar wurde, daß sie sich über ihren Zorn hinwegsetzen mußte, und zwar sofort. Es war lächerlich, wütend auf

Mark zu sein, weil er nicht auf sie hörte. Schließlich würde er ohnehin tun, was er wollte; weil das seinem Charakter entsprach, und weil es schließlich sein Geld war. Ich muß ruhig bleiben, sagte sie sich, während sie die Madison Avenue hinaufging und in der kalten Abendluft bibberte. Ärger blockiert jeden rationalen Gedanken, und jetzt muß ich logisch denken und versuchen, Mark Tabbart vor sich selbst zu schützen. Sofern er mich läßt jedenfalls.

Als Laura die Bürotür aufschloß und wieder hinter sich zuknallte, trat ihre Partnerin Alison Maynard an die Rezeption, um sie zu begrüßen. Alisons hübsches Gesicht zeigte eine erwartungsvolle Miene, und ihre Augen blickten forschend.

Die schmale, zierliche Alison Maynard mit ihrem kurzen blonden Haar vermittelte einen zarten, ja zerbrechlichen Eindruck. Doch in dieser jungen Frau wohnte nichts Fragiles. Sie war zäh, durchsetzungsfähig, verfügte über ausgeprägte Meinungen, feste Wertmaßstäbe und war wie Laura stolz auf ihre Integrität. Außerdem konnte sie wenn nötig hart verhandeln, wußte, was sie wollte und kannte ihre Stärken und Schwächen. Die beiden Frauen bildeten ein gutes Team und ergänzten einander ausgezeichnet.

»Wie ist das Gespräch gelaufen?« erkundigte sich Alison. »Oh, oh, warum frage ich eigentlich? Ich kann dir am Gesicht ablesen, daß Mark schwierig war.«

Laura zog ihren Mantel aus und hängte ihn in den Wandschrank. »Ich glaube, schwierig ist nicht das richtige Wort«, antwortete sie. »Ab einem gewissen Punkt hat er sich ziemlich feindselig verhalten. Und er hat eine Menge Fragen gestellt ... auf ziemlich provozierende Art. Und natürlich hat er die Haltung vertreten, Norman Grant sei bei dem Ganzen ein unbeteiligter Zuschauer.«

»Das ist er eigentlich auch, Laura«, erinnerte Alison sie.

»Schon gut, nicht er hat das Bild aus der Westheim-Sammlung gestohlen, sondern ein Nazi-General. Ich wollte auch nicht mit dem Finger auf Grant zeigen. Wir versuchen ja nur, Mark zu schützen, falls er das zuläßt.«

»Ja, vor sich selbst!« rief Alison aus. »Schau mal, wir wissen beide, daß er ein Tyrann ist und sich für den Größten hält. Aber er begreift doch wohl, in was für eine vertrackte Lage er sich manövriert, wenn er nicht die Finger von diesem Bild läßt.«

»Das habe ich ihm kristallklar dargelegt.«

»Wie könnten wir als seine Kunstberaterinnen ihn da heraushauen, Laura? Falls es tatsächlich zum Äußersten kommt?«

Laura schüttelte den Kopf und folgte Alison in ihr Büro. Ihre Miene wirkte nachdenklich und sogar besorgt.

Der Raum war weitläufig und quadratisch. Er besaß zwei Fenster, durch die man auf einen kleinen Hinterhof blickte, und eine hohe Kassettendecke. Die hübschen antiken Möbel bestanden vor allem aus Mahagoni und strahlten etwas beinahe Maskulines aus, und an den Wänden hingen schön gerahmte, alte Kunstposter aus den zwanziger und dreißiger Jahren.

Alison trat um ihren antiken Doppelschreibtisch herum, setzte sich in den mit einem altem Gobelinstoff bezogenen Stuhl und blickte wartend über die Fläche aus poliertem Mahagoni, die sie von Laura trennte.

Laura ließ sich in den Lederstuhl sinken, der auf der anderen Seite des Schreibtisches stand. Sie beugte sich vor und berichtete weiter. »Ich hatte das starke Gefühl, daß Mark Norman Grant anrufen wollte, sobald ich verschwunden war. Praktisch hat er mich aus seinem Büro geworfen. Er konnte kaum erwarten, mich loszuwerden.«

»Meinst du, er wollte Grant anrufen, um ihm ein Angebot für die *Tahitianischen Träume* zu machen? Oder um ihn zu warnen, daß er in gewaltige Probleme verwickelt werden könnte?«

»Ich bin mir nicht sicher«, gestand Laura ehrlich, lehnte sich zurück, biß sich auf die Lippen und überlegte einen Augenblick. »Ich glaube nicht, daß Mark so töricht wäre, ausgerechnet jetzt ein Angebot für das Bild zu machen«, erklärte sie dann schnell. »Er ist ein Finanzgenie, höllisch gerissen und hegt als Geschäftsmann großen Respekt vor Geld. Also wird er es nicht leichtherzig verschleudern. Er weiß, daß das Gemälde eine üble Geschichte hat. Ich bin sicher, daß er nicht mehr daran interessiert ist. Aber vielleicht fühlt er sich ja verpflichtet, Norman Grant zu verraten, was ich ihm erzählt habe, ihm die Sache mit Maximilian West und der Herkunft des Gauguin zu erklären.«

»Das wäre möglich. Nein, sehr wahrscheinlich. Aber laut Hercule Junot steht Sir Maximilian kurz davor, Norman Grant darüber in Kenntnis zu setzen, daß er als der Erbe der Westheims der rechtmäßige Besitzer der *Tahitianischen Träume* ist und die Rückgabe des Gemäldes verlangt. Stimmt das nicht, Laura?«

»Ja. Und soweit wir wissen, hat er es wahrscheinlich schon getan. Als ich in Paris mit Hercule sprach, meinte er, er sehe keinen Grund, warum ich Mark nicht über die Lage aufklären und ihm alles sagen sollte. Andernfalls hätte ich gar nicht mit ihm geredet, denn ich hatte Hercule mein Wort gegeben, seine Informationen vertraulich zu behandeln.«

»Schon eine eigenartige Lage, wenn man recht darüber nachdenkt«, grummelte Alison. Sie beugte sich nach vorn, setzte die Ellbogen auf die Schreibtischplatte und stützte das Kinn in die Hände. »Norman Grant hat das Bild doch wirklich auf vollkommen legitime Weise und in gutem Glauben erworben. Und nun wird der arme Mann sich mitten in einem ausgewachsenen Skandal wiederfinden.«

»Ein wenig leid tut er mir schon, aber unsere Hauptsorge muß unserem Klienten gelten«, entgegnete Laura leise.

Alison nickte.

»Mark wird schon keinen Unsinn anstellen. Jetzt, da ich mich beruhigt habe, ist mir das klar. Aber als ich sein Büro verlassen habe, war ich außer mir. Er kann so überheblich sein, so besserwisserisch.«

»Das ist halt Marks Persönlichkeit.«

Laura lachte. »Aber daß man das weiß und seine Spleens kennt, macht ihn auch nicht erträglicher«, konterte sie. »Trotzdem denke ich wohl lieber daran, daß er ein wichtiger Kunde ist… Ich schätze, was ihn angeht, werde ich die Kröte schlucken müssen, und du ebenfalls. Natürlich könnten wir uns dabei vergiften.«

»Wir müssen Mark eben ablenken«, verkündete Alison und schenkte ihrer Partnerin ein engelsgleiches Lächeln. »Und ich habe genau das Richtige.«

»Oh. Was denn?«

»Eine kleine Bronzefigur. Eine Ballettänzerin.«

»Doch nicht etwa einen Degas?« fragte Laura und klang mit einem Mal ehrfürchtig.

»Allerdings, einen Degas.«

»O mein Gott! Wo ist die Figur?« Helle Aufregung malte sich auf Lauras Zügen.

»Auf dem Weg von Beverly Hills nach New York, während wir hier miteinander sprechen. Die Figur wird uns über Hélène Ravenels Adresse zugestellt. Sie hat sich bereit erklärt, sie in unserem Auftrag entgegenzunehmen und in ihrer Galerie aufzubewahren.«

»Das ist fantastisch! Was für ein Fund. Du bist mir vielleicht eine Geheimniskrämerin. Warum hast du mir nichts davon erzählt?«

»Zuerst einmal wollte ich sichergehen, daß wir das Stück überhaupt bekommen. Gerade dieser Degas ist während der letzten Jahre durch mehrere Hände gegangen, und die Frage war, ob er überhaupt zum Verkauf stünde. Und außerdem wollte ich dich überraschen. Als ich das erste Mal davon hörte, dachte ich, wir könnten die Statuette John Wells anbieten, aber meinst du nicht, daß sie das ideale Objekt ist, um Mark abzulenken, Laura?«

»Du hast vollkommen recht. Was für ein kluges Mädchen. Rücke vor bis auf Los.«

Alison lachte und Laura fiel ein.

Laura meinte: »Ich kann mir nur allzu gut vorstellen, wie Mark bei diesem Degas das Wasser im Munde zusammenläuft.«

»Anstelle des Gauguins.« Alison schob ihren Sessel zurück und stand auf. »Ich fürchte, ich muß los. Ich hatte meiner Schwester versprochen, sie im Carlyle auf einen Drink zu treffen, und ich bin spät dran.«

Auch Laura erhob sich und ging auf die Tür von Alisons Büro zu. »Und ich will meine Großmutter besuchen. Ich muß noch ein paar Papiere durchgehen, die sich auf meinem Schreibtisch angesammelt haben und breche dann in einer halben Stunde auch auf. Ich schließe dann ab.« Sie drehte sich um und warf ihrer Partnerin eine Kußhand zu. »Bis morgen.«

»Richte Grandma Megan meine liebsten Grüße aus, und sag ihr, daß sie uns allen ein phantastisches Beispiel gibt.«

Laura nickte. »Das werde ich auf jeden Fall. Es ist ja auch wahr.«

Laura dachte noch ein wenig über ihre Großmutter nach und lächelte dabei in sich hinein. Was für eine bemerkenswerte Persönlichkeit Megan nach wie vor darstellte, wirklich beeindruckend. Die junge Frau war immer stolz darauf gewesen, von ihr abzustammen.

Megan Morgan. Das schöne, lebhafte und begabte Mädchen aus dem Rhondda-Tal in Südwales, das 1922, mit achtzehn Jahren, nach Amerika ausgewandert war, um seine Sandkastenliebe aus Port Talbot in Wales zu heiraten: Owen Tudor Valiant, benannt nach Owen Tudor, dem legendären walisischen Stammvater der großen drei englischen Monarchen aus der Dynastie der Tudor – Heinrichs III., Heinrichs VIII. und Elisabeths I. Für ihren vergötterten Sohn war – so hatten seine Eltern verkündet – nichts weniger als ein heroischer Name angemessen, denn würde ihr Junge nicht einmal ein König unter den Menschen sein?

Auf der Suche nach seinem Glück und einem besseren Leben hatte Owen Tudor Valiant die Stahlwerke von Port Talbot mit den Fabriken von Pittsburgh vertauscht. Doch erst in New York hatte er schließlich sein Glück gefunden, dort, wo die Straßen zwar doch nicht mit Gold gepflastert waren, aber zumindest mit Chancen, die der Mutige sofort ergriff.

Owen hatte die Stahlwerke für immer hinter sich gelassen und war fröhlichen Herzens und voller Optimismus nach Manhattan gezogen, denn er glaubte fest an sich selbst und seine geliebte Frau, die außergewöhnliche Megan.

Megan liebte Musik über alles – hatte sie nicht von Kindesbeinen jeden Sonntag dreimal in der Kapelle von Port Talbot gesungen? Und da sie von Natur aus unternehmungslustig war, hatte die junge Frau sich der Welt der Musik bedient, um in Pittsburgh Freundschaften zu schließen und sich und ihren Mann voranzubringen. Sie nahm an lokalen Gesangswettbewerben teil, trat in Amateur-Theaterproduktionen auf, trug bei Konzerten ihre Lieblingslieder vor, von denen viele walisischen Ursprungs waren, und heimste für ihre Auftritte überragende Kritiken ein. Jedermann liebte Megan, war von ihrer dunklen Schönheit eingenommen und von ihrer reinen, klaren Stimme beeindruckt und bewegt.

Und so kam es, daß eines schönen Tages im Jahr 1923

Owen Valiant, dreiundzwanzig Jahre alt und voller Elan und brennendem Ehrgeiz, einen bedeutsamen Entschluß traf. Dies war der dritte wichtige und entscheidende Schritt in seinem Leben. Der erste war gewesen, Megan einen Heiratsantrag zu machen, ehe er das Rhondda-Tal verließ, und der zweite die Auswanderung nach Amerika. Und nun der dritte: Sie würden nach New York ziehen und in dieser leuchtenden, von Menschen wimmelnden Wolkenkratzermetropole ihr Glück versuchen. Genauer gesagt an der Theatermeile, die für Owen den Mittelpunkt der Welt darstellte und ihre Träume vom Ruhm erfüllen sollte.

An Megans Erfolg zweifelte Owen nicht. Sie würde den Broadway erobern und ihren Namen bald in Leuchtbuchstaben auf den Reklametafeln prangen sehen. Wie sich herausstellte, war sein Glaube an seine Frau mehr als gerechtfertigt. Nach nur zwei Jahren, in denen sie kleine Rollen spielte und als zweite Besetzung für diverse Hauptdarstellerinnen agierte, hatte sie sich einen Namen gemacht. Megans großer Tag und die Chance ihres Lebens kamen im Mai 1925, als sie gerade einundzwanzig war. Die Schauspielerin, für die sie zu dieser Zeit die zweite Besetzung abgab, erkrankte schwer, und Megan trat in ihre Fußstapfen und blickte nie wieder zurück. Über Nacht war Megan Morgan zum Star aufgestiegen.

»Sie hat eben Musik im Blut«, pflegte der junge Ehemann stolz zu verkünden, wann immer die Rede auf die hinreißende Stimme seiner Frau kam, die jeden, der sie hörte, faszinierte und in ihren Bann schlug.

Da Owen selbst ebenfalls musikalisch begabt war, kamen die Eheleute überein, daß er sie als Agent und Manager betreuen sollte. Die beiden ergänzten sich wunderbar und gaben ein großartiges Team ab. Sie bauten sich ein glückliches, erfolgreiches Leben auf und zogen vier Kinder groß, die jeweils zwischen Megans langfristigen Engagements in einer Reihe von Broadway-Knüllern zur Welt kamen.

Eines dieser vier Kinder war Richard gewesen, Lauras Vater, und von ihm und ihren Großeltern hatten Laura und ihr Bruder all die vielen faszinierenden Geschichten über die Valiants aus Port Talbot und ihre frühen Jahre in Amerika gehört. Die drei ergötzten die Kinder auch mit unglaublich spannenden Geschichten über Wales, die genüßlich und unter prächtigen Ausschmückungen und Übertreibungen vorgetragen wurden. Diese immer heroischen und mythischen Epen sangen das hohe Lob des walisischen Volkes.

»Niemand ist wie wir«, pflegte Owen sich zu rühmen, womit er nicht nur die Waliser, sondern auch die Valiants meinte. Und so wuchsen Laura und Dylan mit walisischen Legenden und Mythen heran und lernten, Stolz auf ihr keltisches Erbe zu empfinden. Diese Herkunft unterschied sie, wie Großvater Owen ständig behauptete, von allen anderen Menschen; und anders bedeutete in diesem Zusammenhang besser, etwas Besonderes.

Lauras Vater war ein erfolgreicher, bekannter Komponist und Dirigent geworden, geachtet und begehrt, doch niemals hatte er den Ruhm und die Beliebtheit seiner berühmten Mutter erreicht, die von den dreißiger Jahren bis weit in die Sechziger der große Musicalstar gewesen war. Ihr Stern beim Publikum war niemals gesunken; die Zuschauer liebten Megan heute noch genauso wie vor einem halben Jahrhundert.

Während Owen hartnäckig darauf beharrte, Megan in den Himmel zu heben, pflegte sie ihre Leistungen stets herunterzuspielen und zu behaupten, sie sei »nur ein kleines Mädchen aus den walisischen Tälern, welches das Glück hatte, mit einer ganz hübschen Stimme geboren zu werden«.

Glücklicherweise lebte Lauras Großmutter noch – eine

rüstige Zweiundneunzigjährige, die auf die Dreiundneunzig zuging und noch bemerkenswert klar im Kopf und gesund war. Gepflegt und chic gekleidet wie stets bewegte sie sich in den Gesellschaftskreisen von Manhattan. Owen war 1989 mit neunundachtzig Jahren gestorben, aber Megan war noch gut in Form und trotzte zur großen Freude ihrer Familie der Zeit.

Lauras und Dylans Großeltern waren die beherrschende Kraft in ihrem Leben gewesen. Engagiert und liebevoll hatten sie einen gewaltigen Einfluß auf die beiden ausgeübt. Aber ihr Vater war derjenige gewesen, der immer für die Geschwister dagewesen war, bis er 1994 mit vierundsechzig Jahren unerwartet und viel zu früh einem schweren Infarkt erlegen war – und das, obwohl er nie zuvor unter Herzbeschwerden gelitten hatte.

12

Draußen war es kalt. Eine eisige, windige Nacht, das erkannte Megan an dem reifüberzogenen Rand der Fensterscheiben und der turbulent wogenden Oberfläche des East River. Über dem tintenschwarzen Fluß stand ein dunkler, wolkenloser Himmel, an dem hell die Sterne und der Vollmond leuchteten. Dies war einer dieser frischen, klaren Winterabende, wenn alles jungfräulich makellos wirkte, die Art von Januarnacht, die Megan immer geliebt hatte.

Ihre Augen, die einst von einem lebhaften Kornblumenblau gewesen, jetzt aber zu einem weicheren, helleren Farbton verblaßt waren, richteten sich auf den heranschwebenden Hubschrauber. Er wirkte wie eine fliegende Untertasse und kam geradewegs auf sie zu, als sei dieses alte, wie eine Landmarke aufragende Gebäude, in dem Megan wohnte, sein Ziel. Im letzten Moment drehte der Helikopter ab, zweifellos in Richtung Hubschrauberlandeplatz, der ein paar Blocks flußaufwärts in Richtung Sechzigste Straße Ost lag.

Plötzlich war der Himmel wieder leer, bis auf die kalten weißen Sterne und das Pepsi-Cola-Zeichen, das am Rande von Queens stand wie ein leuchtend blau-roter

Neonwächter. Die Werbetafel nahm schon seit so vielen Jahren ihren festen Platz in Megans Welt ein, daß die alte Dame sie bestimmt vermissen würde, wenn sie eines Tages nicht mehr da wäre. Mein Stückchen Pop-Art, nannte Megan die Neonreklame.

Megan Morgan Valiant wandte sich von dem zur Bucht gelegenen Fenster ihrer Bibliothek ab und ging zum Kamin auf der anderen Seite des Raumes. Die große, schlanke Frau bewegte sich mit königlicher Haltung, ihr dunkelbraunes, von ein paar Silberfäden durchzogenes Haar war modisch geschnitten und ihr Gesicht trug noch die Spuren der großen Schönheit ihrer Jugend.

Sie konnte sich des Gedankens nicht erwehren, wie schön es doch war, am Leben zu sein. So viele Menschen, die sie einmal gekannt hatte, hatten inzwischen das Zeitliche gesegnet. Sie selbst zählte zweiundneunzig Jahre und trotzte der Zeit und jeder Wahrscheinlichkeit. In vielerlei Hinsicht ging es ihr besser als den meisten älteren Menschen, denn sie war finanziell so gut gestellt, daß sie ihren gewohnten Lebensstil pflegen und tun konnte, was sie wollte. Auch gesundheitlich war sie noch auf dem Posten: zwar zwickte und zwackte es hier und da, in den Füßen hatte sie ein wenig Arthritis und auf einem Ohr ließ ihr Gehör nach. Aber trotzdem hörte sie, wenn sie wollte, immer noch das Gras wachsen. Kein Anzeichen von Osteoporose, dem Fluch so vieler alter Frauen, keine Senilität, kein Alzheimer. Sie konnte sich wahrhaftig glücklich schätzen.

Megan hatte ihren geliebten Ehemann Owen überlebt, der jetzt fast acht Jahre tot war, und ihre zwei ältesten Kinder, die Söhne Richard und Emlyn. Nur ihre Töchter Rhianon und Cara waren noch übrig, und ihre Enkel, Richards und Maggies Kinder. Richard. Ihr Lieblingskind. Man sollte keines seiner Kinder bevorzugen, doch unweigerlich tat man das immer. Es lag in der menschlichen Natur, ein Kind allen anderen vorzuziehen, man durfte es sie nur niemals merken lassen. Kein Grund, jemandem weh zu tun. Ihr ganz spezielles Kind war ihr zweitältester Sohn gewesen. Merkwürdig, dachte Megan häufig, daß sein Bruder Emlyn und seine Schwester Rhianon niemals Kinder gehabt hatten. Cara hatte zwei bekommen, Mervyn und Lydia, aber Mervyn war bei einem Umfall ums Leben gekommen. Erst zwölf war er gewesen, als er in jenem See in Connecticut ertrunken war. Eine Tragödie, die die ganze Familie jahrelang belastet hatte. Wenn ein Kind umkommt, ist das immer hart. Seine Schwester Lydia jedoch hatte sich anscheinend nie mehr von dem Schock erholt. Sie hatte jung geheiratet und war nach Australien gezogen, als wollte sie eine möglichst große Distanz zu ihrer Familie und ihren Erinnerungen schaffen.

An dem Konsoltischchen, das voll mit in Silber gerahmten Familienfotos stand, hielt Megan inne. Die Valiants … Owen und sie, Rhianon und Cara, Richard und Emlyn. So viele Bilder, auf denen sie in allen Altersstufen zu sehen waren … ihrer beider Kinder. Kleinkinder, Teenager und Erwachsene. Witzig, dachte sie, daß man jeden einzelnen in den Babyfotos wiedererkannte. Keiner von ihnen hatte sich sehr verändert. Ihre Gesichter sahen genauso aus wie später im Erwachsenenalter.

Megan griff nach einem Bild, das sie selbst als Zweiundzwanzigjährige zeigte, und musterte es einen Augenblick lang aufmerksam. Es war in dem Jahr aufgenommen, als sie über Nacht berühmt geworden war. Gott sei Dank besaß sie immer noch dasselbe Gesicht – unter den Falten. Obwohl es so viele nun auch wieder nicht waren. Sie hatte sich gut gehalten, sogar wenn sie selbst das behauptete. Die Familienähnlichkeit lag bei allen auf der Hand. Schwarzes Haar, blaue oder grüne Augen – die Valiants waren sämtlich dunkle Waliser mit keltischem Einschlag.

Feenhaft, mystisch, manchmal nicht von dieser Welt und von Magie angehaucht, so hatte Merlin von Camelot einst die Waliser beschrieben, die manch anderer den verlorenen Stamm Israels nannte. Ein Teil dieses Zaubers lag in der Kehle dieses Volkes, in der Zunge, in der Liebe zum Gesang und zur Sprache, sowohl zum gesprochenen als auch zum geschriebenen Wort. Die Waliser waren typischerweise Schauspieler, Schriftsteller und Sänger. Etwas Besonderes, wie Owen gesagt hatte.

Ihre eigene Magie war ihre Stimme gewesen. Megan betrachtete sie als Gottesgeschenk. Sie hatte ihren Erfolg stets heruntergespielt, doch tatsächlich hatte ihre Stimme ihnen ihr Vermögen beschert und ihre Zukunft gesichert. In gewissem Sinne verdankten sämtliche lebenden Valiants Megans Begabung und Owens Brillanz als Manager und seinem Geschäftssinn alles, was sie besaßen. Er hatte Gold für sie gesponnen.

Owen fehlte ihr. Sie würde ihn bis zu dem Tag vermissen, an dem sie diese sterbliche Hülle abstreifte, um wieder mit ihm vereint zu sein.

»Aber jetzt noch nicht«, setzte Megan halblaut hinzu. »Ich habe hier auf Erden noch zu viel zu tun.« Sie wußte, daß Owen Verständnis dafür gehabt hätte.

Megan stellte das Foto zurück auf die Konsole, beugte sich vor und betrachtete ihren Enkel Dylan. Ein leiser Seufzer entrang sich ihr. Richard und Margaret hatten Dylan schamlos verwöhnt, Owen ebenfalls und sogar Laura manchmal. »Aber ich nicht. Ich habe ihn nicht in Watte gepackt und werde das niemals tun.«

Neben Dylans Foto stand ein Bild von Laura, aufgenommen im Alter von zweiundzwanzig Jahren. Ein Lächeln umspielte Megans Lippen, erhellte ihre Augen und brachte mit einem Mal ihr ganzes Gesicht zum Strahlen. Sie ist die Eine, die Beste, dachte sie. Stark, verläßlich und loyal steht sie wie ein Fels in der Brandung. Sie ist wie ein

Rennpferd, das den richtigen Stammbaum und das dazugehörige Durchhaltevermögen besitzt. Ich würde jederzeit mein ganzes Geld auf sie setzen. Megan trat näher an das Bild heran. Sie liebte Laura wirklich sehr. Dann warf sie einen Blick auf ein Porträt von sich selbst, das 1925 aufgenommen worden war. Wie ein Ei dem anderen, murmelte sie. Laura sieht genauso aus wie ich in diesem Alter.

Megan richtete sich auf, trat an den Kamin und wärmte ihre Hände über den Flammen. Lily, ihre Haushälterin, wußte, wie sehr die alte Dame besonders im Winter ihr Kaminfeuer schätzte, und hatte es seit der Teezeit in Gang gehalten. Ein Feuer verleiht einem Raum immer eine freundliche Note. Megan setzte sich, lehnte den Kopf gegen den blauen Seidenbrokatbezug des Sessels und richtete ihren Blick auf das Gemälde, das an der gegenüberliegenden Wand hing.

Das Bild stellte eine Frühlingsszene auf einem Platz in New York dar. Childe Hassam hatte es 1896 gemalt; eine ihrer besseren Arbeiten. Ich schenke es Laura zu ihrem Geburtstag im Mai, überlegte Megan. Aber vielleicht würde sie sich lieber selbst eines aussuchen. Ich lasse sie entscheiden. Ja, genauso mache ich es. Das wird das Beste sein.

Nun huschte Megans Blick zu dem Porträt, das über dem Kamin hing … Einunddreißig war sie gewesen, als sie dafür gesessen hatte. In der Blüte ihrer Jahre, genauso alt wie Laura jetzt.

Megan schloß die Augen verlor sich in Gedanken. Die Vergangenheit, die Vergangenheit … so vieles, an das sie denken mußte, so viele Erinnerungen. Sie erfüllten ihr Herz, das jung geblieben war. Manchmal meinte sie, im Herzen erst achtzehn zu sein. Nur ihr Verstand war weise, voller Erlebnisse und Erfahrung. Oft meinte sie, zu viel zu wissen über die Menschen und ihr merkwürdiges Verhalten, über die menschliche Natur mit ihren diversen

Schwächen, aber auch Stärken … Sie schwebte mit ihren Gedanken und Erinnerungen davon … und nickte ein.

»Hallo, Gran«, sagte Laura und trat leise in die Bibliothek.

Ein wenig erschrocken setzte Megan sich auf und blinzelte. Dann erblickte sie ihre Enkelin und lächelte.

Leuchtende Augen, glänzendes Haar und eine lebhafte Persönlichkeit, voller Elan und Leben – das war ihre Lieblingsenkelin. Laura beugte sich über Megan, küßte sie auf die Wange und drückte ihre Schulter. Sie liebte ihre Großmutter sehr. Schließlich hatten die beiden sich seit ihrer Kindheit äußerst nahegestanden. Laura hatte sich ihrer Großmutter immer tiefer verbunden gefühlt als ihrer Mutter oder sonst jemandem.

»Ich rieche den Frost an dir, Laura«, meinte Megan. »Ich hoffe doch, du bist nicht zu Fuß gekommen.«

Laura lachte und strich ihrer Großmutter sanft mit einem Finger über die Wange. »Natürlich, Gran, den ganzen Weg von der Ecke Sechsundachtzigste und Madison bis hierher, Ecke Zweiundfünfzigste und Erste, und das an einem eiskalten Abend wie diesem. Du machst wohl Witze. Ich habe ein Taxi genommen.«

»Sehr gut. Wärmer und auch sicherer. Die Sherrykaraffe steht dort drüben, Schätzchen, an ihrem gewohnten Platz. Schenk uns ein, und dann wollen wir es uns eine Weile gemütlich machen. Du weißt, wie sehr ich unsere Plauderstündchen genieße.«

»Sherry kommt sofort, Gran«, rief Laura über die Schulter, während sie zu dem runden Tisch, der in einer Zimmerecke stand, ging.

Kurz darauf kehrte sie, zwei Gläser in den Händen, eilig zurück. Nachdem sie Megan das eine gereicht hatte, setzte sie sich in den Sessel ihr gegenüber und streckte die

Hand aus, um mit ihrer Großmutter anzustoßen. »Auf dich, Grandma Megan, und das Neue Jahr. Mögen dir noch viele weitere beschieden sein.«

»Nun, das hoffe ich doch, Laura, Liebes. Noch hege ich nicht den Wunsch, aus dieser Welt zu scheiden. Ich kann noch allerhand anrichten, weißt du. Noch sehr viel mehr«, meinte sie lachend, und Laura fiel ein.

Megan nippte an ihrem Sherry und sprach weiter. »Fühlt deine Mutter sich besser? Zu Weihnachten kam sie mir ein wenig niedergedrückt vor.«

»Ja, du hast recht, sie befand sich tatsächlich in einer merkwürdigen Gemütsverfassung, aber jetzt geht es ihr gut. Ich glaube, die Reise nach Florida hat sie aufgemuntert, und anscheinend fühlt sie sich sehr wohl dort und ist guter Dinge.«

»Und wie geht es meinem kleinen Häuschen?«

»Das Cottage ist bezaubernd wie immer, Gran.«

»Dein Großvater und ich haben es vor fünfunddreißig Jahren, noch vor deiner Geburt, gebaut, und es ist immer ein hübscher Ort gewesen. Mein Strandhäuschen, in dem ich herumhantieren und ganz ich selbst sein konnte.«

»Warum fährst du nicht für eine oder zwei Wochen hin, Gran? Das Wetter ist warm, viel wärmer als in New York. Das würde dir guttun. Und Mom wäre glücklich über deine Gesellschaft. Bitte denk darüber nach. Wenn du möchtest, bringe ich dich hin.«

»Vielen Dank, mein liebes Mädchen, aber ich kann mich immer noch sehr gut allein durch die Welt bewegen! Aber seit dein Großvater nicht mehr lebt, mag ich nicht mehr dorthin fahren. Das Häuschen war immer unser Platz, ein ganz besonderer Ort, und er würde zu viele Erinnerungen heraufbeschwören und mich traurig machen.«

Laura sah sie verblüfft an. »Aber Grandpa Owen hat doch auch hier, in dieser Wohnung, mit dir zusammengelebt, und bestimmt ...«

»Das Häuschen war unser ganz spezieller Platz, unser Feriendomizil. Wir liebten es, dorthin zu entwischen, nur wir beide ...« Megan zuckte fast unmerklich mit den Schultern. »Ich weiß nicht, wie ich dir das erklären soll, Schatz, aber ich hege nicht den Wunsch, je wieder dort hinzugehen. So sehr ich das Strandhäuschen damals geliebt habe, so gleichgültig ist es mir heute. Und ohnehin wird das Cottage eines Tages dir und Dylan gehören, wenn ich einmal nicht mehr bin.«

»Ich hasse es, wenn du so redest, Gran.«

»Ich weiß. Aber wir müssen den Realitäten ins Auge sehen. Ich werde irgendwann sterben.«

»Ja, ich weiß«, murmelte Laura.

Megan blickte nachdenklich ins Feuer. »Dein Vater ist jetzt drei Jahre tot«, bemerkte sie nach kurzem Schweigen. »Glaubst du nicht, deine Mutter sollte allmählich ein neues Leben beginnen? Sie ist schließlich erst sechzig.«

»Sie gibt sich alle Mühe, Grandma. Sie hat sich umgetan und sich eine Menge Aufträge besorgt.«

»Sie sollte lieber ausgehen und sich nach einem neuen Mann umschauen.«

»Du bist mir vielleicht eine, Grandma!« rief Laura aus.

»Aber ich habe recht, und sechzig ist kein Alter. Zumindest kommt mir das von meinem Standpunkt aus und angesichts meiner Jahre so vor. Was ist übrigens aus diesem Burschen auf den Bahamas geworden? Dem, dessen Decke sie ausgemalt hat.«

»Vergiß ihn, Gran, der ist zu alt. Zweiundachtzig.«

»Der Vater, ja. Ich dachte an Harry Lightfoot, den Sohn. Ich habe ihn kennengelernt, und er ist sehr nett. Deiner Mutter könnte Schlimmeres passieren.«

»Und wie alt ist Lightfoot Junior?«

»Ach, ungefähr fünfundfünfzig, sechsundfünfzig, etwas in dieser Richtung. Genau richtig für Margaret.«

»Mom würde behaupten, er sei zu jung für sie.«

Megan schüttelte den Kopf und nahm einen Schluck Sherry. Sie überlegte einen Augenblick und verkündete dann: »Ein jüngerer Mann erhält einer Frau die Jugend.«

Laura zog fragend eine Augenbraue hoch. »Sprichst du aus Erfahrung, Großmutter?«

Megan lachte gutmütig. »Nein, aber ich kann es mir vorstellen. Auf jeden Fall ist mir die Sache vollkommen ernst. Ich finde, im Leben deiner Mutter sollte ein neuer Mann Platz finden – ob als Liebhaber oder Ehemann, darauf kommt es im Grunde nicht an.« Megan lehnte sich leicht nach vorn und fixierte Laura aus ihren weisen, alten Augen. »Margaret ist gesund, vital, voller Energie und eine gutaussehende Frau. Und witzig. Jeder Mann könnte sich glücklich schätzen, sie an seiner Seite zu sehen.«

»Da gebe ich dir recht, Gran, aber erzähl das einmal Mom.« Laura unterbrach sich und nickte. »Ich werde sie mal ein bißchen anstacheln«, erklärte sie mit plötzlicher Begeisterung.

»Braves Mädchen«, meinte Megan.

Laura nickte, nippte an ihrem Sherry und antwortete nichts.

»Aber ich habe dich nicht hergebeten, um über deine Mutter zu reden, liebes Mädchen«, bemerkte Megan nach einer Weile. »Tatsache ist, daß ich noch einmal mit dir über die Kunstsammlung sprechen möchte. Ich überlege, sie versteigern zu lassen.«

Laura runzelte die Stirn, und plötzliche Sorge trat in ihre lebendigen blauen Augen. »Brauchst du Geld, Grandma? Ich dachte, die Treuhandfonds, die Grandpa eingerichtet hat …«

»Nein, nicht doch, Geld ist nicht das Problem!« rief Megan und unterbrach ihre Enkelin. »Ich dachte nur, es wäre vielleicht praktischer, die Kunstgegenstände jetzt zu veräußern. In letzter Zeit habe ich die entsprechenden Auktionen verfolgt. Gemälde scheinen gute Preise zu bringen.

Die Konjunktur ist ausgezeichnet. Wenn du meinst, wir sollten die Sache angehen, warum nicht?«

»Ich würde keine Entscheidung übers Knie brechen, Gran, nicht einfach so. Meiner Ansicht nach müßte ich jedes Bild, das du besitzt, begutachten und dann mit Jason sprechen. Du erinnerst dich bestimmt an ihn. Er hat den kleinen Cézanne und den Sisley für uns geschätzt.«

»Und ob ich mich erinnere. Sehr gut sogar. Ein netter junger Mann. Wenn das so ist, dann entscheide du und leite alles in die Wege.«

»Nun gut, abgemacht.«

Megan lächelte ihrer Enkelin zu. Sie liebte sie so sehr, war so stolz auf sie. »Laß uns noch einen Sherry trinken, Liebling«, sagte sie.

Laura tat, worum die alte Dame sie bat, schenkte nach und trug die Gläser zurück an den Kamin. Nachdem sie ihrer Großmutter eines gereicht hatte, kehrte sie in ihren Sessel zurück. »Claire ist schon ganz aufgeregt über die Aussicht, den August in Connecticut zu verbringen, Gran, und natürlich freut sie sich sehr, daß du zugesagt hast, für ein paar Tage zu Besuch zu kommen«, berichtete sie.

»Ich kann kaum abwarten, dort mit euch zusammenzusein. Und mit Claire und Natasha. Ich fand es sehr bedauerlich, daß sie zu Weihnachten nicht kommen konnten. Irgendwie hatte ich mein Herz an diesen Gedanken gehängt, und als Claire absagte, war ich traurig, wirklich sehr betrübt, Laura. Schließlich bin ich nächstes Weihnachten vielleicht nicht mehr da.«

»Sag solche Dinge nicht, Gran!«

»Aber das stimmt doch, Liebes. Wir müssen dem Unvermeidlichen ins Auge sehen.«

»Dylan ist auch nicht gekommen. Manchmal ist er wirklich ein Scheusal.«

»Ach, pfft. Dylan ist bloß ein dummer Junge. Er ist nie richtig erwachsen geworden. Auch daran sind deine Eltern schuld. Sie haben ihn verhätschelt, besonders deine Mutter. Ich habe das schon öfter gesagt, und ich wiederhole es gern … Er hat den richtigen Stammbaum, aber kein Stehvermögen, kein Rückgrat.«

»Wenn er heiratete und zur Ruhe käme, würde er vielleicht ein wenig erwachsener«, brummte Laura und betrachtete ihre Großmutter über den Rand des Sherryglases hinweg. »Ich meine, er braucht ein wenig Verantwortung, damit er sich am Riemen reißt.«

»Bah! Stell dich doch nicht dumm, Laura. Verantwortung wird deinen Bruder nicht ändern. Wahrscheinlich würde er bei der ersten Gelegenheit Reißaus nehmen. Und was eine Ehe angeht, so bedaure ich das arme Mädchen, das sich auf einen so tollkühnen Schritt einläßt.«

»Das klingt, als wärest du böse auf Dylan.«

»In mancherlei Hinsicht bin ich das auch. Aber ich liebe ihn trotzdem. Er ist mein Fleisch und Blut, obwohl er sich manchmal äußerst töricht aufführt. Ich habe mich noch nicht vollständig von seinem kürzlichen Ausflug ins Immobiliengeschäft erholt. Man stelle sich vor, einen alten Bauernhof in Wales zu kaufen.« Megan schüttelte den Kopf und verzog das Gesicht. »Der Junge sollte sich einmal das Gehirn durchspülen lassen.«

»Ich weiß. Wie du zu Weihnachten schon sagtest, hätte er das Geld lieber auf die Bank gebracht. Aber so ist Dylan halt – zurück zu seinen Wurzeln, nennt er das. Das mythische Wales und die Welt der Legenden, Großmutter. Er hat immer davon gesprochen, daß er sich ein Zuhause in Wales wünscht.«

»Schon gut, ich weiß, du wirfst mir vor, daß ich ihm all diese unrealistischen Geschichten und Ideen in den Kopf gesetzt hätte, und dein Großvater ebenfalls …« Megan sah einen Moment ins Feuer, dann blickte sie aus ihren verblaßten blauen Augen zu Laura auf. »Aber du hast dieselben Geschichten gehört, und du bist genauso normal und praktisch veranlagt wie ich. Meiner Meinung nach hat die Sache eher mit dem Charakter zu tun, mein Mädchen. Aber da wir gerade vom Heiraten reden ... ich bin überrascht, daß Claire nach all diesen Jahren immer noch allein lebt. Hat sie inzwischen niemanden kennengelernt?«

»Sie gibt sich selbst keine Chance«, erklärte Laura und unterbrach sich dann kopfschüttelnd. »Das klingt ein bißchen gemein, und das ist das letzte, was ich zu Claire sein möchte.«

»Ich weiß, wie gern du sie magst. Also ist sie immer noch verbittert, oder?«

Laura warf Megan einen erstaunten Blick zu. »Woher weißt du das? Du hast sie seit etlichen Jahren nicht gesehen.«

»So hat sie damals empfunden, und ich habe einfach angenommen, daß sich daran nichts geändert hat, wenn sie sich keine Chance gibt, wie du es formulierst. Wirklich, was für ein Jammer. Sie ist im Grunde so ein gefühlvolles Mädchen. Und Philippe und Claire waren so verliebt. Ich hätte gedacht, das würde für immer halten.«

»Haben wir das nicht alle geglaubt?«

»Ich frage mich, wie es seiner Mutter, Rosa, dieser Tage gehen mag.«

»Meine Güte, Gran, du erinnerst dich ja sogar an ihren Namen.«

»Ich hatte schon immer ein gutes Gedächtnis. Was glaubst du, wie in aller Welt ich als Schauspielerin all meine Texte gelernt habe, Kind? Und ich darf dir mitteilen, daß ich weiterhin ein ausgezeichnetes Erinnerungsvermögen besitze; besser als bei den meisten Menschen, die halb so alt sind wie ich. Noch bin ich nicht senil, Laura.«

»Klar, Gran, das weiß ich doch. Reg dich nicht auf.«

»Ich echauffiere mich ja gar nicht«, entgegnete Megan und senkte die Stimme. Sie nippte an ihrem Sherry und lehnte sich bequem in ihren Sessel zurück.

»Merkwürdig, daß du nach Rosa Lavillard fragst, denn ich bin ihr begegnet, als ich in Paris war«, bemerkte Laura.

»Ach. Hat sie Claire besucht?«

Laura schüttelte den Kopf. »O nein, vollkommen unmöglich. Claire mag ihre ehemalige Schwiegermutter nicht besonders.«

»Warum nicht?«

»Claire findet sie …« Laura kramte in ihrem Gedächtnis nach dem richtigen Wort, »eigenartig. Ja, das ist es. Claire hält Rosa für sonderbar, sogar unheimlich.«

»Sie würde sich auch merkwürdig benehmen, wenn sie Rosa Lavillards Leben geführt und eine Kindheit wie sie erlebt hätte. Die arme Frau. Die meisten Menschen wären in der Heilanstalt gelandet, wenn sie dasselbe durchgemacht hätten wie sie. Rosa ist eine sehr tapfere und mutige Frau.«

Laura starrte ihre Großmutter verblüfft an. »Woher weißt du etwas über Rosa Lavillards Kindheit?« fragte sie.

»Sie hat mir davon erzählt.«

»Wann denn das?«

»Bevor Claire und Philippe geheiratet haben. Weißt du nicht mehr, ich hatte hier eine kleine Dinnerparty für die beiden gegeben. Es war nach dem Essen. Rosa und ich saßen hier in diesem Raum und haben lange geredet. Ihr anderen wart im Salon und habt Kaffee und Likör getrunken.«

»Ja, natürlich erinnere ich mich an dieses Abendessen. Was hat sie dir erzählt, Grandma?«

»Sie hat von den Kriegsjahren in Frankreich gesprochen, von ihrer Jugend unter der Besatzung der Nazis. Ich konnte nachfühlen, was sie erlebt hatte, vor allem weil ich dort gewesen war, um für die Truppen zu singen. Das war zwischen 1944 und 1945. Dein Großvater wollte nicht, daß ich ging, aber ich hatte wirklich das Gefühl, ich müßte etwas tun, um den Soldaten zu helfen. Diese armen Jungen saßen in Europa, riskierten ihr Leben für uns und kämpften für die Freiheit. Also bin ich geflogen. Schließlich ist dein Großvater mir nachgereist. Er wollte mich nicht allein lassen, weil er fürchtete, mir könnte etwas zustoßen.«

»Ja, du hast mir die Geschichten aus deiner Zeit als Truppenbetreuerin im Zweiten Weltkrieg erzählt. Das muß aufregend gewesen sein, Gran.«

»Auf gewisse Weise schon. Aber auch belastend... Furchtbar war das, die Toten und Sterbenden zu sehen. Aber ich wußte, daß wir den Verwundeten halfen. Wir Schauspieler und Sänger konnten sie aufheitern, ihnen zeigen, daß man an sie dachte und ihnen für kurze Zeit das Gefühl geben, zu Hause zu sein. Es waren alles junge Burschen. Soldaten sind immer so jung. Herzzerreißend.«

»Ich weiß. Zumindest kann ich mir das vorstellen. Wie alt warst du damals, Grandma?«

»Achtunddreißig, neununddreißig. Immer noch in der Blüte meiner Jahre, gutaussehend und in der Lage, die Beine in die Luft zu werfen und aus voller Kehle zu singen.«

»Du hast dich nicht sehr verändert«, meinte Laura, beugte sich herüber und drückte die Hand ihrer Großmutter. »Und du bist immer die Beste gewesen.«

»Das ist lieb, danke dir, Schatz. Aber um auf Rosa zurückzukommen, sie hat als Kind schwer gelitten. Sie hat so viel Grausamkeit und Böses erlebt. Frankreich war in jenen Tagen schrecklich – nichts zu essen, ständig die Luftangriffe, und hinter jeder Ecke lauerte die Gestapo. Das Land befand sich im Belagerungszustand, und für Rosa waren die Zeiten besonders hart.«

»Das alles hat sie dir an diesem Abend erzählt?«

»Einen Teil davon, das, was sich auf ihr eigenes Leben bezog. Aber ich weiß, wie es damals in Frankreich zuging, Liebling.«

»Warum meinst du, daß Rosa es besonders schwer hatte?«

»Weil sie ihre Eltern verloren hat. Sie war auf sich allein gestellt.«

»Wie alt war sie da?«

»Das kann ich jetzt nicht genau sagen. Sehr jung, Laura, vielleicht neun, aber auf keinen Fall älter als zehn oder elf Jahre. Sie hat sich nicht in Selbstmitleid ergangen, sondern mir alles sehr sachlich berichtet, und nur, weil ich mich nach ihrem Leben erkundigt hatte. Ich wußte damals nur, daß sie von Geburt Französin war und mit ihrem Mann nach dem Krieg ausgewandert war.«

»Ich verstehe. Wie traurig.«

Megan warf ihrer Enkelin einen durchdringenden Blick zu. »Du sagst das mit einem seltsamen Unterton, fast als glaubtest du Rosas Geschichte nicht. Ich kann dir versichern, daß sie durchaus der Wahrheit entspricht.«

»Natürlich, Gran. Ich dachte nur gerade, was für ein Jammer, daß Claire nichts über Rosas Kindheit weiß. Wenn sie mehr darüber erführe, wäre sie ihr gegenüber vielleicht … offener.«

»Aber Philippe muß doch Claire von seiner Mutter und allem, was sie durchgemacht hat, erzählt haben?«

»Ein paar Dinge hat er ihr gesagt, das weiß ich, weil Claire mir einmal davon berichtet hat. Aber irgendwie glaube ich nicht, daß sie viel über Rosa weiß.«

»Vielleicht nicht.« Megan war drauf und dran, Laura Rosa Lavillards ganze Geschichte zu erzählen, entschied sich dann aber dagegen. Rosas Schicksal war so erschütternd, daß sie mit einem Mal das Gefühl hatte, heute abend nicht die Kraft dazu aufzubringen. »Wenn du Rosa noch einmal triffst, richte ihr meine besten Grüße aus«, sagte sie statt dessen. »Ich fand sie damals sehr sympathisch.«

»Ja, das werde ich. Claire hat mit Rosa nie auf gutem Fuß gestanden. Findest du das angesichts deiner positiven Meinung über Rosa nicht eigenartig?«

»Zeig mir eine Frau, die sich wirklich mit ihrer Schwiegermutter versteht, und ich fresse einen Besen.«

Laura mußte über den Ausdruck lachen, der aus dem Mund ihrer Großmutter merkwürdig klang. »Meine Mutter kommt mit dir aus«, bemerkte sie dann.

»Ich bin halt immer die Ausnahme von der Regel, wußtest du das nicht, mein Mädchen?«

»Doch, ich schätze schon.«

Megan schmunzelte. »Ich nehme dich nur auf den Arm, Laura. In diesem Fall liegt der Grund darin, daß deine Mutter und dein Vater derart rettungslos ineinander vernarrt waren, daß sie niemand anders richtig wahrnahmen. Weder Margarets Mutter noch mich oder deinen Großvater, und sogar dich und Dylan nicht. Jedenfalls nicht wirklich. Und wenn du gar nicht richtig bemerkst, daß jemand existiert, dann kann diese Person kaum zum Störfaktor für dich werden, oder? Und ich wußte, wenn ich jemals eine kritische oder mißbilligende Äußerung über deine Mutter gewagt hätte, hätte dein Vater nie wieder mit mir gesprochen. Das hätte ich nicht ertragen, denn Richard bedeutete mir alles. Ich wollte nur sein Glück. Und deine Mutter hat ihn glücklich gemacht.«

»Ich verstehe.« Laura lehnte sich zurück und blickte aus dem Fenster, hinter dem außer dem schwarzen Nachthimmel und den dunklen Wassern des East River nicht viel zu sehen war. Sie dachte über Rosa und Philippe Lavillard nach. »Dieser Tage hegt Claire einen furchtbaren Haß auf Philippe«, platzte sie mit einem Mal zu ihrer eigenen Verblüffung heraus. »Man kann es kaum mit ansehen. Als ich kürzlich bei Claire zum Abendessen eingeladen war, kam er unangekündigt vorbei, und sie hat ihm eine grauenvolle Szene gemacht.«

»Das ist wirklich ein Jammer, und besonders bedrückend für Natasha. Aber bei einer Scheidung leiden immer die Kinder, und natürlich ist Claire von ihrem Charakter her schon immer schrecklich extrem und unabhängig gewesen.«

»Was meinst du mit extrem?«

»Claire befindet sich immer rechts oder links, niemals in der Mitte. Für sie sind alle Dinge entweder schwarz oder weiß. Zwischentöne sieht sie nicht. So war sie als junges Mädchen, und ich glaube nicht, daß sie sich seither sehr verändert hat.« Megan stieß einen Seufzer aus. »Claire fehlt die Fähigkeit, Kompromisse zu schließen. Gerade du bist dir darüber doch bestimmt im klaren, Laura.«

»Das stimmt, aber irgendwie ignoriere ich diese Eigenart an ihr. Niemand ist perfekt, und ich selbst am allerwenigsten.«

»Ach, das würde ich nicht sagen«, zog Megan sie auf.

Laura lächelte und nippte an ihrem Sherry.

Eine Zeitlang verstummten sie beide. Doch dies war ein geselliges Schweigen. Enkelin und Großmutter hatten seit Lauras Kinderzeit die gleiche Wellenlänge und verstanden sich ausgezeichnet. Großvater Owen hatte oft behauptet, Laura gleiche ihrer Großmutter mehr als Megans eigene Töchter, und das stimmte. Die beiden ähnelten einander in vielen Aspekten.

»Ist zwischen dir und Doug eigentlich alles in Ordnung?« fragte Megan unvermittelt.

Überrumpelt starrte Laura ihre Großmutter mit offenem Mund an.

»Stimmt deine Ehe noch, oder befindet ihr euch in einer Krise?« wiederholte Megan.

Laura fand ihre Stimme wieder. »Ich habe keine Ahnung, Gran«, entgegnete sie. Laura hatte ihrer Großmutter immer die Wahrheit gesagt und antwortete auch jetzt vollkommen ehrlich. »Ich glaube, zwischen uns funktioniert etwas nicht, aber ich bin mir nicht sicher, was das sein könnte. Auf jeden Fall ist unsere Beziehung nicht in Ordnung. Nicht mehr.«

»Das dachte ich mir.«

»Tatsächlich?« Laura warf ihrer Großmutter einen verdutzten Blick zu. »Ist dir Weihnachten etwas aufgefallen?«

»Doug wirkte gedankenverloren und abwesend, und die meiste Zeit kam er mir vor, als wäre er weit fort, in Gedanken gar nicht richtig bei uns.«

»Trotzdem war er sehr lieb zu mir, zu dir und zu meiner Mutter.«

»Du hast vollkommen recht. Aber manchmal, wenn er sich unbeobachtet fühlte und seine Maske ablegte, schien er mir ziemlich unglücklich zu sein. Als wäre er am liebsten woanders gewesen.«

»Ach, Gran ...«

»Du mußt mit ihm reden, Laura. Das Problem bei den meisten Menschen ist, daß sie ihre Gefühle niemals offen aussprechen und statt dessen stillschweigend Ansprüche an den anderen stellen.«

»Ich muß den richtigen Moment erwischen.«

»Sicher. Aber warte nicht zu lang. Was immer Doug quält, laß nicht zu, daß es in seinem Inneren gärt.«

»Das werde ich nicht, Gran. Versprochen.«

13

»Habe ich dich doch richtig verstanden!« rief Laura.

Sie drehte sich um und warf Alison einen Blick zu. »Als du sagtest ›die Bronzefigur einer Ballerina‹, da dachte ich gleich an die *Kleine vierzehnjährige Tänzerin* von Degas, und ich hatte recht. Dieses Stück stammt aus der unnumerierten Serie der letzten fünfundzwanzig Exemplare in den zwanziger Jahren. Wenn ich mich richtig erinnere, besaß das Shelburne-Museum eine Figur, die letztes Jahr bei Sotheby's für über elf Millionen versteigert wurde.«

»Das stimmt. Und leider ist nicht bekannt, wer sie derzeit besitzt«, merkte Alison an. »Auf jeden Fall würde sich jeder ernsthafte Sammler auf dieses Stück hier stürzen, meinst du nicht?« Sie fuhr fort, die Degas-Bronze, die sie aus Kalifornien hatte schicken lassen, zu betrachten. Das Figürchen stand auf einem Sockel im Zentrum von Hélène Ravenels Galerie in der Madison Avenue und wurde von einem Deckenspot angestrahlt.

»Ein posthumer zweiter Abguß der von Degas gefertigten originalen Wachsskulptur wurde in der Gießerei Hébrard von dem berühmten Gießer Albino Palazzolo unter der Aufsicht eines Freundes von Degas, dem Bildhauer Albert Bartholomé, hergestellt«, zitierte Laura aus der Erinnerung.

»Das ist absolut richtig. Die Expertise ist heute morgen mit der Post gekommen, und ich habe sie auf deinen Schreibtisch gelegt. Du kannst sie später überprüfen. Also, was meinst du?«

»Das ist ein unglaubliches Stück, Alison, von vollkommener Schönheit. Gott, sieh nur, man kann sogar erkennen, wie schmutzig und zerrissen der Tüll am Tutu der Kleinen ist. Mark wird die Figur kaufen wollen, da bin ich mir ganz sicher. Jetzt haben wir zwar keinen richtigen Grund mehr, ihn abzulenken, aber ich finde, wir sollten sie ihm trotzdem zeigen.«

Alison lachte, und ihre hellgrauen Augen blitzten fröhlich. »Sind wir nicht Schwachköpfe? Zu glauben, Mark würde gegen unseren ausdrücklichen Wunsch einem Gauguin nachjagen, und dazu noch einem Bild, das nichts als Probleme verspricht ... Dazu ist der Mann viel zu schlau.«

»Mein Fehler«, gestand Laura. »Ich habe Mark falsch eingeschätzt. Zu Unrecht, wie sich herausgestellt hat.«

»Wir wissen jetzt, daß er kein Angebot für das Gemälde gemacht hat, aber glaubst du, er hat Norman Grant von Maximilian West erzählt?«

»Das ist mehr als wahrscheinlich. Ja, ich bin mir sicher, daß er es getan hat. Aber das braucht uns nicht zu tangieren, da Sir Maximilian Norman Grant an dem Tag nach meinem Treffen mit Mark informiert hat. In anderen Worten, die Geschichte des Bildes war kein Geheimnis mehr.«

»Was wird jetzt wohl mit dem Gauguin geschehen?«

Laura zuckte leicht die Achseln. »Keine Ahnung. Wahrscheinlich wird sich eine Art Pattsituation entwickeln. Beide Männer behaupten, die *Tahitianischen Träume* zu besitzen.«

»Eine scheußliche Lage, die sich möglicherweise noch über Jahre in die Länge zieht«, murmelte Alison und wandte ihre Aufmerksamkeit dann wieder dem Degas zu. »Wie steht's mit John Wells? Meinst du, er könnte interessiert sein, falls Mark die Figur nicht möchte?«

»Doch, ja. John würde sofort zugreifen. Und dann vergiß unsere neue Klientin nicht, Olivia Gardener aus Palm Beach. Dieses Stück würde den perfekte Blickfang für die Eingangshalle ihres neuen Hauses am South Ocean Boulevard abgeben. Ich sehe die Figur schon vor mir, auf einem wunderschönen, antiken runden Tischchen im Zentrum des Foyers. Und auf jeden Fall hat Hélène mir versichert, wenn wir den Degas bei keinem unserer Kunden unterbringen könnten, hätte sie selbst großes Interesse am Erwerb der Figur.«

»Und ob ich interessiert bin«, rief Hélène Ravenel, die zu ihnen getreten war. »Und zwar sehr.«

Ein paar Minuten standen die drei Frauen noch beieinander und plauderten über die Skulptur, doch dann sah Laura auf ihre Uhr. »Ich komme zu spät zu meinem Lunch mit Hercule«, entschuldigte sie sich. »Wenigstens treffen wir uns im Carlyle, das ist nicht weit.«

»Grüß Hercule von mir«, rief Alison, während Laura schon durch die Galerie eilte und auf die Eingangstür zusteuerte.

»Das mache ich. Ich sehe dich dann im Büro, Alison. Und vielen Dank, Hélène, danke für alles.«

Die Galerie Ravenel lag nur ein paar Straßen vom Hotel Carlyle entfernt, und Laura schlug ein flottes Tempo an. Bald bog sie in die Sechsundsiebzigste Straße Ost ein, wo das Hauptportal des berühmten Hotels lag.

Laura strich ihren Mantel noch einmal glatt und betrat dann das Restaurant, wo Didier, der Chefkellner, sie freundlich begrüßte und an Hercule Junots Tisch führte.

Augenblicklich sprang Hercule auf, küßte Laura auf beide Wangen, strahlte sie an und drückte sie neben sich auf die Bank.

»Ich bin sehr glücklich, Sie zu sehen Laura«, begann er immer noch lächelnd, »und freue mich, daß Sie heute so kurzfristig Zeit für mich gefunden haben.«

Laura erwiderte Hercules Lächeln. »Ganz meinerseits. Das war eine freudige Überraschung, als Sie mich gestern anriefen. Wie lange bleiben Sie?«

»Ungefähr eine Woche. Ich halte mich in New York auf, um eine meiner Klientinnen zu treffen. Sie hat mich gebeten, ihr Domizil in Southampton neu auszustatten, und daher werde ich am Sonntag hinausfahren, um das Gebäude in Augenschein zu nehmen. Also, Laura, was möchten Sie trinken? Ein Glas Champagner vielleicht?«

»Nein danke, Hercule. Normalerweise würde ich mit Ja antworten, aber ich habe noch einen Berg Papierkram auf meinem Schreibtisch liegen, den ich auf jeden Fall heute durcharbeiten muß. Ich hätte gern ein Glas Grapefruitsaft, bitte.«

Nachdem Hercule ihre Getränke bestellt hatte, fuhr er fort. »Meine Kundin hat erwähnt, sie wolle auch ein paar neue Bilder kaufen und überlege, einen Kunstberater anzustellen. Da dachte ich sofort an Sie, Laura.«

»Das ist nett von Ihnen, Hercule. Vielen Dank.«

»Während ich hier saß und auf Sie wartete, kam mir folgender Einfall ... Sie könnten doch Sonntag morgen mit mir nach Long Island hinausfahren. Wir könnten früh, gegen acht Uhr, aufbrechen, Mrs. Newsam, meine Klientin, treffen und mit ihr über ihre künstlerischen Vorlieben sprechen. Wir könnten das Gebäude doch gemeinsam begutachten.«

Laura zögerte.

Hercule bemerkte dies sogleich. »Ist Sonntagmorgen ein Problem für Sie, meine Liebe?« fragte er rasch.

»Eigentlich nicht. Es ist nur so, daß Doug und ich uns nur am Wochenende sehen. Während der Woche haben wir beide so viel zu tun, und ...«

»Aber das ist gar kein Problem«, fiel Hercule ein. »Ihr Mann kann doch mit uns fahren. Das Haus meiner Klientin liegt in den Dünen, und wenn das Wetter gut ist, könnte Doug einen Spaziergang am Strand unternehmen, während wir uns die Räume ansehen und mit Mrs. Newsam plaudern. Und ich weiß ganz genau, daß sie sich freuen würden, uns alle zum Mittagessen einzuladen. Kein Problem, meine Liebe, absolut nicht.«

Immer noch zauderte Laura. Doch schließlich nickte sie und schenkte Hercule ein strahlendes Lächeln. »Doug wird bestimmt gern mitkommen, und vielen Dank, daß Sie an mich gedacht haben. Wie Sie wissen, bin ich immer daran interessiert, potentielle Kunden kennenzulernen.«

»Ob Alison wohl auch gern mit uns fahren würde?«

»Nein, auf keinen Fall. Da bin ich mir ganz sicher. Sie verbringt die Wochenenden immer mit den Zwillingen, ihren beiden kleinen Mädchen, und sie erlaubt niemals, daß etwas die gemeinsame Zeit mit ihnen und Tony, ihrem Mann, stört.«

»Ich verstehe. Ah, da sind ja die Getränke«, meinte Hercule, als der Kellner die Gläser vor sie hinstellte. Er hob sein Champagnerglas und brachte einen Trinkspruch aus. »Auf Ihre Gesundheit, Laura.«

»Und auf die Ihre, Hercule.«

Ein paar Minuten unterhielten sie sich noch über das Haus der Klientin aus Southampton, das anzusehen Hercule nach New York geflogen war, und dann schlug er vor, das Mittagessen zu bestellen. »Da heute ein Arbeitstag für Sie ist, Laura, wollen Sie sich gewiß nicht allzulange mit dem Essen aufhalten.«

Laura schenkte ihm ein Lächeln, nahm die Speisekarte und warf einen Blick hinein. »Ich hätte gern die kalte Spargelvinaigrette und danach die gegrillte Seezunge.«

»Bezüglich des Fischs stimme ich mit Ihnen überein, aber ich nehme *des huîtres* als Vorspeise. Für mich gibt es keine besseren Austern als in New York, nicht einmal in *la belle France*.«

Viel später, als sie fast aufgegessen hatten, begann Hercule plötzlich in leisem, vertraulichem Tonfall: »Ich möchte Ihnen gern ein Projekt vorschlagen, das sich als sehr einträglich für Sie erweisen könnte, wenn Sie es übernähmen.«

»Sie wissen, daß ich immer daran interessiert bin, ins Geschäft zu kommen, Hercule. Was ist das für eine Aufgabe?«

»Sir Maxim West.« Hercule lächelte und breitete auf seine typisch französische Art die Hände aus. »Ich würde Sie gern mit ihm bekannt machen. Er kommt am Montag nach New York, und ich möchte Sie mit in sein Büro nehmen. Sir Maxim hat vor, seine Kunstsammlung ordentlich aufzumöbeln – genau das waren seine Worte, Laura –, und ich glaube, Sie sind genau die Richtige, um ihm zu helfen. Ich kenne ihn schon lange, viele Jahre, er ist einer meiner Kunden und wir verstehen uns sehr gut. Dieser Tage gibt er sich äußerst diskret und wünscht kein Aufsehen. Ich glaube, Sie beide würden ... zusammenpassen. Sehr gut sogar.«

Hercules Vorschlag hatte Laura ein wenig überrumpelt. »Hercule, ich könnte mir nichts Schöneres vorstellen, als Sir Maxim kennenzulernen!« rief sie aufgeregt aus. »Wie wunderbar, daß Sie dies für uns tun. Alison wird überwältigt sein, wenn ich ihr berichte, daß wir möglicherweise gleich zwei neue Klienten gewonnen haben.«

»Ich freue mich, wenn ich Ihnen behilflich sein kann, meine Liebe, und Ihr Fachwissen kann nur positiv auf mich zurückfallen«, antwortete Hercule augenzwinkernd. »So, das wäre abgemacht. Jetzt berichten Sie mir, was es bei Ihnen Neues gibt, Laura.« Er schenkte ihr ein herzliches, onkelhaftes Lächeln und lehnte sich zurück.

»Viel gibt's da nicht mitzuteilen«, entgegnete Laura, nahm den letzten Bissen Fisch, legte die Gabel auf dem

Teller ab und lehnte sich dann ebenfalls auf der Bank zurück. »Wie ich gestern schon erwähnte, gehen die Geschäfte recht gut, und sonst wüßte ich nichts zu erzählen.«

Da die junge Frau nichts weiter beisteuerte, griff Hercule sein Lieblingsthema wieder auf. »Wie gesagt hat Sir Maxim Mr. Grant über die lange Geschichte der *Tahitianischen Träume* informiert, besser gesagt, seine Anwälte haben sich darum gekümmert. Und nun können wir nur abwarten, was geschehen wird. So wie die Dinge stehen, wird die Sache wohl nicht einfach. Ich bezweifle sehr stark, daß Mr. Grant auf das Bild verzichtet und es widerspruchslos an Sir Maximilian abtritt. Warum sollte er auch?«

Laura nickte. »Moralisch wäre er dazu verpflichtet, aber ich teile Ihre Ansicht, daß die Sache sich nicht so reibungslos gestalten wird. Ich stehe vollkommen auf der Seite des ursprünglichen Besitzers, denn schließlich wurde ihm das Kunstwerk gestohlen. Da kann man mir erzählen, was man will und jedes mögliche Argument anführen; ich bin der festen Überzeugung, daß es falsch ist, die Herkunft gestohlener Kunstschätze zu verschleiern. Und von Rechts wegen müßte *Tahitianische Träume* seinem Eigentümer zurückgegeben werden, beziehungsweise dessen Erben, falls er inzwischen verstorben ist.« Laura hielt kurz inne und kam zum Schluß. »Kampflos wird das Ringen um dieses Bild allerdings nicht ablaufen. Aber jedes Problem besitzt eine Lösung, Hercule, obwohl ich mir für dieses Dilemma noch keine vorstellen kann. Jedenfalls nicht im Moment.«

Hercule warf ihr einen langen, nachdenklichen Blick zu. »Wenn Ihnen etwas einfällt, benachrichtigen Sie mich bitte sofort. Ich bin sicher, Sir Maxim würde Ihren Vorschlag gern hören.«

»Doug hat für dich angerufen«, sagte Alison, als Laura zurück ins Büro kam. »Er hat versucht, dich im Carlyle zu erreichen, aber knapp verpaßt. Dann hat er sich wieder bei mir gemeldet, um auszurichten, er sei unterwegs zum Flughafen Teterboro. Er meldet sich vom Wagen aus noch einmal.«

»Was will er denn dort?« Laura starrte ihre Partnerin an, und ein verwirrter Ausdruck huschte über ihre Züge.

»Man hat ihn an die Westküste geschickt, offensichtlich ein ...«

»Einfach so, von einer Minute auf die andere«, unterbrach Laura sie und schleuderte Mantel und Handtasche auf einen Stuhl. »Hat er sonst noch etwas gesagt?« fragte sie über die Schulter. Sie klang wütend.

»Nur, daß anscheinend ein Notfall eingetreten ist. Er hat mir erzählt, er sei nach Hause gerast, hätte ein paar Kleidungsstücke in eine Tasche geworfen und befinde sich jetzt auf dem Weg nach New Jersey. Die Leute von Aaronson International fliegen ihn mit ihrem Privatjet nach L.A.«

»Ich verstehe.« Laura setzte sich hinter ihren Schreibtisch und sah Alison an, die am Türrahmen lehnte. »Hat er gesagt, wie lange er wegbleibt?«

Alison schüttelte den Kopf.

In diesem Moment läutete das Telefon, und Laura stürzte sich darauf. »Art Acquisitions.«

»Hi, Laura, ich bin's. Ich hab versucht, dich zu erreichen«, meldete sich Doug.

»Alison hat mir gerade davon erzählt. Warum schickt die Firma dich von einem Moment auf den anderen an die Westküste, Doug? Was ist das für ein Notfall?«

»Will Laxton war dort, um über die Aaronson-Fusion zu verhandeln, und er hatte einen Herzinfarkt. Deswegen schickt die Kanzlei mich.«

»O Gott, wie schrecklich. Armer Will, er ist doch nicht ...« Laura brach ab und holte tief Luft, doch ehe sie weitersprechen konnte, beendete Doug den Satz an ihrer Stelle.

»Nein, Gott sei Dank lebt er. Will liegt auf der Intensivstation, aber er wird gesund. Für einige Zeit aus dem Verkehr gezogen, aber die Ärzte meinen, er kommt wieder auf die Beine.«

»Das freut mich zu hören. Wie lange wirst du fortbleiben? Kommst du zum Wochenende nach Hause?«

»Das bezweifle ich, Laura. Heute ist Donnerstag, so daß mir als Arbeitstag nur noch der Freitag bleibt. Ich bin mir sicher, daß ich Montag den Faden wieder aufnehmen und den Rest der Woche verhandeln muß. Wir haben noch eine Menge juristischen Papierkram zu erledigen.«

»Und wieso mußten sie ausgerechnet dich schicken? Hätte nicht auch Peter Pickering für Will übernehmen können?«

»Peter ist schon dort, Süße. Du weißt doch, wie wichtig dieses Geschäft für die Firma ist. Wir haben ein halbes Dutzend Anwälte darangesetzt. Sie brauchen mich, um für Will einzuspringen und das Team zu leiten.«

»Ich verstehe. Tut mir leid, ich wollte nicht streiten. Es ist nur …« Sie sprach ihren Satz nicht zu Ende.

»Was?«

»Mir scheint, daß wir im Moment nicht allzuviel Zeit zusammen verbringen, Doug.«

»Wir arbeiten halt beide schwer. Ach, komm schon, Laura, freu dich doch für mich. Daß die Firma mich zu diesen Verhandlungen an die Küste schickt, stärkt meine Stellung gewaltig. Bei der Aaronson-Fusion geht es um Miliarden von Dollar.«

»Das gönne ich dir ja auch, Doug«, fiel Laura rasch ein. Sie fühlte sich mit einem Mal schuldbewußt; ihr wurde klar, daß sie eben zickig, vielleicht sogar kindisch geklungen hatte.

»Heute abend rufe ich dich an. Ich steige im Peninsula

ab, wie immer«, erklärte Dougs unbekümmerte, fröhliche Stimme.

»Guten Flug, Schatz, und viel Glück bei deiner Arbeit. Zeig den Leuten, aus welchem Holz du geschnitzt bist, Doug.«

»Das werde ich. Tschau, Süße«, antwortete Doug und unterbrach die Verbindung, ehe Laura noch etwas sagen konnte.

Stirnrunzelnd starrte sie das Telefon an; dann stand sie auf und machte sich auf die Suche nach Alison, die sich während ihres Telefongesprächs in das benachbarte Büro zurückgezogen hatte.

»Ich glaube, wir bekommen möglicherweise zwei neue Klienten. Hercule Junot hat uns empfohlen«, erklärte sie ihrer Partnerin von der Tür aus.

»Los, komm schon rein und erzähl mir alles!« rief Alison aus.

Laura machte Überstunden; schließlich hatte sie keinen besonderen Grund, eilig nach Hause zu sausen. Nachdem Alison heimgegangen und auch die beiden Sekretärinnen Lynne und Joni Feierabend gemacht hatten, ging Laura daran, den Papierberg abzuarbeiten, der sich auf ihrem Schreibtisch angehäuft hatte.

Um acht Uhr war sie endlich fertig, legte müde den Stift weg und lehnte sich auf ihrem Stuhl zurück, wobei sie sich in ihrem Zimmer umsah. Wie Alisons Büro ging auch ihres auf den kleinen Hinterhof. Der Raum war fast gleich groß, besaß die gleichen Abmessungen und ebenfalls eine hohe Kassettendecke. Auch Laura hatte ihr Büro mit englischen Antiquitäten und einer Sammlung außerordentlich gut gerahmter alter Kunstposter eingerichtet. Doch während bei Alison die Wände weiß gehalten waren, hatte Laura ihr Zimmer in einem wunderschönen Blaßgelb gestrichen, einer sonnigen, fröhlichen Farbe.

Seit Alison und sie das Erdgeschoß des Wohnhauses in der Sechsundachtzigsten Straße Ost gemietet hatten, hatte Laura immer gern in ihrem Büro gearbeitet, aber heute abend konnte sie das Zimmer auf einmal nicht mehr sehen. Auf der anderen Seite stieß sie der Gedanke ab, in eine leere Wohnung heimzukehren. Jetzt war es zu spät, um sich mit einer Freundin zum Abendessen zu verabreden oder ihre Großmutter besuchen zu gehen.

Ein Sandwich und ein Glas Wein, das ist heute abend mein Los, brummte sie in sich hinein, während sie das Licht ausknipste und in die Eingangshalle hinaustrat, um ihren Mantel zu holen.

Als sie ihn vom Garderobenständer nahm, fühlte Laura sich mit einem Mal tief bekümmert und begriff einen Moment lang gar nicht, woher diese Empfindung rührte.

Doug, dachte sie dann. Er ist der Grund. Irgendwie entfernt er sich immer weiter von mir, und ich weiß einfach nicht, warum.

14

Draußen war es windig und bitterkalt. Doch an dem makellosen Himmel strahlte hell die Sonne, daher hatte Laura der Versuchung des herrlichen Tages nicht widerstehen können. Sie hatte sich in ihren leuchtendroten Daunenmantel geworfen und war in den Hof getreten.

Als sie jetzt den gepflasterten Weg entlangschritt, der zu der an die Dünen grenzenden Steinmauer führte, fiel ihr auf, wie leblos ihre Umgebung wirkte. Die Bäume hatten ihr Laub abgeworfen und hoben sich als dunkle, skelettartige Silhouetten vor dem azurblauen Himmel ab, und der graubraune Rasen wies hier und da Flecken alten, verharschten Schnees auf. Verlassene Gärten im Winter deprimierten Laura, wo immer sie ihr begegneten und machten sie unsagbar traurig. Mrs. Newsams Garten in Southampton, Long Island, bildete da keine Ausnahme.

Laura wollte diese trostlose Landschaft hinter sich lassen und beschleunigte ihre Schritte. Sekunden später stieß sie das in die Mauer eingelassene Tor auf und trat in die Dünen. Sie kroch tiefer in ihren Mantel, steckte die Hände fest in die Taschen und stapfte durch den Sand. Über einen Abhang erreichte sie schließlich den Strand.

Der Februarmorgen war eisig kalt, doch Laura genoß ihren Aufenthalt am Meer. Sie fühlte sich wie berauscht von dem scharfen Duft nach Salz und Seetang. Nachdem sie die ganze Woche im Büro gesessen hatte, wirkte die frische, windige Luft wie ein herrliches Stärkungsmittel.

Heute morgen war der Atlantik rauh und bewegt und die Wellen trugen weiße Schaumkronen, doch Laura schien die See ebenso schön zu sein wie in den Sommermonanten, wenn das Wasser für gewöhnlich ruhiger war. Die Nähe des Meeres übte eine beruhigende und kräftigende Wirkung auf sie aus, und schon nach wenigen Minuten begann sie sich wohler in ihrer Haut zu fühlen. Zu Lauras tiefer Erleichterung begann die Spannung, die sich seit Tagen in ihr angestaut hatte, zumindest teilweise zu weichen. Sie besaß im Grunde ein sonniges Naturell und haßte solche depressiven Phasen.

Sandra Newsam war seit ihrem Zusammentreffen letzten Samstag ihre Klientin geworden. Dennoch hatte Laura eigentlich keinen richtigen Grund gehabt, mit Hercule nach Southampton zu fahren. Aber als er sie eingeladen hatte, noch einmal mitzukommen – zumindest könnte sie, wie er erklärte, einen Ausflug an den Strand unternehmen –, hatte Laura ohne Zögern eingewilligt. Sie hatte nichts Besseres zu tun, und die Vorstellung, das ganze Wochenende allein zu verbringen, lockte sie absolut nicht. Und auf jeden Fall bekam sie so eine Möglichkeit, sich ein zweites Mal in Mrs. Newsams wunderschönem, mit grauen Schindeln gedeckten alten Haus umzusehen.

Sandra Newsam war von Lauras Referenzen beeindruckt gewesen, und als sie die beiden jungen Frauen vergangenen Mittwoch in deren New Yorker Büro aufgesucht hatte, hatte sie Art Acquisitions beauftragt, Kunstwerke für sie einzukaufen. »Ihre größte Kundin werde ich gewiß nicht werden«, hatte Mrs. Newsam Alison und ihr eröffnet, »denn ich habe einfach keine Millionen in der Portokasse liegen. Aber ich möchte auf jeden Fall anfangen, einige wirklich gute Bilder zu sammeln, und Ihr Rat wird mir dabei von unschätzbarem Wert sein. Sobald wir etwas für das Strandhaus gefunden haben, würde ich gern nach Stücken für meine New Yorker Wohnung Ausschau halten. Ich finde die ganze Idee aufregend. Wer weiß, vielleicht entdecken wir drei gemeinsam ja noch ein großes junges Talent.«

Laura und Alison mochten Sandra Newsam, die, wie sie rasch entdeckten, freimütig war, mit beiden Beinen auf der Erde stand und vollkommen natürlich auftrat. »Gott sei Dank ähnelt sie in keiner Weise Mrs. Joyce«, hatte Alison gemeint, nachdem Sandra Newsam ihr Büro verlassen hatte. Damit bezog sie sich auf eine Klientin, von der sie sich gezwungenermaßen getrennt hatten, eben weil sie das vollkommene Gegenteil von Mrs. Newsam war. Bei dem Gedanken an die schreckeneinflößende Mrs. Joyce und ihre großartigen Ambitionen, das vulgäre Benehmen und die spitze Zunge jener »Dame« hatte Laura eine Grimasse gezogen.

Während sie jetzt am Meeresufer entlangschritt, dachte Laura weiter an ihre Arbeit. Alison und sie schlugen sich außerordentlich gut, besser, als sie je für möglich gehalten hätten. Sie schrieben schwarze Zahlen, und ihr Geschäft wurde mit jedem Tag erfolgreicher. Die Partnerinnen waren sich beide bewußt, daß sie vielleicht bald einen weiteren Kunstexperten einstellen mußten, wenn auch auf Teilzeitbasis. Ihre Klientel war jetzt größer, als sie sich hatten träumen lassen. Sie alle intensiv zu betreuen und dazu noch die richtigen Stücke aufzutreiben, könnte sich rasch zu einem Problem auswachsen.

»Laß uns die Einstellung einer Angestellten noch ein paar Monate hinausschieben«, hatte Laura Alison gestern abend vorgeschlagen. »Mit der zusätzlichen Arbeit werde ich schon fertig, so daß du dir wegen Überstunden oder

Geschäftsreisen keine Gedanken zu machen brauchst. Das übernehme ich gern.«

Alison war ihr dankbar gewesen, denn sie verbrachte gern so viel Zeit wie möglich mit ihren Zwillingen, besonders an den Wochenenden. Außerdem hatte sie eigentlich keine Lust mehr, von einem Flugzeug zum nächsten zu hetzen und um die Welt zu jetten, um Klienten aufzusuchen oder nach Kunstwerken zu fahnden. Wenn Alison unterwegs war, murrte Tony immer so heftig, daß sie unruhig und schweren Herzens reiste, und Laura fand, diese Haltung könnte sich äußerst negativ auf ihre Geschäfte auswirken. Um die Arbeitslast gerecht zu verteilen, hatte Alison angeboten, alle laufenden Aufgaben im Büro und den Großteil des Papierkrams zu übernehmen, den sie, wie sie Laura erklärte, wenn nötig auch am Wochenende zu Hause erledigen konnte.

Laura hatte allerdings keine Ahnung, was Doug sagen würde, wenn er entdeckte, daß sie zugestimmt hatte, sämtliche Geschäftsreisen für Art Acquisitions zu übernehmen. Automatisch wandten ihre Gedanken sich ihrem Mann zu, und sie spürte, wie ein furchtbares Gefühl der Schwere sich über sie senkte und niederdrückte. Erfolglos versuchte sie, die Empfindung abzuschütteln.

Doug hielt sich schon seit zehn Tagen in Los Angeles auf und würde noch mindestens eine Woche bleiben. Die Vorstellung deprimierte sie von neuem. Vor ein paar Tagen hatte er sie gebeten, einen Koffer mit Ersatzkleidung für ihn zu packen, da er bei seiner Abreise im Januar nur wenige Teile mitgenommen hatte. Dies hatte Laura getan, und ein Anwalt aus Dougs Firma hatte das Gepäck beim Portier ihres Apartmenthauses abgeholt. Der junge Mann flog nach Los Angeles, um auf Dougs Drängen das Team von Anwälten zu verstärken, das an der Aaronson-Fusion arbeitete.

Doug rief sie jeden Tag an, doch viel hatte er nicht zu berichten. Er schwieg sich sogar über seine Arbeit aus, was bei ihm ungewöhnlich war. Laura hatte das Gefühl, als hätte er ihr nichts anderes mehr zu sagen als »Hi, Süße! Wie geht's dir? Ich muß los. Mach's gut.«

Merkwürdig, dachte Laura, Doug hat sich in den letzten Monaten vollkommen verändert. Das merke ich sogar am Telefon. Früher hatte er mir immer viele amüsante Kleinigkeiten zu erzählen, schrullige Anekdoten oder vertrauliche Dinge, und jetzt gibt er nur noch Banalitäten von sich. Und natürlich legt er immer so schnell wie möglich wieder auf.

So plötzlich, daß sie einen Moment lang wie angewurzelt stehenblieb, erkannte Laura glasklar, wie sehr sie den Nagel auf den Kopf getroffen hatte. Dougs tägliche Anrufe entsprangen nur seinem Pflichtgefühl, dem Wunsch, zumindest momentan den Frieden zwischen ihnen zu wahren.

Seit Doug sich in Los Angeles aufhielt, hatte sie bei mehreren Gelegenheiten versucht, mit ihm über ihr gemeinsames Leben zu sprechen, über die Richtung, die es nahm und ihre Probleme. Aber er hatte ihre Einwände abgetan, erklärt, da gebe es nichts zu diskutieren und zwischen ihnen sei alles vollkommen in Ordnung. Und dann hängte er auf, ehe sie mit ihm debattieren konnte. Aber ihre Ehe war nicht in Ordnung. Und wenn Doug das nicht einsah, Laura war sich darüber jedenfalls im klaren.

Sobald er nach Hause kam, würde sie ihn zwingen, sich hinzusetzen und ihr zuzuhören, ihr seine Gedanken und Gefühle zu offenbaren. Vielleicht verriet er ihr dann, was ihn bedrückte. Denn was immer das sein mochte, es trieb einen Keil zwischen sie.

Und Doug hatte Kummer. Selbst ihre Großmutter hatte das an Weihnachten bemerkt, obwohl Laura jetzt erkannte, daß die Probleme nicht im Dezember begonnen hatten, sondern schon vor Monaten, genau gesagt irgendwann im Frühling.

Grandma Megan war nicht nur auf Dougs verändertes Wesen aufmerksam geworden, weil ihren weisen alten Augen nie etwas entging, sondern auch, weil Doug für gewöhnlich ein so unbeschwerter, sorgenfreier Mensch war, ein Mann, der jede Last, an der er tragen mochte, leichtnahm. Er schüttelte die Probleme einfach mit einem Augenzwinkern und einem fröhlichen Lachen ab und machte weiter. »Das Leben sollte man in seiner ganzen Fülle auskosten, jeden Augenblick genießen. Denn keiner von uns weiß, wie lange wir dieser Welt noch die Ehre geben«, pflegte Doug zu verkünden und hatte diesen Spruch in der Vergangenheit so oft wiederholt, daß er zu seinem Motto geworden war. Dies war sein Naturell; so war er seit dem Tag gewesen, an dem Laura und er sich kennengelernt hatten.

Laura seufzte halblaut, drehte sich um und wanderte am Strand entlang zu Mrs. Newsams Haus zurück. Gern gab sie das nicht zu, doch Doug kam ihr langsam immer geheimnisvoller vor. Einst hatte sie geglaubt, ihn in- und auswendig zu kennen, doch da hatte sie sich geirrt. Sie wußte überhaupt nichts über ihn. Kann man einen anderen Menschen überhaupt vollständig durchschauen? überlegte sie und mußte zugeben, daß dem nicht so war. Die meisten Menschen waren ihrer Umwelt – und oft auch sich selbst – ein Rätsel.

Als Laura zehn Minuten später in das graue Schindelhaus zurückkehrte, entdeckte sie Hercule in der Bibliothek, wo er ein Telefongespräch führte. Sie wollte sich diskret entfernen, doch er winkte sie rasch heran und bedeutete ihr zu bleiben. Lächelnd nickte Laura und setzte sich auf das riesige, dick gepolsterte Sofa, das vor dem Kamin stand. Sie nahm eine Zeitschrift und blätterte geistesabwesend darin herum.

Nur wenige Augenblicke später legte Hercule auf, trat zu Laura ans Feuer und ließ sich auf einen Stuhl sinken. »Ich habe im Carlyle angerufen, um zu erfahren, ob Nachrichten für mich eingegangen sind«, begann er. »Sir Maximilian West hatte sich bei mir gemeldet. Ich habe eben mit ihm gesprochen. Nach einigen unerwarteten Verzögerungen ist er endlich in New York eingetroffen. Er möchte, daß wir morgen mit ihm zu Mittag essen. Wäre Ihnen das möglich, Laura? Oder paßt Ihnen der Termin nicht, meine Liebe?«

»Nein, ich habe nichts vor, und wie Sie wissen, bin ich schon ganz gespannt darauf, Sir Maximilian kennenzulernen.«

»Er wird mich morgen früh um neun anrufen, um Punkt neun. Er ist ein sehr präziser Mensch. Sobald er sich bei mir gemeldet hat, gebe ich Ihnen Bescheid, wo wir uns treffen.«

»Wunderbar, Hercule. Sie haben mir erzählt, daß Sie Sir Maximilian schon lange kennen, aber nicht erwähnt, wie lange. Wohl seit vielen Jahren?«

»O ja, *vraiment*. Ich habe Maxim vor mehr als dreißig Jahren kennengelernt. Eine Freundin und Klientin, Margot Derevenko, hat mich ihm vorgestellt. Deren Tochter Anastasia war mit ihm verheiratet, obwohl die beiden sich leider später scheiden ließen. Wir alle waren überglücklich, als die beiden 1990 zum zweiten Mal geheiratet haben.«

»Alle Menschen lieben Happy-Ends«, murmelte Laura und blickte ins Feuer. Ein schmerzlicher Ausdruck huschte wie ein Schatten über ihr Gesicht.

So rasch der gequälte Blick auch verschwunden war, Hercule war ein aufmerksamer Beobachter und hatte ihn bemerkt, und nun machte er sich Gedanken über seine Freundin. In den vergangenen zehn Tagen hatte er die junge Amerikanerin etliche Male gesehen, und jedes Mal war sie ihm traurig und abwesend vorgekommen. Da er länger als vorhergesehen in New York hatte bleiben müssen, um mit Sandra Newsam über die diversen Pläne zur Ausstattung ihres Hauses zu beraten, hatte Laura ihn unter ihre Fittiche genommen. Sie hatten bei ihrer Großmutter zu Abend gegessen, waren im Kino gewesen und hatten sich mehrmals zum Lunch getroffen.

Er konnte kaum übersehen, daß Laura sich einsam fühlte, weil ihr Mann in Los Angeles aufgehalten wurde. Doch nun fragte Hercule sich, ob wohl mehr dahintersteckte. Bekümmerte sie womöglich etwas anderes? Er hoffte nicht. Laura war eine so reizende junge Frau, gut aussehend, fröhlich und in geschäftlichen Angelegenheiten außerordentlich gewitzt. Zudem war sie eine der beschlagensten Kunstexpertinnen, die er je getroffen hatte. Obwohl er sich für einen Kenner der impressionistischen und neoimpressionistischen Malerei hielt, war ihm klar, daß er in dieser Beziehung eher ein Amateur war. Zwar hatte er Laura, was Gauguins Werke anging, einiges voraus, doch dafür wußte sie sehr viel mehr über viele andere Künstler aus den betreffenden Epochen, und sie besaß ein fotografisches Gedächtnis. Sie vermochte Zahlen und Fakten herunterzurasseln, ohne einen Gedanken darauf zu verschwenden, zumindest kam das Hercule so vor. Außerdem besaß sie einen perfekten Blick und einen erlesenen, vollkommen sicheren Geschmack, was Malerei anging.

Hercule wußte außerdem, daß Lauras und Alisons Erfolg wuchs und sie in Kunstkreisen immer größeren Einfluß gewannen. Was hatte Claire noch kürzlich ihm gegenüber bemerkt? Ah ja, sie hatte ihm erklärt, Laura besäße »wirklich Biß«. Merkwürdiger Ausdruck, aber er gefiel ihm.

Als er sich jetzt in seinem Sessel zurücklehnte und Laura verstohlen betrachtete, hoffte er aufrichtig, daß ihre Ehe ebenso florierte wie ihre Geschäfte. Im Lauf der Jahre war ihm aufgefallen, daß erfolgreichen Geschäftsfrauen in ihrem Privatleben leider nicht immer so viel Glück beschieden war wie im Beruf.

Als Laura sich aufsetzte und umdrehte, um Hercule anzusehen, nahm sie seinen besorgten Blick sofort wahr. Sie schenkte ihm ein strahlendes Lächeln. »Ich freue mich auf Claires Besuch nächsten Monat«, sagte sie. »Ich will sie überreden, noch eine Woche zu bleiben, nachdem sie ihre Fotoaufnahmen für die Zeitschrift abgeschlossen hat.«

»Ja, ein paar Tage Ferien würden ihr tatsächlich guttun«, pflichtete Hercule ihr bei. »Sie arbeitet äußerst hart und engagiert sich dabei sehr. Aber so ist sie nun einmal, es liegt in ihrem Charakter, *oui*. Was immer Claire tut, sie steckt ihre ganze Kraft hinein. Sie ist stets mit Herz und Seele dabei.«

»So war sie schon als kleines Mädchen, Hercule, und sie hat sich nicht geändert. Verbissen und zielbewußt.«

Hercule lächelte ihr zu, schüttelte den Kopf und wirkte unerwarteterweise amüsiert. »Das seid ihr beide, meine liebe Laura.«

»Wenn man sein Ziel nicht anvisiert, erreicht man gar nichts, das habe ich zumindest entdeckt.« Laura stand auf und blickte sich um. »Wo ist eigentlich Yves geblieben?« fragte sie. Sie sprach von Hercules Assistenten, der im Lauf der Woche aus Paris herübergeflogen war, um dem Innenarchitekten zur Hand zu gehen.

»Er ist oben und mißt die Fenster aus, und Sandra ist zum Mittagessen ausgegangen. Ich glaube, das sollten wir ihr nachtun, sobald Yves seine Arbeit beendet hat. Sind Sie nicht hungrig, Laura?«

»Doch. Der Spaziergang am Strand hat mir Appetit gemacht.«

In diesem Moment trat Yves Pannone mit einem gelben Schreibblock auf einem Klemmbrett in die Bibliothek. Er sprach Hercule in seiner gestelzten Art an. »Die Köchin wünscht zu erfahren, ob wir gern zu Mittag essen würden, Monsieur.«

»Einfacher wäre es, wenn wir in die Stadt führen. Kommen Sie, Yves, ziehen Sie Ihren Mantel an. Sie auch, Laura, dann können wir sofort aufbrechen. Ich jedenfalls bin wie ausgehungert. Auf dem Weg nach draußen rede ich ein Wort mit der Köchin, damit sie uns den Ausflug nicht übelnimmt.«

15

Hercule hatte darauf bestanden, daß Maximilian West zum Lunch am Sonntag sein Gast sein sollte, und nun saßen Hercule und Laura im Speisesaal des Carlyle und warteten auf den Unternehmer.

Währenddessen erzählte Hercule der jungen Amerikanerin einiges über Maxim, denn er wollte ihr wenigstens eine Ahnung über den Mann vermitteln, den sie gleich kennenlernen und für den sie möglicherweise arbeiten würde. »Vor einigen Jahren hat die Queen ihn für seine Verdienste um die britische Industrie geadelt«, erläuterte Hercule. »Die Ehre war wohlverdient, aber Maxim nimmt sie auf die leichte Schulter und geht ganz zwanglos damit um. Wie die meisten wirklich großen Männer ist er bescheiden und mitfühlend. Und er steht mit beiden Beinen auf der Erde, ist vollkommen natürlich.«

»Kürzlich haben Sie mir erzählt, daß er seine geschiedene Gattin zum zweiten Mal geheiratet hat. Aber dazwischen hatte er noch einige andere Frauen, nicht wahr?«

»Etliche, darunter Camilla Galland, die englische Schauspielerin, die auf tragische Weise bei einem Autounfall ums Leben kam. Später hat Maxim Adriana Macklin geheiratet, die bekannte amerikanische Geschäftsfrau, aber auch von ihr ließ er sich später scheiden. Ich bin immer der Überzeugung gewesen, daß Anastasia die Liebe seines Lebens war. Als sie ihn verließ, war jedermann wie vom Donner gerührt, und er war tief bekümmert, sehr traurig. Damals hat niemand von uns ihr Verhalten verstanden, aber andererseits durchschaut man ja nicht, was in einer Beziehung zwischen zwei Menschen vorgeht.« Hercule nahm einen Schluck Champagner und fuhr fort. »Wir alle waren erleichtert, als Anastasia und Maxim 1990 zum zweiten Mal geheiratet haben, besonders ihre Kinder, Alix und Michael. Jedenfalls, meine Liebe, werden Sie feststellen, daß Maxim sehr locker und ein angenehmer Gesellschafter ist. Und er besitzt das Talent, seinen Gesprächspartnern die Befangenheit zu nehmen und dafür zu sorgen, daß sie sich wohl fühlen. Ah, da kommt er ja.«

Als Maximilian West auf ihren Tisch zuschritt, konnte Laura sich des Gedankens nicht erwehren, was für eine attraktive, distinguierte Erscheinung er doch war. Sie hatte Fotos des Briten in Zeitungen und Zeitschriften gesehen, doch diese Aufnahmen wurden ihm kaum gerecht. Groß und schlank war er, das schwarzes Haar an den Schläfen von Silberfäden durchzogen, und in seinem gebräunten Gesicht leuchteten schwarze Augen. Er trug ein tadellos geschnittenes Sportjackett in einem braunbeigen Hahnentrittmuster, ein blaßblaues Hemd, eine Krawatte in einem dunkleren Blau und legere graue Hosen. Mein Gott, dachte Laura, kein Wunder, daß ihm die Frauen zu Füßen liegen. Er ist hinreißend.

Nach einer ersten Begrüßungs- und Vorstellungsrunde wandte Maxim sich Laura zu und begann, über Kunst zu plaudern, und genau wie Hercule prophezeit hatte, fühlte sie sich in seiner Gesellschaft augenblicklich wohl. Innerhalb weniger Minuten unterhielt sie sich mit ihm wie mit einem alten Freund. Während des ersten und zweiten Ganges schnitten sie eine ganze Reihe Themen an, doch vor allem sprachen sie über Sir Maximilians Londoner Kunstsammlung.

Irgendwann warf Hercule einen Blick auf die Dessertkarte, legte sie wieder hin und meinte, an Maxim gewandt: »Als du mir erzähltest, du hättest zufällig neue Informationen bezüglich des Gauguin entdeckt, da hast du dich nicht weiter darüber ausgelassen, Maxim. Du hast nur gesagt, es handle sich um alte Belege.« Fragend zog Hercule eine seiner weißen Brauen hoch. »Ich muß gestehen, ich bin sehr begierig, mehr zu erfahren«, schloß er.

»Dann berichte ich dir gern darüber«, entgegnete Maxim. »Um ehrlich zu sein, bin ich nicht selbst darauf gestoßen, Hercule. Dieses Verdienst gebührt Tante Irina.«

Maxim hielt inne, warf Laura einen Blick zu und hielt es für notwendig, ihr eine Erklärung zu geben. »Eigentlich ist sie gar nicht meine Tante. Irina und meine Eltern waren viele Jahre eng befreundet, und ich kenne sie seit meiner Kindheit. Ihr voller Name lautet Prinzessin Irina Troubetzkoy.«

Laura nickte. Dieser interessante Mann faszinierte sie. Doch ehe sie etwas sagen konnte, fiel Hercule ein. »Irina bin ich doch schon begegnet! Eine höchst ungewöhnliche Frau. Wir haben uns vor Jahren kennengelernt, über die Derevenkos *naturellement*. Ich hoffe doch, es geht ihr gut und sie ist wohlauf?«

»Ja, vielen Dank, das ist sie, Hercule. Für ihre fünfundachtzig Jahre ist sie immer noch erstaunlich rüstig und ein ziemliches Phänomen. Jetzt erinnere ich mich; du hast sie sogar etliche Male getroffen, wenn ich mich nicht irre.«

»Das stimmt. Aber sprich doch weiter, Maxim. Ich fürchte, ich habe dich unterbrochen.«

Maxim nickte. »Nun gut. Wie du weißt, lebt Irina in Berlin, aber vor einigen Monaten hat sie mich für eine Woche in Paris besucht. Eines Nachmittags wollte sie ein Geschenk für mich kaufen und machte sich zum linken Seineufer auf. Wie du ja weißt, Hercule, liegen in diesem

Viertel viele wunderbare Buchläden. Die längste Zeit stöberte Tante Irina in einem Laden am Quai Saint-Michel herum, vor allem da dieser Händler über eine ziemlich große Auswahl verfügt: Kunstbände, Museumskataloge und wunderbare, von Hand in Leder gebundene und goldgeprägte französische Klassiker. Irina weiß, daß ich neben Büchern über Kunst auch alte Erstausgaben und sonstige Raritäten sammle; und wie sie so unter den Kunstbänden und Katalogen kramte, bemerkte sie plötzlich den Namen Westheim auf einem Buchrücken. Die Goldbuchstaben waren ein wenig abgewetzt, so daß sie den Rest des Titels nicht erkennen konnte, aber weil der Name verständlicherweise große Bedeutung für sie besaß, zog sie das Buch natürlich heraus. Und als sie dann den Einband sah, war sie wie vom Donner gerührt. Auf dem Buchdeckel prangte in goldenen Lettern der Titel *Die Westheim-Sammlung*. Als Autor wurde mein Großvater genannt, Ernst Westheim. Als Tante Irina den Band aufschlug und die erste Seite ansah, blieb ihr, wie sie mir später erzählte, fast das Herz stehen. Das Buch war durch meinen Vater Sigmund neu aufgelegt worden. Aber was ihr wirklich den Atem stocken ließ, war die folgende Seite. Darauf stand der Name meiner Mutter, Ursula Westheim, und was noch bemerkenswerter war, in ihrer eigenen Handschrift. Irina erkannte sie sofort, obwohl die Tinte ein wenig verblaßt war. Wie du dir vorstellen kannst, war sie hingerissen und aufgeregt. Sie kaufte das Buch und fuhr damit in meine Wohnung zurück, denn sie konnte kaum abwarten, mir den Band zu geben. Tante Irina war in Tränen aufgelöst. ›Was für ein Schatz, Maxim. Ursulas eigenes Buch‹, schluchzte sie, während ich es durchblätterte. ›Wer hätte gedacht, daß ich so etwas hier in Paris finde, ihr persönliches Exemplar eines Werks über die großartige Kunstsammlung deiner Familie.‹ Ich konnte selbst kaum glauben, daß der Band auf diese Weise in Paris aufgetaucht war.«

»Wirklich, eine wunderbare Entdeckung, und was für ein glücklicher Zufall für dich«, rief Hercule aus.

»Ja, nicht wahr?« antwortete Maxim mit leuchtenden Augen. »Außerordentlich, wenn man die Sache recht bedenkt. Jedenfalls hat mein Vater das Buch privat gedruckt und nur an Freunde verschenkt. Der Namenszug stammt im übrigen tatsächlich von meiner Mutter. Ich habe ihn mit Briefen von ihr verglichen, die ich besitze.«

»Und wann wurde das Buch gedruckt?« fragte Hercule.

»Ursprünglich Mitte der zwanziger Jahre. Anscheinend ließ mein Vater es 1936 nachdrucken und brachte 1938 noch eine weitere Auflage heraus. Dies ist die Ausgabe, die sich jetzt in meinem Besitz befindet.«

Die Erzählung hatte Laura in Erstaunen versetzt. Die Chancen, dieses Buch zu finden, hatten eins zu einer Million gestanden. Sie beugte sich vor und fragte: »Haben Sie das Buch wiedererkannt, Sir Maxim?«

»Nein«, antwortete er. »Ich hatte es noch nie gesehen. Zumindest erinnere ich mich nicht, es als kleiner Junge in der Hand gehalten zu haben. Als mein Vater den Reprint drucken ließ, war ich schließlich erst vier. Tante Irina dagegen fielen später, im Lauf des Abends, noch ein paar Dinge ein. Vage Erinnerungen kehrten zurück ... vor allem daran, daß mein Vater um das Jahr 1935 an Papieren gearbeitet hatte, die mit der Kunstsammlung zu tun hatten. Etwa um dieselbe Zeit erzählte er Irina, er habe den Text über die Kunstsammlung beinahe abgeschlossen.«

»Und das ist alles, was sie noch wußte?« fragte Laura.

»Leider ja. Das waren schlimme Zeiten damals, Laura«, erklärte Maxim. »Deutschland stand unter der Herrschaft eines der größten Verbrecher aller Zeiten, und Tod, Aufruhr und Angst bestimmten das Leben aller Menschen. Mein Vater bemühte sich, uns aus Nazideutschland fort und in Sicherheit zu bringen. Das war in jenen Tagen sein erstes Anliegen, seine Hauptsorge, und Irina unterstützte ihn mit Hilfe des deutschen Untergrunds, der Widerstandsbewegung, deren Mitglied sie war.«

»Ich verstehe«, gab Laura zurück. »Das Ganze klingt, als hätten Ihr Großvater und Ihr Vater einen *catalogue raisonné* der Sammlung erstellt.«

»Richtig. Aber der Band ist außerdem in gewissem Sinne ein Bilderbuch, denn darin sind auf Hunderten von Fotos Gemälde und Skulpturen der Sammlung dargestellt.«

»Und *Tahitianische Träume* von Paul Gauguin gehört dazu«, erriet Hercule, und ein erfreutes Lächeln umspielte mit einem Mal seine Mundwinkel. »Wie wunderbar, Maxim.«

»Ja, wirklich. Und da dieses Gemälde sowie die gesamte Westheim-Sammlung nicht lange nach der Neuauflage des Buches verschwanden, ist dies der zweifelsfreie Beweis, daß der Gauguin nicht verkauft worden war, sondern sich zu diesem Zeitpunkt noch im Besitz der Familie Westheim befand.«

»Was für ein Jammer, daß man das Buch nicht früher entdeckt hat«, bemerkte Laura leise. »Aber zumindest können Sie jetzt die Herkunft der ganzen Sammlung nachweisen, sollte ein Stück plötzlich auf dem Kunstmarkt auftauchen.«

»Das stimmt.« Maxim schüttelte den Kopf. »Erstaunlich, wenn man darüber nachdenkt … ich meine, daß dieses Buch überdauert hat. Wahrscheinlich ist es das einzige heute noch existierende Exemplar. Ich bin ziemlich sicher, daß meine Eltern zu Hause einige Bände aufbewahrten, doch die können der Zerstörung unmöglich entgangen sein. Unser Haus in der Tiergartenstraße war schweren Bombenangriffen ausgesetzt. Und als dann bei Kriegsende Marschall Schukow nach Berlin einmarschierte, hat er die Stadt, die von den Alliierten bereits schwer beschädigt war, aus zweiundzwanzigtausend Geschützen beschießen lassen und alles, was noch stand, in Schutt und Asche gelegt.

Berlin war praktisch dem Erdboden gleichgemacht. Nichts hätte ein solches Bombardement überstanden.«

»Ich frage mich, wie das Buch den Weg nach Paris gefunden hat«, überlegte Hercule. »Das allein muß eine interessante Geschichte sein.«

»Vielleicht hat Ihre Mutter den Band ja jemandem geschenkt, Sir Maxim«, meinte Laura. »Glauben Sie, das könnte die Erklärung sein?«

»Möglich ist das natürlich. Ich persönlich glaube allerdings eher, daß sie das Buch bei sich hatte, als wir 1939 nach Paris fuhren.« Maxim verstummte, und seine dunklen Augen blickten mit einem Mal ernst und nachdenklich. Nach kurzem Schweigen klärte er Laura auf. »Meine Mutter hatte Teddy auf diese Reise mitgenommen, einen Freund der Familie und so eine Art Kindermädchen für mich, und im März 1939 schickte meine Mutter uns beide nach England, in Sicherheit. Und dann traf sie die verhängnisvolle Entscheidung, nach Berlin zurückzukehren.«

Laura nickte und sah zu Hercule hinüber.

Dieser signalisierte ihr mit einem Blick, taktvoll zu schweigen. Laura begriff, daß sie sich auf schwankendem, emotional beladenem Boden bewegten, und sagte nichts. Maximilian Wests Stimme hatte gepreßt geklungen, und seine Haltung wirkte plötzlich angespannt.

Abrupt lehnte der Industrielle sich auf seinem Stuhl zurück und blickte mit zusammengebissenen Zähnen in die Ferne. Doch schließlich war er in der Lage, ruhig weiterzusprechen. »Ich habe da meine eigene Theorie, die Irina im übrigen teilt. Ich glaube, daß mein Vater vorhatte, einige unserer Bilder ins Ausland zu schaffen, irgendwie. Er war nach unserer Flucht in Berlin geblieben und hatte auf die Ausreisevisa gewartet. Endlich erhielt er die Papiere und wollte eben mit meiner Großmutter, meinen Tanten und meinem Onkel aufbrechen, als meine Mutter zurückkehrte, um ihn bei der Betreuung meiner Großmutter zu unterstützen, die schwach und kränklich war. Aber ich kann einfach nicht glauben, daß er nicht wenigstens versucht hat, ein paar Gemälde hinauszuschmuggeln. Anscheinend war er sehr einfallsreich. Zusammengerollte Leinwand ist nicht schwierig zu transportieren, und er konnte auf die Unterstützung von Admiral Canaris zählen. Dieser General leitete die Abwehr, den deutschen Militärgeheimdienst. Aber seine Abstammung, seine Erziehung, Tradition und Überzeugung ließen ihn Hitler und alles, wofür der Diktator stand, verachten, und viele seiner Untergebenen dachten ähnlich. Canaris und seine Männer arbeiteten von innen heraus gegen Hitler, und eine der Aktivitäten des Admirals bestand darin, Menschen zu helfen, die von den Nazis verfolgt wurden und sie zu retten, indem er sie aus Deutschland hinausbrachte. Er hat auch Teddy und mir bei der Flucht geholfen. Später hat er für seine Überzeugungen mit dem Leben bezahlt. Canaris wurde 1945 im Konzentrationslager Flossenbürg gehängt«, schloß Maxim und lehnte sich zurück. Von neuem versank er in Schweigen.

Weder Laura noch Hercule wagten etwas zu sagen. Beide waren sich bewußt, daß Maximilian West von aufstörenden Erinnerungen heimgesucht wurde und gönnten ihm einen Augenblick, um sich zu fangen.

Dann plötzlich fuhr Maxim in einem forscheren Tonfall fort. »Ich bin überzeugt, daß meine Mutter das Buch mit nach Paris genommen hat, um es Kunsthändlern zu zeigen. Hätte es eine bessere Möglichkeit gegeben, ihnen die Westheim-Sammlung vorzustellen – für den Fall, daß es meinem Vater gelungen wäre, einige wenige Bilder zu retten? Sie muß den Band bei einer Kunstgalerie zurückgelassen haben.«

»Eine durchaus akzeptable Theorie, Maxim«, pflichtete Hercule ihm bei. »Sehr einleuchtend.«

Maxim nickte, hob sein Glas und nahm einen Schluck

von seinem Montrachet. »Ich meine, das ist die wahrscheinlichste Erklärung dafür, wie das Buch nach Paris gelangt ist. Die Wahrheit werden wir allerdings wohl nie erfahren. Und ich bin erstaunt, daß der Band überhaupt überlebt hat. Nicht nur in Deutschland, sondern auch in Frankreich und anderen europäischen Ländern haben die Nazis Kunstgegenstände, die sich im Besitz von Juden befanden, geplündert und auch Kataloge, Aufzeichnungen und andere Dokumente gestohlen. Ein großer Teil dieser Kunstschätze wurde samt der dazugehörigen Dokumentation nach Deutschland verschickt, zu Hitler und Göring. Soweit ich gehört habe, haben die Nazis in Frankreich wie in Deutschland aber auch zahlreiche Belege an Ort und Stelle vernichtet. Und so war die Herkunft vieler Stücke nicht mehr nachzuweisen.«

»Wie furchtbar, daß so etwas Schreckliches geschehen konnte. So viele Kunstwerke sind verlorengegangen und schließlich auf Nimmerwiedersehen verschwunden. Aber wenn Sie nur wüßten, wo Ihre Gemälde sich befinden und wer sie heute besitzt, dann könnten Sie Schritte einleiten, um sie zurückzuholen. Denn jetzt besitzen Sie dieses Buch«, sagte Laura.

»Das ist richtig, doch ich bezweifle, daß ich jemals in der Lage wäre, sie alle aufzuspüren. Das stellt eine titanische Aufgabe dar und ist meiner Meinung nach nahezu unmöglich. Daß Norman Grant die *Tahitianischen Träume* besitzt, habe ich nur herausbekommen, weil er das Bild zum Verkauf angeboten hat. Als es auf den Markt kam, wußte meine Tochter sofort, worum es sich handelte.«

»Ist sie Kunsthändlerin?« wollte Laura wissen.

Maxim schüttelte den Kopf. »Nein, aber sie betätigt sich auf einem verwandten Gebiet. Sie ist Kunst- und Antiquitätenmaklerin und arbeitet in erster Linie mit englischen und europäischen Händlern zusammen, obwohl sie hier in New York lebt. Daher ist sie über alles, was in Kunstkreisen vor sich geht, genauso gut informiert, wie Sie es mit Sicherheit sind. Natürlich war ihr klar, daß dieser Gauguin in Wahrheit uns gehört und dieses Bild einmal Teil der Westheim-Sammlung war, denn ich hatte ihr davon erzählt. Heute wissen wir weit mehr über die Sammlung als damals nach dem Krieg. Ich selbst erinnere mich zwar an nichts, weil ich zu jung war, als ich Deutschland verließ. Tante Irina und Teddy dagegen wissen noch vieles und führen seit Jahren Aufzeichnungen über die verlorenen Kunstwerke. Beide kannten die Häuser meiner Eltern in Berlin und in Wannsee sowie das Haus meiner Großmutter im Grunewald, und außerdem konnten sie einander auf die Sprünge helfen. Aber ich hatte, obwohl ich plötzlich wußte, wer das Bild besaß, keine Möglichkeit, Anspruch auf die *Tahitianischen Träume* zu erheben, weil ich nicht beweisen konnte, daß das Bild mir gehört. Jedenfalls nicht, bevor Irina zufällig auf dieses Buch gestoßen ist.«

»Wie konnten Sie den Gauguin bis zu General Schiller zurückverfolgen? Wahrscheinlich durch die Galerie Hermann Seltzer in Wien, oder?« fragte Laura.

»Ja, das stimmt. Alix hat sich das Gemälde angesehen; und als eventuelle Käuferin hat man ihr natürlich die Provenienz gezeigt. Daraufhin hat sie mir telefonisch die Einzelheiten durchgegeben, und da ich mich zufällig in Paris aufhielt, bin ich nach Wien geflogen und habe der Galerie Hermann Seltzer einen Besuch abgestattet. Der alte Seltzer ist lange tot, aber sein Enkel Paul hat mir gern alle Dokumente gezeigt, die sie über den Gauguin besaßen. Er hat sich wirklich fast überschlagen, um mir gefällig zu sein. Die Aufzeichnungen endeten mit General Schiller. Kein Bezug auf einen Vorbesitzer. Paul Seltzer hat mir erklärt, die Nazis hätten gestohlene Kunstwerke für gewöhnlich auf der Rückseite der Leinwand mit einem kleinen Hakenkreuzstempel versehen. Daneben setzte man die ersten beiden Buchstaben des Familiennamens des Besitzers und schließlich eine Nummer. Aber nicht alle Stücke wurden auf diese Weise gekennzeichnet, vor allem nicht Gemälde, die von Einzelpersonen wie beispielsweise Schiller zu ihren eigenen Zwecken geraubt wurden. Offenkundig hat er das Bild bis Kriegsende festgehalten und dann an die Wiener Galerie verkauft. Anscheinend nicht unüblich. Wenn man Paul Seltzer glauben will, geschah so etwas zu jener Zeit in Paris und in der Schweiz häufig.«

»Ja, der Raub und die Veräußerung dieser Beutekunst verliefen sowohl in Frankreich wie auch in Deutschland sehr systematisch«, warf Hercule ein. »Und warum auch nicht? Das war ein äußerst profitables Geschäft für die Nazis.«

»Natürlich«, meinte Max und griff nach der Speisekarte. »Vielleicht sollten wir das Dessert bestellen. Während der letzten halben Stunde haben wir nur geredet, ohne einen Gedanken darauf zu verschwenden. Was hätten Sie gern, Laura?«

»Ich bin mir nicht sicher«, antwortete sie und lächelte Maxim zu. »Hört sich alles nach lauter Kalorienbomben an.«

»Darüber brauchen Sie sich doch keine Sorgen zu machen«, rief Maxim aus und erwiderte Lauras Lächeln.

»Ich glaube, ich werde mir heute ausnahmsweise etwas gönnen«, murmelte Hercule. »Ich nehme die *mousse au chocolat*; die ist hier köstlich.«

»Da schließe ich mich an«, sagte Maxim.

»Und für mich den Obstsalat, bitte.« Laura schob ihren Stuhl zurück und stand auf. »Würden Sie mich kurz entschuldigen? Ich bin sofort zurück.« Eilig huschte sie in Richtung Damentoilette davon.

Sobald die beiden Männer allein waren, beugte Hercule sich zu Maxim hinüber. »Laura besitzt einen sicheren Kunstgeschmack, der, wie ich meine, ihren ausgezeichneten Kenntnissen entspringt«, erklärte er in vertraulichem

Tonfall. »Tatsächlich ist sie beschlagener als alle anderen Experten, die ich kenne. Angesichts ihrer Jugend finde ich das erstaunlich.«

»Wie alt ist sie denn?« wollte Maxim wissen.

»Einunddreißig.«

»Tatsächlich? Sie wirkt weit jünger. Wohlgemerkt, sie scheint mir sehr intelligent zu sein. Sie ist ganz bestimmt die Richtige, um meine Kunstsammlung aufzufrischen.« Mit einem Mal schmunzelte Maxim. »Ehrlich gesagt, kam sie mir nicht allzu beeindruckt vor, als ich ihr verraten habe, welche Werke ich besitze. Ich glaube, wenn ich sie beauftrage, wird sie mir erklären, ich sollte den Großteil davon verscherbeln.«

Hercule lachte ebenfalls. »Sie war ziemlich freimütig, das muß ich zugeben.«

»Nun, sie hat durchaus recht, Hercule. Ich glaube wirklich, ich sollte den Großteil davon loswerden, bis auf Dame Laura Knights vielleicht. Die liebe ich nämlich. Und übrigens glaube ich, deine Freundin könnte mir auch in anderer Hinsicht behilflich sein.«

»Was meinst du damit?«

»Wie du weißt, stehe ich kurz davor, einen Prozeß gegen Norman Grant anzustrengen, um den Gauguin zurückzuerhalten. Aber dann ist mir eingefallen, daß ich einen anderen Weg ausprobieren könnte, ehe ich mich auf kostspielige Rechtshändel einlasse.«

»Und der wäre?«

»Laura. Als wir uns vorhin unterhalten haben, ging mir auf, daß sie vielleicht besser geeignet ist, mit Grant zu verhandeln als meine Anwälte. Weniger einschüchternd, meinst du nicht?«

Hercule lächelte und warf seinem Freund einen wissenden Blick zu. »Ich habe so das dumpfe Gefühl, daß Laura ebenso bedrohlich wirken kann wie jeder beliebige hartgesottene Anwalt.«

Wieder schmunzelte Maxim. »Schon möglich. Überraschen würde mich das nicht. Aber du weißt doch, daß Frauen immer einen großen Vorteil haben. Sie können so viel weicher wirken als ein Mann, ganz besonders, wenn sie ihren Charme einschalten.«

»Wohl wahr, Maxim.«

»Ich denke ernsthaft darüber nach, sie mit den Verhandlungen über den Gauguin zu beauftragen, Hercule, abgesehen davon, daß sie meine Sammlung in London verändern soll. Sie ist eine präsentable junge Frau, offenkundig sehr intelligent, und nach allem, was du berichtest, sind ihre Kunstkenntnisse beeindruckend.«

»Das stimmt, und sie ist gebildet und diplomatisch. Ich kann sie dir nur wärmstens empfehlen.«

16

Am folgenden Wochenende kehrte Doug aus Los Angeles zurück. Kaum hatte er die Wohnung betreten, da erkannte Laura instinktiv, daß ihre Ehe vorüber war.

Ihr Mann gab sich so umgänglich und charmant wie immer, aber ein Teil von ihm war einfach nicht anwesend. Doug kam ihr so distanziert und unnahbar vor wie noch nie. Ganz offensichtlich war er mit den Gedanken ganz woanders. Wie so häufig in den letzten paar Monaten überlegte Laura, ob eine andere Frau in sein Leben getreten sein könnte. Möglich war das schon und würde die Veränderungen erklären, die sie an ihm bemerkt hatte.

Laura hatte schon früher darüber nachgedacht, aber trotzdem wühlte die Vorstellung sie jetzt auf. Sie entschuldigte sich und ließ Doug im Schlafzimmer allein, wo er auspackte. In der Küche lehnte sie sich an eine Arbeitsplatte, blickte aus dem Fenster auf den Hinterhof des gegenüberliegenden Sandsteinbaus und wartete, bis das flaue Gefühl in ihrer Magengrube sich legte.

Es war ein kalter, grauer Samstagabend Ende Februar, und sie konnte den Hof nur erkennen, weil Licht aus den Fenstern des Gebäudes fiel und die kahlen Äste eines Baumes und die Gartenmauer erhellte. Die Szene strahlte Trauer, Isolation und Einsamkeit aus – ein Spiegel ihrer eigenen Gefühle. Unwillkürlich erschauerte sie und spürte, wie eine unendliche Traurigkeit sich wie ein Nebelschleier über sie senkte. Sie fühlte einen Kloß in der Kehle und kämpfte einen Moment lang gegen ihre Empfindungen an. Sie preßte fest die Augen zusammen und rang die aufsteigenden Tränen nieder. Ich werde nicht weinen, befahl sie sich, auf keinen Fall. Ich werde mich dieser Sache wie ein erwachsener Mensch stellen.

Doug war den ganzen Monat in Los Angeles geblieben, und während dieser Zeit war sie sich schmerzlich bewußt gewesen, daß ihre Telefongespräche praktisch inhaltslos waren. Doug interessierte sich weder für sie noch für das, was sie erlebte und vermochte seine Ungeduld kaum zu zügeln, sich zu verabschieden und aufzulegen. Laura war eine viel zu kluge Frau, um nicht zu argwöhnen, daß er möglicherweise eine Affäre hatte. Plötzlich überlegte sie, ob sie gleich die Karten auf den Tisch blättern und ihm das auf den Kopf zusagen sollte, doch sofort entschied sie sich dagegen. Sie fühlte, daß er ihr schließlich alles erzählen würde. Aber jetzt wollte sie ihm noch ein wenig Zeit lassen.

Sie öffnete die Kühlschranktür, nahm eine Flasche Mineralwasser heraus und trank ein Glas davon, ehe sie ins Schlafzimmer zurückging. Dort setzte sie sich auf einen Stuhl und plauderte oberflächlich mit Doug, während dieser zu Ende auspackte.

Er stellte den leeren Koffer in den Wandschrank und erklärte, er habe einige dringende geschäftliche Anrufe zu erledigen. Mit einem schwachen Lächeln entschuldigte er sich und zog sich in sein kleines Arbeitszimmer am Ende des Flurs zurück.

Nachdem er eine Stunde lang ein Telefonat nach dem anderen geführt hatte, kam Doug endlich aus seinem Büro heraus. Er fand Laura im Wohnzimmer, wo sie an ihrem Schreibtisch saß und arbeitete. Als er in die Tür trat, blickte sie auf. An den Rahmen gelehnt, stand er da und wirkte unbeschwert und lässig, als hätte er keine Sorge auf der Welt.

»Ich habe einen Tisch im Le Refuge reserviert«, verkündete er und schenkte seiner Frau sein typisches schiefes Lächeln. »Für neun Uhr. Ich gehe duschen und ziehe mir frische Sachen an. Okay, Süße?«

Sie erwiderte sein Lächeln und nickte. »Ich bin erstaunt, daß du einen Tisch bekommen hast, und das am Samstagabend«, bemerkte sie. »Prima. Im großen und ganzen bin ich fertig. Ich brauche mir nur noch die Lippen nachzuziehen und die Haare zu bürsten.«

»Du schaust großartig aus, Laura«, sagte Doug, wandte sich ab und verschwand über den Flur.

Laura blickte ihm nach und dachte, wie gut er doch aussah. Doug wirkte straff und fit, und sein Gesicht war gebräunt, als hätte er sich häufig im Freien aufgehalten. Nun ja, schließlich war er ja im sonnigen Kalifornien gewesen, oder? Und anscheinend hatte er nicht, wie er ständig behauptet hatte, ununterbrochen an seinem Schreibtisch geklebt. Groß, dunkel und attraktiv ... so hatte Claire ihn im Dezember in Paris beschrieben, und das war er. Genau dieser Satz war Laura in den Sinn gekommen, als sie Doug damals kennengelernt hatte.

Sie gingen zu Fuß zum Restaurant. Es lag in der Zweiundzwanzigsten Straße Ost, in der Nähe der Lexington Avenue, also nicht weit entfernt von ihrer Wohnung an der Ecke Achtzigste und Park Avenue. Die Temperatur war angenehm, nicht allzu kalt, und hoch am dunklen Himmel stand strahlend hell der Mond.

»Sieh dir bloß diesen Mond an, Laura«, sagte Doug und blickte nach oben. »Eine kreisrunde Scheibe, einfach perfekt! Heute nacht werden alle Mondsüchtigen unterwegs sein, darauf kannst du wetten.«

Laura gab keine Antwort. Statt dessen hakte sie sich bei ihrem Mann unter und versuchte mitzuhalten; Doug machte immer so lange Schritte. Sie wollte ihm schon sagen, sie freue sich, daß er zu Hause sei, doch rasch schluckte sie die Worte hinunter. Dafür war es zu spät. Eine Frau spürt solche Dinge, und Laura fühlte, daß sie Doug verloren hatte, zumindest einen großen Teil von ihm. Im letzten Frühling, vor fast einem Jahr, hatte er begonnen sich zu verändern, und jetzt war er ein ganz anderer Mann als der, den sie vor sechs Jahren geheiratet hatte. In ein paar Monaten stand ihr siebter Hochzeitstag an, aber irgendwie glaubte sie nicht, daß sie ihn feiern würden. Doch eines wußte sie auf jeden Fall: Was auch von diesem Tag an zwischen ihnen geschah, sie beide würden immer gute Freunde bleiben, und sie würde Doug ewig lieben.

Das Le Refuge war ein bezauberndes Bistro im französischen Stil und eines ihrer Lieblingsrestaurants. Laura freute sich, daß Doug es ausgesucht hatte. Als er die Tür aufstieß und ihr den Vortritt ließ, schlugen ihnen ein Schwall warmer Luft, köstliche Küchendüfte und das leise Stimmengewirr der Gäste entgegen. Kellner eilten geschäftig hin und her.

Sie schälten sich aus ihren Mänteln und wurden zu einem gemütlichen Tisch in einer Ecke geführt. Doug lehnte sich zurück und sah Laura an. »Was möchtest du trinken? Champagner? Kir royal? Weißwein?«

»Ich glaube, ein Glas Weißwein, Doug«, antwortete Laura und blickte sich im Restaurant um, ehe sie sich auf ihrem Stuhl niederließ.

»Dann nehme ich wohl das gleiche«, murmelte er und winkte den Kellner herbei. Nachdem er bestellt hatte, sprach Doug weiter. »So, jetzt berichte mal von deinen neuen Klienten. Du scheinst dich ja zu einem richtigen Kunstmagnaten zu entwickeln.«

»Über Olivia Gardener in Palm Beach weißt du ja Bescheid, denn den Vertrag mit ihr hatten wir schon im November geschlossen. Aber jetzt arbeiten wir noch für diese sympathische Frau, Sandra Newsam. Hercule stattet im Moment ihr Haus in Southampton aus. Sie ist kürzlich verwitwet und wird bestimmt nicht Millionen von Dollar für Kunstgegenstände ausgeben, aber sie wird eine gute, solide Klientin werden, sehr angenehm, das kann man jetzt schon sagen. Und bestimmt wird es eine Freude sein, mit ihr zu arbeiten. Aber der Knüller ist natürlich Sir Maximilian West.«

Doug nickte. »Ich weiß. Als du mir davon erzählt hast, war ich schwer beeindruckt. Dann hat er euch also engagiert?«

»Wir haben den Kontrakt gestern unterzeichnet«, antwortete Laura, wobei ihr klar wurde, daß er am Telefon wohl doch nicht so unaufmerksam gewesen war, wie sie ihm unterstellt hatte. »Ich werde seine Kunstsammlung in London neu ordnen, eine Menge Gemälde aussondern, ein paar davon abstoßen und neue erwerben. Das wird aufregend.«

»Hört sich so an. Alison ist wohl völlig aus dem Häuschen?«

»Ganz recht. Wir sind übereingekommen, daß sie das Büro leiten und zusammen mit Joni und Lynne den Großteil der Schreibarbeit erledigen soll. Ich werde mehr die Außentermine wahrnehmen, Klienten aufsuchen, passende Kunstgegenstände aufstöbern und wenn nötig reisen.«

»Das wird Tony gefallen. Er hat nie viel davon gehalten,

wenn Alison unterwegs war. Er hat es gern, wenn sie auf Tuchfühlung mit ihm bleibt.«

»Stimmt. Aber mir kommt das ebenfalls gut zupaß, Doug. Du weißt ja, daß ich viel lieber direkt mit den Klienten zu tun habe. Die Hauptsache ist doch, daß Alison mit dieser Arbeitsteilung zufrieden ist, und ich ebenfalls.«

»Ich verstehe. Hercule hat sich also nicht nur als guter Freund, sondern auch als ausgezeichneter Geschäftskontakt erwiesen, was?«

»Allerdings, und er ist ein wunderbarer Mensch, so aufmerksam und warmherzig.«

Der Kellner brachte die Getränke. Sie stießen an, nahmen beide einen Schluck, und dann erzählte Laura weiter. »Ich war buchstäblich sprachlos, als Hercule mir mitteilte, er habe mich Sir Maxim empfohlen. Ihn als Kunden gewonnen zu haben, ist wirklich ein Ruhmesblatt und kann sich nur vorteilhaft für Art Acquisitions auswirken.«

»Das kann man wohl sagen.« Doug warf ihr einen Blick zu. »Maximilian Wests Ruhm eilt ihm ja voraus«, meinte er. »Wie ist er denn so? Als Mensch, meine ich.«

»Ein Mann, der mit beiden Beinen auf der Erde steht, freundlich, pragmatisch. Aber er wirkt auch charismatisch und besitzt eine starke Ausstrahlung. Und weltmännisch, charmant, äußerst gut aussehend. Groß, dunkel und attraktiv, genau wie du, wenn auch um einiges älter. Anfang Sechzig, würde ich sagen. Außerdem ist Sir Maxim der bestangezogene Mann, dem ich je begegnet bin. *Impeccable.*«

»Das war ja ein richtiges Porträt«, bemerkte Doug und lachte. »Als Geschäftsmann besitzt er einen Ruf wie Donnerhall ... ein harter Verhandlungspartner, begnadeter Unterhändler und all das. In den siebziger und achtziger Jahren hat er verbissen und äußerst erfolgreich zahlreiche Firmen aufgekauft. Aber ich dachte, heute leitet sein Sohn die Firma, oder?«

»Nicht ganz. Hercule hat mir verraten, daß Michael zwar über großen Einfluß verfügt, Sir Maxim sich aber noch nicht zurückgezogen hat. Soweit ich weiß, führen sie das Firmenimperium gemeinsam.«

»Was für ein Team«, murmelte Doug und nahm einen großen Schluck Wein. Sie nahmen die Speisekarten, die der Kellner ihnen reichte. »Weißt du schon, was du möchtest?« fragte Doug.

Laura zuckte die Achseln und nahm aufmerksam die Karte in Augenschein.

Doug sah ihr zu, und plötzlich blitzten seine grauen Augen belustigt auf. »Laß mich raten. Du wirst Bauernpâté mit einer Extraportion Cornichons bestellen, dann gegrillte Seezunge und zum Nachtisch Crème Caramel. Das Übliche.«

»Das stimmt«, gab sie zurück und grinste über seine wissende Miene. »Ich bin wahrscheinlich sehr leicht durchschaubar.«

»Jedenfalls, was Restaurants angeht, die du gut kennst.« Doug unterdrückte sein Lachen und winkte dem Kellner. Er bestellte ihr Essen und fragte dann nach der Weinkarte. Nachdem er sie ein paar Minuten aufmerksam studiert hatte, rief er den Kellner, orderte den Wein und wandte sich dann wieder Laura zu. »Robin und Karen haben sich getrennt und ihre Verlobung gelöst«, teilte er ihr mit.

Erschrocken richtete Laura sich auf ihrem Stuhl auf und starrte ihn an. Verblüffung malte sich auf ihren Zügen. »Mein Gott!« rief sie aus. »Wann denn?«

»Vor ungefähr einer Woche, aber durch die Aaronson-Fusion stand ich so unter Druck, daß ich vergessen habe, dir davon zu erzählen. Ist mir einfach entfallen.«

»Aber was ist denn nur passiert, Doug? Ich dachte, die beiden wären so verliebt und glücklich. Auf jeden Fall haben sie gut zusammengepaßt. Na ja, das kam mir zumindest so vor.«

»Was geschehen ist?« Doug zuckte die Achseln und schüttelte den Kopf. »Genau weiß ich das auch nicht, Laura. Robin rief mich in Los Angeles an und erzählte mir, es sei vorbei, Karen habe Schluß gemacht. Anscheinend hat sie eines Abends beim Essen ihre Beziehung für beendet erklärt und ihm am nächsten Tag den Verlobungsring per Kurier zurückgeschickt. Kannst du dir das vorstellen? Sie hat ihm den Ring nicht einmal persönlich gegeben.«

Laura war immer noch wie erschlagen von der Nachricht über den Bruch der beiden, und es dauerte einige Minuten, bis sie Dougs Worte richtig verdaut hatte. »Ich schätze, sie wollte Robin kein weiteres Mal gegenübertreten«, vermutete sie endlich. »Zumindest hat sie den Ring zurückgegeben, was manch andere Frau nicht getan hätte.«

»Das stimmt«, gab Doug kopfschüttelnd zurück. »Ich muß gestehen, Laura, daß ich genauso entsetzt war, wie du gerade dreinschaust.«

Eine Weile schwieg Laura. Ihre Miene wirkte nachdenklich. »Wenn Karen meint, eine Ehe zwischen ihnen würde nicht funktionieren, dann tun die beiden recht daran, sich jetzt zu trennen«, meinte sie bedächtig. »Zumindest kommt dann später keine Scheidung auf sie zu.«

Doug warf ihr einen merkwürdigen Blick zu und öffnete den Mund, um etwas zu sagen. Aber genau in diesem Moment brachte der Kellner den ersten Gang, und er ließ den Augenblick ungenutzt verstreichen.

Als sie einige Stunden später in ihre Wohnung zurückkehrten, ging Doug ins Wohnzimmer, goß Cognac in zwei Gläser und hielt Laura einen der Kristallschwenker entgegen. »Komm, laß uns noch einen Schlummertrunk nehmen.«

Laura trank normalerweise nicht viel, doch dieses Mal zögerte sie nicht, wie sie das sonst vielleicht getan hätte. »Na schön«, entgegnete sie, trat in den Raum und nahm das Glas entgegen. »Warum auch nicht? Wir haben uns fast einen Monat nicht gesehen und einiges nachzuholen.«

»Mmmmph«, war Dougs einziger Kommentar dazu. Dann ließ er den Blick durch ihr gemeinsames Wohnzimmer schweifen. »Weißt du, mit diesem Zimmer hast du dich wirklich selbst übertroffen, Laura. Es sieht immer noch großartig aus. Jedes Mal, wenn ich von einer Reise zurückkehre, beeindruckt mich dieser Raum von neuem.«

Laura folgte seinem Blick und nahm jede Einzelheit objektiver als sonst in Augenschein. Sie registrierte die in einem blassen Cremeton gehaltenen Wände, die altweißen Seidenvorhänge und die dazu passenden Sofas und Sessel, die Art-déco-Möbel mit ihren schwarzen Akzenten und den alten Aubusson-Teppich auf dem Boden. Sie hatte ein ruhiges Ambiente geschaffen und bedauerte nur, daß die Kunstgegenstände nicht von höherer Qualität waren. Die Bilder waren gut und sie mochte sie gern, aber es waren nicht ihre geliebten französischen Impressionisten. Solche Stücke, deren Preis in die Millionen ging, konnten sich höchstens ihre Klienten leisten.

»Ja, der Raum hat sich gut gehalten, Doug«, meinte Laura schließlich. »Er ist so klassisch angelegt, daß er wahrscheinlich nie aus der Mode kommt.« Sie ließ sich auf das cremefarbene Sofa sinken und setzte ihr Glas auf dem Art-déco-Couchtisch ab, wobei sie achtgab, es auf ein Buch und nicht auf die Holzplatte zu stellen.

Sie lehnte sich in die Polster zurück und dachte: Ich kann ebensogut gleich mit Doug reden. Mit einem Mal war sie fest entschlossen, ihre Probleme zur Sprache zu bringen. Sie wußte ganz einfach, daß sie die Atmosphäre klären und Gewißheit haben mußte. So konnte sie nicht länger weiterleben. Das war zu nervenaufreibend und verwirrend.

Doug nahm den Sessel am Kamin. Fast, als hätte er ihre Gedanken gelesen, begann er behutsam zu sprechen. »Ich würde gern über einige Dinge mit dir reden, Laura. Ich hätte eher davon anfangen sollen, aber am Telefon ist so etwas immer schwierig, und außerdem bin ich wirklich fast unter Arbeit erstickt.«

»Ich weiß. Aber wir sollten uns unbedingt unterhalten, Doug. Ich habe das Gefühl, daß du dich in letzter Zeit sehr reserviert verhalten hast. Besonders offen warst du jedenfalls nicht.« Sie schüttelte den Kopf und verzog den Mund. »Ich hatte den Eindruck, daß du mich nur aus Pflichtgefühl anrufst«, setzte sie hinzu.

»Also wirklich, du weißt genau, daß das nicht stimmt, Laura!«

»Ich bin nicht dumm, Doug. Jedesmal, wenn du dich in den vergangenen paar Wochen gemeldet hast, konntest du dich nicht schnell genug wieder verabschieden und auflegen.«

»Größtenteils, weil ich unter Druck stand. Die Aaronson-Fusion hat sich äußerst kompliziert gestaltet. Und die Verhandlungen sind immer noch nicht beendet.«

»Dann mußt du zurück nach L.A.? Ist das dein Ernst?«

»Ja, allerdings. Um das Geschäft abzuschließen.« Er hob seinen Cognacschwenker, roch an dem Courvoisier und nahm einen kleinen Schluck. Dann saß er da, umschloß das Glas mit den Händen und starrte in die bernsteinfarbene Flüssigkeit. Als er den Kopf wieder hob, sah er sie eindringlich an. »Ich habe ein Angebot erhalten, eine ganz große Gelegenheit«, sagte er. »Ich soll zu einer anderen Anwaltskanzlei wechseln.«

Laura war verblüfft. »Aber das ist ja wunderbar, Doug!« rief sie trotzdem lächelnd aus. »Ich freue mich ja so für dich. Um welche Firma handelt es sich?«

Doug zögerte kaum merklich. »Eine Kanzlei aus Los Angeles, Laura«, sagte er dann.

»Oh.« Sie lehnte sich zurück und starrte ihn an. Also hat er doch keine Affäre, dachte sie. Er ist wirklich beruflich stark eingespannt. »Soll das heißen, daß du nach Los Angeles ziehen mußt?« fragte sie stirnrunzelnd. »Oder sollst du in ihrer New Yorker Niederlassung arbeiten? Falls die Firma eine besitzt, meine ich.«

»Sie haben schon ein Büro hier, aber sie möchten, daß ich in Los Angeles anfange.«

»Ich verstehe. Wie heißt die Kanzlei?«

»Arnold, Matthews und McCall, ein sehr renommiertes Haus. Sie haben mir eine Partnerschaft angeboten. Das ist wirklich eine tolle Gelegenheit, zumindest für jemanden in meiner Position.«

Den Blick fest auf ihn geheftet, schwieg Laura einige Sekunden. »Du hast angenommen«, stellte sie dann fest.

Doug antwortete nicht gleich. Er erwiderte ihren durchdringenden Blick und räusperte sich mehrmals. »Nicht direkt«, murmelte er schließlich. »Ich habe angedeutet, daß ich den Job möchte, aber das Angebot noch nicht ausdrücklich akzeptiert. Nicht offiziell.«

»Ach, Doug ...« begann Laura und verstummte wieder. Sie nippte an ihrem Cognac und betrachtete das Bild auf der gegenüberliegenden Wand. Schließlich seufzte sie tief und sprach weiter. »Das sind doch Haarspaltereien. Du weißt selbst, daß du den Job willst und ihn nehmen wirst. Komm schon, du redest mit deiner Frau.«

Betreten biß Doug sich auf die Lippen. Dann beugte er sich zu ihr herüber und nahm ihre Hand. »Ich schätze, du kennst mich besser als sonst ein Mensch, Laura.«

Sie sah ihn an. »Ich glaube schon. Nun ja, so gut, wie man einen anderen überhaupt durchschauen kann.« Kurz zögerte sie. »Aber in letzter Zeit erkenne ich dich überhaupt nicht mehr wieder, Doug«, meinte sie leise. »In manchen Aspekten bist du fast ein Fremder für mich.«

Er nickte zustimmend. »Ich muß zugeben, Laura, daß

ich manchmal selbst nicht mehr weiß, wer ich bin. Ich glaube, in den letzten paar Monaten habe ich mich sehr verändert.«

»Während des vergangenen Jahres«, verbesserte sie ihn. »Das hat alles im letzten Frühjahr begonnen.«

Doug ließ ihre Hand fahren und lehnte sich in seinen Sessel zurück. Dann beugte er sich mit unsicheren Bewegungen vor, nahm das Cognacglas und tat einen großen Schluck. »Hat das wirklich damals schon angefangen? Die Veränderung an mir?« fragte er, nachdem er aufgehört hatte zu husten.

»Ich glaube schon, Doug. Sieh mal, ich habe viel darüber nachgedacht, während du in Los Angeles warst, und es begann damals. Um die Weihnachtszeit war dieser Wandel schon so fortgeschritten, daß sogar Gradma Megan darauf aufmerksam geworden ist und mir gegenüber eine Bemerkung gemacht hat.«

»Tatsächlich?« Doug klang verblüfft, und ein besorgter Ausdruck trat auf seine Miene.

»O ja. Du solltest inzwischen wissen, daß ihr nichts entgeht. Sie meinte jedenfalls, du wärest gar nicht richtig dagewesen, zerstreut irgendwie, und sie meinte sogar, sie hätte den Eindruck gehabt, du wünschtest dich fort von uns.« Laura beugte sich zu ihrem Mann hinüber und sah ihm ins Gesicht. »Hast du dir gewünscht, anderswo zu sein?« verlangte sie in scharfem Ton zu wissen. »Bei jemand anderes vielleicht? Einer Frau?«

Doug schüttelte heftig den Kopf. »Nein, ich habe mich nicht fortgewünscht, auch nicht zu jemand anderes. Aber ich war nicht mehr derselbe Mensch. Ich ... habe mich an den Weihnachtstagen nicht wohl in meiner Haut gefühlt. Und daran hat sich seither nichts geändert. Das Gefühl weicht nicht mehr. Ich hatte nur zu viel zu tun, um allzu eingehend darüber nachzudenken.«

»Das wußte ich«, sagte Laura leise. »Ich wußte einfach,

daß du … anders geworden warst. Ein anderer Mensch, nicht du selbst.«

Laura sank in die Polster zurück und schloß die Augen. Einen Moment später schlug sie die Lider wieder auf und warf ihrem Mann einen eindringlichen Blick zu. »Unsere Ehe stimmt nicht mehr, oder, Doug?«

Doug sah sie an, schaute in diese lebhaften blauen Augen, die von einem so leuchtenden Farbton waren, daß sie ihn beinahe blendeten, und hatte das Gefühl, ersticken zu müssen. Seine Kehle wurde ihm so eng, daß er einen Moment lang keinen Ton herausbrachte. Er liebte Laura, sie würde ihm fehlen, aber es ging nicht anders. Der Schlußstrich war unvermeidlich.

Er stand auf, setzte sich auf das Sofa und streckte blindlings die Arme nach ihr aus. Tränen ließen seinen Blick verschwimmen. Fest umklammerte er sie, um selbst Halt zu finden. Er war tief aufgewühlt, schlimmer, als er sich das vorgestellt hatte. Doug hatte sich schon seit Tagen damit abgefunden, daß er eine solche Diskussion mit Laura würde führen müssen, sobald er wieder zu Hause war. Aber er war sich nicht klar darüber gewesen, wie sehr ihn das Gespräch aus der Fassung bringen würde.

Als Doug sich schließlich wieder gefangen hatte, rückte er ein wenig von Laura ab und sah ihr noch einmal tief in die Augen. »Ich liebe dich, aber unsere Ehe funktioniert einfach nicht mehr.«

»Das weiß ich. Im Grunde schon seit Weihnachten«, gab Laura zurück. »Wahrscheinlich habe ich bloß alles nicht wahrhaben wollen.«

Wieder zog Doug sie in die Arme, und Laura hielt sich an ihm fest. Ihr Gesicht lag an seiner Wange. »Mir gegenüber kannst du ehrlich sein, Doug. Hast du eine Affäre? Ist da eine andere Frau?« fragte sie leise.

»Nein, wirklich nicht. Ich sage dir die Wahrheit. Es gibt keine andere in meinem Leben.«

»Was ist dann mit uns, mit unserer Ehe passiert?«

»Das weiß ich auch nicht genau.«

»Ist der Grund, daß wir ... keine Kinder haben?«

»Großer Gott, nein! Natürlich nicht.«

»Was dann?«

»Ich habe keine Ahnung. Ich liebe dich, Laura, aber irgend etwas fehlt.«

»Es knistert nicht mehr zwischen uns«, wisperte sie. Plötzlich verstand sie und stieß einen Seufzer aus. »Du liebst mich, aber du bist nicht mehr verliebt in mich. Daran liegt es, oder?«

»Weiß nicht.«

»Aber ich. Gib das doch zu, Doug. Ich bin dir nicht böse. Solche Dinge geschehen eben. Du hast dich verändert, das ist alles. Menschen ändern sich eben.«

»Möglicherweise hast du recht«, gestand er ihr schließlich ein. »Vielleicht ist der Funke wirklich verloschen.«

Laura gab keine Antwort. Die inzwischen nur allzu vertraute Niedergeschlagenheit senkte sich über sie und lastete wie ein Felsblock auf ihren Schultern. Innerlich fühlte sie sich kalt und wie ausgehöhlt. Das ist Trauer, dachte sie. Ich wußte schon lange, daß es zu Ende ist. Seit Monaten habe ich um Doug getrauert wie eine Witwe, weil ich wußte, daß ich ihn für immer verloren hatte.

Doug fühlte ihren Schmerz und seufzte. Er wußte nicht, wie er sie trösten sollte. Das war gar nicht möglich, und so sagte er einfach nichts.

Ein langes Schweigen senkte sich über die beiden. Aus Angst, den anderen zu tief zu verletzen, wagte keiner etwas zu sagen.

Doch endlich brachte Laura die Kraft auf, die Worte auszusprechen, die ihr seit Wochen im Kopf herumgingen. »Ich glaube, wir sollten uns scheiden lassen, Doug.« Da, der gefürchtete Satz war endlich heraus. Er schien zwischen ihnen in der Luft zu stehen.

Doug verharrte einen Augenblick regungslos. »Nein, laß es uns mit einer Trennung auf Probe versuchen«, entgegnete er dann leise.

»Das hieße nur, das Unausweichliche hinauszuschieben. Sieh mal, vielleicht habe ich mich ja ebenfalls verändert.«

»Das glaube ich nicht. Nicht du, Laura, meine immer Echte, Wahre.« Er rückte ein wenig von ihr ab und betrachtete sie eingehend. Sein Herz zog sich zusammen, und alles tat ihm unendlich leid. Aber er konnte nichts daran ändern, jetzt nicht mehr. Dafür war es zu spät. Die Würfel waren gefallen, auf gewisse Weise sogar schon vor langer Zeit. Sanft berührte er Lauras Gesicht mit dem Finger und strich ihr über die Wange, wie er das früher so oft getan hatte. Er versuchte zu lächeln, scheiterte aber kläglich.

Die altvertraute Geste war zuviel für Laura. Sie sah Doug verzweifelt an und sank an seiner Brust zusammen.

Er legte die Arme um sie, und sie begann untröstlich zu schluchzen, als breche ihr das Herz, was in gewissem Sinne auch stimmte. Sie weinte um ihre gescheiterte Ehe, um die Kinder, die sie sich gewünscht hatte und jetzt nie mehr bekommen würde, um ihre gemeinsame Zukunft, die jetzt verloren war.

Plötzlich überwältigte der Schmerz Laura. Tränenüberströmt riß sie sich von Doug los und rannte aus dem Raum. Im Schlafzimmer angekommen, schlug sie die Tür zu, lehnte sich von innen dagegen und preßte die Hände auf die Augen, um ihre Tränen zu unterdrücken. Neben dem Bett entdeckte sie eine Schachtel Papiertücher, nahm eines und putzte sich die Nase. Als sie spürte, daß sie sich wieder unter Kontrolle hatte, kehrte sie ins Wohnzimmer zurück.

Als sie in den Raum trat, passierte sie das Ecktischchen und hielt inne, um einen Blick auf die zahlreichen Fotos von Familienmitgliedern und Freunden zu werfen, die darauf arrangiert waren. Ein Bild stach darunter hervor, auf dem Doug, sie selbst, Karen und Robin zu sehen waren. Es war im vergangenen Sommer auf Martha's Vineyard aufgenommen worden, wo die vier ihren Urlaub verbracht hatten.

Laura hatte immer geglaubt, Robin und Karen paßten ideal zusammen. Beide waren hochintellektuell und liebten Theater, Musik und Kunst. Für Laura hatten sie immer das Traumpaar dargestellt: blond, blauäugig und gut aussehend. Karen war schmal und biegsam, elegant und chic, eine Modezeichnerin, die ihre eigene Boutique in SoHo besaß. Der schlanke, attraktive und etwas konservative Robin trat stets auf fast altväterliche Weise perfekt gekleidet auf. Bei Tag gab er den kühlen, präzisen Banker, einen Mann, der sich selten zu einem Lächeln hinreißen ließ. Doch abends verwandelte er sich in einen fröhlichen, lebenslustigen Bohemien.

Nun ja, das ideale Paar waren sie wohl doch nicht gewesen, sonst hätten sie ihre Verlobung nicht gelöst. Als Doug ihr vorhin davon erzählt hatte, war sie einen Moment lang entsetzt gewesen, aber nun, da sie genauer darüber nachdachte, war sie so überrascht eigentlich nicht. Die Puzzleteile fügten sich zusammen. Plötzlich begriff sie, was vor sich ging, verstand, wer zwischen sie getreten war.

Doug saß auf dem Sofa, die Ellbogen auf die Knie gestützt und die Hände vors Gesicht geschlagen. »Bist du okay, Laura?« fragte er, als sie ins Zimmer trat, blickte aber nicht auf, um sie anzusehen.

Sie ignorierte seine Frage. »Es ist Robin, nicht wahr?« fragte sie. »Das ist der Grund. Robin hat sich zwischen uns gedrängt. Du verläßt mich seinetwegen.«

Doug schwieg.

Laura stellte sich mit dem Rücken zum Kamin vor Doug. »Wir sind seit fast sieben Jahren verheiratet, und ich finde, du solltest mir die Wahrheit sagen«, rief sie aus, als er nicht antwortete. »Zumindest soviel bist du mir schuldig.«

Immer noch reagierte Doug nicht, und sein Schweigen versetzte Laura so in Rage, daß sie losschrie. »Ich weiß, daß wir Probleme hatten, daß wir uns auseinandergelebt haben, aber der wahre Grund ist Robin. Mach mir doch nichts vor, Doug.«

»Ich wollte dich nicht hinters Licht führen«, sagte Doug und hob endlich den Kopf. »Ich hätte dir davon erzählt«, fuhr er fort und stockte dann.

»Und wann?« verlange Laura zu wissen. »Nächsten Monat, nächstes Jahr?«

»Nein, natürlich nicht, rede keinen Unsinn. Ich wollte es dir sagen ...« Bekümmert schüttelte er den Kopf. »Okay, vorhin habe ich den Mut nicht aufgebracht. Aber ich hätte dir alles gebeichtet, ehe ich nach L.A. zurückgeflogen wäre.«

»Ach, tatsächlich?« fragte sie leise. Sie klang skeptisch.

»Laura, ich liebe dich immer noch, ich achte dich und wollte dir alles erklären.«

»Warum tust du das nicht jetzt?«

Ergeben nickte Doug. »Ich wußte immer, daß ich ... bisexuell bin. Auf dem College war ich einmal mit einem Mann zusammen, und dann hatte ich etliche Freundinnen. Ich wollte unbedingt heiraten und Kinder haben, aber keine Frau, die ich traf, war die Richtige. Bis ich dir begegnet bin. Du hast mich völlig umgehauen, und als ich mich in dich verliebte, glaubte ich, jetzt würde alles gut. Wir schienen das perfekte Paar zu sein. Und dann, als ich vor zwei Jahren in diesen Ferienclub gefahren bin, habe ich Robin kennengelernt. Ich entdeckte, daß er mich sehr ... erregte und ich mich emotional und körperlich zu ihm hingezogen fühlte. Aber damals ist nichts passiert. Zu dieser Zeit glaubte ich, die Sache wäre einseitig und nur ich empfände so. Robin und ich wurden gute Freunde und wir vier gaben ein großartiges Quartett ab. Das war alles. Ich versuchte, meine Emotionen zu unterdrücken, Laura, ich habe mich wirklich bemüht. Ich wollte mich auf dich konzentrieren, auf uns, auf unsere Ehe. Aber in meinem Inneren ging etwas anderes vor. Ich fühlte mich immer heftiger zu Robin hingezogen. Das Gefühl war nicht mehr zu unterdrücken. Und dann, letzten Sommer, auf Martha's Vineyard, waren Robin und ich eines Tages auf dem Boot allein, und die Welt um uns herum explodierte. Es ist einfach passiert … wir waren zusammen.«

»Ich verstehe.« Erschüttert über Dougs Geständnis ließ Laura sich in den nächstbesten Sessel sinken. »Warst du mir während unserer Ehe sonst noch untreu?« fragte sie.

»Nicht ein einziges Mal!« rief Doug aus und starrte sie aufgebracht an. »Und das ist die Wahrheit.«

Sie nickte langsam. »Robin zieht auch nach Los Angeles, stimmt's?«

Doug nickte.

»Was wäre gewesen, wenn wir ein Kind gehabt hätten? Mehrere Kinder? Wärest du dann mit mir zusammengeblieben?«

Die Frage machte Doug betroffen. Er setzte sich wieder auf die Couch und überlegte, was er darauf antworten sollte. Wie hätte er sich verhalten? Hätte er um seines Liebhabers willen Frau und Kinder verlassen? Andere Männer hatten das getan. Aber er war sich nicht sicher. »Ich habe keine Ahnung, Laura, ganz ehrlich nicht«, gab er rasch zurück.

»Wenn ich jetzt darüber nachdenke, war unser Eheleben zu Anfang sehr stürmisch, aber die Leidenschaft ist … irgendwie verloschen, nicht wahr, Doug?«

»Ja.«

Schweigend blickte Laura in die Ferne. Sie hatte plötzlich das Gefühl, eine furchtbare Niederlage erlitten zu haben. Ihre Ehe hatte so gut begonnen. Und dann war alles schiefgelaufen und ihr Mann hatte sich in jemand anderes verliebt. Ob Mann oder Frau war eigentlich unwichtig, denn das Ergebnis war dasselbe. Doug hatte einer anderen Person den Vorzug gegeben. Eine tiefe Trauer ergriff Besitz von ihr, und sie entdeckte, daß sie nichts weiter zu sagen hatte.

»Es tut mir leid, Laura«, flüsterte Doug.

Hilflos sah sie ihn an und fand keine Worte.

»Ich wollte nicht, daß dies geschieht, aber es ist trotzdem passiert. Ich kann nichts dagegen tun, Laura … Es ist nun einmal … so gekommen.«

17

»Alles ist reibungslos verlaufen, Gran«, erklärte Laura, sah zu Megan hinüber und lachte etwas gezwungen. »Falls man diesen Ausdruck auf eine Scheidung überhaupt anwenden kann«, setzte sie hinzu. »Ich meine, wir haben uns zivilisiert benommen, wie erwachsene Menschen, und Doug war rücksichtsvoll und wirklich sehr entgegenkommend.«

»Doug ist immer ein netter junger Mann gewesen, und meiner Erfahrung nach ändert ein Leopard nicht einfach das Muster seines Fells, auch nicht, wenn eine Scheidung ins Haus steht«, verkündete Megan. »Dann ist er also nach Los Angeles zurückgekehrt?«

»Ja, um die Aaronson-Fusion abzuschließen. Doug hat seinen Arbeitgebern bei Cohen, Travis und Norris mitgeteilt, daß er die Kanzlei verläßt, sobald das Geschäft unter Dach und Fach ist, oder zumindest die gegenwärtige Phase. Er meinte, er wolle anfangen, nach einer Wohnung zu suchen. Aber im Moment hat er sich im Peninsula eingemietet.«

Laura stand auf und schritt durch den Wintergarten. Ihre hohen Absätze klapperten auf den Bodenfliesen aus Terrakotta. An die Glastüren gelehnt, spähte sie nach draußen, über die Wiesen. Sanft fielen die grasbewachsenen Hügel ab und liefen in einem gewundenen Band aus Trauerweiden aus. Die lang herabhängenden Zweige trieben in dem trägen Wasser des Flusses, der den Besitz in Kent, Connecticut, durchquerte.

»Und er hat alle seine Anzüge mitgenommen«, flüsterte sie nach kurzem Schweigen wie an sich selbst gerichtet.

Megan hatte sie gehört. »Dann besteht kein Zweifel, Laura, er ist endgültig fort. Willst du mir das sagen, mein Liebling?« fragte sie gelassen.

Laura fuhr herum und sah ihre Großmutter an. Ihre Miene war jammervoll. »Ja. Und ich fühle mich so isoliert und allein, als hätte man mich auf einem Gletscher in Patagonien ausgesetzt und dort mir selbst überlassen.«

Trotz der Niedergeschlagenheit, die in Lauras Stimme klang, konnte Megan sich eines Lachens nicht erwehren. »Du drückst dich manchmal vielleicht malerisch aus. Ich habe dir immer gesagt, du solltest Schriftstellerin werden. Doug ist also fort und du bist traurig und leidest, aber das ist nur natürlich. Doug ist fast sieben Jahre lang an deiner Seite gewesen und war für dich da. Selbstverständlich spürst du den Verlust. Vor allem, weil du ihn noch liebst, wie mir durchaus bewußt ist.«

»Das stimmt, Grandma, und daran wird sich nie etwas ändern. Aber ich habe schon vor einiger Zeit erkannt, daß ich mich selbst in mancherlei Hinsicht verändert habe. Er begehrt mich nicht mehr, und ich ihn umgekehrt auch nicht.« Zumindest glaube ich das, dachte sie bei sich, während sie zurückkam und sich neben Megan setzte. »Genauso, wie wir uns verliebt haben, haben wir uns … entliebt. Das mag für dich jetzt merkwürdig klingen, Gran, aber ich vermute, daß wir unsere Liebe möglicherweise selbst zerstört haben, indem wir uns so große Mühe gegeben haben, ein Kind zu bekommen.«

Megan nickte. »Das kann ich mir gut vorstellen. Sex wurde zu etwas Klinischem, zu mechanisch vielleicht, und verlor seine romantische Seite. Versuchst du mir das zu erklären?«

»Im großen und ganzen ja. Jedenfalls sind wir noch Freunde, und daran wird sich für den Rest unseres Lebens nichts ändern, da bin ich mir ganz sicher. Als Doug letzte Woche nach Los Angeles zurückgeflogen ist, haben wir beide geweint. Das viele Gepäck, das er mitnahm, ließ den Abschied so ... endgültig erscheinen. Plötzlich wollte Doug nicht gehen. Wir haben einander ewige Zeiten im Arm gehalten, bis der Portier noch einmal klingelte und ausrichtete, der Fahrer mache sich Sorgen, Doug könnte den Flieger verpassen. Schließlich mußte ich ihn praktisch hinauswerfen.«

»Das muß schwer für euch beide gewesen sein. Andererseits ist Doug doch nicht von diesem Planeten gefallen, sondern bloß nach Los Angeles gezogen.«

»Ich weiß. Aber das Ende einer Ehe – oder einer anderen Beziehung – hat immer etwas Schreckliches.«

»O ja, das verstehe ich nur zu gut. Aber er ist ja schließlich nicht tot. Und Doug wird immer für dich da sein, falls du ihn einmal brauchen solltest. Das fühle ich in meinen alten Knochen. Er ist ein anständiger Mann.«

»Ja, das hat er auch gesagt. Wenn ich ihn jemals bräuchte, sollte ich nur anrufen. Er hat angeboten, mir Unterhalt zu zahlen, doch das habe ich abgelehnt. Warum sollte ich ihm das antun und ihn damit an die Kette legen? Schließlich kann ich mir meinen Lebensunterhalt mit anständiger Arbeit selbst verdienen.«

»Manche Frauen wären nicht so selbstlos«, entgegnete Megan treffend wie immer.

»Aber ich bin nicht manche Frauen. Ich bin ich.«

»Dafür danke ich Gott. Und ich wollte dich nicht kritisieren, das war nur eine Bemerkung.«

»Ja doch, Gran. Doug möchte, daß ich die Wohnung behalte. Wie du weißt, haben wir sie zusammen gekauft, aber er hat mir erklärt, er wolle seinen Anteil nicht zurückhaben. Er möchte nur seine Bücher, die Bilder, die er selbst gekauft hat und den Schreibtisch seines Großvaters mit dem dazugehörigen Stuhl.«

»Für mich klingt das, als hättet ihr beiden keine Probleme mit der finanziellen Seite eurer Trennung, und das finde ich wirklich bemerkenswert.«

»Doug überschlägt sich geradezu in seinem Bemühen, sich fair zu verhalten, und ich verhalte mich ebenso.«

»Du bist ein gutes Mädchen, und ich bin stolz darauf, wie du mit dieser Situation fertig wirst.« Megan unterbrach sich und sah Laura eindringlich an. »Verzeih mir, aber ich habe das Gefühl, dich etwas fragen zu müssen. Denkst du, daß eine andere Frau in Dougs Leben getreten ist? Hat er sich in eine andere verliebt? Ist das der Grund für eure Trennung?«

»Doug streitet das ab. Ich habe ihn danach gefragt, Gran. Er behauptet, da sei keine andere Frau, und ich glaube ihm.«

»Ich vertraue deinem Urteil. Doug hat sich nur so entgegenkommend verhalten, daß ich ins Grübeln gekommen bin, das ist alles. Auf jeden Fall ist eure Ehe gescheitert, und ich meine ebenfalls, ihr solltet euch rasch scheiden lassen und nicht an eurer Beziehung festklammern. Du bist noch jung genug, um von vorn anzufangen, und für Doug gilt das gleiche.«

»Ich weiß, aber manchmal ist alles so schwer«, flüsterte Laura und kämpfte die Tränen nieder, die ihr die Kehle eng machten. Zu ihrer großen Verlegenheit wurden ihr mit einem Mal die Augen feucht. Rasch strich sie mit der Hand darüber, blinzelte und räusperte sich.

Megans Adlerauge war Lauras plötzliche Gefühlsaufwallung nicht entgangen. Aber sie sah, wie gut ihre Enkeltochter damit fertig wurde und ging nicht darauf ein. »Natürlich ist es schwer, aber das Leben ist eben hart und war noch niemals anders«, bemerkte die alte Dame statt dessen. »Laß dir da von niemandem etwas vormachen. Wichtig ist, wie du mit dem Dasein, mit all seinen Strapazen und seinem Schmerz umgehst. Ich habe immer daran geglaubt, daß man den Problemen, die das Leben einem stellt, aufrecht und mit geballten Fäusten entgegentreten und ihm einen harten Kampf liefern sollte. Es kommt nur darauf an, sich durchzuschlagen und triumphierend aus der Schlacht hervorzugehen. Und du bist ein Siegertyp, Liebes, davon bin ich absolut überzeugt.« Megan nickte, und ihre weisen alten Augen blickten sanft und liebevoll drein. »Um dich fürchte ich nicht, Laura«, schloß sie. »Du kommst schon zurecht.«

»Ach, Gran, das hoffe ich.«

»Natürlich, denn du bist eine echte Valiant. So habe ich dich großgezogen. Du bist, wie dein Großvater sagen würde, ein junger Sproß vom alten Stamm.«

Laura lächelte. Tiefe Zuneigung für diese wunderbare alte Frau, die ihr an jedem Tag ihres Lebens so viel Liebe und Verständnis geschenkt hatte, erfüllte sie. Was hätte ich nur ohne Großmutter angefangen, dachte sie plötzlich. Meine Mutter war ja nie für mich da.

»Laß die Dinge nicht schleifen, und bring das Scheidungsverfahren so rasch wie möglich in Gang«, riet ihr Megan. »Besser, du ziehst einen schnellen, sauberen Schlußstrich. Wenn man solche Dinge in die Länge zieht, werden sie leicht unangenehm. Außerdem scheint ihr beiden ja alles auf freundschaftlichste Weise geregelt zu haben. Das läßt mich das Beste für dich hoffen.«

»Wir haben versucht, einander die Sache nicht zu schwer zu machen, und Doug will mir einen Scheidungsanwalt empfehlen. Er ruft mich deswegen irgendwann in der nächsten Woche an.«

Megan nickte und erhob sich steifbeinig aus ihrem Sessel. »Ich glaube, ich gehe mich jetzt ein wenig ausruhen, Liebes. Und übrigens, das Mittagessen war köstlich. Vielen Dank für deine Mühe.«

»Du weißt ganz genau, daß ich bloß die Packungen geöffnet und das Essen ausgewickelt habe«, rief Laura lachend aus. »Aber der Räucherlachs war herrlich, nicht wahr?«

Megan nickte. »Das ist noch so eine Eigenschaft, die du von mir geerbt hast. Den Hang zum Luxus.« Sie zwinkerte ihrer Enkelin zu und murmelte: »Und jetzt gehe ich nach oben in mein Zimmer, um meinen Tagträumen über die Vergangenheit nachzuhängen. Das ist eine Lieblingsbeschäftigung alter Frauen, weißt du, das Leben noch einmal an sich vorüberziehen zu lassen ... in ihren Träumen. Eine wunderbare Art, einen Nachmittag zu vertändeln, wenn man nichts Besseres zu tun hat.«

Laura umarmte ihre Großmutter und drückte sie kurz an sich. »Soll ich dir die Treppe hinaufhelfen, Gran?« fragte sie.

»Jetzt hör aber auf, du dummes Mädchen!« rief Megan ärgerlich aus und löste sich von Laura. »Wie oft habe ich dir schon erklärt, daß ich noch nicht klapprig bin. Zweiundneunzig oder nicht, ich komme sehr gut allein zurecht. Ich bin ziemlich rüstig, merk dir das.«

Laura lächelte zärtlich. »Ich muß ohnehin nach oben, um nach Claires Zimmer zu sehen. Ich weiß ja, daß Fenice dort im Laufe der Woche gründlich saubergemacht hat, aber ich möchte mich vergewissern, daß Claire am Wochenende alles hat, was sie braucht.«

»Ich freue mich, daß sie uns für ein paar Tage besucht. Vergiß nicht, ihr Blumen ins Zimmer zu stellen. Jetzt komm, Laura, trödle nicht, und laß uns nach oben gehen.«

Ein wenig später warf sich Laura in ihre Regenjacke, fuhr in grüne Gummistiefel und ging zum Fluß hinunter. Der Himmel hatte inzwischen eine andere Farbe angenommen: Er war über dem Hügelkamm von einem eigenartigen, fleckigen Grün und wirkte kalt und abweisend. Durch die einbrechende Dämmerung und den vom Fluß aufsteigenden Nebel herrschte im Park eine seltsame, geheimnisvolle Stimmung. Erst eben, als Laura die Landschaft durch die hohen Glasfenster des Wintergartens betrachtet hatte, war sie ihr anheimelnd und lichtdurchflutet vorgekommen. Nun wirkte die Umgebung mit einem Mal ausgesprochen unheimlich.

Obwohl es nicht kühl war, erschauerte Laura. Gänsehaut kroch ihr den Nacken hoch. Eine Redensart ihrer Großmutter fiel ihr ein. Jemand ist auf mein Grab getreten, dachte sie. Wieder lief es ihr kalt den Rücken herunter, und sie schob den unangenehmen Gedanken weit von sich.

Laura ließ den Fluß und die triefenden Weiden hinter sich und hielt auf die kleine Baumgruppe zu, die größtenteils aus Ahornbäumen und Eichen bestand. Als sie in das Wäldchen eindrang, hielt sie verblüfft und entzückt den Atem an. In der Nähe einer alten Bruchsteinmauer, die an dieser Stelle die Grenze des Besitzes markierte, waren Hunderte und Aberhunderte von Narzissen, die ihre Großmutter im Lauf der Jahre hier gesetzt hatte, aus dem Boden geschossen. Dieses Jahr waren die zarten grünen Triebe, die sich aus der fruchtbaren dunklen Erde schoben, früh dran. Ihre gelben Glocken hatten sich noch nicht geöffnet, doch Laura war sich sicher, daß sie im Lauf der nächsten Woche aufblühen würden, wenn das milde Wetter sich hielt.

Vor Jahren hatte ihr Großvater am Rand der Bäume, bei der Steinmauer, eine grüngestrichene Adirondack-Bank aufgestellt, und dort ließ Laura sich nieder, stellte die Beine auf die Sitzfläche und kauerte sich, die Arme um die Knie geschlungen, in eine Ecke. Ihre Gedanken wandten sich Doug und ihrer gescheiterten Ehe zu, und sie seufzte leise.

Was sie ihrer Großmutter erzählt hatte, war eine sorgfältig zensierte Version der Ereignisse gewesen. Sie hatte ihre Trennung nicht durchhecheln und damit noch einmal erleben wollen, daher hatte sie die Geschichte abgekürzt und geglättet, um sie versöhnlicher klingen zu lassen. Schließlich waren sie nicht im Streit auseinandergegangen.

Doug war noch zehn Tage in New York geblieben, hatte sein Ausscheiden aus der Kanzlei geregelt und gepackt. Die Abende waren unter unzähligen Diskussionen, Seelenerforschungen und immer wieder Tränen vergangen. Aber schließlich waren die beiden sich einig gewesen, daß ihre Beziehung sich wirklich am Ende befand. Ihre Ehe war nicht mehr zu kitten, und tief in ihrem Inneren war Laura sich darüber klar, daß sie nicht einmal den Versuch unternehmen wollte. Vielleicht würde es eine Weile gutgehen, aber dann würde Doug ihr wieder entgleiten. Irgendwann. Er würde sich immer wieder absetzen, weil er nicht verheiratet sein wollte. Mit keiner Frau auf der Welt. Kurz schloß Laura die Augen. Sie wußte, Doug wollte sein Leben mit Robin teilen.

Sie war froh gewesen, als er fort war, denn seine Anwesenheit war äußerst schmerzlich für sie gewesen. Solange er sich noch in der Wohnung aufhielt, hatte sie sich gefühlt wie auf einer emotionalen Achterbahn, und das hatte sie völlig ausgebrannt.

Tränen stiegen ihr in die Augen, und kurz überlegte sie, ob nicht doch alles ihre Schuld war. Hatte sie Doug enttäuscht? Augenblicklich schob sie den Gedanken von sich. Natürlich war sie nicht dafür verantwortlich. Sie wünschte Doug nur Gutes und hoffte, daß er glücklich werden würde. Jedermann verdiente das, doch nur wenige Menschen fanden wirklich, was sie suchten.

Laura kramte in ihrer Jackentasche, fand ein Papiertaschentuch und trocknete sich die Augen. Dann stand sie auf und ging langsam zu dem alten weißen Schindelhaus auf dem Hügel zurück. Morgen würde Claire eintreffen, um ein langes Wochenende auf Rhondda Fach zu verbringen, und vor ihrer Ankunft war noch viel zu tun.

18

Gott, bin ich froh, hier zu sein, dachte Claire und sah sich, wie heute schon einmal, in ihrem Schlafzimmer um. Solange sie denken konnte, hatte sie diesen Raum geliebt.

Als sie kurz nach Mittag auf Rhondda Fach eingetroffen war, hatte sie sich furchtbar schwach gefühlt; wie ausgepumpt nach dem wichtigen Fotoshooting, das sie in New York für ihre Zeitschrift abgeschlossen hatte. Ein strapaziöser Auftrag war das gewesen, und alles, was schiefgehen konnte, hatte das auch prompt getan. Aber irgendwie hatte Claire es fertiggebracht, ihr Team zu motivieren und die beiden Wohnungen auf Zelluloid zu bannen. Sie war sich sicher, daß daraus gute Bildberichte für das Magazin entstehen würden. Aber um welchen Preis? fragte sie sich, während sie tiefer in ihre Kaschmirjacke kroch und ans Kaminfeuer trat.

Immerhin fühlte sie sich jetzt schon viel besser, nachdem sie einige Stunden mit den Menschen, die sie liebte und in diesem Haus, das ihr ans Herz gewachsen war, verbracht hatte. Allein der Aufenthalt in diesem wundervollen alten Gebäude wirkte schon wie ein kräftiges Stärkungsmittel. Seit sie zehn gewesen war, hatte sie immer wieder längere Zeit auf Rhondda Fach gelebt, und dieses Gästezimmer war einfach »Claires Zimmer«. Inzwischen betrachtete sie es als ihr Reich, denn in all diesen Jahren war sie die Hauptbewohnerin gewesen, selbst wenn von Zeit zu Zeit auch andere Gäste dort übernachteten.

Claire streifte ihre Schuhe ab. Sie trat an das breite Bett mit dem Himmel aus blau-weiß gestreiftem Baumwollstoff, streckte sich darauf aus und schob die Beine unter das weiche Daunenoberbett. Behaglich seufzend lehnte sie sich an die zu einem Berg getürmten Kissen in ihren schneeweißen Bezügen aus dem letzten Jahrhundert, ließ ihren Blick durchs Zimmer schweifen und erfreute sich an jedem Gegenstand darin.

In ihrem Zimmer gab es nichts Neues; jedes Teil war vertraut und geliebt. Ihr war, als wäre sie nach Hause zurückgekehrt. Kurz ruhte ihr Blick auf dem wunderschönen alten Kleiderschrank aus Kirschholz, der hübschen Kommode mit den Schnitzereien, die aus Frankreich stammte und in die Fenice, wie sie es seit fünfundzwanzig Jahren zu tun pflegte, vor einigen Stunden Claires Unterwäsche und ihre Pullover geräumt hatte. Claires Blick wanderte weiter und blieb an der Sammlung von Glasmalereien hängen, die sämtlich chinesische Szenen darstellten. Sie waren russischen Ursprungs und sehr alt, hatte Grandma Megan ihr einmal erzählt. Grandpa Owen hatte sie vor über vierzig Jahren in Lonfon auf dem Shepherd's Market in Mayfair gekauft.

Die blau-weiße Tapete stellte Claires eigenen Beitrag zu diesem Raum dar. Als Megan vor mindestens zwanzig Jahren einige der Gästezimmer renovierte, hatte sie der kleinen Claire erlaubt, das Muster selbst auszusuchen. Das auffällige Design zeigte chinesische Vasen, Orangenblütenzweige, Rikscha-Kulis und chinesische Damen, die in seidene Gewänder gekleidet waren und Instrumente in den Händen hielten. Alle diese Abbildungen hoben sich leuchtend blau von dem blütenweißen Hintergrund ab.

Als Grandma Megan das Tapetenmuster sah, hatte sie zuerst gemeint, es wirke zu unruhig, und die Rollen nur zögernd bestellt. Doch sobald die Tapeten an den Wänden klebten, hatte sie Claire beigepflichtet, die Wirkung sei so bezaubernd, wie das Mädchen vorausgesagt hatte. Sie hatte sich bei Claire für die Mithilfe bedankt und ihr versichert, sie besitze einen untrüglichen Blick.

Trotz der kühlen Farbkombination aus Blau und Weiß strahlte der Raum Behaglichkeit aus. Vor einiger Zeit hatte Fenice die blauen Porzellanlampen mit den weißen Seidenschirmen angeknipst und ein Streichholz an die Scheite und das Papier im Kamin gehalten. Das Feuer loderte immer noch und übergoß den Raum mit einem goldenen Schein.

Schon der Blick auf die zischenden, knisternden Holzblöcke, die in der Feuerstelle brannten, machte Claire schläfrig. Sie schloß die Augen, entspannte ihre müden Glieder und überließ sich der tröstlichen Wärme, die sie in dieser Umgebung, die ihr so lieb und teuer war, umfing.

Während sie sich treiben ließ, wandten ihre Gedanken sich Doug zu. Laura hatte ihr, kaum daß sie Claire begrüßt hatte, von ihrer Trennung erzählt. Zuerst war Claire verblüfft gewesen und fand das nicht nur betrüblich, sondern auch ziemlich rätselhaft. Jetzt fragte sie sich, warum sie sich hatte verwirren lassen. Ausgerechnet sie sollte eigentlich nichts, was zwischen einem Mann und einer Frau geschah, mehr in Erstaunen setzen. Ein leiser Seufzer entrang sich ihr. Wenn Männer Dummköpfe waren, dann waren die Frauen mit Sicherheit Närrinnen. Wie in aller Welt sollten die beiden Geschlechter also miteinander auskommen?

Dennoch konnte Claire sich eines Gefühls von Trauer nicht erwehren, denn sie hatte geglaubt, daß die Ehe zwischen Laura und Doug funktionieren würde. Laura hatte behauptet, sie könne ihr Scheitern nicht erklären; vielleicht war Doug ja dazu in der Lage. Claire war überzeugt, daß Doug auf lange Sicht der Verlierer sein würde. Laura war ein solcher Siegertyp, ein so optimistischer und positiv eingestellter Mensch, daß sie letztlich immer die Oberhand behalten würde. Ihrer Meinung nach hatte Laura viel bessere Chancen, mit jemand anders glücklich zu werden, obwohl sie sich nicht ganz sicher war, warum sie so empfand. Sie wußte das einfach. Doug war viel zu … heikel. Ja, dieses Wort paßte genau auf ihn.

Unter dem Deckbett verlagerte Claire ihre Stellung und versuchte, ein wenig Erleichterung zu finden. Heute schmerzten ihre Knochen, und sie fühlte sich, als brütete sie eine Grippe aus. Aber sie wußte, daß der Grund ein anderer war. Tagelang pausenlos auf den Beinen zu sein, war eine furchtbare Qual gewesen, und sie war froh, daß keine weiteren derartigen Fototermine mehr anstanden. Jedenfalls keine, die sie leiten mußte. Sie würde dafür sorgen, daß Giselle Cravenne die beiden nächsten Shootings überwachte.

Fünf Tage auf Rhondda Fach lagen vor ihr; eine wunderbare Zeit der Muße … Sie würde nur lesen, Musik hören und sich in Lauras – und auch Grandma Megans – Wärme und Zuneigung sonnen. Dieser Kurzurlaub war mehr als eine kleine Freude, die Claire sich gönnte. Für sie war er ein gewaltiger Luxus.

Plötzlich fragte sich Claire, wann sie Laura ihre Neuigkeit mitteilen sollte. War es ratsam, heute nachmittag beim Tee mit ihr zu sprechen, der bei Grandma Megan so etwas wie ein Ritual darstellte? Oder sollte sie bis später warten? Am besten improvisiere ich einfach, dachte Claire nach kurzem Überlegen.

Claire konnte nicht umhin, an die nächsten paar Wochen zu denken, die vor ihr lagen. Was sie noch alles zu erledigen hatte! Im Kopf begann sie Checklisten zu erstellen. Das war eine alte, zwanghafte Angewohnheit von ihr, besonders wenn sie überlastet war wie im Augenblick. Sie hatte vor dem Sommer noch so viel zu tun und keine Ahnung, wie sie alles erreichen sollte. Aber sie würde es schaffen. Sie mußte, denn ihr blieb nichts anderes übrig.

Claire rutschte tiefer unter die Bettdecke, drehte sich auf die Seite und gab den Kampf gegen die Müdigkeit auf, die mehr und mehr Besitz von ihr ergriffen hatte. Wenige Minuten später schlummerte sie tief und traumlos.

Das langgestreckte grüne Tal war umgeben von bewaldeten, himmelwärts strebenden Höhen, die mit schottischen Kiefern, Eichen und Eschen bestanden waren. Das ganze Gut mit seinen wogenden Hügeln nahm mehr als zweihundert Hektar ein. Owen Valiant hatte es vor ungefähr sechzig Jahren, Mitte der dreißiger Jahre, erworben.

Owen und Megan hatten sich in dieses herrliche fruchtbare Tal im nordwestlichen Hochland von Connecticut verliebt. Nach dem schönsten und berühmtesten aller Täler von Wales, aus dem sie beide stammten, hatten sie es »Klein-Rhondda« getauft – auf Walisisch Rhondda Fach.

Das Haus selbst wurde im allgemeinen das »Gutshaus« genannt, obwohl der Besitz seit der Zeit, als Grandpa Owen ihn gekauft hatte, nicht mehr als Hof bewirtschaftet wurde. Er selbst hatte sich immer mit einem stolzen Lächeln als Gentleman-Farmer bezeichnet.

Immerhin hatte Owen Obstgärten mit Apfel- und Birnbäumen anlegen lassen, Kräutergärten und Gemüsefelder, auf denen alles von Kürbissen bis zu Kartoffeln, Pastinaken und Karotten wuchs, und zudem einige Maisfelder. Ausgedehnte Blumengärten lieferten den ganzen Frühling und Sommer hindurch frische Schnittblumen. Alles gedieh noch prächtig und brachte reiche Ernten an Gemüse, Obst und duftenden Blüten ein. Tom, der Gärtner, kümmerte sich um die Hühner und pflegte Grandma Megans Gewächshäuser, wo sie Tomaten anbaute und mit großem Erfolg Orchideen aller Arten züchtete. »Tom versteht sich gut auf die Hühner, und wir haben jede Menge Eier«, pflegte Grandma Megan zu sagen, um dann schnell hinzuzusetzen: »Aber was meine Orchideen angeht, ist er ein Genie. Er besitzt den grünen Daumen, oder besser gesagt, grüne Hände.«

Das alte, weißgestrichene Schindelgebäude mit seinen schwarzen Fensterläden und dem schwarzgedeckten Dach war 1790 als kleines Haus errichtet worden; doch in den vielen Jahren, die seitdem vergangen waren, hatte es zahlreiche Flügel und Anbauten erhalten, die sich zur Rechten und zur Linken des Haupthauses erstreckten. Dennoch hatte das Gebäude eine angenehme Symmetrie und eine gewisse Eleganz bewahrt, was zu seinem Charme beitrug.

Das Gutshaus lag zwischen den grünen Hügelausläufern eingebettet, die sich hinter dem Gebäude im Halbkreis erhoben wie eine gigantische Halskrause aus der Zeit Elisabeths der Ersten. Hinter dem Haus stand eine Gruppe dunkelgrüner Tannen, die einen starken Kontrast zu dem Weiß der Schindeln bildeten.

Von der hinteren Terrasse aus erstreckten sich gepflegte Rasenflächen bis hinunter zu den Gärten und einem Flüßchen, das sich durch das Gut schlängelte. Jenseits des Wasserlaufs lagen wogende Wiesen, die im Sommer voller Wildblumen standen, und dahinter wiederum gelangte man in die Wälder, wo unter moosbehangenen Bäumen neben den Pilzen Glockenblumen, Schlüsselblumen und Gänseblümchen wuchsen.

Rechts vom Haus befand sich ein kleiner Gebäudekomplex, der sich aus Toms Häuschen, den Ställen und mehreren Lagerschuppen zusammensetzte. In der Nähe lag ein weitläufiger Teich, den Grandpa Owen angelegt hatte und der seit vielen Jahren allen möglichen Tierarten eine Heimat bot. Kanadagänse, Enten und andere Wasservögel suchten den See auf, und gelegentlich stolzierte ein Blaureiher an seinen Ufern entlang. Nicht weit vom Teich entfernt, dessen Oberfläche im Sommer fast unter blaßrosa Seerosen verschwand, nistete in einer Baumgruppe eine Eulenfamilie.

Claire empfand dieses Tal als einen Hort der Ruhe und Schönheit. Ein weiter Himmel erhob sich über dem offenen Land, und nichts verstellte dem Betrachter den Blick. Manch einem mochte Rhondda Fach einsam vorkommen, doch für Claire war der Besitz ein Zufluchtsort.

Als Kind hatte Claire sich in das Gut verliebt, und daran hatte sich bis heute nichts geändert. Als sie jetzt zum Fluß und den Trauerweiden hinunterspazierte, hoffte sie, daß Natasha bei ihrem Besuch im August diesem Zauber ebenso erliegen würde wie sie selbst vor langer Zeit. Rhondda Fach war ein ganz besonderer Ort und steckte für Claire auch voller Erinnerungen … An ihre Kindheit und Jugend, ihre schwierigen Teenagerjahre, an Laura, Megan und die Familie, die ihr so viel Liebe geschenkt hatte. Es grenzte an ein Wunder, daß sie Claire in ihre Mitte aufgenommen und ihr das Gefühl gegeben hatten, daß sie etwas Besonderes und willkommen war, und in gewissem Sinne selbst eine Valiant. Das wünschte sie sich auch für ihre Natasha … ihre Tochter sollte zu den Valiants gehören.

Claire blickte zum Nachmittagshimmel auf. Er zeigte ein klares, leuchtendes Blau, durchzogen von weichen Wattewölkchen, und die Sonne schien immer noch strahlend. Wie herrlich dieser Märztag gewesen war, fast so, als hätten sie schon Mai. Ungewöhnlich warm für die Jahreszeit, ein milder Tag. Aber Laura hatte ihr beim Mittagessen erkärt, morgen werde das Wetter umschlagen. »Es wird kalt«, hatte sie Claire gewarnt. »Wir bekommen einen Frosteinbruch. Tom hat bereits erwähnt, daß er sich um die Narzissen und die anderen Frühblüher sorgt.« Laura betätigte sich genau wie der Gärtner als eine Art Wetterfrosch.

Claire schlug einen Bogen um die Rasenfläche und wollte zum Haus zurückgehen, hielt aber inne, als sie zu der Baumgruppe am Rand der Lichtung gelangte. Hier verlief die alte Bruchsteinmauer, die zum Fluß führte. Dort wäre sie einmal fast ertrunken.

Die junge Frau entdeckte Owens alte Adirondack-Bank. Sie ging darauf zu, setzte sich und sah einem Eichhörnchen nach, das einen Baum hinaufflitzte. Blitzartig verschwand das Tier zwischen den obersten Ästen. Claire lächelte in sich hinein. Sie dachte an die Backenhörnchen, die vor Jahren im Umkreis der rückwärtigen Veranda zu spielen pflegten. Sobald sie ein menschliches Wesen erspähten, waren sie immer eilig unter das Fundament gehuscht. Wie Megan ihr beim Mittagessen erzählt hatte, hauste dort allerdings jetzt ein Backenhörnchen, das weniger schüchtern herauskam und auf Nüsse und andere Leckerbissen wartete.

Nach einer Weile stand Claire auf, trat an die Bruchsteinmauer und schaute flußabwärts. Endlich kamen ihre wild umherschießenden Gedanken zur Ruhe, zumindest für ein paar Augenblicke.

»Huhu! Hallooo!«

Das war Laura. Lächelnd drehte Claire sich um und winkte ihr zu. Dann ließ sie sich auf der Mauer nieder und wartete auf ihre beste Freundin.

Ein paar Minuten später kam Laura, rotwangig und außer Atem, herbeigerannt. »Ich hab dich überall gesucht, Clarabella«, rief sie aus. Das war ein alter Kosename aus ihrer Kindheit. »Du bist vielleicht schwer aufzutreiben! Fenice meinte, sie hätte dich auf dem Weg zu den Lagerschuppen gesehen, und dann sagte Megan, du wärest zu den Hügeln gegangen. Und jetzt entdecke ich dich hier an unserem Lieblingsplätzchen.« Immer noch lachend schüttelte Laura den Kopf.

»Zuerst bin ich auch in diese Richtung gewandert. Eigentlich wollte ich zum Teich. Aber schließlich habe ich beschlossen, eine Zeitlang hier zu bleiben. Ich finde, diese Stelle ist so friedlich, so beruhigend.« Claire unterbrach sich und schüttelte den Kopf. Als sie weitersprach, lag die Andeutung eines Lächelns auf ihrem Gesicht. »Alte Gewohnheiten sind schwer totzukriegen. Weißt du noch, daß wir als junge Mädchen immer zum Nachdenken hergekommen sind? Dies war der richtige Ort, um uns mit unseren Problemen herumzuschlagen.«

»Wie könnte ich das vergessen? Du hast mich hier früher so oft heulend angetroffen.«

»Du auch – ich meine, du hast mich so vorgefunden. Beim letzten Mal hast du mich so wunderbar getröstet. Du warst mein Fels in der Brandung, Laura, und du hast mir so viel Kraft geschenkt.«

»Das war, als du aus Paris zurückgekehrt warst, kurz nach deiner Trennung von Philippe.« Laura setzte sich neben Claire auf die Mauer. »Du warst am Boden zerstört.«

»Ich weiß. Sind Frauen nicht komisch?«

»Manchmal schon.« Laura sah Claire eindringlich ins Gesicht und setzte hinzu: »Wir haben beide nicht viel Glück gehabt, was? Ich meine mit den Männern. Jede von uns hat eine gescheiterte Ehe hinter sich, aber du hast wenigstens Natasha vorzuweisen.«

»Ja.« Claire erwiderte Lauras langen Blick und strich ihr über den Arm. »Du bist mir in all diesen Jahren eine wunderbare Freundin gewesen. Ich weiß nicht, was ich ohne dich angefangen hätte, oder wie ich dir danken soll.«

»Es gibt nichts, wofür du dich bedanken müßtest, Claire.« Laura lächelte ihrer Freundin zärtlich zu und sah dann zum Himmel auf. »Ich bin so froh, daß du heute nach Kent gekommen bist und nicht erst morgen. Dieser Nachmittag ist einfach sagenhaft.«

»Ein schöner Tag«, pflichtete Claire ihr bei und folgte Lauras Blick. Die Augen wurden ihr feucht. Sie brauchte einen Moment, um die Fassung zurückzugewinnen und war dankbar, daß ihre Freundin anscheinend nichts bemerkt hatte. Claire richtete ihren Blick wieder auf Laura, schaute in ihre verblüffend blauen Augen und erklärte leise, aber mit fester Stimme: »Ich habe dir etwas mitzuteilen.«

Laura runzelte die Stirn und sah Claire genauer an. »Was ist los? Du klingst merkwürdig, irgendwie eigenartig«, fragte sie mit verwirrter Miene.

»Kürzlich hast du dich beklagt, du hättest mich in New York nicht zu Gesicht bekommen, weil ich viel zu beschäftigt mit den Fotoaufnahmen war. Ich hätte mir wenigstens die Zeit nehmen sollen, eine Tasse Kaffee mit dir zu trinken. Du erinnerst dich doch, oder?«

Laura nickte.

»Hättest du mir am Telefon nur von Doug erzählt, dann hätte ich irgendwie eine Minute gefunden, um zu dir zu kommen, dir beizustehen. Aber du hast nichts gesagt, und ich war von einer für mich lebenswichtigen Sache in Anspruch genommen. Abgesehen von den Aufnahmen, meine ich.«

»Und was war das?« fragte Laura, die Stirn immer noch in Falten gelegt, und wirkte noch verblüffter als eben.

»Ich habe mich untersuchen lassen.«

»Was ist mit dir?« verlangte Laura zu wissen und riß die Augen auf. »Du bist doch nicht krank, oder, Claire?«

»Ich fürchte doch.« Claire hielt kurz inne. »Ich werde sterben«, erklärte sie dann ruhig.

Laura fuhr ein Stück zurück, richtete sich kerzengerade auf und blinzelte. Sie spürte den Schock sogar körperlich. Eine entsetzliche Eiseskälte kroch in ihr hoch. Immer noch schien die Sonne, und der Himmel leuchtete weiter in diesem herrlichen, klaren Blau, aber der Tag hatte seinen Glanz verloren. Laura beugte sich zu ihrer Freundin hinüber und nahm ihre Hand. »Ich verstehe nicht ... Wieso glaubst du, daß du sterben mußt? Was ist mit dir nicht in Ordnung?« fragte sie. Ihre Stimme brach beinahe.

»Ich habe Brustkrebs«, antwortete Claire so ruhig und gelassen, wie sie konnte. Sie versuchte, nicht hysterisch zu werden. In ihrem Hotelzimmer, wo niemand sie hörte oder sah, war sie in den letzten paar Tagen einige Male zusammengebrochen.

Laura starrte ihre Freundin ungläubig an. Sie begriff Claires furchtbare Worte immer noch nicht richtig. »O Gott, Claire, nicht ausgerechnet du! Nicht du, Liebes ...« rief sie aus. Mitten im Satz versagte ihr die Stimme, und sie konnte nicht weitersprechen. Lauras Gesicht war aschgrau geworden, und in ihren blauen Augen stand nackte Angst.

Claire nickte. »Aber es ist wahr. Die letzten Tage habe ich im Memorial Sloan-Kettering Krebszentrum verbracht und mich untersuchen lassen.«

»Und die haben dir gesagt, daß du verloren bist?« flüsterte Laura. Sie gab sich alle Mühe, nicht in Tränen auszubrechen, sich so gut sie konnte zu beherrschen. Aber innerlich zitterte sie wie Espenlaub.

»Nein, nicht ausdrücklich«, antwortete Claire. »Das tun sie natürlich nie. Die Ärzte wollen die Hoffnung, die der Patient vielleicht noch hegt, nicht dämpfen oder sie ihm ganz nehmen. Aber ich weiß, daß ich den Sommer nicht überstehen werde. Mit Gewißheit werde ich nicht mehr am Leben sein, wenn ...«, sie blickte sich um und schloß mit fast versagender Stimme, »wenn hier die Blätter fallen.«

»Ach, Claire.« Laura schüttelte den Kopf, und Tränen

traten ihr in die Augen. »Ich kann das einfach nicht glauben.«

»Du mußt. Ich brauche dich. Du mußt stark sein, Laura. Für uns alle.«

»Das werde ich. Du kannst auf mich zählen«, antwortete Laura. Jetzt rannen ihr die Tränen über das Gesicht. Sie rückte näher an Claire heran, zog ihre Freundin in die Arme und hielt sie fest.

Verzweiflung und Kummer überwältigten Claire nun doch, und sie verlor die Beherrschung. Sie begann zu weinen und klammerte sich an Laura fest. Jetzt bedurfte sie ihrer Liebe und Freundschaft dringender als jemals in all den Jahren, die sie einander schon kannten.

19

»Wann hast du herausgefunden, daß du krank bist?« fragte Laura mit leiser, besorgter Stimme. »Im Dezember, als ich in Paris war? Du weißt, daß Hercule meinte, daß du nicht gut aussahst und er sich große Sorgen um dich gemacht hat.«

»Nein, damals nicht, da ging es mir ausgezeichnet. Ich habe mich überhaupt nicht krank gefühlt ... Aber offenkundig war ich das schon«, sagte Claire und lehnte sich in ihren Sessel zurück. Kurz schloß sie die Augen und wünschte, der Schmerz in Rücken und Hüftgelenken würde nachlassen. Während der letzten ein oder zwei Stunden hatte er ihr keine Ruhe gelassen. Mit großer Mühe setzte sie sich auf, beugte sich vor und griff nach dem Teebecher, den Laura ihr gebracht hatte. Dankbar nippte sie daran. Das kochendheiße, starke und süße Getränk erinnerte sie an ihre Kindertage. Grandpa Owen pflegte seinen Tee so zuzubereiten. »Bergmannstee« hatte er ihn genannt, und das Gebräu war absolut süchtigmachend.

Nachdem Claire ihrer Freundin die bedrückenden Neuigkeiten eröffnet hatte, waren die beiden Frauen nicht mehr lange im Park geblieben. Sie hatten sich gegenseitig die Tränen abgewischt und einander so gut wie möglich beruhigt, und dann waren sie zum Haus zurückgegangen und hatten sich in den Wintergarten gesetzt. Als Claire geklagt hatte, sie fühle sich unwohl und sämtliche Knochen täten ihr weh, war Laura sofort in die Küche geeilt und kurz darauf mit Tylenol-Tabletten und den Teetassen zurückgekehrt.

»Kannst du jetzt darüber reden?« begann Laura behutsam.

»Ja, es geht schon wieder, Laura. Frag mich alles, was du möchtest.«

»Ich habe eben überlegt, wie du wohl gemerkt hast, daß du krank bist. Hast du einen Knoten in der Brust entdeckt?«

Claire schüttelte den Kopf. »Nein, er saß unter meinem Arm. Ich habe ihn erst vergangene Woche ertastet.« Die junge Frau verzog das Gesicht. »Das Merkwürdige daran ist, daß ich letzten Monat unter demselben Arm eine ganz kleine harte Stelle gefunden hatte, die aber wieder weggegangen ist. Ich dachte, der Grund wären verstopfte Poren, du weißt schon, wenn man das falsche Deo benutzt. Zu der Zeit habe ich kaum einen Gedanken darauf verschwendet, besonders, da der Knoten fast über Nacht wieder verschwunden war.«

»Und als er ein paar Wochen später wieder da war, bist du gleich ins Memorial Sloan-Kettering gegangen«, vermutete Laura.

»Nein, ganz so war das nicht. Zuerst habe ich meine Freundin Nancy Brinker angerufen. Du erinnerst dich doch an sie, Laura? Die nette Texanerin, die wir vor ein paar Jahren in Paris gemeinsam kennengelernt haben.«

Laura nickte. »Natürlich weiß ich noch, wer Nancy ist. Wir haben im Ritz zu Mittag gegessen. Ihre Schwester Susan Komen ist an Brustkrebs gestorben, und daraufhin hat sie eine Stiftung ins Leben gerufen, um zum Kampf gegen die Krankheit beizutragen.«

»Genau, die Susan G. Komer Stiftung für die Bekämpfung von Brustkrebs. Nancy hat den ›Wettlauf für ein Heilmittel‹ ins Leben gerufen, und sie hat auf alle möglichen Arten Millionen und Abermillionen an Spendengeldern zusammengebracht. Jedenfalls ist sie die einzige Person in meinem Bekanntenkreis, die umfassende Kenntnisse über die Krankheit besitzt. Also habe ich sie in Dallas angerufen, nur Minuten, nachdem ich den Knoten unter meinem Arm entdeckt hatte. Nancy hat mich dann im Memorial Sloan-Kettering angemeldet.«

»Und die haben dich sofort untersucht?«

»O ja, sie haben jede Menge Tests vorgenommen. Der Arzt war äußerst gründlich. Als er entdeckte, daß der Knoten hart war und sich nicht verschieben ließ, hat er versucht, eine Nadel hineinzustechen und ihn anzusaugen. Er meinte, vielleicht handle es sich um eine Zyste, verstehst du. Nachdem das nicht funktionierte, hat er mir eine ganze Reihe weiterer Untersuchungen verordnet.« Claire unterbrach sich und schüttelte den Kopf. »Du brauchst dir das alles nicht anzuhören; es ist ziemlich deprimierend.«

»Doch, Claire! Ich will alles wissen. Nur wenn ich die Krankheit verstehe, kann ich dich unterstüzen, dir helfen, diese Sache durchzustehen.«

Ihre Freundin holte tief Luft und fuhr fort. »Als der Arzt den Knoten nicht ansaugen konnte, hat er mich zu einer hochauflösenden Mammographie und zur Ultraschalluntersuchung geschickt. Darauf folgten Nadelbiopsie, Knochenmarkuntersuchungen, Blut- und Lebertests. Nachdem all diese Untersuchungen abgeschlossen waren, habe ich dann am nächsten Tag die Diagnose erhalten ...« Claire zögerte, bevor sie zu Ende sprach. »Man hat einen hochaggressiven, metastasierenden Brustkrebs diagnostiziert und mich als Patientin im vierten Krankheitsstadium eingestuft.«

»Was heißt das?«

»Daß meine Überlebenschancen äußerst gering sind. Genau gesagt liegen sie bei fünf Prozent.«

»Claire ...« Lauras Entsetzen wuchs, und sie brachte kein Wort mehr heraus. Ihre Kehle krampfte sich zusammen, und sie spürte, daß sie gleich in Tränen ausbrechen würde. Aber angesichts von Claires unglaublicher Tapferkeit nahm sie sich eisern zusammen. »Aber viele Frauen, die Brustkrebs haben, werden wieder gesund«, wandte sie rasch ein.

»Sicher, das stimmt. Man wird mir eine äußerst aggressive Therapie verordnen, aber niemand kann garantieren, daß sie wirkt. Das Ergebnis kann trotzdem negativ sein.«

»Sollst du dir die Brust entfernen lassen?«

»Nein. Chemotherapie. Die Ärzte im Sloan-Kettering möchten, daß ich in New York bleibe und mich etlichen Behandlungen mit hochdosierten Medikamenten unterziehe, aber ich fliege wie geplant nächste Woche nach Paris zurück. Dieselbe Therapie kann ich auch dort bekommen. Verstehst du, Laura, ich muß nach Paris zurück, wegen Natasha, und außerdem habe ich meinen Job bei der Zeitschrift.«

»Aber vielleicht wäre es besser, wenn du in New York bliebest und dich am Sloan-Kettering behandeln ließest. In meiner Wohnung ist genug Platz, und dann ist noch dieses Haus da. Du könntest hier wohnen, wenn du magst. Von Connecticut aus bist du in ein paar Stunden in New York. Wir könnten Natasha nachholen. Sie kann in Manhattan zur Schule gehen und an den Wochenenden herkommen. Oder eine Schule hier in der Gegend besuchen.«

Claire schüttelte den Kopf. »Ich muß zurück. Aber trotzdem vielen Dank für dein Angebot, Laura.«

»Bitte denk noch einmal darüber nach. Ich meine, nach New York zu ziehen. Für immer.«

»Das werde ich, versprochen.«

»Hast du ... sonst noch Schmerzen, Claire?«

»Nein, nur diese allgemeine Empfindlichkeit, von der ich dir erzählt habe. So wie man sich fühlt, wenn man eine Grippe ausbrütet. Sämtliche Knochen tun mir weh.«

»Haben die Ärzte dir etwas dagegen gegeben?«

»Nur Tylenol.«

Die beiden Frauen verstummten. Jede hing ihren eigenen Gedanken nach.

Claire überlegte, ob sie weitererzählen und Laura gestehen sollte, wie ihr Zustand wirklich war, nämlich noch weit ernster, als sie bis jetzt hatte durchblicken lassen. Fast sofort entschied sie sich dagegen. Für den Moment hatte sie genug gesagt. Weiter wollte sie Laura nicht belasten. Den Rest würde sie ihr später mitteilen, kurz vor ihrer Rückkehr nach Frankreich.

Laura dagegen beschäftigte sich mit der Zukunft. An erster Stelle stand für sie jetzt, Claire in dieser schwierigen Zeit zu unterstützen. Hartnäckig klammerte sie sich an die Hoffnung, daß die Chemotherapie den Krebs würde aufhalten können. Auch Alisons ältere Schwester Diane hatte diese Schlacht geschlagen und gewonnen. Ihr Krebs war per Chemotherapie zerstört worden, also war sie doch der lebende Beweis dafür, daß die Therapie wirkte, oder? Obwohl es im Wintergarten warm war, zitterte Laura. Erst jetzt ließ der Schock ein wenig nach. Claires überraschende, völlig unerwartete Mitteilung und deren weitreichende Konsequenzen hatten sie fassungslos gemacht, und sie fühlte sich hilflos und wie am Boden zerstört. Aber sie wußte, daß sie stark und tapfer sein mußte, wenn sie Claire eine Stütze sein wollte.

Schließlich brach Claire das Schweigen. »Natürlich habe ich Natasha noch nichts gesagt, nicht einfach so am Telefon«, murmelte sie. »Ich muß bei ihr sein, wenn ich ihr davon erzähle, damit ich sie beruhigen und trösten kann.«

»Ja, das wäre wohl das Beste«, pflichtete Laura ihr bei

und dachte, was für ein vernichtender Schlag das für Claires Tochter sein würde. »Was ist mit Philippe?« platzte sie dann heraus, ehe sie sich auf die Zunge beißen konnte. »Wann wirst du ihm mitteilen, daß du krank bist?«

»Das habe ich nicht vor, jedenfalls im Moment nicht.«

Laura nickte, obwohl Claires Antwort sie erstaunte. Nach kurzem Überlegen fragte sie leise: »Darf ich es denn Grandma Megan sagen? Ich finde, sie sollte davon erfahren.«

Claire zögerte. Unsicher biß sie sich auf die Lippen und schüttelte dann den Kopf. »Der Schock wäre vielleicht zuviel für sie und würde sie zu sehr aufregen, meinst du nicht?«

»Du weißt doch, daß sie ziemlich zäh ist. Und sie wird mir ohnehin vom Gesicht ablesen, daß etwas nicht stimmt. Kummer und Sorgen sind schwer zu verbergen, Claire.«

»Dann solltest du es ihr sagen. Ja, ich finde auch, sie sollte Bescheid wissen.«

Später, allein in ihrem Zimmer, ließ Laura ihren Gefühlen freien Lauf. Sie warf sich auf das Sofa am Fenster und weinte untröstlich um Claire. Sie selbst war bis ins Innerste erschüttert und bekümmert, daher konnte sie zumindest vage erahnen, wie Claire sich fühlen mußte. Und sie wußte, wieviel Leid vor ihrer Freundin lag, solche Qualen, daß sie kaum daran denken mochte. Allein bei der Vorstellung krampfte ihr Herz sich schmerzhaft zusammen. Andererseits war ihr klar, daß sie ihre Gefühle in Zaum halten mußte, um Claire zu helfen. Schon jetzt beschlich Laura ein furchbares Verlustgefühl; tief in ihrem Inneren war ihr klar, daß Claire diesen Kampf womöglich nicht gewinnen würde. Wie ihre Freundin selbst erklärt hatte, konnte niemand garantieren, daß die Behandlung anschlagen würde.

Ihre Gedanken wandten sich Hercule zu. Wie recht er doch im Dezember gehabt hatte! Er hatte etwas an Claire bemerkt, das Laura nicht gesehen hatte – ja, nicht einmal Claire selbst. Er hatte Laura anvertraut, im Fotostudio habe Claires Gesicht einen Augenblick lang wie eine Totenmaske gewirkt. Damals war es Laura kalt den Rücken heruntergelaufen. Jetzt wünschte sie sich, sie hätte Claire zu einem Arzt geschleppt. Laura seufzte, wischte sich die Augen und nahm sich entschlossen zusammen. Tränen halfen weder ihr noch Claire weiter. Sie mußte wie ein Fels in der Brandung stehen und stark sein, so wie Claire sie brauchte.

Meine beste, meine liebste Freundin, dachte Laura, und ich werde sie verlieren. Sie konnte sich einfach nicht vorstellen, daß Claire eines Tages nicht mehr dasein würde, daß sie beide nicht bis ans Ende ihrer Tage zusammensein, gemeinsam alt werden würden, wie sie das immer vorgehabt hatten. Obwohl sie heute in verschiedenen Ländern lebten, standen sie sich immer noch so nahe wie als kleine Mädchen. Sie waren Seelenschwestern.

Laura holte ein paarmal tief Luft und ging ins Bad. Sie wusch sich ihr tränenbenetztes Gesicht mit kaltem Wasser, bürstete sich das Haar, legte einen Hauch Lippenstift auf und besprühte sich mit Parfüm. Ein paar Minuten später ging sie über den Korridor zu Megans Zimmer.

Als sie das Ende des Flurs erreichte, blieb Laura stehen und blickte durch das große Fenster in die Ferne, zu den Hügeln. Sie erhoben sich in einem großartigen Schwung und berührten fast den Himmel, dessen strahlendes Blau jetzt am Spätnachmittag zu einem kristallklaren Licht verblaßt war. Es schien hinter den Hügeln zu entspringen und übergoß die Gipfel mit Silber. So viel Schönheit auf dieser Welt, dachte sie, und doch so viel Leid und Schmerz.

Laura spürte, wie der eisige Hauch sich wieder über sie legte, und erschauerte unwillkürlich.

Sie wandte sich ab, pochte an die Tür ihrer Großmutter und legte dann das Ohr dagegen, um zu horchen. Eben wollte sie noch einmal klopfen, als Megan rief: »Komm herein, Fenice.«

»Ich bin's, Gran«, sagte Laura, während sie die Tür öffnete und ins Zimmer trat. »Sollte Fenice etwas für dich erledigen?«

»Nein, mein liebes Mädchen. Sie wollte mir nur die *New York Times* heraufbringen, die ich heute morgen nicht ausgelesen habe«, antwortete Megan und lehnte sich in die Kissen zurück.

»Ich gehe dir die Zeitung gleich holen. Vielleicht hat Fenice sie ja vergessen, oder sie macht gerade den Nachmittagstee. Du weißt ja, was für eine Staatsaffäre sie daraus macht, wenn du hier bist.«

»Das ist wohl wahr.« Megan sah Laura forschend an und schlug dann mit der flachen Hand auf den Bettrand. »Setz dich her. Du siehst aus, als wärest du gekommen, um mir etwas Ernstes und Wichtiges mitzuteilen, Laura.«

»Wie kommst du darauf, Grandma?«

»Das sehe ich. Diese Miene. Du schaust drein wie ein begossener Pudel. Du bist aufgewühlt, Laura. Ja, irgend etwas bereitet dir große Sorgen. Komm schon, erzähl mir davon. So schlimm wird es schon nicht sein.«

»Ich fürchte doch«, erwiderte Laura, setzte sich auf das Bett und nahm Megans runzlige, von Altersflecken überzogene Hand.

Ihre Großmutter sah sie an und zog aufmerksam die verblaßten blauen Augen zusammen. »Sag's mir ohne Umschweife. Das ist die einzig mögliche Art, schlechte Nachrichten zu überbringen.«

»Das wird ein Schreck für dich. Ich möchte, daß du darauf vorbereitet bist.«

»An Schocks bin ich gewöhnt, Laura. Mein ganzes Leben lang habe ich einen nach dem anderen versetzt bekommen, und irgendwie habe ich alle überstanden. Los doch, heraus damit.«

»Es geht um Claire, Grandma Megan. Sie ist sehr krank. Brustkrebs. Sie glaubt nicht, daß sie noch bis zum Herbst zu leben hat.«

Megan stöhnte auf. Alles Blut wich aus ihrem Gesicht, sie sank in die Kissen zurück und preßte fast krampfartig die Lider zusammen. Als sie kurz darauf die Augen wieder öffnete, standen Tränen darin. »O mein Gott, das arme Kind! Dabei ist Claire noch so jung, erst sechsunddreißig.«

Laura nickte. »Es zerreißt einem das Herz, Gran.«

»Erzähl mir alles«, verlangte Megan, den Blick angespannt auf Laura gerichtet.

Nachdem sie ihrer Großmutter alle relevanten Einzelheiten über Claires Krebsleiden mitgeteilt hatte, erklärte Laura: »Ich habe versucht, sie zu überreden, wieder nach New York zu ziehen, aber sie möchte nicht. Anscheinend kann sie die Chemotherapie auch in Paris durchführen.«

Megan runzelte die Stirn. »Ich bin deiner Ansicht. Ich finde, es wäre weit besser, sie käme nach Hause. In Paris hat sie doch eigentlich niemanden, der ihr nahesteht, oder?«

»Nun ja, da ist Hercule.«

»Ja, gewiß. Er ist ein so liebenswürdiger Mensch, und ich weiß genau, daß er versuchen wird, Claire so gut wie möglich zu unterstützen. Aber hier hat sie uns. Schließlich sind wir im Grunde die einzige Familie, die Claire jemals besessen hat.«

»Ich werde versuchen, sie zu überzeugen, Gran.«

»Ja, tu das nur, Liebling. Ich vermute, sie wird auch Philippe Lavillard Bescheid geben. Und Rosa.«

»Das glaube ich eher nicht. Sie hat zumindest gesagt, daß sie das nicht fertigbringt, noch nicht.«

»Aber sie muß!« rief Megan aus. »Schon wegen Natasha müssen sie davon erfahren. Vielleicht solltest du es ihnen sagen.«

»Gran! Red keinen Unsinn. Das kann ich nicht machen, entgegen Claires ausdrücklichem Wunsch. Außerdem käme ich mir vor, als würde ich im Leben eines anderen Menschen Gott spielen. Philippe muß das aus Claires Mund hören.«

»Ja, du hast recht.« Megan schob sich hoch und machte Anstalten, aus dem Bett zu steigen. »Kommt Claire zum Tee herunter?«

»Ich glaube schon. Wir sind übereingekommen, daß ich dir vorher von ihrer Krankheit erzähle. Soll ich dir aus dem Bett helfen, Grandma?«

»Ja, heute brauche ich ausnahmsweise deine Hilfe, Kind.«

»Wie hat sie die Nachricht aufgenommen?« fragte Claire und sah Laura von der anderen Seite des Zimmers aus an. Sie lag auf dem Bett, unter der Daunendecke.

»Stoisch wie immer«, antwortete Laura verhalten lächelnd. »Gran ist wie ein altes Schlachtschiff. Sie ist Tiefschläge, Zusammenstöße und wilde Stürme gewöhnt, aber sie bringt es fertig, den Kiel einigermaßen gerade zu halten. Natürlich war sie schrecklich bestürzt und macht sich große, große Sorgen um dich, Claire. Sie ist meiner Meinung … sie findet auch, du solltest nach Hause kommen. Zu deiner Familie. So hat sie es ausgedrückt.«

Claire war gerührt, und Tränen traten ihr in die Augen. Sie strich mit der Hand darüber und blinzelte ein paarmal. »Ach, Laura, was für ein Segen, dich und Grandma Megan zu haben. Ihr seid mir so ein Trost, eine solche Beruhigung. Aber im Moment finde ich, daß ich zurückfliegen und sehen sollte, wie die Dinge in Paris stehen.«

»Okay, aber vergiß nicht, daß du versprochen hast, darüber nachzudenken, wieder nach Hause zu ziehen. Hör mal, Gran wollte wissen, was du wegen Philippe vorhast. Ich meine, wann du ihm von deiner Krankheit erzählen willst.«

»Ich sagte dir doch … ich weiß es nicht.« Claire schlug die Decke zurück und stieg aus dem Bett. Sie setzte sich vor den Kamin und starrte in die Flammen. Nach kurzem Schweigen blickte sie auf. »Komm einen Augenblick zu mir«, bat sie. »Ich will noch etwas anderes mit dir besprechen.«

Laura tat, worum Claire sie gebeten hatte und nahm den anderen Stuhl, der vor dem Feuer stand. »Und was ist das?« fragte sie. »Du klingst so furchtbar bedrückt, noch schlimmer als eben, Claire.«

»Das stimmt, ich mache mir große Sorgen, Laura. Um Natasha und ihre Zukunft. Sie ist noch so jung, im Sommer wird sie fünfzehn, auch wenn sie in vielerlei Hinsicht sehr erwachsen wirkt.« Claire suchte Lauras Blick. »Wirst du dich Natashas annehmen, wenn ich nicht mehr bin?« fragte sie. »Würdest du an meiner Stelle für meine Tochter sorgen, bis sie ein wenig älter ist?«

Einen Moment lang war Laura verblüfft, dann erwiderte sie Claires Blick. »Natürlich!« rief sie aus. »Du weißt doch, wie gern ich Natasha habe.«

»Sie ist ein braves Mädchen, Laura, und wird dir nicht zur Last fallen, das verspreche ich dir …« Claire brachte kein Wort mehr heraus. Sie blinzelte, räusperte sich und wandte ein paar Sekunden den Blick ab.

Auch Laura war tief bewegt. Sie schluckte heftig, nahm Claires Hand und drückte sie. Dann kniete sie vor ihrer Freundin nieder und legte die Hände um ihr Gesicht, so daß sie einander ansahen. »Hast du etwa befüchtet, ich könnte ablehnen?«

»Nein, nicht du, meine treue Laura.« Claire seufzte leise. »Es ist nur so schwer ... zu wissen, daß ich nicht für meine Tochter dasein kann ... ich werde nicht miterleben, wie sie erwachsen wird, ihren Schulabschluß macht, heiratet ... Ich werde meine Enkelkinder niemals kennenlernen ...« Claires Stimme brach.

»Ach Claire, Liebes, bitte gib nicht auf. Wir müssen dagegen kämpfen. Viele Frauen schaffen es, den Krebs zu besiegen.«

»Ich nicht.« Claires Stimme bebte, und sie mußte sich ein weiteres Mal unterbrechen, um sich zur Ruhe zu zwingen. Nach einer kurzen Pause und ein paar tiefen Atemzügen war sie in der Lage, fortzufahren. »Der Krebs hat sich über die Lymphknoten unter meiner Achsel ausgebreitet. Dreiundzwanzig meiner Lymphknoten sind positiv. Die Metastasen haben sich über das Knochenmark bis in alle Knochen fortgepflanzt ... Bald werden sie meine Leber angreifen ... Wie ich schon sagte, Laura, werde ich nicht mehr lange genug leben, um zu sehen, wie die Blätter hier auf der Farm braun werden ...« Nun, konfrontiert mit dem wahren Gesicht ihrer Krankheit, quollen Claire die Tränen ungehemmt aus den Augen und rannen ihr die Wangen herunter.

Laura begann ebenfalls zu schluchzen, entsetzt, verzweifelt und voller Angst um ihre liebste Freundin.

Claire streckte Laura die Arme entgegen, und genau wie eben im Park klammerten sie sich aneinander und versuchten, sich gegenseitig Trost zu spenden. Lange Zeit verharrten sie so, leise weinend. In diesen Minuten akzeptierte Laura endgültig, daß Claires Schicksal besiegelt war.

Schließlich ging Laura ins Bad, wo sie eine Schachtel Papiertücher fand. Sie trocknete sich die Augen und das Gesicht und brachte den Karton dann Claire, die vor dem Kamin sitzengeblieben war.

Nach einer Weile vermochte Claire sich wieder zu fassen. »Setz dich noch einmal einen Augenblick zu mir, Laura«, bat sie.

Laura nickte und ließ sich in den Sessel fallen. »Jetzt sag mir, was du noch auf dem Herzen hast, Liebes.«

»Können wir nächste Woche, wenn wir zurück in New York sind, zu deinem Anwalt gehen? Ich möchte die Dokumente aufsetzen, die dich zu Natashas gesetzlichem Vormund erklären.«

»Natürlich, wenn du das wünschst.«

»Ja, das will ich.«

»Aber wo bleibt Philippe dabei?«

»Er ist ihr nie ein Vater gewesen, und er wird sie nicht haben wollen. Glaub mir das.«

»Brauchst du nicht seine Zustimmung, um mich zu Natashas Vormund zu erklären?«

»Nein. Ich habe das alleinige Sorgerecht für Natasha inne, und etwaige Besuche durch den Vater stehen in meinem Ermessen. Er wird ohnehin deswegen keinen Streit anfangen. Das ist nicht seine Art. Außerdem, wie könnte er sich von Zaire aus um seine Tochter kümmern? Die meiste Zeit sitzt er doch in Quarantäne. Und dann noch seine Frauengeschichten. Natasha würde ihn nur behindern.«

Laura schwieg.

»Du wirst doch für mich auf Natasha aufpassen, oder, Laura?« fuhr Claire fort. »Sonst kann ich nicht in Frieden ruhen.«

»Bitte rede nicht so, Claire. Du weißt, daß das keine Frage ist. Ich verspreche dir, daß ich mich um Natasha kümmern werde, solange sie mich braucht, ach was, ihr ganzes Leben lang. Sie soll mir wie meine eigene Tochter sein.«

»Dann ist das abgemacht?« Claires grüne Augen hefteten sich auf ihre Freundin.

»Versprochen«, antwortete Laura mit fester Stimme.

Zum ersten Mal seit Tagen lächelte Claire.

3. Teil

Sommer 1997

20

Laura hatte schon immer Freude an ihrer Arbeit gehabt, und nun wurde die rastlose Aktivität zu ihrer Rettung. Sie half ihr, ihren Kummer und ihre Sorge um Claire in Zaum zu halten. Die junge Frau war so beschäftigt und so viel unterwegs, daß sie keine freie Minute fand, um über Problemen zu brüten, die, wie sie genau wußte, unlösbar waren. Und genau das war Lauras Absicht.

»Ich muß einfach in diesem Tempo weitermachen«, erklärte sie Alison, die ihr ständig riet, alles langsamer angehen zu lassen, ein ums andere Mal. »Das ist halt meine Art, mit Claires Krebs und meiner Scheidung von Doug umzugehen. Wenn ich auch nur lange genug Pause mache, um tief Luft zu holen, kriege ich einen hysterischen Anfall und breche zusammen.«

Klugerweise hatte Lauras Partnerin sie nach dem vorerst letzten dieser Gespräche in Ruhe gelassen. Alison brachte es fertig, sich weiterer Kommentare zu enthalten, selbst wenn Laura übermäßig gestreßt und ausgebrannt wirkte.

Im April und Mai unternahm Laura vier Reisen nach London, um Maximilian West zu treffen, dessen Kunstsammlung sie durcharbeitete, qualitativ verbesserte und organisierte. Jedesmal buchte sie für ihre Rückkehr nach New York einen Flug über Paris, damit sie die Reise einen oder zwei Tage unterbrechen und mit Claire und Natasha zusammensein konnte.

Claire befand sich mitten in der chemotherapeutischen Behandlung mit hochdosierten Medikamenten und versuchte, nach außen hin Tapferkeit zu demonstrieren. Laura konnte nur beten, daß die Therapie anschlagen und der Krebs zurückgehen würde.

So kurz die Aufenthalte in Paris waren, sie ermöglichten Laura zumindest, kostbare Zeit mit Claire – und auch mit Natasha – zu verbringen. Jeder Besuch versetzte Laura von neuem in Staunen, und ihre Bewunderung für die Vierzehnjährige wuchs. Natasha setzte sich mit der furchtbaren Situation, welche die unheilbare Krankheit ihrer Mutter für sie darstellte, auf ganz außerordentliche Weise auseinander. Sie war ihrer Mutter Stütze und liebevolle, besorgte Gefährtin zugleich und Tag und Nacht für sie da. Aber was Laura am meisten verblüffte, war Natashas Pragmatismus. Das Mädchen hatte eine äußerst nüchterne Art entwickelt, Verantwortung zu übernehmen und Dinge zu regeln.

»Ich würde sogar behaupten, daß sie extrem geschäftsmäßig damit umgeht«, bemerkte Laura eines Abends Anfang Juni zu Doug. Er hielt sich geschäftlich in New York auf und hatte sie im Büro angerufen und gebeten, mit ihm essen zu gehen, ehe er wieder nach Los Angeles flog. Sie hatten sich für seinen letzten Abend in New York verabredet.

Nun saßen sie im Felidia, ihrem Lieblingsitaliener, beim Essen, und Laura erzählte ihm von Natasha und lobte sie in den höchsten Tönen.

»Geschäftsmäßig ist ein eigenartiges Wort in einer solchen Lage«, entgegnete Doug und sah Laura über den

Tisch hinweg an. »Ich bin mir nicht ganz sicher, was du damit meinst, besonders in bezug auf einen Teenager.«

»Sie steht mit beiden Beinen auf der Erde und denkt sehr praktisch. Das Mädel ist wirklich tüchtig. Bemerkenswert. Natasha kümmert sich um alles – die Rechnungen, Claires Bankangelegenheiten, den ganzen Papierkram –, und sie bezahlt die Haushälterin und erteilt ihr Anweisungen.« Laura lächelte. »Sie benimmt sich wie eine kleine Mutter und organisiert Claires und ihren ganzen Alltag. Sicher, sie war ihren Altersgenossen geistig schon immer weit voraus. Ich vermute, das kommt daher, daß sie als Einzelkind immer viel mit Erwachsenen zusammengewesen ist. Claire hat sie natürlich zur Selbständigkeit und Unabhängigkeit erzogen, und das zahlt sich jetzt aus.«

»Und wie geht's ...« Doug unterbrach sich abrupt und warf Laura einen vorsichtigen Blick zu. Als er fortfuhr, klang seine Stimme warm und liebevoll. »Wie stehen Claires Heilungschanchen, Laura?«

»Leider nicht gut«, antwortete Laura, und ihre Miene wirkte plötzlich traurig. »Ich bete, daß sie wieder gesund wird, aber das kann man einfach noch nicht einschätzen«, setzte sie in resigniertem Unterton hinzu.

Doug war ihr Tonfall nicht entgangen, und er legte tröstend seine Hand auf Lauras. »Es tut mir leid, schrecklich leid, daß sie so krank ist«, meinte er. »Ihr beide habt euch immer so nahegestanden. Ich weiß, wie besorgt du um sie bist.«

»Ja, das stimmt. Aber zugleich bin ich sehr stolz auf Claire, Doug. Das wärest du auch, wenn du sie sehen könntest. Sie ist der tapferste Mensch, den ich je gekannt habe, und ich finde es einfach bemerkenswert, wie sie mit der Behandlung zurechtkommt. Die Medikamente sind sehr aggressiv, extrem hoch dosiert und rufen jede Menge unangenehmer Nebenwirkungen hervor.«

»Nach dem, was ich gehört habe, müssen sie grauenhaft sein.«

»Claire leidet zeitweise stark unter Schwindelanfällen und Erbrechen. Und sie hat ihr Haar vollständig verloren.«

»O nein, nicht ihre wunderbare rote Mähne! Sie war ihr Stolz und ihre Freude.«

»Ich weiß. Aber Natasha und Hercule sind losgezogen und haben ihr eine Perücke gekauft, ein sagenhaftes rostrotes Teil, kurz und lockig und aus echtem Haar. Und sie steht ihr gut; man kann tatsächlich kaum erkennen, daß es sich um eine Perücke handelt. Die beiden haben sie im besten Laden in Paris gekauft, einem Salon, der Theater beliefert und in dem viele Schauspielerinnen Kundinnen sind. Claire gibt sich unendliche Mühe, ihr Leben so normal wie möglich weiterzuführen.«

»Aber sie arbeitet doch wohl nicht mehr bei der Zeitschrift?« fragte Doug.

»Doch, zeitweilig schon. Der Eigentümer hat sie freigestellt, aber wenn sie das Gefühl hat, sie könnte einen Tag oder auch nur einen halben durchstehen, geht sie in die Redaktion. Anweisungen und Aufträge erteilt sie von zu Hause aus und redigiert auch dort. Und die Mitarbeiter halten ihre Sitzungen in ihrer Wohnung ab. Der Eigentümer möchte, daß sie wieder Vollzeit arbeitet, sobald sie sich besser fühlt, aber unterdessen bringt er viel Verständnis auf. Gott sei Dank zahlt er Claire ihr Gehalt weiter.«

»Und wie hat Hercule die Nachricht aufgenommen?« Doug sah Laura über das Glas Rotwein an, das er in der Hand hielt.

»Du meine Güte, Doug, frag lieber nicht. Zuerst war er niedergeschmettert. Du weißt ja, daß er verliebt in Claire ist. Und außerdem ist seine Frau Veronica an Krebs gestorben. Lymphdrüsenkrebs, glaube ich. Als Claire ihm von ihrer Krankheit erzählte, war er am Boden zerstört. Und dann hat er gegen sich selbst gewütet. Im Dezember war ihm etwas an Claire eigenartig vorgekommen. Ich hatte dir ja schon damals erzählt, er hege den Verdacht, sie sei krank. Wie recht der Mann doch hatte! Hercule war furchtbar zornig auf sich selbst, weil er nichts unternommen und sie nicht schon im Dezember gedrängt hat, zum Arzt zu gehen. Ich weiß, wie er sich fühlt. Deswegen war ich selbst wütend auf mich, ich meine, weil ich Claire nicht zum Doktor geschleppt habe, nachdem Hercule mir seine Befürchtungen anvertraut hatte. Er ist Claire ein wunderbarer Freund, besorgt, liebevoll und großmütig. Hercule kann gar nicht genug für Claire tun, und es ist mir ein Trost, ihn in ihrer Nähe zu wissen.«

»Hercule ist ein guter Mensch. Ein prima Bursche. Und was ist mit Philippe? Hat Claire ihm inzwischen mitgeteilt, wie es um sie steht?«

»Ja, das hat sie. Mit Natashas Hilfe konnte ich sie dazu überreden. Er hat ein Recht, davon zu erfahren, und wir haben Claire so lange zugesetzt, bis sie ihn in Atlanta angerufen hat. Das war letzten Monat, im Mai, als ich ein langes Wochenende in Paris bei den beiden verbracht habe.«

»Was hat Philippe denn in Atlanta gemacht? Mal wieder die Seuchenbekämpfungsbehörde aufgesucht?« Doug blickte verwirrt drein.

»Nein, er arbeitet jetzt dort. Seit Ende April schon. Anscheinend war ein Vorstellungsgespräch der Grund, aus dem er letztes Jahr im Dezember dorthin geflogen ist, um den Leiter der Behörde zu treffen. Er bekleidet jetzt einen ziemlich hohen Posten bei der Organisation.«

»Das hat ja nun gar nichts mehr mit seiner Tätigkeit als Virologe in Afrika zu tun«, meinte Doug und zog eine seiner dunklen Brauen hoch.

»Das stimmt schon. Aber ich glaube, er war erleichtert, die Stellung in Atlanta anzutreten. Das hat er mir jedenfalls am Telefon erklärt. Anscheinend hat die Arbeit in Afrika ihn sehr erschöpft. Er sagte, er fühle sich wie ausgebrannt.«

»Das kann ich verstehen. Aber was ist mit dem Sorgerecht? Weiß Philippe inzwischen, daß du Natashas gesetzlicher Vormund bist, Laura?«

»O ja. Auch hierbei habe ich darauf bestanden, daß Claire ihn unterrichtet. Es ist nur recht und billig, daß er davon erfährt, und Grandma Megan hat uns deswegen ohnehin in den Ohren gelegen. Schließlich ist er Natashas Vater.«

»Und wie hat er reagiert?« hakte Doug nach.

»Eigentlich sehr positiv. Verstehst du, ich habe schließlich nicht von Angesicht zu Angesicht mit ihm gesprochen, sondern nur am Telefon. Aber er klang ganz normal und schien Verständnis aufzubringen. Er meinte, ein Mädchen in Natashas Alter sollte eine Frau um sich haben. Und natürlich hat Claire ihm versichert, er könne Natasha besuchen, wann immer er möchte.«

»Ich bin froh, daß sie so gehandelt hat ...« Doug nahm noch einen Schluck Rotwein, stellte dann das Glas ab und beugte sich über den Tisch. »Hör mir zu, Laura, du hast dir da eine höllische Verantwortung aufgehalst. Wenn Claire ... wenn sie diese Sache nicht übersteht, wirst du einen Teenager großziehen. Nicht gerade die einfachste Aufgabe der Welt, besonders nicht heutzutage.«

»Ich weiß. Aber ich schaffe es. Ich weiß einfach, daß ich das kann, Doug. Und Natasha ist ein gutes Mädchen.«

»Wenn es wirklich soweit kommt, wird das dein ganzes Leben verändern.«

»Viele Dinge geben dem Leben eines Menschen eine neue Richtung, mein lieber Doug. So ist die Welt halt.« Laura warf ihm einen scharfen Blick zu. »Eine Scheidung zum Beispiel. Meines hat sie ganz bestimmt verändert.«

Doug nahm ihre Hand. »Es tut mir leid, so furchtbar leid, Laura, daß wir es nicht geschafft haben.«

»Das weiß ich. Ich empfinde genauso.«

»Ich mache mir Sorgen um dich und diese Situation, falls sie denn eintritt.«

»Das brauchst du nicht, Doug. Ich komme schon zurecht, wirklich. Selbst wenn ich Natasha großziehen muß, werde ich damit fertig. Ich schaffe das, Doug.«

»Ja, das wirst du.« Doug schaute sie prüfend an. »Du bist sehr stark und mutig. Ich habe dich immer wegen deiner Kraft bewundert. Weißt du, es gibt nicht viele Menschen wie dich.«

Laura lächelte ihm zu. »Danke für deine freundlichen Worte, aber ich glaube, auf dieser Welt existieren eine Menge starker Frauen, die tapfer und verläßlich sind, loyal und unbezwingbar. Nimm Grandma Megan; sie ist nicht kleinzukriegen und einfach unschlagbar.«

»Wohl wahr. Aber du bist trotzdem einzigartig. Ich habe diese Eigenschaft gleich an dir erkannt, ganz zu Anfang.«

»Ich weiß, das sagtest du schon. Claire möchte jedenfalls, daß Natasha in einer Familie aufwächst, genauer gesagt, bei den Valiants.«

Doug starrte sie an. Auf seiner Miene malte sich ungläubiges Staunen. »Aber die Familie besteht nur aus dir, Laura.«

Wortlos erwiderte sie seinen Blick, hob ihre Kaffeetasse und nahm einen großen Schluck. Dann lehnte sie sich auf ihrem Stuhl zurück. Aus ihren leuchtendblauen Augen sah sie ihn fest an. »Nein, da sind noch meine Mutter, Grandma Megan und Dylan. Gar nicht zu reden von meinen beiden Tanten, Rhianon und Cara.«

Verwundert schüttelte Doug den Kopf. »Dylan lebt in London, wo er für das *Time*-Magazin arbeitet und sich mit seinen Weibergeschichten herumschlägt. Verantwortung ist wohl kaum seine starke Seite. Deine Mutter, die noch nie ein besonders verläßliches Familienmitglied war, treibt sich in exotischen Weltgegenden herum und widmet sich ihren Wandgemälden. Deine beiden altersschwachen Tanten bekommst du nie zu sehen, weil sie völlig zurückgezogen leben. Und deine Großmutter geht auf die Dreiundneunzig zu. Die Familie Valiant besteht nur aus dir, Laura.«

»Aber ich empfinde nicht so, ich fühle mich nicht allein. Wirklich nicht, Doug.«

Seufzend schüttelte Doug den Kopf. »Hör mal, ich liebe dich und werde immer für dich dasein, wenn du mich brauchst. Aber wir wollen doch nicht vergessen, daß ich jetzt in Los Angeles lebe. Ich werde ganz bestimmt nicht allzuoft in der Nähe sein, um dich bei Natashas Erziehung zu unterstützen.«

»Aber vielleicht kommt alles noch ganz anders. Hoffentlich ist das gar nicht nötig. Ich drücke Claire die Daumen ... bete, daß sie es schafft.«

Zwei Wochen später führte Laura ein ganz ähnliches Gespräch mit Philippe Lavillard. Da sie nichts dagegen hatte, am Wochenende zu arbeiten, war sie eines Samstagnachmittags ins Büro gegangen, um die Kunstkataloge aus Europa durchzusehen, die sich auf ihrem Schreibtisch stapelten.

Sie hatte den Papierberg zur Hälfte abgearbeitet, als das Telefon schrillte und sie zusammenfahren ließ. Sie hob den Hörer ab. »Art Acquisitions.«

»Bist du das, Laura? Hier ist Philippe Lavillard.«

»Oh, hallo«, rief sie aus. Einen Moment lang war sie verblüfft, seine Stimme zu hören.

»Ich rufe aus New York an«, erklärte er und kam wie üblich gleich zum Wesentlichen. »Ich hatte überlegt, ob du wohl ein paar Minuten Zeit erübrigen kannst, um dich mit mir zu treffen. Mir ist klar, daß du arbeitest, und ich hoffe nur, ich störe dich nicht.«

Lauras Stimme ließ kein Zögern erkennen. »Nein, ist schon okay. Komm zu mir ins Büro.« Nachdem sie Philippe die Adresse gegeben hatte, legte sie auf und las weiter in einem der Kunstkataloge.

Zehn Minuten später öffnete sie Philippe die Tür. »Hallo«, begrüßte sie ihn und trat beiseite, um ihn in die kleine Rezeption einzulassen.

»Hallo, Laura«, erwiderte er und folgte ihr in ihr Büro. »Vielen Dank, daß du dir so kurzfristig Zeit für mich nimmst.«

Sie nickte und wies auf einen Stuhl. »Setz dich doch bitte.« Sie trat um den Schreibtisch herum und ließ sich auf ihrem Platz nieder. »Verbringst du das Wochenende in New York?« fragte sie.

»Nur den heutigen Tag. Nun ja, ich übernachte noch hier und fliege morgen nach Atlanta zurück. Ich habe mich mit einem Kollegen zu einem Geschäftsessen getroffen, und da ich nicht wußte, wie lange sich das hinziehen würde, habe ich nicht eher angerufen.«

»Ist schon in Ordnung«, versicherte ihm Laura. »Ich nehme an, du möchtest mit mir über Claire und Natasha reden.«

Er nickte. »Vor allem über meine Tochter.«

Laura erstarrte und warf ihm einen durchdringenden Blick zu. »Was ist mit ihr?«

»Ich glaube, gewisse Dinge sollten einmal gesagt werden.« Mit nachdenklicher Miene lehnte er sich zurück und schlug die langen Beine übereinander.

Laura betrachtete ihn aufmerksam und überlegte, was er wohl vorhatte. Sie konnte sich des Eindrucks nicht erwehren, daß er gelassen wirkte, mit sich selbst zufrieden und sich in ihrer Gegenwart wohl zu fühlen schien. Sie entspannte sich ein wenig, machte es sich ebenfalls bequem und wartete darauf, daß er fortfuhr.

»Seit Claire … krank geworden ist, haben wir beide nur

am Telefon miteinander gesprochen, und ich wollte ein paar Dinge klarstellen. Von Angesicht zu Angesicht, Laura.«

»Und die wären?« fragte sie, von neuem argwöhnisch geworden, und zog die Augen ein wenig zusammen.

»Ich möchte dich wissen lassen, daß ich wegen der Vormundschaft keine Schwierigkeiten machen werde – das heißt, falls Claire es nicht schafft.«

»Ich bete darum, daß sie gesund wird.«

»Das tue ich auch. Aber sie leidet unter Krebs im vierten Stadium, und das läßt nichts Gutes ahnen. Als Arzt muß ich die Realitäten sehen, Laura. Aber um zum Thema zurückzukommen, Natasha ist in einem Alter, in dem sie eine Frau in ihrem Leben braucht. Ich weiß, daß du sie liebst und recht an ihr handeln wirst. Laura, ich vertraue dir, und ich hatte das Gefühl, ich müßte dir das einmal ausdrücklich versichern. Außerdem befindet sich mein eigenes Leben im Augenblick völlig in Unordnung. Ich habe mich noch nicht fest in Atlanta etabliert und keine Ahnung, wohin meine Arbeit mich in Zukunft noch führen wird.«

»Ich habe nie angenommen, du würdest Probleme machen«, gab Laura zurück und neigte sich ein wenig nach vorn. »Ich weiß, was du für Natasha empfindest und wie sehr du sie liebst; und ich möchte dir versichern, daß du sie so oft sehen kannst, wie du möchtest. Schließlich bist du ihr Vater, und sie liebt dich. Das hat sie mir gegenüber unmißverständlich zum Ausdruck gebracht.«

»Danke, daß du mir das gesagt hast, Laura«, meinte Philippe verhalten lächelnd. »Mir gefällt die Vorstellung, daß Natasha in New York leben und hier weiter zur Schule gehen wird. Immerhin ist sie Amerikanerin.«

»Ja«, gab Laura zurück und dachte bei sich, daß Philippe klang, als stünde das alles schon fest. Aber andererseits war er Arzt, wie er eben betont hatte, und sein Urteil wurde nicht von falschen Hoffnungen getrübt. Er betrachtete die Tatsachen und zog seine Schlüsse daraus. Laura räusperte sich und sprach weiter. »Wenn ich Natasha tatsächlich in meine Obhut nehme, dann möchte ich gern, daß du in jeden Aspekt ihres Lebens einbezogen wirst, ganz besonders, was ihre Schulbildung angeht.«

»Das wäre mir sehr recht, und das führt mich zu einem weiteren Punkt: Geld. Ich möchte finanziell für meine Tochter aufkommen, denn ich will nicht, daß ihre Erziehung zu einer Belastung für dich wird. Und ich werde die Kosten für ihre Ausbildung übernehmen. Ich hoffe, das alles versteht sich von selbst.«

»Ja, das hast du ja auch schon durchblicken lassen, als wir telefoniert haben.«

»Ich möchte auch, daß du das Gefühl hast, mich anrufen zu können, Laura, wann immer du das Bedürfnis danach verspürst, oder falls es wegen Natasha etwas zu besprechen gibt.«

Laura nickte. »Ich glaube, wir sind uns einig, Philippe. Aber ich bin trotzdem froh, daß wir die Möglichkeit hatten, von Angesicht zu Angesicht miteinander zu sprechen, wie du das ausgedrückt hast. Wie geht es deiner Mutter? Ich nehme an, du übernachtest bei ihr?«

»Ihr geht's gut, und ja, ich bin in ihrer Wohnung abgestiegen. Was macht Doug?«

Laura starrte ihn an und überlegte, wie sie auf diese Frage antworten sollte. Sie hatte keine Ahnung wieso, doch sie fühlte sich mit einem Mal verlegen. »Er und ich, hmm, also wir haben uns getrennt, Philippe. Wir lassen uns scheiden.«

»Oh, das tut mir leid.« Etwas anderes fiel Philippe nicht ein, so verblüfft war er. Was mußte dieser Doug Casson für ein Narr sein, daß er eine fabelhafte Frau wie Laura Valiant gehen ließ. Er hatte sie immer für eine Ausnahmeerscheinung gehalten – hochintelligent und doch eine tief empfindende Frau mit einem verständnisvollen Herzen. Tief in seinem Inneren hatte es ihn immer betrübt, daß Laura ihn nicht zu mögen schien, während er genau das Gegenteil empfand. Aber andererseits wußte er, daß Claire sie mit ihrer von turbulenten Emotionen gefärbten Meinung über ihn beeinflußt hatte.

Als Philippe Laura jetzt über ihren Schreibtisch hinweg eindringlich ansah, verblüfften ihn ihre strahlenden Augen ein weiteres Mal. Sie war eine wunderschöne Frau.

»Hattest du vor, noch lange zu arbeiten, Laura?« fragte er, ehe er sich Einhalt gebieten konnte. Er warf einen Blick auf die Uhr. »Wir haben kurz vor fünf. Hast du Lust auf eine Tasse Tee?«

Sekundenlang zögerte Laura. »Sicher, warum nicht?« antwortete sie dann. »Sehr gern, Philippe.« Ich kann ebensogut höflich mit ihm umgehen, dachte sie, während sie sich erhob. Schließlich wird Natasha ein gemeinsames Band zwischen uns schaffen.

21

Laura war daran gewöhnt, daß Finanzmagnaten sie warten ließen, und Norman Grant bildete keine Ausnahme von dieser Regel.

Sie saß in dem bombastischen, kalt wirkenden Rezeptionsbereich seiner labyrinthischen Geschäftsräume in der Fifth Avenue und überlegte, warum Grant dem Architekten gestattet hatte, so viel weißen Marmor einzusetzen. Wenn dieser Stein nicht gerade eine Villa im sonnigen Süden schmückte, war er ein äußerst unvorteilhaftes Material. Die Rezeption wirkte wie ein Mausoleum.

Müßig blätterte Laura in einer Frauenzeitschrift und überlegte, wie lange sie wohl dieses Mal warten mußte. Bei ihrem letzten Besuch hatte sie fast eine halbe Stunde hier gesessen, ehe Grant sie vorgelassen hatte.

Die junge Frau wandte den Blick von der blonden Empfangssekretärin ab, die ihr gegenüber an einem Schreibtisch aus Glas und Stahl saß, und lächelte leise in sich hinein. Maximilian West war der einzige, der sie nie länger als ein paar Minuten warten ließ. Aber Sir Maxim unterschied sich auch vollkommen von allen anderen Geschäftsleuten, mit denen sie zu tun hatte. Er war eben einzigartig und ein Gentleman.

Ein Blick auf die Uhr verriet Laura, daß sie jetzt bereits geschlagene dreißig Minuten auf dieser Couch saß. Unter anderen Umständen wäre sie aufgestanden und gegangen, ohne einen weiteren Augenblick ihrer kostbaren Zeit zu vergeuden. Aber heute war das unmöglich. Bleib gelassen, sagte sie sich. Du mußt dieses Spiel gewinnen. Und heute bekommst du deine letzte Chance, die Sache durchzuziehen und zu einem erfolgreichen Abschluß zu bringen.

Als sie die Zeitschrift vor sich auf dem Couchtisch ablegte, kam Norman Grants Sekretärin sie endlich holen. Die Frau hatte keine Entschuldigung, kein Grußwort oder ein Lächeln des Wiedererkennens für Laura übrig, obwohl sie Grant schon zweimal aufgesucht hatte. »Er wird Sie jetzt empfangen«, verkündete der Vorzimmerdrachen lediglich und führte Laura durch den Korridor, an dessen Ende Grants private Geschäftsräume lagen.

Norman Grant war ein Mann in den Sechzigern, silberhaarig und rotgesichtig. Der blaue Anzug betonte seine beträchtliche Körperfülle noch zusätzlich. Als Laura eintrat, stand er von seinem riesigen modernen Schreibtisch auf.

Er nickte, als die Sekretärin sie hereinführte, und wies auf den Stuhl, der vor seinem Schreibtisch stand. »Guten Morgen, Miss Valiant. Nehmen Sie bitte Platz.«

»Guten Morgen, Mr. Grant, und vielen Dank«, antwortete Laura höflich und ließ sich auf dem Stuhl nieder.

»Ich weiß selbst nicht, warum ich mich bereit erklärt habe, Sie ein weiteres Mal zu treffen. Alles, was ich zu den *Tahitianischen Träumen* zu erklären habe, ist bereits gesagt«, verkündete er. Ohne Vorrede kam er direkt auf den Punkt.

»Ich glaube, diese Frage kann ich Ihnen beantworten, Mr. Grant. Sie haben zugestimmt, mich heute zu empfangen, weil Sie um keinen Preis einen Prozeß riskieren wollen.«

Norman Grant starrte sie aufgebracht an. »Ich habe den

Gauguin vollständig legitim erworben. Es wird zu keinem Gerichtsverfahren kommen«, rief er aus und lachte.

»O doch, Mr. Grant. Sir Maximilian West hat vor, Ende der Woche Klage zu erheben. Seine Anwälte warten nur darauf, und zwar schon seit Monaten.«

»Die Anzeige wird bei Gericht niedergeschlagen werden, weil sie völlig gegenstandslos ist«, konterte Norman Grant.

»Ganz und gar nicht. Immer mehr ähnliche Fälle, die Nazi-Raubkunst betreffen, kommen ans Licht, und eine ganze Anzahl Verfahren sind bereits im Gange, nicht nur in Europa, sondern auch in den Staaten. Beispielsweise befindet sich ein amerikanisches Museum im Besitz eines Matisse, den die Nazis einer jüdischen Familie in Frankreich geraubt haben. Die Leitung ist bereit, der geschädigten Familie das Bild zurückzuerstatten, sofern diese ihre Eigentümerschaft belegen kann. Wie ich Ihnen bei meinem Besuch vor ein paar Wochen bereits erklärte, kann auch Sir Maximilian West beweisen, daß der Gauguin sich im Besitz seiner Familie befand. Er kann die Herkunft nachweisen, weil er über einen *catalogue raisonné* verfügt, den Sie ebenfalls gesehen haben.«

»Ich bin kein Museum. Außerdem werde ich ihm das Bild nicht einfach schenken. Ich habe es gekauft und dafür bezahlt. Das Gemälde gehört mir, Miss Valiant. Jeder vernünftige Mensch würde mir darin beipflichten.«

»Wollen Sie sich wirklich auf einen langwierigen Rechtsstreit einlassen? Sie sind doch Geschäftsmann, Mr. Grant. Solche Dinge können sehr kostspielig werden. Und zeitraubend.«

»Ich weiß. Aber wie ich schon sagte, wird die Klage ohnehin niedergeschlagen. Weil sie nicht legitim ist.«

»Das glaube ich doch, und Sir Maxims Anwälte sind ganz meiner Meinung. Gar nicht zu reden von einer ganzen Reihe Museumskuratoren und Experten.« Laura lehnte sich auf ihrem Stuhl zurück, schlug die langen Beine übereinander und starrte Norman Grant an, bis er zur Seite blickte.

Schließlich blinzelte der Geschäftsmann und überlegte, wie in aller Welt er diese ungewöhnlich attraktive Frau in dem strengen schwarzen Kostüm loswerden sollte. In ihrer Gegenwart fühlte er sich unwohl, und – das mußte er zugeben – unterlegen. »Wir verschwenden nur unsere Zeit«, zischte er. »Sie noch einmal zu treffen, war ein Fehler. Ich habe nichts weiter zu sagen, denn ich werde meine Meinung nicht ändern. Also drohen Sie mir nicht.«

»Sir Maximilian und ich haben diese Angelegenheit sehr ausführlich diskutiert, und er hat mich ermächtigt, in seinem Namen zu handeln. Ich bin bereit, Ihnen ein Angebot zu unterbreiten. Und im übrigen bedrohe ich Sie nicht. Ich habe Sie nur darauf hingewiesen, daß Sir Maxim juristische Schritte einleiten wird, wenn wir – das heißt, Sie und ich – das Problem heute nicht lösen.«

»Wie lautet Ihr Angebot?«

»Wir bieten Ihnen die Summe, die Sie gezahlt haben, als Sie das Bild vor fünf Jahren von Anthea Margolis gekauft haben. Wir erstatten Ihnen die sechs Komma vier Millionen.«

»Ich habe mehr als das bezahlt!«

»Mrs. Margolis behauptet da aber etwas ganz anderes. Ich habe sie in Boston aufgesucht, und sie hat mir alle diesbezüglichen Dokumente gezeigt.«

Norman Grant errötete. Laura hatte ihn bei einer törichten Lüge ertappt. »Sechs vier nehme ich nicht«, erklärte er und lehnte sich in seinem Drehstuhl zurück. Seine Miene wirkte wie versteinert.

»Ich weiß, daß Sie das Dreifache der Summe wollen, die Sie investiert haben, neunzehn oder zwanzig Millionen Dollar. Das hat mir Mark Tabbart erzählt. Aber so viel werden wir nicht zahlen.« Laura warf ihm einen langen, durchdringenden Blick zu. »Und die bekommen Sie auch von niemand anders. Ich glaube nicht, daß es noch einen Markt für dieses Bild gibt. Es ist durch diese Geschichte belastet«, schloß sie.

Grant ignorierte den letzen Punkt. »Natürlich kann man das Bild noch verkaufen«, erklärte er selbstsicher.

»Falls dem so ist, was ich bezweifle, so wird der Markt rasch zusammenschrumpfen. Nach meiner Pressekonferenz in der kommenden Woche wird das Gemälde seinen Wert verloren haben.«

»Eine Pressekonferenz? Was soll das?«

»Ich werde sie nächste Woche im Namen von Sir Maximilian West abhalten«, erklärte Laura sanft. »Als seine Kunstberaterin werde ich die Welt über die Westheim-Sammlung aufklären. Über ihre Anfänge und darüber, wie sie 1939 von den Nazis gesetzwidrig konfisziert und geraubt wurde. Ich werde den Journalisten alles über die *Tahitianischen Träume* erzählen, über ihre verschiedenen Besitzer, und die Medien mit auf die Reise nehmen, die der Gauguin zurückgelegt hat – von dem Zeitpunkt an, als Friedrich Westheim das Bild 1897 erwarb, bis zu seinem Raub und dem illegalen Verkauf an die Galerie Hermann Seltzer in Wien durch General Josef Schiller, einen Angehörigen der SS.« Lächelnd nickte Laura. »Das wird die Leser faszinieren. Ich werde der Presse auch den *catalogue raisonné* zeigen und den Schreibern erzählen, wie Prinzessin Irina Troubetzkoy ihn erst kürzlich in einem Pariser Buchladen entdeckt hat. Ein wunderbarer Stoff für Artikel. Die Zeitungen werden begeistert sein.«

»Aus welchem Grund sollten Sie eine solche Erklärung abgeben? Für mich klingt das Ganze lächerlich«, brummte Norman Grant und warf Laura einen giftigen Blick zu.

»Das finde ich nicht. Die Geschichte wird das Interesse des Publikums wecken. Zweifellos werden viele Menschen mit Sir Maxim sympathisieren, und das Bild wird zum Gesprächsthema werden. Der Gauguin wird berühmt. Nur kaufen wird ihn niemand mehr.«

»Wer außer uns beiden und anderen Sammlern interessiert sich schon für den Gauguin?« lachte Grant sie aus. »Die breite Masse gibt nichts auf Kunst.«

»Ach, wirklich? Sind deswegen die Museen voll? Mangelndes Interessse des Publikums?« Laura rückte auf ihrem Stuhl herum, beugte sich nach vorn und fuhr fort. »Moralisch gesehen gehört dieses Bild nicht Ihnen, Mr. Grant. Ich habe Sir Maxim darauf hingewiesen, daß Sie auf gewisse Weise ebenfallls getäuscht worden sind, und daher ist er bereit, für das Bild zu bezahlen. Aber Sie können nicht ruhigen Gewissens Profit aus diesem Kunstgegenstand ziehen, der seinen Eltern geraubt wurde. Beide sind dem Holocaust zum Opfer gefallen und umgekommen, weil sie Juden waren. Sir Maxims Mutter wurde in Ravensbrück gefoltert und totgeschlagen, und seinen Vater hat man in Auschwitz kaltblütig erschossen.« Laura hielt inne. »Nein und nochmals nein, Sie werden kein Geschäft mit den Toten machen, Mr. Grant.«

»Keine Chance«, versetzte Grant kühl.

»Das ist äußerst unklug von Ihnen. Die Presse wird sich die Finger lecken, besonders, wenn die Journalisten erfahren, daß Sie selbst Jude sind.«

Grant lief tiefrot an. »W ... was erzählen Sie da?« stotterte er.

»Daß Sie jüdischer Abstammung sind, Mr. Grant. Sie mögen in die unitarische Kirche in der Lexington Avenue gehen und Ihren Namen geändert haben ... und warum auch nicht? Beides steht Ihnen natürlich völlig frei. Aber tatsächlich sind Sie als Norman Gratowski geboren und an der Lower East Side aufgewachsen. Der brave Sproß Ihrer jüdischen Eltern, die glücklicherweise aus dem Warschauer Ghetto entkommen konnten, ehe alles zu spät war.«

Laura warf dem Geschäftsmann einen langen, pointierten Blick zu und lehnte sich zurück.

Grant schwieg. Ihm hatte es die Sprache verschlagen.

»Was würde die Öffentlichkeit wohl davon halten, daß Sie als Jude versuchen, Profit aus einem Kunstwerk zu schlagen, das die Nazis einem Ehepaar, das in den Todeslagern des Holocaust umgekommen ist, geraubt haben? Ich habe keine Ahnung, ob sich das auf Ihre Geschäfte auswirken wird. Vielleicht nicht.« Sie zuckte leicht die Achseln. »Aber man weiß ja nie.«

Norman Grant erwiderte nichts. Er saß in seinem schwarzledernen Drehsessel und wirkte ziemlich bleich um die Nase.

Laura stand auf. »Sie haben ein gestohlenes Gemälde gekauft. Der rechtmäßige Besitzer fordert es zurück. Er ist bereit, Ihnen die Summe zu erstatten, für die Sie das Bild erworben haben ... Ist das nicht außerordentlich fair?«

»Keine Chance«, wiederholte Norman Grant.

Als Alison hörte, wie die Eingangstür zugeknallt wurde, schoß sie augenblicklich aus ihrem Büro und rannte an die Tür.

»Was ist los? Hat es geklappt?« schrie sie, den Blick auf Laura gerichtet.

Ihre Partnerin schüttelte den Kopf. »Noch nicht.«

»Verdammt«, meinte Alison und bedeutete Laura, mit in ihr Büro zu kommen. Sobald sie beide saßen, sprach Alison weiter. »Und ich dachte, deine Strategie wäre brillant. Ich war mir so sicher, daß die Sache damit hinhauen würde, und Sir Maxim ebenfalls. All die Arbeit, die du in die Untersuchung von Norman Grants Herkunft gesteckt hast ... alles den Bach hinunter.«

»Das würde ich nicht sagen«, murmelte Laura. »Ich glaube, wir werden gewinnen. Laß ihm Zeit, darüber nachzudenken. Norman Grant wird eine Weile mit der Entscheidung ringen, aber ich habe so das Gefühl, daß er am Ende auf unsere Linie einschwenkt.«

»Da bin ich mir nicht so sicher. Grant ist ein zäher Bursche, und meiner Meinung nach wird er stur bleiben. Er will einen Haufen Geld für den Gauguin und wird die Sache aussitzen«, brummte Alison und blickte mit einem Mal verdrießlich drein.

»Nein, wird er nicht«, gab Laura schnell zurück. »Glaub mir, Alison. Zum ersten weiß er, daß das Bild eine zweifelhafte Geschichte besitzt. Wenn ihm das vorher nicht klar war, dann jetzt, denn das habe ich ihm deutlich gemacht. Mark Tabbart hat von dem Kauf Abstand genommen, weil er sich keine Probleme aufladen wollte, und Grant begreift das. Niemand wird die *Tahitianischen Träume* für zwanzig Millionen kaufen, oder auch nur für sechs Komma vier Millionen Dollar. Nicht nach meiner Pressekonferenz kommende Woche. Das Bild wird zum Risiko werden. Und außerdem möchte Norman Grant sich nicht bloßstellen lassen. Er will nicht, daß die Öffentlichkeit den Eindruck gewinnt, er als Jude verhalte sich unsensibel … gegenüber den Holocaust-Opfern, deren Kunstgegenstände durch die Nazis geraubt wurden.«

Alison schüttelte den Kopf. »Ich bin da anderer Meinung, Laura. Grant ist ein ziemlich zäher Hund, und ich glaube nicht, daß er einen Pfifferling darum gibt, was die Leute von ihm halten.«

»Abwarten, Alison. Laß uns einfach einen kühlen Kopf bewahren und sehen, was geschieht.«

»Willst du Sir Maxim nicht anrufen?«

»Ja, gleich. Von meinem Büro aus.«

22

Megan öffnete ihrer Enkelin die Wohnungstür. Laura sah sie verblüfft an. »Wo ist denn Lily geblieben?« fragte sie, während sie in die Diele trat und ihre Großmutter umarmte.

»Sie hat heute frei«, antwortete Megan. »Deshalb führe ich dich zum Abendessen aus«, setzte sie dann mit strahlendem Lächeln hinzu.

»Oh«, meinte Laura erstaunt und betrachtete ihre Großmutter neugierig. »Aber du sagtest doch, Lily wolle mein Leibgericht kochen.«

»Das stimmt, aber trotzdem wirst du dir heute deine Fischklopse mit Petersiliensauce verkneifen müssen, mein Mädchen.« Sie schenkte Laura ein weiteres zuckersüßes Lächeln und ging gemächlich voraus in den Salon. »Komm, laß uns noch einen Sherry nehmen, bevor wir aufbrechen. Wir sind ein wenig früh dran.«

»Ja, gern«, antwortete Laura und folgte ihr durch den Salon in die angrenzende Bibliothek, wobei sie überlegte, was an Megan plötzlich ihren Argwohn erweckte. Heute hatte ihre Großmutter sich ziemlich aufwendig gekleidet. Sie trug ein Kleid aus schwarzer Shantung-Seide mit passendem Blazer, eine dreireihige Perlenkette und Perlenohrringe. Aber das allein bedeutete noch nichts Besonderes, denn Megan Morgan Valiant war immer tadellos gekleidet, wenn sie ausging, um ihren gesellschaftlichen Verpflichtungen nachzukommen. Genau wie die ebenfalls über neunzigjährige Brooke Astor war sie in New York für ihren Stil und Chic bekannt.

Laura füllte zwei Gläser mit trockenem Sherry, trug sie zu ihrer Großmutter hinüber und reichte ihr eines. Dann ließ sie sich neben ihr auf der Couch nieder. »Auf dein Wohl, Gran«, murmelte Laura und ließ ihr Kristallglas an Megans klingen.

»Auf das deine, liebes Mädchen.« Während sie sprach, sah Megan Laura an und folgte dem Blick ihrer Enkelin, der auf einem Gemälde ruhte. »Ach ja, der Childe Hassam. Ich habe ihn dir zum Geburtstag geschenkt, aber du hast ihn nie an dich genommen. Möchtest du das Bild überhaupt?«

»O ja, Gran, und nochmals danke. Das war sehr großzügig von dir und ein herrliches Geschenk, aber ich kann doch das Gemälde nicht abnehmen, ehe ich etwas anderes gefunden habe, das du an seine Stelle hängen kannst. Du kannst unmöglich an der Wand über dem Sofa einfach einen leeren Fleck haben.«

»Ach, zerbrich dir nicht den Kopf. Mir ist alles recht, irgendein Druck vielleicht.«

»Eine wunderschöne Lithographie werde ich für dich aussuchen, Gran. Ich weiß schließlich genau, welche Art du magst. Ach übrigens, nächste Woche bekomme ich wahrscheinlich das Gutachten für dich. Jason hat jedes Gemälde einzeln aufgeführt, so daß du nur ein Bild oder auch alle verkaufen kannst, ganz wie du möchtest. Du brauchst auch gar keines abzugeben. Das liegt vollkommen bei dir.«

»Ich werde darüber nachdenken, und vielen Dank, daß du ihn gebeten hast, herzukommen. Ein sehr netter junger Mann im übrigen.« Sie warf Laura einen Seitenblick zu. »Verheiratet?«

»Nein, ist er nicht, Grandma Megan, und versuch mich nicht zu verkuppeln. Ich bin nicht an Jason interessiert.«

»Wie schade«, meinte Megan. »Apropos, was ist aus deiner Mutter geworden? Du hast seit Ewigkeiten nichts mehr von ihr erzählt.«

»Oh, sie hält sich immer noch in der Karibik auf und malt vor sich hin.«

»Wandgemälde zweifellos. Maggie ist eine große Künstlerin. Sie sollte Bilder malen statt Wände anstreichen.«

»Sie braucht das Geld, Grandma.«

»Ich weiß. Dein Vater hat ihr nicht viel hinterlassen. Und da wir gerade davon sprechen … Hättest du gern mein Porträt, das über dem Kamin hängt? Ich habe es dir in meinem Testament vermacht, weißt du.«

»Sehr gern, Grandma, vielen Dank. Aber im Moment bist du mir lebendig und aus Fleisch und Blut lieber.«

»Oh, noch habe ich nicht vor, abzutreten, Kind. Aber wenn ich dann tot bin und du das Bild nicht möchtest, kannst du es immer noch einem Trödler verkaufen.«

»Megan Valiant, etwas so Schreckliches würde ich niemals tun!«

»Ich wüßte nicht, wer außer dir das Bild würde haben wollen«, grummelte Megan lächelnd. »Wie geht es Doug?« fragte sie dann. »Was macht die Scheidung? In letzter Zeit hast du weder von ihm noch von dem Verfahren gesprochen.«

»Doug geht's prima; ich habe gestern noch mit ihm telefoniert. Die Scheidung müßte jeden Tag rechtskräftig werden. Was Dougs Arbeit betrifft, so kommt er in seiner Kanzlei in L.A. gut zurecht. Er hat eine Wohnung in Century City gefunden, die ihm gefällt und überlegt, ob er sie kaufen soll. Ich glaube, er genießt sein neues Leben.«

»Na, das ist ja auch das Mindeste. Schließlich hat er sich dafür von dir scheiden lassen.«

»Ganz so war das nicht, Gran.«

Megan ignorierte Lauras Kommentar. »Ich finde, wir sollten lieber aufbrechen. Ich möchte nicht zu spät zum Abendessen kommen.«

»Soll ich bei der Taxizentrale anrufen?«

»Nein, ich habe für heute abend einen Wagen bestellt. Bei einer Firma, die Limousinen mit Chauffeur vermietet.«

»Oh.« Laura runzelte die Stirn. »Wohin fahren wir, Gran? In welches Restaurant?«

»Das soll eine Überraschung werden.« Megan setzte das leere Glas auf dem antiken Beistelltischchen ab und stand auf. »Ich hole noch meine Handtasche, und dann können wir gehen.«

Laura nickte und sah ihrer Großmutter nach, wie sie die Bibliothek verließ. Aufrecht, elegant, wirklich ein Phänomen. Und sie konnte nicht umhin sich zu fragen, was Megan wohl ausbrütete. Irgend etwas ging hier vor, dessen war Laura sich ganz sicher.

Sie stand auf, trat ans Fenster und genoß die Aussicht über den East River, die sich von hier aus bot. Es war ein herrlicher Abend Mitte Juni, und auf dem Fluß waren etliche Segelboote unterwegs, die sich auf die Spitze der Halbinsel von Manhattan zubewegten. Sie gaben ein hübsches Bild ab, wie ein Vorbote der kommenden Sommermonate.

»Ich bin fertig, Laura«, rief Megan von der Diele aus, und Laura drehte sich um und durchschritt eilig den Salon.

Im Aufzug sah Laura Megan an. »Komm schon, Gran, heraus mit der Sprache. Wohin fahren wir?« fragte sie noch einmal.

»Wie ich schon sagte, das soll eine Überraschung sein.«

Laura seufzte. »Schon gut. Aber ich weiß nicht, ob ich dir trauen kann. Du hast heute abend etwas an dir, das ich nicht ganz durchschaue. Dein Blick verrät mir, daß du etwas weißt, von dem ich keine Ahnung habe.«

»Du liebe Güte, mein Mädchen, ich hoffe allerdings, daß ich mehr weiß als du. Ich bin dreimal so alt wie du und ein bißchen mehr in der Welt herumgekommen.«

Laura lachte und legte die Hand unter Megans Ellbogen, während sie durch das Foyer zum Wagen gingen, der draußen wartete. Laura hatte den Fahrer noch nie gesehen, aber ihre Großmutter schien ihn zu kennen.

»Guten Abend, Peter«, begrüßte ihn Megan. »Dies ist meine Enkelin, Miss Laura Valiant.«

»'n Abend, Ma'am«, antwortete der Fahrer und neigte höflich den Kopf. Dann half er ihrer Großmutter dienstbeflissen in den Wagen.

Laura beschloß, keine weiteren Fragen zu stellen. Sie lehnte sich in das Sitzpolster, sah aus dem Fenster und lauschte mit halbem Ohr ihrer Großmutter, die sich mit Peter über dessen Familie unterhielt und sich nach deren sämtlichen Mitgliedern erkundigte. Doch sie bemerkte, daß sie sich auf der First Avenue gen Norden bewegten und war leicht erstaunt, als der Fahrer in die Siebenundfünfzigste Straße Ost einbog und dann der York Avenue folgte. Sie konnte sich keinen Reim darauf machen, wohin sie fuhren. Doch als sie ihren Weg in Richtung Achtzigste Ost und East End Avenue fortsetzten, begann Laura zu argwöhnen, daß ihr Ziel eine Privatwohnung war.

Plötzlich fiel Laura etwas ein, und ihr sank der Mut. Sie konnte nur hoffen, daß ihre Großmutter sich nicht schon wieder als Heiratsvermittlerin betätigte und versuchte, sie zu verkuppeln, wie schon einmal vor einigen Wochen. Gott behüte, dachte Laura.

Die Limousine hielt schließlich vor einem der prächtigen alten Vorkriegsgebäude an der East End Avenue, in der Nähe der Sechsundachtzigsten Straße Ost. Peter, der Fahrer, parkte und half Megan aus dem Wagen. Dann nahm Laura den Arm ihrer Großmutter und begleitete sie ins Gebäude.

»So, und mit wem werden wir nun zu Abend essen, Grandma?« fragte Laura neugierig, als sie in die Eingangshalle traten.

»Mit Rosa Lavillard.«

Einen Moment war Laura sprachlos. »Warum hast du das getan, Gran? Ich kann mich nicht mit dieser Frau treffen«, rief sie aus.

»Wieso nicht?«

»Claire würde das gar nicht gefallen, und gerade jetzt, da sie um ihr Leben kämpft, darf ich sie nicht aufregen.«

Mit ernster Miene nickte Megan. »Das ist mir klar, und ich weiß, daß Claire sehr tapfer ist. Aber wie soll sie erfahren, daß du Rosa getroffen hast, solange du ihr nicht davon erzählst?«

»Und genau deswegen werde ich mir vorkommen, als hätte ich Claire hintergangen.«

»Ich weiß, wie ehrlich du bist, meine liebe Laura, aber hier geht es wirklich nur um ein Abendessen, verstehst du. Und jetzt komm, ich habe keine Lust, hier im Foyer herumzustehen und mich anstarren zu lassen.«

»Gran, ich kann unmöglich …«

»Laura«, unterbrach Megan sie streng, »sei bitte vernünftig und hör mir einen Augenblick zu. Die Möglichkeit besteht, daß du Natasha großziehen mußt, und zwar bald. Ich würde sogar sagen, daß die Wahrscheinlichkeit groß ist. Dabei wirst du Unterstützung brauchen, auch wenn du jetzt noch anders denkst. Rosas Hilfe, vielleicht sogar die von Philippe. Ich selbst werde dir nicht von allzu großem Nutzen sein, selbst wenn ich dann noch lebe.

Du bist eine geschiedene, alleinstehende Frau, und du wirst ein Netzwerk von Beziehungen zu deiner Unterstützung brauchen.«

»Aber Rosa Lavillard … also Gran, ich weiß wirklich nicht …«

»Aber ich. Rosa ist eine sehr anständige Frau, freundlich und warmherzig, und ihr größter Wunsch ist, ihre Enkeltochter kennenzulernen. Du liebst Claire über alles, genau wie ich, doch ich fürchte, sie hat dir einen falschen Eindruck von Rosa vermittelt. Sie ist ihr wirklich nicht feindlich gesonnen. Komm schon, wir sind spät dran.«

Laura blieb nichts anderes übrig, als ihrer Großmutter zu folgen. Schweigend fuhren sie in den sechsten Stock hinauf und standen wenige Sekunden später vor Rosas Wohnung. Sie empfing sie selbst

»Guten Abend, Megan … und Miss Valiant«, begrüßte Rosa die beiden und öffnete die Tür ganz. »Bitte, treten Sie ein.«

»Tut mir leid, daß wir ein wenig zu spät kommen. Meine Schuld«, murmelte Megan, trat in die Diele und bot Rosa die Hand.

»Guten Abend, Mrs. Lavillard«, sagte Laura und schüttelte ihrer Gastgeberin ebenfalls die Hand.

»Bitte nennen Sie mich Rosa. Das mag ich lieber.«

»Dann müssen Sie Laura zu mir sagen.«

Rosa führte die beiden in ein weiträumiges Wohnzimmer mit Aussicht über die East End Avenue und den East River. Die hohe Decke, die vielen Fenster und der Kamin verliehen dem Raum ebenso wie die Einrichtung eine klassisch-konservative Note. Laura, die Rosa und ihrer Großmutter folgte, blickte sich rasch um und bemerkte, daß die Antiquitäten größtenteils französischen Ursprungs waren. Der in Weiß und zarten Pastelltönen gehaltene Raum war bezaubernd. Hübsche Porzellanlampen mit weißen Seidenschirmen, eine Vitrine mit antikem Porzellan und zwei französische Spiegel mit vergoldeten Rahmen verrieten einen exzellenten Geschmack. Der Gesamteindruck war ausgesprochen traditionell-europäisch, entschied Laura. An den Wänden hingen ein paar interessante Lithographien und auch mehrere gute Gemälde.

»Was möchten Sie trinken?« fragte Rosa und sah zuerst ihre Gäste und dann das Getränketablett an, das auf einer Kommode aus dunklem Mahagoni stand.

»Sherry bitte, Rosa«, meinte Megan.

»Für mich dasselbe, vielen Dank.« Laura setzte sich auf einen Sessel neben der langen cremefarbenen Couch, auf der ihre Großmutter sich gemütlich eingerichtet hatte und entspannt an einem Berg bestickter Kissen lehnte.

Kurz darauf brachte Rosa ihnen einen trockenen Sherry und setzte sich zu Megan auf das Sofa. Diese murmelte leise einen Trinkspruch und begann dann begeistert über ein Theaterstück zu reden, das sie gesehen hatte. Laura brauchte nicht lange, um zu bemerken, daß die beiden Frauen sich erst vor kurzem gesehen hatten und wahrscheinlich sogar schon öfter begegnet waren. Zwischen ihnen herrschte eine gewisse Vertrautheit und Ungezwungenheit – die Art von Harmonie, die zwischen zwei Frauen entsteht, wenn sie einander sympathisch sind und sich angefreundet haben.

Als eine Gesprächspause eintrat, nutzte Laura die Gelegenheit. »Sie haben sich in letzter Zeit wohl häufiger getroffen?« fragte sie, an Rosa gerichtet.

»Gelegentlich. Megan und ich haben einiges gemeinsam, insbesondere die Liebe zum Theater.« Rosa erhob sich von der Couch. »Entschuldigen Sie mich einen Moment ...« Sie eilte in Richtung Küche davon und rief über die Schulter zurück: »Ich muß kurz in den Backofen schauen.«

»So, du hast also Geheimnisse vor mir, Gran?« flüsterte Laura, als die beiden allein waren, und beugte sich zu ihrer Großmutter hinüber.

Megan sah ihre Enkelin lange aus ihren scharfen, im Alter blaßblau gewordenen Augen an und lächelte nur.

Laura war zu klug, um Megan zu drängen oder noch etwas zu bemerken, aber sie erkannte, daß die beiden Frauen einander mochten. Und sie war sich ziemlich sicher, daß ihre Großmutter den ersten Schritt getan und nach all den Jahren Kontakt zu Rosa aufgenommen hatte. Genau so etwas sah Megan ähnlich.

Laura stand auf, durchquerte den Raum und blieb vor einem Ölgemälde stehen, das zwischen zwei Fenstern an der Wand hing. »Was für eine bezaubernde Marie Laurencin«, meinte sie zu Megan.

»Ja, das ist es«, antwortete Rosa, die eben wieder ins Wohnzimmer trat. »Ich habe es vor vielen, vielen Jahren in Paris gekauft und schätze das Bild sehr.«

Laura drehte sich um und sah Rosa an. »Aber Renoir mögen Sie lieber«, sagte sie.

»Ach ja, aber einen Renoir kann ich mir nicht leisten. Höchstens Kunstdrucke seiner Werke. Wenn Sie mir jetzt ins Speisezimmer folgen wollen? Das Essen ist fertig.«

Das Eßzimmer war in verschiedenen Blautönen gehalten – vom blassen Ton eines Sommerhimmels zu den Aquamarin- und Türkisschattierungen eines tropischen Meeres. Laura fühlte sich, als schwimme sie in den Wassern einer Karibikinsel, wo das Meer so klar war, daß man bis auf den Grund blicken konnte.

Der Eindruck war einzigartig, geradezu magisch, und nachdem Rosa davongeeilt war, um den ersten Gang zu servieren, sprach Laura ihre Großmutter darauf an.

Megan nickte zustimmend. »Ja, ich weiß, was du meinst. Man fühlt sich tatsächlich, als befände man sich unter der Meeresoberfläche. Wahrscheinlich liegt das daran, daß die

Decke mit Spiegeln verkleidet ist, welche die Farben an den Wänden aufnehmen und verstärkt zurückwerfen, wo sie dann unten von der gläsernen Tischplatte reflektiert werden.«

Laura hatte die Renoir-Drucke betrachtet, die die gegenüberliegende Wand schmückten, und das Spiegel-Arrangement nicht bemerkt. Nun blickte sie zur Decke auf und nickte. »Das Glas spiegelt all die verschiedenen Blautöne ... Was für ein raffinierter Kunstgriff, Gran.«

»Rosa ist halt eine kluge Frau, finanziell und auch sonst völlig unabhängig. Sie besitzt einen Laden, in dem sie antikes Porzellan verkauft, weißt du. Ich mag Rosa, ja ich bewundere sie.«

»Unabhängig?« wiederholte Laura und zog fragend eine ihrer dunklen Augenbrauen hoch.

»Ja doch. Rosa scheint allein vollkommen glücklich zu sein. Offensichtlich braucht sie niemanden.«

»Nicht einmal ihren Sohn?« fragte Laura. Sie klang verwirrt. »Ich dachte, sie verhielte sich ihm gegenüber ziemlich besitzergreifend.«

»Das glaube ich nicht«, gab Megan zurück und warf Laura einen seltsamen Blick zu. »Wie kommst du nur auf diese Idee? Ach, ich weiß schon. Ich hätte fragen sollen durch wen. Claire hat dir das erzählt, nicht wahr?«

»Ja, schon. Sie hat nicht dieses Wort benutzt, aber ihre Andeutung lief darauf hinaus.«

Megan nickte, rückte ein wenig auf ihrem Stuhl herum und wollte gerade etwas entgegnen, als die Tür sich öffnete und Rosa aus der Küche trat.

»Rosa, diese Suppe riecht einfach köstlich!« rief Megan aus und blickte lächelnd zu ihrer Gastgeberin auf, die einen Teller mit einer dampfenden, duftenden Flüssigkeit vor sie stellte. »Vielen Dank.«

Laura erkannte, daß das Kompliment ihrer Großmutter Rosa schmeichelte. Zwar gab sie keine Antwort, lächelte nicht und zeigte auch sonst keine Reaktion, aber als sie den Kopf neigte und schnell wieder davoneilte, schienen ihre Augen aufzuleuchten.

»Diese Suppe habe ich schon probiert«, meinte Megan zu Laura. »Sie ist kristallklar und köstlich. Du wirst sie lieben.«

Kurz darauf war Rosa zurück und stellte einen Teller Hühnerbrühe vor Laura auf den Tisch. »Danke«, murmelte Laura.

»Ich bin sofort wieder da«, sagte Rosa. »Bitte ... fangen Sie doch an.«

Laura blickte in ihre Suppe. Sie war tatsächlich sehr durchsichtig, aber von einer reinen goldenen Farbe. Ein paar Karottenraspel und ein kleines Klößchen aus Matzenbrot schwammen darin. Ihre Großmutter hatte recht, die Brühe roch köstlich, und Laura stellte fest, daß ihr das Wasser im Mund zusammenlief.

»Bitte, lassen Sie uns essen, Megan ... und Laura«, rief Rosa aus, als sie endlich am Tisch Platz nahm. »*Bon appétit*«, setzte sie hinzu, nahm ihren Löffel und tunkte ihn in die Suppe.

»Man braucht zwölf Hühner, um eine solche Suppe zu kochen«, verkündete Megan aus heiterem Himmel, warf Rosa einen Blick zu und fragte: »Habe ich nicht recht, Rosa?«

»Das haben Sie, Megan.«

»Woher wußtest du das, Grandma?«

»Ach, ich weiß allerhand, was du mir nicht zutrauen würdest«, gab Megan ein wenig geheimnisvoll zurück. Als sie Lauras verblüffte Miene sah, ließ sie sich genauer aus. »Dein Großvater und ich hatten im Lauf unserer Theaterkarriere eine Zeitlang einen wunderbaren Partner. Gemeinsam mit deinem Großvater hat er eine ganze Reihe meiner Musicals inszeniert. Sein Name war Herbert Lipson – wir nannten ihn Herb –, und seine Mutter kochte die beste Hühnersuppe der Welt. Sie pflegte sie das jüdische Penicillin zu nennen. Jedesmal, wenn wir nach Philadelphia kamen, lud sie uns zum Abendessen ein, und immer hat sie uns diese Suppe aufgetischt.«

»Ja, so ist es, Laura. Wir nennen diese Hühnersuppe so, weil sie jede Krankheit zu heilen scheint«, erklärte Rosa.

Sogleich stürzten die beiden älteren Damen sich in eine Debatte über die Heilkraft traditioneller Gerichte. Laura hörte zu, löffelte ihre Brühe und hob ab und zu den Kopf, um Rosa zu mustern.

Seit dem Moment, in dem sie die Wohnung betreten hatten, war Laura sich sehr bewußt gewesen, wie freundlich und entgegenkommend sich Rosa verhielt. Das letzte Mal war sie ihr in dem Museum in Paris bei den Renoirs begegnet, und damals war ihr Mrs. Lavillard kalt, feindselig, argwöhnisch und etwas eigenartig vorgekommen. Heute abend schien Rosa ein vollkommen anderer Mensch zu sein. Sicher, sie strahlte eine merkwürdige Zurückhaltung aus, aber Laura gelangte jetzt zu der Einschätzung, daß dies einfach ihre Art war, ein Teil ihrer Persönlichkeit wahrscheinlich. Andererseits schien, als Rosa sich eben um Megan gekümmert hatte, eine wunderbare Wärme von ihr auszugehen, was Laura rührend fand. Es gefiel ihr, daß Rosa ihrer Großmutter offensichtlich sehr zugetan war.

Rosa sah sogar anders – besser – aus. Nicht so alt, wie sie Laura im Musée d'Orsay erschienen war, und viel schlanker. Vielleicht lag das ja daran, daß sie ein gutgeschnittenes Kleid aus dunkelvioletter Seide trug, goldene Ohrringe und eine passende Goldbrosche. Rosas dunkles Haar war heute abend elegant frisiert, und die grauen Strähnen, die Laura in Paris bemerkt hatte, waren verschwunden, wohl sorgfältig überfärbt.

Laura studierte Rosa einen Augenblick verstohlen und entschied, daß ihre Züge viel anziehender waren, als sie zuerst bemerkt hatte. Sie hätte nur ein wenig Make-up gebraucht, um ihren schönen Gesichtsschnitt hervorzuheben, ihre großen, klaren grauen Augen zum Leuchten zu bringen und den herrlichen Ton ihres dichten, haselnußbraunen Haars zu betonen. Aber vielleicht ist ihr das einfach zu viel, oder sie macht sich nichts daraus, dachte Laura. Manche Frauen schminkten sich halt einfach nicht; sie waren mit sich zufrieden, so wie sie waren, ohne künstliches Beiwerk.

Zwei Dinge an Rosa waren ganz unverkennbar, und Laura waren sie heute abend zum ersten Mal richtig aufgefallen: ihre schönen, wohlgeformten Beine und ihre Stimme, die heiser, ja sogar erotisch klang und durch den französischen Akzent noch eine besondere Note erhielt.

Plötzlich wünschte sich Laura, sie wüßte ein wenig mehr über Rosa Lavillard. Unerwartet quälte sie die Neugierde. Sie wußte nur, daß sie Jüdin, von Geburt Französin und während des Krieges in Frankreich aufgewachsen war. Nach ihrer Heirat war sie nach Amerika gezogen, wo ihr Sohn Philippe geboren wurde. Und seitdem lebte sie in den Staaten. Laura erinnerte sich, daß Philippe einundvierzig oder zweiundvierzig war, daher mochte Rosa Mitte oder vielleicht sogar Ende Sechzig sein.

Ihr Mann, Pierre Lavillard, war vor einigen Jahren gestorben, aber Laura erinnerte sich an ihn. Sie hatte ihn bei Claires Hochzeit kennengelernt, und vor ihrem inneren Auge stand jetzt ein hochgewachsener, distinguierter Mann, der einen ausgesprochen europäischen Charme ausstrahlte. Sein Spezialgebiet waren, wie Laura sich erinnerte, französische Antiquitäten und Porzellan aus aller Welt gewesen. Er hatte mit den großen Marken gehandelt – Meißen, Dresden, Harend, Limoges und den wichtigen Porzellanen aus England von Royal Worcester bis Royal Crown Derby. Als Claire und Philippe heirateten, hatte er einen Laden in der Lexington Avenue besessen, wo er französische Antiquitäten und altes Porzellan verkauft hatte.

»Ich gehe den nächsten Gang holen«, kündigte Rosa an, und Laura zuckte leicht zusammen und fuhr aus ihrem Tagtraum auf. Rosa schob bereits ihren Stuhl zurück, stand auf und nahm Megans und ihren Teller.

»Ich helfe Ihnen«, erbot sich Laura und stand auf.

»Nein, nein, ich komme zurecht. Das erledige ich lieber allein; ich habe alles gut vorbereitet«, beharrte Rosa und war fort, ehe Laura widersprechen konnte.

Der nächste Gang bestand aus gedämpftem Karpfen, der mit einer hausgemachten Meerrettich-Sauce serviert wurde, gefolgt von einem im Ofen gegarten Hähnchen, das außen goldbraun und knusprig war und – als Rosa es am Tisch tranchierte – ein saftiges Inneres offenbarte. Dazu wurden Kartoffelpüree, Bratensaft und Erbsen mit Möhren gereicht.

Schließlich brachte Rosa den Nachtisch. Er erwies sich als der außerordentlichste, von Schlagsahne und Kirschsauce gekrönte Apfelstrudel, den Laura je gekostet hatte. Am Ende der Mahlzeit fiel Laura, die schon immer eine wählerische Esserin gewesen war, auf, daß sie alles bis auf den letzten Bissen mit Genuß vertilgt hatte.

Im Grunde war das Essen einfach gewesen, aber jedes Gericht war sorgfältig zubereitet und wunderbar auf den Tisch gebracht worden. Das war das Geheimnis dieser Vollkommenheit. Das sagte Laura Rosa auch und setzte hinzu: »Das war die beste Mahlzeit, die ich seit langem genossen habe. Vielen Dank. Es war wirklich köstlich.«

»Ja, das Essen war exzellent«, meinte Megan und dankte Rosa ihrerseits.

Ihre Gastgeberin wirkte hocherfreut. »Ich danke Ihnen«, sagte sie. »Ich koche wirklich gern. Und nun will ich den Kaffee servieren.«

»Meinen Glückwunsch, Laura«, bemerkte Rosa beim Kaffee im Wohnzimmer.

Laura warf ihr einen raschen Blick zu. »Vielen Dank. Ich nehme an, Sie sprechen von der Rückgabe des Gauguin an Sir Maximilian West?«

»Genau. Ich habe in der *New York Times* über Ihre Pressekonferenz gelesen, und ich finde es wunderbar, daß Sie zu einer Einigung mit Mr. Grant gelangt sind.«

Rosa Lavillard lächelte zum ersten Mal an diesem Abend. »Für Sie war dieser Sieg ein Triumph, und mir hat dieses Ereignis große Hoffnung gemacht, daß auch andere Menschen tun, was anständig wäre ... falls sie wissen, daß sie Kunstwerke besitzen, die von den Nazis geraubt wurden. Die Stücke müssen den Erben der armen Menschen, denen sie im Krieg gestohlen wurden, zurückerstattet werden.«

»Manch einer mag das wohl tun, andere jedoch nicht«, gab Laura zurück. »Ich bin der aufrichtigen Überzeugung, daß die ganze Frage moralischer Natur ist. Natürlich sind manche Leute auch anderer Ansicht und denken ausschließlich in finanziellen Kategorien. Sie mögen kein Gemälde hergeben, für das sie gutes Geld bezahlt haben. Das war zu Anfang auch Norman Grants Haltung. Er hatte vor, die Summe, die er in die *Tahitianischen Träume* investiert hatte, zu verdreifachen und einen Haufen Geld an dem Bild zu verdienen. Aber schließlich konnte ich ihn überzeugen und dazu bringen, die sechs Komma vier Millionen Dollar, die Sir Maxim ihm anbot, zu akzeptieren. Exakt die Summe, die Mr. Grant vor fünf Jahren dafür bezahlt hatte, falls Sie sich an die Einzelheiten des Zeitungsberichts erinnern.«

Megan, die ihren Kaffee schlürfte, schaltete sich ein. »Wenn Grant wirklich schlau gewesen wäre, hätte er das Geld nicht genommen. Statt dessen hätte er Maximilian West das Gemälde einfach überlassen. Dann wäre er ein

Held gewesen. Aber so steht er bloß als gieriger, kleinkarierter Geschäftemacher da.«

»Sir Maximilian ist gewiß begeistert, das Bild nach all den Jahren wieder in seinem Besitz zu haben«, meinte Rosa leise.

»O ja«, erklärte Laura und mußte mit einem Mal lächeln. »Und ich ebenfalls, um seinetwillen. Wenn ich jetzt zurückblicke, kommt mir das Ganze fast wie ein Wunder vor. Aber ich sehe, Rosa, daß Sie ebenfalls Kunstfreundin sind.« Laura blickte sich um. »Sie lieben die Schönheit in all ihren Erscheinungsformen, das zeigt sich in all den hübschen Dingen, die Sie hier versammelt haben.«

»Ja, Ästhetik ist für mich unverzichtbar. Auf der Welt existieren so viel Häßlichkeit und Leid, so unmenschliche Grausamkeit. Die Schönheit lindert den Schmerz der Seele …«

Laura sagte nichts. In Rosas Bemerkung hatte sie das ferne Echo der Worte vernommen, die diese an jenem kalten Dezembertag im letzten Jahr im Musée d'Orsay gesprochen hatte. In der Stimme der älteren Frau schwang eine so tiefe Pein, daß es Laura einen Stich ins Herz versetzte.

»Rosas Vater war ein bekannter Pariser Kunsthändler, Laura«, erklärte Megan behutsam. »Von ihm hat sie die Liebe zur Malerei geerbt, besonders zu den großen Impressionisten. Ihr besitzt den gleichen Geschmack.«

»Eine Galerie in Paris?« fragte Laura nach. »Wie hieß sie, und wo lag sie?«

»Der Name war Duval et Fils. Mein Vater war der *fils*, der Sohn. Aber auch mein Großvater war Duval junior gewesen. Meine Familie war seit drei Generationen im Kunsthandel tätig. Und die Galerie lag in der Rue de la Boétie im achten Arrondissement, das man manchmal das französische Venedig nannte.«

»Ich habe an der Sorbonne studiert und kenne die Rue

de la Boétie. Sie war berühmt, weil jeder größere Händler dort eine Galerie besaß«, rief Laura aus.

»Das ist wahr. Da waren die Brüder Bernheim-Jeune, die unseren gemeinsamen Lieblingsmaler Renoir ausstellten, und auch der große Paul Rosenberg. Wildenstein, Cailleux und Josef Hessel – sie alle besaßen auch eine Galerie in der Rue de la Boétie. In den Zwanzigern und bis in die dreißiger Jahre hinein war diese Straße das Zentrum des Kunsthandels, und natürlich wurde sie während der Besatzungszeit zur Zielscheibe von Hitlers Gier nach Kunstgegenständen.«

Laura nickte. »Ja, ich weiß, daß die Nazis in Frankreich insgesamt etwa zwanzigtausend Bilder, Zeichnungen und Skulpturen gestohlen haben, die alle während des Krieges nach Deutschland transportiert wurden.«

»Mit einem Stempel zum Eigentum des Dritten Reichs erklärt«, brummte Rosa verbittert.

»Hätten Sie Lust, Laura aus Ihrem Leben zu erzählen, Rosa?« fragte Megan leise. »Oder wäre das zu anstrengend für Sie, zu belastend?«

Rosa schüttelte den Kopf. »Nein, Megan, keine Sorge. Ich werde Laura ein bißchen aus meiner Vergangenheit berichten … Unter den gegebenen Umständen glaube ich, daß sie etwas über die Rosa Duval, die ich einmal war, erfahren sollte.« Rosa blickte zu Laura hinüber und sah sie aus ihren hellen, durchscheinenden Augen fest an. »Das heißt, falls Sie diesen Teil meiner Lebensgeschichte überhaupt hören möchten.«

»Doch, sehr gern«, antwortete Laura. »Aber wie meine Großmutter schon sagte, möchte ich nicht, daß Sie sich meinetwegen verausgaben.«

»O nein, das geht schon. Aber ich würde mir vorher gern ein Glas Wasser holen. Sie auch, Laura? Und wie steht's mit Ihnen, Megan?«

»Eiswasser wäre wunderbar«, meinte Megan. »Und vielleicht noch einen kleinen Schluck Kaffee. Vielen Dank, meine Liebe.«

»Ich nehme auch ein Glas Wasser, bitte«, sagte Laura. »Aber erlauben Sie mir, Sie zu begleiten und Ihnen zu helfen.«

Rosa schüttelte den Kopf. »Das schaffe ich schon allein. Ich bin gleich wieder zurück.«

23

»Ich will Ihnen von meiner Kindheit in Frankreich berichten«, begann Rosa, vor allem an Laura gerichtet. Sie lehnte sich in ihren bequemen Armsessel zurück und nahm einen Schluck Wasser, ehe sie begann.

»Ich bin praktisch in der Kunstgalerie in der Rue de la Boétie aufgewachsen. Duval et Fils war nicht nur die Geschäftsadresse meines Vaters, sondern auch unser Zuhause. Mein Vater, Maurice Duval, hatte die Galerie, die eigentlich ein ganzes Gebäude einnahm, von meinem Großvater geerbt, der 1934 gestorben war. Im Erdgeschoß und im ersten Stock stellte mein Vater die Bilder der Impressionisten und Neoimpressionisten aus und auch einiges an moderner Kunst und Skulpturen. In der zweiten Etage lebte meine Großmutter Henrietta, die Mutter meines Vaters, mit ihrer Tochter, Tante Sylvie. Wir wohnten im dritten und vierten Stock, und die Dienstboten im fünften. Ein wunderbares Arrangement, ganz in der altehrwürdigen Tradition Europas, wo die Familie früher sozusagen über dem Laden lebte.

Großmutter und Tante Sylvie, die nie geheiratet hatte, verbrachten viel Zeit mit uns Kindern. Unsere kleine Familie bestand aus sechs Personen: Mama, Papa, meinen Brüdern Michel und Jean-Marc, meiner Schwester Marguerite und mir. Ich war die jüngste, das Nesthäkchen, und wurde von allen verhätschelt.«

Rosas Blick richtete sich in die Ferne, als sehe sie vor ihrem inneren Auge etwas ganz Besonderes, und ein leises Lächeln umspielte ihre Lippen. »Mein Vater nannte mich *mon petit chou à la crème*, mein kleines Cremetörtchen, und er betete mich an. Wahrscheinlich wurde ich schrecklich verwöhnt, aber trotzdem war ich ein braves Mädchen. Diese Jahre waren eine wunderbare Zeit. Mein Vater war ein äußerst geselliger Mensch, kontaktfreudig, charmant, gastfreundlich und sehr freigebig. Er lud Kunden und Künstler in die Galerie ein und gab prächtige Abendgesellschaften. Picasso war einer unserer Lieblingsgäste, und manchmal kam Matisse mit Lydia Delectorskaja, seinem Modell. Sie alle machten großes Aufhebens um mich, und ich habe sie nie vergessen.

In unserem höchst eleganten Viertel galt die Galerie meines Vaters als eine der edelsten Adressen. Sie lag in einem Eckhaus in der Nähe der Avenue Matignon und besaß wunderbare Ausstellungsräume, in denen durch die vielen Fenster ein außergewöhnliches Licht herrschte. Einer der Säle besaß sogar eine Glasdecke. Dadurch fiel ein sanftes, gedämpftes Licht ein, das die Bilder perfekt in Szene setzte. Mein Vater war der Ansicht, Kunst bedürfe eines prachtvollen Hintergrunds, daher ließ er die Wände mit rotem Seidenbrokat und blauem Damast beziehen. Die Ausstellungsräume wirkten wie ein Museum, und viele Kunden kamen nur, um dort zu sitzen und die Kunstwerke zu bewundern … Zu verschiedenen Zeiten hat mein Vater Cézanne, Renoir, Degas, Marie Laurencin und natürlich Picasso und Matisse ausgestellt, um nur einige wenige zu nennen.

Als Frankreich und Großbritannien Hitler-Deutschland

am dritten September 1939 den Krieg erklärten, war ich neun Jahre alt. Mein Vater machte sich Sorgen, weil wir Juden waren, aber anfangs wollte er nicht aus dem Land fliehen. Er war ein bedächtiger Mensch und überzeugt, man müsse die Lage studieren und jede Einzelheit in Betracht ziehen, daher wollte er abwarten, wie die Situation sich entwickelte. Also setzte er seine Beobachtungen fort und ließ sich nicht zu übereilten Handlungen hinreißen. Er fürchtete allerdings, die Deutschen könnten Paris bombardieren, und machte sich Sorgen, daß in einem solchen Fall die Galerie beschädigt werden könnte. Daher beschloß er, daß es klüger wäre, einige der Gemälde auszulagern. Er begann, systematisch Bilder nach Süden zu schicken, in die Gironde, wo ein alter Freund von ihm in der näheren Umgebung von Bordeaux ein Schloß auf dem Land besaß. Er dachte daran, die Gemälde in den Kellergewölben des Schlosses zu lagern, und sein Freund pflichtete ihm bei, dies sei ein umsichtiger Schachzug. Und so wurden die entsprechenden Vorkehrungen getroffen.

Jacques Pointine war die rechte Hand meines Vaters, und er übernahm auch die Aufgabe, die Bilder zum *château* zu transportieren. Pointine war mit Phyllis Dixon verheiratet, einer Engländerin, die als persönliche Assistentin für meinen Vater arbeitete und viele seiner Geschäfte tätigte. Sie war äußerst beschlagen und aufrichtig loyal. Kurz darauf brachten Phyllis und Jacques eine weitere Auswahl von Gemälden nach Bordeaux, wo sie in einem Banktresor, den mein Vater gemietet hatte, aufbewahrt wurden. Er war überzeugt, daß die Gemälde dort in Sicherheit waren, und schlug etlichen Künstlern vor, ähnliche Vorsorge für ihre Werke zu treffen.

Als weitere Vorsichtsmaßnahme hatte mein Vater sämtliche Gemälde unter dem Namen von Jacques Pointines verheirateter Schwester, Yvette Citron, registrieren lassen.

Dann verschickte er, dieses Mal unter Phyllis' Namen, einhundertzwanzig weitere Bilder an ein Lagerhaus in Grenoble. Alles zusammengenommen, brachte er es fertig, über fünfhundert Gemälde aus Paris fortzuschaffen, von denen einige seiner Privatsammlung entstammten; die übrigen gehörten zum ansehnlichen Bestand der Galerie. Andere Kunsthändler schlugen ähnliche Wege ein, besonders die jüdischen Händler und Galeristen, und eine Anzahl von Malern ebenfalls ... darunter Picasso, Braque und Matisse.

Im November 1939 entschied mein Vater, daß wir nicht länger in Paris bleiben konnten, und brachte die ganze Familie nach Bordeaux, wo er sich sicher wähnte und eine große Wohnung mietete. Er bestand darauf, daß Phyllis und Jacques uns begleiteten. Die Galerie ließ er unter der Leitung von Alain Brescon zurück, der seit Jahren für ihn arbeitete und ihm ebenso treu ergeben war wie Phyllis und Jacques.

Unser Leben in Bordeaux verlief bald in relativ normalen Bahnen. Außerdem hatte der Krieg für uns noch nicht richtig begonnen. Jeden Tag ging ich mit meinen Brüdern und meiner Schwester zur Schule. Meine Mutter und Großmutter führten den Haushalt, und Papa arbeitete mit Phyllis und Jacques an den Inventarlisten und hielt täglichen Kontakt mit der Galerie in Paris sowie mit vielen anderen Händlern und den Künstlern aus seinem engeren Umkreis. Heute vermute ich, daß wir alle in gewissem Sinne mit angehaltenem Atem warteten.

Aber im Juni 1940 begann auch für uns der Krieg. Plötzlich trafen alarmierende Nachrichten ein. Am dritten Juni warfen zweihundert Flugzeuge des Dritten Reichs elfhundert Bomben über Paris ab. Unaufhaltsam und unerbittlich marschierte die Wehrmacht durch Frankreich. Ihr Ziel war Paris. Die Kraft und Entschlossenheit der französischen Armee waren so gut wie erschöpft, und die

Straßen waren überfüllt mit Hunderten und Aberhunderten von Flüchtlingen auf dem Weg in den Süden. Am vierzehnten Juni rückten die Deutschen in Paris ein, und Frankreich war gefallen. Die französische Exilregierung in Bordeaux kapitulierte und wurde durch die rechtsgerichtete Vichy-Regierung unter Marschall Pétain ersetzt. Sofort, und lange bevor die Nazis verlangten, Maßnahmen gegen die Juden zu ergreifen, erließ Vichy antijüdische Gesetze.

Im selben Monat hatte mein Vater sich eine Bronchitis zugezogen, die sich zu einer Lungenentzündung entwickelte. So etwas geschieht häufig, wenn diese Krankheit im Sommer ausbricht. Er brauchte lange Zeit, um zu genesen, und auch danach fühlte er sich schwach und antriebslos. Auf jeden Fall war er nicht in der seelischen Verfassung, Bordeaux zu verlassen. Und außerdem befanden wir uns im Südwesten, im unbesetzten Frankreich, und meine Eltern waren überzeugt, in Sicherheit zu sein.

Erst im Juli 1942 brach die Katastrophe, die Tragödie über meine Familie herein. Oft habe ich seither überlegt, ob wir zu lange ausgeharrt haben, mich gefragt, was ich unter diesen Umständen unternommen hätte. Aber eine wirkliche Antwort darauf weiß ich nicht. Die Zeiten waren kompliziert, die Lage schwer einzuschätzen, und man ließ uns ja in Ruhe.

Diesen Tag werde ich nie vergessen. Es war der sechzehnte Juli, und ich war fast zwölf. Ich hatte über Halsschmerzen geklagt, daher hatte meine Mutter Phyllis Dixon an diesem Nachmittag gebeten, mich zum Arzt zu bringen. Gerade gingen wir die Straße zu unserer Wohnung entlang, als sie mich plötzlich packte und in einen Hauseingang zerrte. ›Polizei‹, flüsterte sie. ›Vor eurem Haus steht ein französischer Polizeilaster, Rosa. Ich kann dich nicht heimbringen.‹ Ich weiß noch, daß ich zu weinen begann und panisch versuchte, mich loszureißen, ihrem eisernen Griff zu entrinnen. Aber Phyllis war zu stark für mich. Sie hielt mich fest und wollte mich nicht gehenlassen. Immer wieder spähte sie nach draußen, und als ich hörte, wie sie erstickt hervorstieß ›O mein Gott‹, wußte ich, daß die Polizei gekommen war, um meine Familie abzuholen. Schließlich hörten wir, wie der Lastwagen davonfuhr. Ich wäre am liebsten nach Hause gerannt, um mich zu vergewissern, daß meine Eltern wohlauf waren. Immer wieder sagte ich mir, ich müsse mich irren und sie seien nicht verhaftet worden. Aber Phyllis ließ mich lange, lange Zeit nicht aus dem Hauseingang.

Als wir endlich in die Wohnung zurückkehrten, war niemand mehr da. Weder Papa noch Mama oder Großmama. Tante Sylvie war fort, und auch meine Brüder und meine Schwester. Sie hatten sie alle geholt … sogar die Kinder. Phyllis und ich befanden uns in einem schrecklichen Schockzustand. Jacques hielt sich in Grenoble auf, um die dort eingelagerten Gemälde zu überprüfen, und da er erst spätabends zurückkehren würde, wußten wir nicht, was wir tun sollten. Phyllis hatte ohnehin Angst, mich allein zu lassen, daher warf sie ein paar meiner Kleidungsstücke in einen Koffer und nahm mich mit in ihre Wohnung, die nicht weit entfernt lag. Dort warteten wir auf Jacques.

Als er gegen neun Uhr abends nach Hause kam, war er ebenso schockiert und besorgt um meine Familie wie wir. Er hatte meinem Vater immer sehr nahegestanden. Jacques wandte sich sofort an die Behörden von Bordeaux. Schließlich brachte er heraus, daß meine Eltern dort im Gefängnis festgehalten wurden, zusammen mit anderen Juden … Männern, Frauen und Kindern. Er konnte nichts unternehmen.

Ich habe meine Eltern nie wiedergesehen, und auch keines der anderen Familienmitglieder. Am nächsten Tag wurden sie in ein französisches Konzentrationslager in Drancy, unmmittelbar nördlich von Paris, verlegt – die erste Station ihrer grauenhaften Reise … nach Auschwitz.« Mit einem Mal zitterte Rosas Stimme, und sie unterbrach sich. Einen Augenblick später fuhr sie ruhiger fort. »Sie sind alle dort umgekommen … Papa, Mama, Großmutter und Tante Sylvie … meine Brüder Michel und Jean-Marc und meine Schwester Marguerite. Einfach so, von einem Moment zum anderen, waren mir alle Menschen, die ich liebte, entrissen worden. Für immer fort. Ich konnte es nicht glauben; ich hatte sie doch erst vor ein paar Stunden gesehen und war mit ihnen zusammengewesen. Plötzlich stand ich allein auf der Welt und hatte nur noch Phyllis und Jacques. Nie werde ich vergessen, wie fassungslos und entsetzt ich mich damals fühlte. Phyllis und Jacques hatten Angst um mich. Sie fürchteten, die Polizei könnte zurückkommen, um mich zu suchen. Noch in der Nacht schickte Jacques mich und Phyllis zu seiner Schwester, deren Haus auf der anderen Seite der Stadt lag, bis er einen Plan entwickelt hatte, um mich – und uns alle – zu retten. Die Pointines waren keine Juden, daher hoffte Jacques, daß ich bei seiner Schwester in Sicherheit sein würde. Zumindest für eine Weile.

Jacques Pointine war scharfsinnig und schlau. Ich vermute, er war die Art von Mensch, die man heute ›mit allen Wassern gewaschen‹ nennen würde. Er begann sich Sorgen wegen der Gemälde zu machen. Doch selbst er begriff nicht vollständig, was da vorging, und in welchem Ausmaß. Aber diesen Überblick besaßen damals nur wenige. Erst später sickerten Informationen über die gewaltigen Dimensionen dieses Kunstraubs durch.

Außerdem beunruhigte es Jacques, daß er und Phyllis möglicherweise wegen ihrer Verbindung zu meinem Vater in Gefahr geraten könnten, und so beschloß er, daß wir alle untertauchen sollten.«

Rosa unterbrach ihre traurige Geschichte, um einen Schluck Wasser zu trinken, ehe sie fortfuhr.

Weder Megan noch Laura brachten ein Wort heraus.

Megan lehnte sich seufzend in die bestickten Kissen und ließ ihren Blick durch den eleganten Raum schweifen, doch ihre Gedanken drehten sich um das Böse und die menschliche Niedertracht, Grausamkeit und Brutalität. Von neuem, so wie damals, als sie die Geschichte zum ersten Mal gehört hatte, flog ihr Herz Rosa Lavillard zu.

Laura hätte Rosa gern etwas gesagt, doch sie wußte nicht, was. Hier gab es keine richtigen Worte. Alles, was sie von sich geben konnte, würde angesichts des Ungeheuerlichen, das Rosa vor so vielen Jahren zugestoßen war, banal klingen, ja sogar lächerlich. Dieses Geschehen überstieg menschliches Fassungsvermögen. Sie sah ihre Großmutter an und versuchte sich in Rosas Lage zu versetzen. Wie wäre es, wenn man ihre Familie verschleppte, um sie in einem Todeslager kaltblütig zu ermorden? Das konnte sie sich nicht vorstellen, allein die Idee überwältigte sie.

Leise und behutsam fragte Laura schließlich: »Wie ... wie konnten Sie danach weitermachen, Rosa? Gott, wie grauenhaft ...« Laura vermochte ihren Satz nicht zu beenden und spürte, wie ihr plötzlich heiße Tränen in die Augen traten.

»Das weiß ich selbst nicht«, antwortete Rosa, »obwohl ich oft darüber nachgedacht habe. Manchmal habe ich mir gewünscht, ich wäre zu Hause gewesen, bei meinen Eltern, meiner Familie. Dann hätte ich ihr Schicksal geteilt und wäre mit ihnen nach Auschwitz verschleppt worden. Wenigstens wären wir alle zusammengewesen. Aber das sollte nicht sein. Ich wurde gerettet, durch Zufall, Glück und Phyllis Dixon. Später, in meinen Jugendjahren, dachte ich gelegentlich, daß ich möglicherweise verschont blieb, weil mein Leben einen besonderen Zweck erfüllen sollte. Aber das weiß ich nicht. Wie ich schon sagte, das Schicksal und Phyllis hatten ihre Hand im Spiel.« Rosa warf Laura einen Blick zu. »Sie fragen, wie ich damit weiterleben konnte … Ich vermute, weil ich noch ein kleines Mädchen war. Kinder sind zäh. Ich habe viel geweint, mich um meine Familie geängstigt, und manchmal war ich vor Sorge um sie wie gelähmt. Aber wir befanden uns auf der Flucht und zogen viel umher, und Phyllis schärfte mir immer wieder ein, mich zusammenzunehmen, um zu überleben.

Bald war ganz offensichtlich, daß die Vichy-Regierung in großem Stil Juden nach Deutschland deportierte. Jacques und Phyllis konnten nicht begreifen, daß der französische Staat leichten Herzens Kinder an ihre Mörder auslieferte. Kollaborateure gab es überall. Möglicherweise wissen Sie nicht, daß die französischen sich unter allen europäischen Juden am besten assimiliert hatten. Im Lauf der Jahrhunderte waren sie zu einem selbstverständlichen Teil der Gesellschaft geworden. Jetzt wurde offensichtlich, daß Juden von Franzosen denunziert wurden … Ohne all diese Dossiers auf der Präfektur hätte man sie nie enttarnt. Man hätte sie nicht deportieren und umbringen können.

Jacques war sich dieses Umstands bewußt und gelangte zu der Überzeugung, mein Vater und meine Familie seien von einem Kollaborateur verraten worden. Und genau aus diesem Grund fürchtete er auch um meine Sicherheit. Verstehen Sie, ich war nicht bloß eine weitere Jüdin, die man ausrotten mußte, sondern auch die Erbin von Maurice Duvals riesiger und unermeßlich wertvoller Kunstsammlung Und so waren wir viel unterwegs. In Merignac krochen wir bei Verwandten von Jacques unter, dann reisten wir weiter und hielten uns kurz in Grenoble auf, ehe wir uns bei Freunden von Phyllis, die in der Nähe von La Martillière lebten, einquartierten. Dort zogen wir in ein kleines Haus, das am Stadtrand von La Martillière lag und der Schwester eines Freundes von Phyllis gehörte. Zuerst war Jacques erleichtert über diese Atempause. Wir konnten eine Zeitlang an einem Ort bleiben und brauchten nicht ständig auf der Flucht zu sein. Doch dann wurde die Sache zu einem Alptraum. Plötzlich kam Jacques zu der Überzeugung, daß die Polizei das Haus überwachte, und als er eben alle Vorbereitungen für unseren Aufbruch getroffen hatte, fiel Phyllis die Kellertreppe hinunter und brach sich eine Schulter und ein Bein. Sie war vollständig bewegungsunfähig, daher mußte Jacques unseren Plan, nach Bellegarde an der Schweizer Grenze zu gehen, fallenlassen. Er meinte, die Reise sei zu lang für Phyllis.

Eines Tages, ungefähr eine Woche später, teilte eine Frau aus der Résistance-Bewegung Jacques mit, er solle mich verstecken. Die französische Polizei suche nach mir und sei überzeugt, daß Phyllis und Jacques mir Zuflucht gewährten. Die Information stammte aus der Präfektur in Bordeaux … Die Widerstandskämpferin erklärte Jacques, man suche nach dem Duval-Mädchen, um es zu deportieren.

Mich zu Freunden von Phyllis oder Jacques zu schicken, wäre ein Risiko gewesen, und so versteckte Jacques mich. In einem Loch im Boden …«

»O mein Gott, nein!« rief Laura bestürzt aus. Entsetzt starrte sie Rosa an.

Rosa Lavillard nickte. »Etwas anderes blieb ihm nicht übrig. Wir konnten nirgendwo sonst hin. Das Loch war eigentlich eine kleine Höhle in einer Anhöhe am Rand eines Feldes. Es grenzte an den Garten des Hauses, so daß Jacques meinte, es wäre ungefährlich, mich in der Höhle zu verbergen. Sie war trocken, und von einer Stelle weiter oben, über einem Sims in der Höhle, drang frische Luft ein, so daß ich nicht ersticken konnte. Aber ich habe mir immer Sorgen gemacht, Jacques könnte etwas zustoßen, und dann säße ich für immer in dem Loch fest. Verstehen Sie, um meine Sicherheit zu gewährleisten, mußte er einen dicken Stein vor die Öffnung rollen, und ich war nicht stark genug, um den Felsbrocken selbst zu bewegen. Oft bin ich in Panik geraten, und ich haßte es, in diesem dunklen Loch eingesperrt zu sitzen. Nur bei Tag, wenn es nicht darauf ankam, erlaubte Jacques mir, Kerzen anzuzünden, weil dann der helle Schein von außen nicht zu erkennen war. Bei Nacht durfte ich kein Licht bei mir haben. Aber er hat mich abends meist verstohlen und vorsichtig herausgeholt. Dann konnte ich in das nahe gelegene Haus gehen, baden, essen, Phyllis besuchen und mich von ihr trösten lassen. Trotzdem war das eine grauenhafte Erfahrung. Seitdem hasse ich dunkle Orte.« Wieder unterbrach sich Rosa, trank von ihrem Wasser und versuchte sich zu entspannen.

»Wie lange haben Sie in der Höhle gelebt?« wagte Laura mit gepreßter Stimme zu fragen.

»Ein Jahr. Phyllis konnte nicht reisen und war lange krank. Doch schließlich konnten wir die Gegend verlassen. Jacques meinte, wir befänden uns zu nahe bei Mérignac und Dax, wo man immer noch viele Juden verhaftete und nach Deutschland deportierte. Er wollte näher an die Schweiz heran und hoffte, irgendwann die Grenze überschreiten zu können. Doch soweit kam es nie. Wie auch immer, wir zogen viel umher, bis wir schließlich zwischen Lyon und Bellegarde auf dem Land unterkamen. Das Leben war hart, wir fürchteten ständig, die Polizei könnte uns auf die Spur kommen, und viel zu essen hatten wir nicht. Und ich habe soviel Morden und Häßlichkeit miterlebt … Immerhin war ich aus dem Loch heraus und lebte nicht länger wie die tunesischen Höhlenmenschen. Aber dieses Jahr war das schlimmste meines Lebens.«

Rosa sah sich in dem weitläufigen Salon mit seinen blassen Farbtönen um und setzte leise hinzu: »Seither habe ich luftige, helle Umgebungen gesucht. Dunkelheit kann ich nicht ertragen. Sie erinnert mich immer an diese Höhle.«

24

»Sind Sie müde, Rosa?« fragte Megan und beugte sich nach vorn. »Ach, wie dumm von mir! Natürlich müssen Sie erschöpft sein. Sie haben die Geschichte noch einmal erzählt, Ihre Kindheit von neuem durchlebt. Das muß schrecklich für Sie gewesen sein. Vielleicht hätte ich Sie nicht darum bitten dürfen.«

»Nein, mir geht es gut, und ich bin nicht müde, Megan.« Rosa sah Laura an. »Ich habe mit aller Kraft versucht, über meine Erlebnisse während des Holocaust hinwegzukommen, aber sie sind immer da, tief in meinem Herzen verborgen, denn sie gehören zu meiner Familie, die ich geliebt habe, und diese Menschen kann ich niemals vergessen.«

»Ich verstehe«, meinte Laura. »Es muß fast unmöglich sein … jemals über so etwas hinwegzukommen.«

»Irgendwann vergräbt man den Großteil davon sehr tief, das ist nur natürlich. Niemand könnte Tag für Tag mit dieser inneren Qual leben. Und sobald man die Vergangenheit richtig verdrängt hat, fällt es sehr schwer, sie wieder ans Licht zu zerren, weil das viel zu schmerzhaft ist. Aber die Erinnerung an meine Familie lebt in meinem Herzen fort …« Seufzend schüttelte Rosa den Kopf und sprach weiter. »Jedenfalls habe ich nie den Wunsch verspürt, anderen meine Erlebnisse in allen Einzelheiten aufzudrängen. Vielmehr habe ich versucht, nicht zu verbittern, immer voranzuschreiten und positiv in die Zukunft zu blicken. Ich bin verschont worden. Mein Leben wurde mir geschenkt, und ich habe so gut ich konnte versucht, es so zu führen ... wie meine Eltern das gewollt hätten. Die Deutschen haben meine Familie ermordet. Aber warum hätte ich ihnen erlauben sollen, auch noch den Rest meines Lebens zu ruinieren? Hätte ich das getan, dann hätten sie mich am Ende doch noch besiegt.«

»Sie sind einfach unbezwingbar, Rosa«, murmelte Megan. »Ich habe Sie immer dafür bewundert, daß Sie so gut mit Ihren Erlebnissen fertig geworden sind.«

»Wie ich schon sagte, habe ich mein Bestes getan, um ... glücklich zu sein. Schließlich bin ich der lebende Beweis dafür, daß Hitler nicht gesiegt, seinen Ausrottungsfeldzug gegen die Juden nicht gewonnen hat. Er hat ihn ebenso verloren wie den Krieg gegen die Alliierten.«

»Sie haben so viel durchgemacht, Rosa. Ich weiß gar nicht, was ich Ihnen sagen, wie ich meinen Gefühlen Ausdruck verleihen soll. Worte können nicht ausdrücken, wie sehr mich Ihre Geschichte erschüttert hat«, begann Laura und zögerte dann. »Ihnen mein Mitgefühl auszusprechen, zu erklären, es täte mir leid, würde angesichts des Ungeheuerlichen, das Sie erlebt haben, nur ... banal klingen und Ihr Leiden herabwürdigen. So empfinde ich das jedenfalls.«

Rosa nickte nur.

Laura verhielt noch einmal und sagte dann langsam und sehr sanft: »Sie sind sehr tapfer, Rosa, und unglaublich couragiert.«

Ein paar Sekunden schwieg Rosa, ihre Miene war reglos, bar jeden Ausdrucks. Dann streckte sie die Hand aus und legte sie kurz auf Lauras Arm. »Daß Sie alles verstanden haben ... ist mir genug.« Mühsam erhob sich Rosa. »Soll ich frischen Kaffee aufgießen?« fragte sie. »Ich jedenfalls hätte gern einen.«

»Das wäre großartig, Rosa«, antwortete Laura. Dieses Mal erbot sie sich nicht zu helfen, da sie wußte, daß Rosa ohnehin ablehnen würde.

»Rosas Geschichte ist wirklich aufwühlend, Grandma Megan, nicht wahr?« meinte Laura, sobald sie mit ihrer Großmutter allein war.

Megan nickte. »Ja. Aber sie hat heute abend allerhand ausgelassen ... Vielleicht fühlte sie sich nicht in der Verfassung, den Rest zu erzählen, oder sie meinte, daß es dich zu sehr bestürzen würde.«

»Wieso? Was willst du damit sagen?«

»Lieber Himmel, das kann ich dir doch jetzt nicht erklären, Kind!«

»Ich verstehe. Auf jeden Fall wundert mich, daß Claire ...«

»Nicht jetzt, Laura, Liebes«, warf Megan schnell ein. »Wir können über alles reden, wenn du mich nach Hause bringst.«

»Ja, natürlich.« Laura sah auf die Uhr. »Meine Güte, wir haben schon elf, Gran! Vielleicht hätte ich doch keine Tasse Kaffee mehr annehmen sollen. Müßtest du nicht schon längst schlafen?«

»O nein.« Megan richtete sich kerzengerade auf und warf Laura einen scharfen Blick zu. »Und du brauchst mich nicht zu betütteln, als wäre ich eine Greisin.« Sie lachte. »Schon gut, ich weiß, daß ich das bin, aber ich fühle mich nicht alt. Im übrigen überschätzt man allgemein die positiven Wirkungen des Aufenthalts im Bett. Außerdem sterben so viele im Schlaf, so daß ich sehr gerne lang aufbleibe. Ich gehe selten früh schlafen.«

»Ist ja gut«, meinte Laura kopfschüttelnd. »Du bist wirklich ein Original, Grandma.«

»Das will ich stark hoffen«, konterte Megan.

Ein paar Minuten später kehrte Rosa mit einer Kanne frisch aufgebrühten Kaffees und Keksen zurück. Während sie die heiße Flüssigkeit in saubere Tassen einschenkte, sprach Laura sie an. »Ich möchte Sie gern etwas fragen, Rosa.«

Rosa hob den Kopf und schaute Laura an. »Nur zu, Sie dürfen mir jede Frage stellen. Wenn ich kann, werde ich sie beantworten.«

»Ich habe nur überlegt ... Hat man Ihre Familie verhaftet und ermordet, weil Sie Juden waren, oder hat man sie wegen Ihres Kunstbesitzes umgebracht?«

Rosa sagte nichts. Sie reichte Megan und Laura die Tassen und setzte sich dann wieder in ihren Sessel. »Aus beiden Gründen. Das glaube ich zumindest«, erklärte sie schließlich.

»Was ist mit all den Bildern geschehen, die Ihr Vater aus Paris fortgeschafft hat?« Fragend zog Laura die Brauen hoch.

»Sie sind verschwunden. Als wir sie nach Kriegsende zu finden versuchten, hatten sie sich in Luft aufgelöst. Von den Nazis gestohlen natürlich. Jacques und Phyllis waren außer sich. Sie versuchten herauszufinden, was geschehen war, aber selbstverständlich stießen sie auf eine Mauer des Schweigens. Einiges haben sie über den Freund meines Vaters, der im Château de Beauve lebte, erfahren. Gerard de Castellaine war der Besitzer des Schlosses und ein sehr alter Freund meines Vaters. Er hatte einige der Gemälde in seinen Kellerräumen eingelagert. Wie Gerard berichtete, war eines Tages eine ganze Wagenladung deutscher Soldaten aufgetaucht und hatte die Gemälde mit vorgehaltener Waffe abtransportiert. Das geschah im Winter 1942. Die Deutschen hatten Papiere bei sich, in denen alle Gemälde, die Gerard versteckte, aufgelistet waren, und sie wußten, wo sie danach zu suchen hatten.«

»Aber wie war das möglich?«

»Wir waren alle der Meinung, daß einer der Angestellten aus der Galerie meines Vaters in Paris den Nazis verraten hat, wo die Gemälde zu finden waren, die mein Vater fortgeschafft hatte. Nicht jeder war so loyal wie Jacques und Phyllis.«

»Also sind die Bilder von den Nazis geraubt worden.«

»Genau. Ebenso, wie sie die Westheim-Sammlung konfisziert haben, plünderten sie den Kunstbesitz von Maurice Duval.«

»Sie haben den Artikel über die Westheim-Sammlung in der *New York Times* gelesen, der nach meiner Pressekonferenz erschienen ist«, bemerkte Laura.

Rosa neigte den Kopf. »Ja, und ich fand den Beitrag faszinierend. Aber wenigstens hat Sir Maxim einen *catalogue raisonné* zur Verfügung. So umfassende Aufzeichnungen besitze ich nicht, nur ein einziges Protokollbuch und ein paar Inventarlisten, die Jacques aus der Wohnung meiner Eltern in Bordeaux retten konnte, bevor wir untertauchen mußten.«

»Und darin war nicht alles aufgeführt?«

»Bei weitem nicht, nur etwa dreißig Gemälde. Die anderen Listen konnte Jacques nicht finden«, erklärte Rosa. »Vielleicht hatte mein Vater sie irgendwo in der Wohnung versteckt, um sie in Sicherheit zu bringen, oder die Polizei hat sie bei der Verhaftung meiner Familie mitgenommen. Schwer zu sagen, was genau daraus geworden ist.«

»Aber zumindest besitzen Sie detaillierte Beschreibungen von dreißig Bildern. Waren wertvolle Stücke darunter?«

»Unter anderem ein van Gogh und mehrere Cézannes, zwei wunderbare Bilder von Matisse und eine Anzahl Arbeiten von Picasso, Braque und Marie Laurencin.«

»O mein Gott, das bedeutet ja ein Vermögen!« rief Laura aus.

»Da bin ich mir sicher. Doch niemand weiß etwas über den Verbleib dieser Werke. Ich glaube, daß sie wie all die anderen Bilder unwiederbringlich verloren sind. Bestimmt hat man sie während des Krieges nach Deutschland gebracht. Wie Sie selbst am besten wissen, hat Göring für sich selbst und Hitler Kunstgegenstände zusammengerafft. In Deutschland, Frankreich und anderen Ländern hat man zahlreiche Privatsammlungen wie die der Westheims beschlagnahmt. In Frankreich wurden die Sammlungen der Rothschilds, von Paul Rosenberg, den Bernheim-Jeunes und den David-Weills konfisziert, und eben auch die Sammlung von Maurice Duval.«

Ein kurzes Schweigen senkte sich über den Raum.

Rosa lehnte sich zurück und blickte in die Ferne; tiefe Trauer lag auf ihren Zügen. »Die bedeutende Sammlung meines Vaters ist für uns verloren. Ich werde diese Bilder nie wiedersehen. Wer weiß, an wessen Wänden sie heute hängen.« Rosa verstummte einen Augenblick und schloß dann leise: »Wie gern hätte ich auch nur eines der Bilder zurück. Das wäre, als bekäme ich ein Stück von meinem Vater wiedergeschenkt, einen Teil seiner Seele. Und meiner ganzen Familie.«

»Bist du mir noch böse?« fragte Megan, als Laura ihr den Flur zu ihrem Schlafzimmer entlang folgte.

»Was meinst du, Gran?«

»Als wir bei Rosa eintrafen, warst du sehr ungehalten über mich. Ich glaube, meine Überraschung hat dir nicht gefallen. Tatsächlich kamst du mir verärgert vor.«

»Ich war wohl eher verblüfft«, entgegnete Laura.

Megan bemerkte nichts weiter, bis die beiden in ihrem Zimmer standen. »Ich hatte das Gefühl, du solltest Rosa näher kennenlernen. Wegen Claire«, erklärte sie dann leise.

»Da hast du wohl recht, Gran, und ich bin froh darüber, daß du dieses Abendessen arrangiert hast. Diese Begegnung mit Rosa hat mir die Augen geöffnet.«

»Das dachte ich mir.«

»Ich hätte allerdings damit gerechnet, daß sie auf Claire zu sprechen kommt.«

»Meiner Meinung nach fürchtet sie sich davor, Liebes. Sie weiß, wie eng ihr befreundet seid, und ich glaube, sie wollte vorsichtig sein und dir nicht zu nahe treten.«

»Ich verstehe. Aber sie hat nicht einmal Natasha erwähnt«, wandte Laura ein.

»Aus demselben Grund. Sie hegt den innigen Wunsch, Natasha zu sehen, sie irgendwann besser kennenzulernen. Und wie sie mir sagte, möchte sie auch Claire aufsuchen. Rosa hat mir allerdings auch anvertraut, daß sie Angst hat, auf Ablehnung zu stoßen«, schloß Megan.

Schweigend half Laura ihrer Großmutter beim Auskleiden. Erst als Megan im Bett lag, sprach sie weiter. »Etwas an dem Ganzen verstehe ich nicht, Gran.«

»Und das wäre, Kind?«

»Claires Einstellung gegenüber Rosa. In der Vergangenheit, meine ich. Wer könnte Rosa Lavillard übelwollen, angesichts dessen, was sie durchgemacht hat?«

Megan schüttelte den Kopf, bemerkte aber nichts dazu.

»Claire muß doch Rosas Geschichte kennen ... Auch wenn Rosa sie nicht selbst aufgeklärt hat, hätte Philippe ihr davon erzählt. Ach, jetzt fällt mir etwas ein. Vor Jahren sagte Claire mir einmal, Rosa sei in Frankreich als Waise aufgewachsen. Ihre Eltern seien bei den Bombenangriffen ums Leben gekommen, was, wie ich jetzt weiß, nicht den Tatsachen entspricht. Also hat sie vielleicht doch nicht Bescheid gewußt.«

»Das glaube ich auch, Laura«, entgegnete Megan. »Möglicherweise wollte sie auch nicht darüber reden, obwohl ich mir keinen Grund dafür vorstellen kann.«

»Sie hat mir einmal erzählt, Rosa sei verrückt und man hätte sie in die Psychatrie eingewiesen.« Laura runzelte die Stirn. »Weißt du, ob das wahr ist, Gran? Das mit der Anstalt?«

»Es stimmt, Rosa war mehrere Male im Krankenhaus, wo sie wegen Depressionen behandelt wurde. Aber meinst du nicht, daß so etwas angesichts ihrer Vergangenheit verständlich ist? Wer wäre nicht niedergeschmettert, wenn er wüßte, daß seine ganze Familie in Auschwitz umgebracht wurde? Aber verrückt ist sie nicht, nein.« Vehement schüttelte Megan den Kopf. »Vielleicht hat Claire etwas mißdeutet, das Philippe ihr anvertraut hat. Oder ihr Schwiegervater hat sich einmal unklar ausgedrückt. Rosa und Pierre haben eine gute Ehe geführt, in der es manchmal allerdings stürmisch zuging, und vielleicht hat Claire ihn mißverstanden, eine Bemerkung von Pierre falsch eingeordnet. Auf jeden Fall, Laura, möchte Rosa Claire besuchen, wenn sie Ende des Monats herkommt.«

»Ich hoffe nur, daß Claire sie empfangen wird«, meinte Laura zweifelnd. »Ich weiß ja nicht …«

»Du mußt dafür sorgen, Liebes. Rosa ist das wichtig, und für Claire könnte es ebenfalls von großer Bedeutung sein. Rosa möchte sie um Verzeihung bitten, verstehst du.«

Laura starrte Megan verdutzt an. »Sich entschuldigen? Wofür?«

»Weil sie sich Claire gegenüber immer extrem kühl verhalten hat, zu Anfang, als Philippe und Claire einander noch nicht lange kannten, und auch später, während ihrer Ehe. Rosa hat mir einmal gestanden, daß sie Claire niemals gemocht hat und der Meinung war, sie sei absolut nicht die richtige Frau für Philippe.«

»Wie ich dir schon sagte, hat sie sich als Mutter sehr besitzergreifend verhalten«, warf Laura ein.

»Laß uns lieber sagen, sie wollte Philippe beschützen«, erwiderte Megan. »Rosa wußte, daß Claire mit Philippe nicht zurechtkommen würde, weil er der Sohn einer Holocaust-Überlebenden ist. Ihr war klar, daß er auf Grund ihrer Kriegserlebnisse mit Problemen zu kämpfen hatte, die Claire nie verstehen könnte. Aber jetzt hat Rosa das Gefühl, sie hätte offener sein sollen; versuchen, Claire zu mögen, obwohl ihr klar war, daß die Ehe zum Scheitern verurteilt war.«

»Woher wollte sie das wissen?«

Megan zuckte die Achseln. »Sie behauptet, sie hätte das eben geahnt. Rosa würde es sehr helfen, wenn du Claire überreden könntest, sie zu sehen. Ich kann dir verraten, daß sie tief bestürzt war, als sie von Claires schwerer Krankheit erfuhr.«

Laura schwieg. »Versprich mir, daß du wenigstens den Versuch unternimmst, Liebes«, drang Megan in sie. »Diese Sache ist wichtig für die Zukunft, für Natashas ganzes Leben. Sie sollte Rosa kennenlernen ... Sie ist die einzige Großmutter, die das Mädchen hat.«

Laura setzte sich zu Megan auf den Bettrand, beugte sich hinunter und küßte sie auf die Wange. »Versprochen, Gran. Ich glaube, du hast recht; Natasha braucht eine Großmutter und Rosa eine Enkeltochter. Und Rosa und Claire sollten endlich Frieden schließen.«

25

Im Wintergarten auf Rhondda Fach saß Laura an ihrem Schreibtisch und arbeitete ruhig vor sich hin. Sie sah Briefe und Kunstkataloge aus England, Europa und den USA durch und machte ausführliche Notizen dazu.

Ab und zu hob sie den Kopf und schaute zu Claire hinüber, die auf dem riesigen, dick gepolsterten Sofa lag und eingenickt war. Laura stand auf und schlich auf Zehenspitzen durch den Raum, um nach Claire zu sehen, ohne sie zu wecken.

Es war ein heißer Vormittag Mitte Juli, und durch die vielen Fenster fiel strahlender Sonnenschein in den Raum. Das Licht ließ Claires rotbraune Perücke aufleuchten und verwandelte sie in einen feurigen Lockenkranz, der ihr schmal gewordenes Gesicht umspielte. Claires Wangen waren leicht gerötet, und jetzt, im Schlaf, sah sie besser aus als seit Tagen. Unter ihrer Perücke wuchs das Haar nach. Stoppelig noch und dünn, aber immerhin ihr eigenes, und es wies ihr natürliches Rot auf. Wieder ein gutes Zeichen, das behauptete zumindest Claire.

Der Aufenthalt auf der Farm hatte Wunder gewirkt und schien neue seelische und körperliche Energien in Claire zu wecken. Mit einem Mal schöpfte Laura wieder Hoffnung. Vielleicht würde ihre beste Freundin es doch noch schaffen und zu den Glücklichen gehören, die wie Alisons Schwester Diane den Krebs besiegten.

Claire und Natasha waren vor drei Wochen eingetroffen, so daß ihnen noch viel Zeit bis zu dem großen Picknick am Unabhängigkeitstag geblieben war, das Megan traditionell seit Jahren veranstaltete. Und was sie für einen Spaß gehabt hatten!

Megan hatte Rosa Lavillard schon für das Picknick am vierten Juli und das folgende Wochenende nach Rhondda Fach einladen wollen. Doch Laura hatte sich ihrem Vorschlag widersetzt und ihrer Großmutter erklärt, das sei noch zu früh.

Laura wußte, daß Claire sich noch nicht in der Verfassung zu einer solchen Begegnung befand, obwohl sie sich zu diesem Zeitpunkt schon über eine Woche auf dem Gut aufhielt. »Noch nicht, Gran. Geben wir Claire eine Chance, auf die Beine zu kommen und sich einzuleben.« Megan hatte ihr sofort beigepflichtet und war ohne Rosa nach Connecticut gefahren.

Daß Claire sich nun doch entschlossen hatte, nach New York zu ziehen, war eine Erleichterung für Laura. Ihre Freundin hatte bei der Zeitschrift in Paris gekündigt und ihre Wohnung zum Verkauf angeboten. Hercule überwachte das Verladen und den Transport ihrer Möbel und sonstigen Besitztümer. Seine Aufträge als Inneneinrichter und Designer führten ihn immer wieder nach New York, und er hatte Lauras Einladung angenommen, sie auf der Farm zu besuchen, wann immer er wollte. »Ich kann kaum erwarten, Sie alle – und meine liebe Claire – wiederzusehen«, hatte er erst kürzlich am Telefon zu Laura gesagt, und nun erwartete sie ihn für das kommende Wochenende. Genau wie Laura gab Hercule sich große Mühe, Claires Heilungschancen optimistisch zu betrachten, und Lauras

Berichte über Claires Besserung schenkten ihm neuen Mut.

Laura hatte Claire geraten, sich ihre Möbel auf die Farm schicken zu lassen, wo sie in einem der Außengebäude eingelagert werden konnten. Und sie hatte ihr eine alte Scheune als Wochenendhaus angeboten. »Bau sie doch zu einem Studio für Natasha und dich aus«, hatte Laura vorgeschlagen. Claire war Feuer und Flamme für die Idee gewesen und fertigte während der Stunden, in denen sie sich kräftig genug dazu fühlte, Entwürfe an. »Dann hättest du ein eigenes Heim an dem Ort, den du immer am meisten geliebt hast«, hatte Laura sie ermutigt und dabei im stillen gebetet, daß die hochaggressive Chemotherapie Wirkung zeigen würde. Die Vorstellung, eine der rotgestrichenen Scheunen umzubauen, hatte Claire fasziniert. Sie sah darin ein Symbol für die Zukunft, für ihre Hoffnung auf Genesung.

Zu Lauras und Claires großer Erleichterung hatte Natasha sich leicht und rasch eingelebt. In ein paar Wochen würde sie ihren fünfzehnten Geburtstag feiern. Glücklicherweise war sie von der Farm begeistert und hatte sich ohne Probleme in die ländliche Umgebung eingefunden. Nächste Woche würde sie die Aufnahmeprüfung für die Chapin-School in der East End Avenue ablegen. Laura war zuversichtlich, daß sie bestehen und an der privaten High-School aufgenommen würde, die als eine der besten in Manhattan galt.

Natürlich war Laura sich tief im Inneren darüber klar, daß Claires Zustand labil war und sie sich vielleicht nicht erholen würde. Doch immer noch bestand die – wenn auch geringe – Chance, daß die hochdosierten Medikamente wirkten. An diese Hoffnung klammerte sich Laura; genau wie alle Menschen, die Claire nahestanden.

Unerwartet öffnete Claire die Augen und sah Laura an. »Wußte ich doch, daß du da stehst und auf mich herunterschaust.«

»Lügnerin!« rief Laura lachend aus. »Du hattest nicht die geringste Ahnung, daß ich hier war.«

»O doch. Ich kann deine Anwesenheit riechen, selbst wenn ich schlafe.«

Schmunzelnd setzte Laura sich in den Voltaire-Sessel, der neben dem Sofa stand. Sie freute sich, daß Claire erfrischt aus ihrem Schlummer erwacht war und sich offenkundig in der Stimmung zu einem kleinen Wortgeplänkel befand. »In unserem Leben sind die Männer gekommen und gegangen, aber wir beide waren immer füreinander da«, bemerkte sie.

Claire grinste schelmisch. »Darauf kannst du deinen Hintern verwetten. Wir haben zusammengehalten wie Pech und Schwefel ... Ich werde immer für dich dasein, Laura.«

»Und ich für dich, Liebes.«

»Das hast du mir bereits bewiesen. Ich weiß wirklich nicht, wie ich die letzten Monate ohne dich durchgestanden hätte. Du warst mein Fels in der Brandung, meine Stärke, Laura. Ihr beide, du und Natasha. Das Mädchen hat mich so sehr unterstützt und war mir eine große Hilfe und eine Quelle des Trostes.«

»Sie ist wirklich unglaublich. So, und was hättest du gern zum Mittagessen?«

»Eigentlich bin ich gar nicht hungrig«, murmelte Claire, schob sich auf dem Sofa in eine sitzende Haltung hoch und schmiegte sich in die vielen Kissen.

»Du mußt doch Lust auf etwas haben?«

»Erdbeeren mit Sahne! Das wäre herrlich. Und zum Nachtisch vielleicht ein Stück Wassermelone.«

Laura lächelte und schüttelte seufzend ihren dunklen Schopf. »Meine liebste Claire, mit ein bißchen Obst kannst du keine neue Kraft aufbauen. Na schön, abgemacht, vorausgesetzt, du versuchst vorher ein bißchen Rührei zu essen.«

Claire nickte. »Ja, in Ordnung. Ein Häppchen Rührei mit einer Scheibe Brot und Butter.«

»So ist es recht! Wegen des Obsts müßte ich allerdings zu Balsamo's fahren. Hast du etwas dagegen, wenn ich dich eine Weile allein lasse?«

»Nein, gar nicht. Außerdem ist Natasha doch irgendwo in der Nähe, oder?«

»Sie ist mit Lee unterwegs, Toms Sohn. Er wollte ihr die Wege durch die Hügel zeigen, wo wir beiden immer geritten sind.«

Claire lächelte. »Diese Reitpfade sind wunderschön. Auf jeden Fall bleibe ich gern hier liegen und entspanne mich. Könntest du bitte ein paar Jalousien herunterlassen und die Klimaanlage ein bißchen höher drehen, Laura? Die Sonne heizt diesen Raum ziemlich auf.«

»Natürlich«, anwortete Laura, beugte sich über Claire und küßte sie auf die Wange. Nachdem sie für eine kühlere Zimmertemperatur gesorgt hatte, eilte sie aus dem Wintergarten und warf dabei einen Blick auf die Uhr. Die Fahrt zu Balsamo's würde sie eine gute halbe Stunde kosten, vielleicht auch länger, aber das war es wert. Der Laden bot das beste Sortiment in der ganzen Gegend an.

Claire dämmerte im Halbschlaf dahin und sank langsam tiefer in einen traumähnlichen Zustand. Gedanken an die Vergangenheit schoben sich in ihr Bewußtsein, und Erinnerungen stiegen auf, meist an glückliche Kindertage, die sie hier mit Laura und den Valiants erlebt hatte. Irgendwann drängten sich auch unangenehme Szenen auf, doch die schob sie beiseite. Sie wollte sich nur die guten Zeiten ins Gedächtnis rufen. Sie erfüllten sie mit Freude ... Erinnerungen an ihre Kinder- und Jugendjahre ... hier auf

Rhondda Fach … Zu allen Jahreszeiten … Sie hatte jede davon geliebt.

Wintertage mit eiskaltem Himmel und kristallklarem Licht. Schneeflocken wehen im Wind. Von den Bäumen hängen Eiszapfen herab. Kühles Sonnenlicht auf übermannshohen Schneewehen. Kräftige Pferde tragen sie über die Reitpfade nach oben. Hinauf in die Hügel, die hoch über dem Tal liegen. Das grüne Band des Frühlings und Sommers ist davongeweht. Ausgelöscht der überschäumende rotgoldene Herbst. Weit unter ihnen eine weite weißkristallene Fläche. Eine schweigende Landschaft.

Das Knirschen der Hufe auf dem Pulverschnee. Pferde wiehern. Lauras melodisches Lachen in der Luft. Ihre eigene Stimme, vom Echo zurückgeworfen. Huhu! Hallo! Ihr Ruf gilt den Harrison-Jungen, die oben auf der Hügelkuppe warten. Geoffrey. Hal. Hoch im Sattel auf ihren Hengsten, die in der Sonne dunkel schimmern. Jungenhaftes Gelächter. Ungeschickte Umarmungen unter Bäumen, sanfte Küsse, schüchterne Blicke und klopfende Herzen. Junge Liebe, die unter eisigen Himmeln blüht.

Schwüle Sommernächte. Das Himmelszelt wie schwarzer Samt. Hals Mund auf ihren Lippen. Seine sanften Hände, die sie berühren, streicheln, ihren Körper erforschen. Gierige, aufdringliche Hände. Heißer Atem an ihrer Wange. Erstickte Schreie, die ihr im Hals steckenbleiben …

»Mom, Mom, bist du okay?« rief Natasha besorgt. Forschend sah sie ihre Mutter an, die auf dem Sofa lag.

Claire schlug die Augen auf und nahm langsam ihre Tochter und deren beunruhigte Miene wahr. »Da bin ich wohl eingenickt. Ich habe geträumt, vielleicht auch in Erinnerungen geschwelgt. Oder beides.«

»Du hast aufgeschrien«, erklärte Natasha. »Ich hab drüben am Schreibtisch gesessen und gelernt. Bist du dir sicher, daß du nichts brauchst?«

»Mir geht's gut.« Claire lächelte ihrer Tochter zu. »Ich

habe mich in die Zeit zurückversetzt gefühlt, die ich als junges Mädchen hier verbracht habe. Als ich in deinem Alter war, Liebling. Mit ist allerhand wieder eingefallen.«

»Was denn?« fragte Natasha, setzte sich auf den Voltaire-Sessel, nahm die Hand ihrer Mutter und streichelte sie.

»Ich habe an meinen ersten Freund gedacht, meine erste Liebe.« Claire schüttelte den Kopf und mußte wieder lächeln. »Meine Güte, wie lange das her ist.«

»Wie war sein Name?«

»Hal. Harold Harrison. Er und sein Bruder Geoffrey wohnten auf der anderen Seite der Hügel, die das Tal umgeben. Wir pflegten uns oben in den Wäldern mit den Pferden zu treffen. Geoffrey war Lauras Freund. Wir sind oft gemeinsam ausgeritten, genau auf den Wegen, wo du heute morgen mit Lee warst.«

»Wunderschön ist das da oben, Mom. Jetzt begreife ich, warum du immer so von Rhondda Fach geschwärmt hast. Früher hab ich das nicht kapiert … Ich schätze, da war ich noch zu klein. Jetzt liebe ich die Farm auch.«

»Das freut mich, Liebling. Das hier ist ein ganz besonderer Ort. Was machen deine Vorbereitungen für die Prüfung?«

»Ganz okay. Laura hat mir geholfen. Soll ich dir ein Glas Apfelsaft holen?«

Claire schüttelte den Kopf. »Ich warte damit bis zum Mittagessen.«

»Mom?«

»Ja, Natasha?«

»Ich will dich etwas fragen … wegen Dad.«

»Was ist mit ihm?«

»Er möchte dich sehen, Mom.«

Claire runzelte die Stirn und zog mißtrauisch die Augen zusammen. »Wie kommst du denn darauf? Ach, dumme Frage. Ich vermute, ihr habt telefoniert.«

Natasha nickte. »Er macht sich Sorgen um dich, Mom, große Sorgen. Er hat mich gebeten, ihn im Zentrum in Atlanta zurückzurufen. Ich soll ihm Bescheid geben, ob du einverstanden bist, und wann er kommen kann.«

Claire schwieg. »Ich muß darüber nachdenken«, meinte sie nach einer Weile.

»Aber er kann uns doch besuchen, oder, Mom?« fragte Natasha und biß sich nervös auf die Lippen. »Er möchte unbedingt.« Claire erwiderte nichts. »Ich will, daß er kommt, Mom. Mir ist das auch wichtig«, erklärte sie.

»Warum?«

»Weil ich das schön fände ... Ich möchte, daß ihr Freunde seid, du und Dad. Er darf doch, oder?«

»Ich glaube schon, da du es unbedingt willst. Laß mich mit Laura über einen passenden Tag nachdenken. Vielleicht nächste Woche, nach deiner Prüfung? Was hältst du davon?«

»Klasse, Mom.« Natashas junges Gesicht hellte sich auf. Später würde sie ihren Vater anrufen und ihm mitteilen, daß ihre Mutter dem Besuch zugestimmt hatte, sie sich aber noch über einen Termin einigen mußten. Sie wußte, daß Philippe sich freuen würde. Er war tief beunruhigt über den Zustand ihrer Mutter.

»Laura ist zu Balsamo's gefahren«, erklärte Claire.

»Ich weiß. Sie hat mir eine Nachricht hinterlassen. Und in der Küche habe ich Fenice getroffen. Sie meinte, ich müßte das Mittagessen machen, weil Laura sogar das Wasser anbrennen läßt. Als wüßte ich das nicht.«

Claire lachte. »Arme Laura, ständig wird sie wegen ihrer nicht vorhandenen Kochkünste aufgezogen. Aber warum kann denn Fenice die Rühreier nicht zubereiten?«

»Sie meinte, sie müßte einkaufen. Später hat sie allerdings gesagt, sie könnte die Eier zur Not auch braten.«

»Das liegt bei dir, Nattie.«

»Ach, das schaffe ich schon, Mom. Ein paar Eier in die

Pfanne zu schlagen, ist nun echt nicht schwer.« Ein kurzes Schweigen trat ein. »Glaubst du, die Chemotherapie hat gewirkt, Mom?« fragte Natasha dann leise und vorsichtig.

»Ja, mein Engel, davon bin ich überzeugt. Ich fühle mich schon viel besser. Nächste Woche würde ich gern zu einem kleinen Einkaufsbummel nach New York fahren. Ich habe richtig Sehnsucht nach Bergdorf Goodman's. Als ich noch hier lebte, habe ich immer gern dort eingekauft. Und ich möchte zu Serendipity und einen Hamburger mit Pommes Frites und einen Bananensplit essen. Mit dir und Laura. Großmutter Megan meint, sie käme auch gern mit.«

Natasha lächelte ihrer Mutter zu. »Ich mag Grandma Megan. Sie ist … einfach super, Mom.«

»Ganz recht, Schätzchen, das war sie schon immer. Ich will Laura nachher bitten, Megans Fotoalben aus ihrer Zeit als Broadway-Star herauszusuchen, und die alten Ordner mit den Zeitungsausschnitten. Du kannst dir nicht vorstellen, wie berühmt sie war, Nattie. Und eine hinreißende Schönheit. Wir legen auch ein paar ihrer Platten von früher auf. Du wirst begeistert sein. Grandpa Owen pflegte zu sagen, Megan hätte die Musik sogar im kleinen Finger.«

Natasha grinste. »Was für ein komischer Ausdruck.«

»Typisch walisisch. Aber Megan besaß wirklich eine sensationelle Stimme.«

»Willst du zu Laura nach New York ziehen, wenn ich im Herbst mit der Schule anfange?« fragte Natasha und sah ihre Mutter forschend an. »Ich wünschte so, du könntest bei uns wohnen.«

»Zeitweilig werde ich mich wohl in New York aufhalten, wenn ich zur Chemotherapie ins Sloan-Kettering gehe. Aber hier draußen bin ich sehr gut untergebracht, und Laura meinte, ich sollte soweit wie möglich auf Rhondda Fach bleiben. Ihr beide könntet mich ja zusammen mit Grandma Megan am Wochenende besuchen.«

»Und wer soll hier für dich sorgen, Mom?«

»Fenice ist bereit, wieder ins Haus zu ziehen, so wie früher, als Megan das ganze Jahr hindurch hier gewohnt hat. Außerdem liegt ihr Häuschen gleich auf der anderen Seite der Wiese. Fenice wird gut für mich sorgen.«

»Das werde ich bestimmt«, erklärte die Haushälterin, die mit einem riesigen Tablett in den Händen leise in den Wintergarten getreten war. Sie war groß und kräftig gebaut. Verblaßtes, mit Grau durchsetztes rotes Haar umrahmte ihre kantigen Züge. Fenice Walton war Anfang Fünfzig und arbeitete seit ihrem siebzehnten Lebensjahr auf Rhondda Fach. Sie vergötterte Megan, und Laura und Claire liebte sie wie eine zweite Mutter und hatte sie jahrelang herumkommandiert. Fenice hegte eine Vorliebe für ausgefallene Kleidungsstücke, die häufig wie Theaterkostüme wirkten. Heute trug sie einen farbenfrohen Baumwollrock, der ihr beinahe bis auf die Knöchel fiel, eine weiße Rüschenbluse mit dicken Puffärmeln und dazu eine gewaltige, gestärkte weiße Schürze, die offensichtlich aus der Zeit Königin Viktorias stammte. Weiße Söckchen und rote Turnschuhe komplettierten das Ensemble.

»Ihnen, Claire, habe ich Eistee mitgebracht. Ich weiß doch, wie gern Sie den mögen. Gestern habe ich im Supermarkt Ihre Lieblingssorte entdeckt: Pfirsich mit Honig. Für dich habe ich frischgepreßten Grapefruitsaft, Natasha.« Noch während sie sprach, setzte Fenice das schwer beladene Tablett auf dem Couchtisch ab. »Schokoladenkekse gibt's auch, frisch aus dem Ofen. Die Eier und die Muffins bereite ich zu, sobald Laura zurück ist. Ich kann Sie doch jetzt nicht verhungern lassen, oder?«

»Lassen Sie nur, Fenice. Sie haben zu viel zu tun, um die Eier zu machen. Damit werde ich schon fertig!« rief Natasha aus. »Ich kann prima kochen.«

»Ach was, das ist überhaupt kein Problem. Bleib du lieber bei deiner Mama und leiste ihr Gesellschaft.«

»Ich danke Ihnen, Fenice«, sagte Claire.

Fenice strahlte sie und ihre Tochter an, drehte sich auf dem Absatz um und schwebte hinaus wie eine Königin, die alles in ihrem Reich im Griff hat.

Natasha sah ihr nach. »Hat Fenice eigentlich nie einen Mann gehabt?« fragte sie.

»Ach was, sie ist mit Rhondda Fach verheiratet«, erläuterte Claire. »Laura und ich glauben das zumindest. Fenice hat sich nie allzu fest mit einem Mann eingelassen, weil sie dieses Tal und das Haus nicht verlassen wollte.«

»Und die Menschen, die darin leben«, ergänzte Natasha mit einer Einsicht, die ihrem Alter weit voraus war.

Laura war mit sich zufrieden.

In dem kleinen Eßzimmer saß sie Claire gegenüber und sah zu, wie ihre Freundin langsam einen Teller Rührei aß, und dazu eine gebutterte Scheibe von dem Brot, das Fenice frisch gebacken hatte.

»Die Erdbeeren sehen köstlich aus, dick und saftig, Claire«, versuchte Laura sie zu locken. »Fenice hat Sahne geschlagen; ein Hochgenuß ...«

»Ich kanns nicht mehr abwarten, dir davon zu erzählen«, fiel Natasha ein. »Mom hat erlaubt, daß Dad sie besucht«, eröffnete sie Laura. »Er will unbedingt kommen. Die Frage ist bloß, wann. Mom meint, vielleicht nach meiner Aufnahmeprüfung fürs Chapin. Was meinst zu dazu, Laura?«

»Das wäre nett«, antwortete Laura vorsichtig. Fragend hob sie eine Braue und sah Claire an. Diese neue Entwicklung verblüffte sie.

»Ich habe tatsächlich zugestimmt, Laura«, klärte Claire sie auf. »Natasha hat mir erzählt, ihr Vater sei sehr besorgt wegen meiner Krankheit. Und sie wünscht sich diesen Besuch ebensosehr wie er. Mach einen Vorschlag, Laura. Du bist die Hausherrin.«

»Nächstes Wochenende kommt Hercule. Philippe könnte sich anschließen.«

»Oder wie wär's unter der Woche?« schlug Claire vor. »Ich glaube nicht, daß Philippe hier übernachten möchte.«

»Aber wenn …«, setzte Natasha an, unterbrach sich aber, als sie die alarmierte Miene ihrer Mutter wahrnahm.

Rasch wechselte Claire das Thema. »Als du unterwegs warst, um die Erdbeeren zu kaufen, bin ich fast eingenickt, Laura. Und plötzlich tauchten alle möglichen Erinnerungen wieder auf. Weißt du noch, wie wir Dylan mit Goldfarbe angestrichen haben?«

»Ach du meine Güte! Als ob ich das je vergessen könnte!« rief Laura kopfschüttelnd und lachte. »Grandma Megan hat uns die Hölle heiß gemacht! Aber ganz im Ernst«, setzte sie ernüchtert hinzu, »wir hätten ihm schweren Schaden zufügen können. Wenn ich heute daran denke, wird mir heiß und kalt.«

»Ihr habt ihn doch nicht richtig angemalt, oder?« fragte Natasha, legte die Gabel nieder und betrachtete verblüfft zuerst Laura und dann ihre Mutter. »Das ist ziemlich gefährlich. Durch die Farbschicht können die Poren nicht atmen.«

»Genau das.« Laura verzog das Gesicht. »Wir wurden auch streng bestraft.«

»Aber wieso habt ihr ihn denn mit Goldfarbe angepinselt?«

»Wir wollten ein kleines Theaterstück für Grandpa Owen und Grandma Megan aufführen. Ein ganz kurzes Stück über Antonius und Cleopatra, das nur aus zwei Szenen bestand. Dylan war als kleiner Junge wunderhübsch, deshalb beschlossen wir, ihn als goldene Götterfigur auftreten zu lassen«, erklärte ihr Laura. »Im Gegensatz zu mir wußte deine Mutter wenigstens genug, um ihn nicht vollständig mit Farbe zu bedecken. Daher haben wir für sein Gesicht eine Maske aus goldbemalter Pappe gebastelt und ihm aus einem Stück Goldlamé, das Fenice im Lumpensack aufgestöbert hatte, ein Höschen genäht.«

Natasha begann zu kichern. »Euer kleines goldenes Götterbild hätte ich zu gern gesehen. Dylan schaute bestimmt entzückend aus.«

»Aber klebrig war er. Die Farbe ist schlecht getrocknet«, bemerkte Claire und warf Laura einen Blick zu. »Das war alles deine Idee.«

»Du hast mir schon damals immer alles in die Schuhe geschoben«, beschwerte sich Laura und grinste.

»Nur wenn ich glaubte, ich würde damit durchkommen«, konterte Claire schmunzelnd.

26

»Eine außerordentliche Geschichte, Laura«, meinte Hercule Junot, legte die Fingerspitzen beider Hände vor dem Gesicht zusammen und sah die junge Amerikanerin darüber hinweg an. »Rosa Lavillard befindet sich in derselben Lage wie Maxim... Sie ist die Erbin einer bedeutenden Kunstsammlung, die jedoch verschwunden ist.«

»Ganz genau. Aber vielleicht finde ich sie wieder«, entgegnete Laura. »Besser gesagt, möglicherweise stolpere ich im Zuge meiner Arbeit über ein oder zwei Bilder. Immerhin wandern viele Kataloge und Informationen über meinen Schreibtisch. Ich benötige nur die richtigen Angaben von Rosa, damit ich weiß, wonach ich Ausschau halten soll ... Namen von Malern und Werken.«

»Sie wird Ihnen die Informationen nur zu gern geben. Da bin ich mir ganz sicher.«

»So ist es. Rosa hat die Aufzeichnungen und Inventarlisten kopieren lassen, und ich hoffe, daß sie mir die Unterlagen morgen oder am Sonntag mitbringt. Grandma Megan hat sie für einen der Tage zum Mittagessen auf die Farm eingeladen. Ich ...«

»Denken Sie dabei auch an Claire, meine Liebe? Wird

sie nichts dagegen haben?« warf der Franzose besorgt ein. »Wie Sie wissen, hält sie nicht allzuviel von Rosa Lavillard.«

»Das ist mir klar. Aber ich will noch heute mit Claire über Rosa reden, falls sie nicht zu müde ist.«

»Das wäre gut. Wenn die beiden auf freundlichem Fuß miteinander stünden, wäre das bestimmt eine Erleichterung für alle. Ich verabscheue derlei Differenzen. *Mon dieu*, Laura! Wäre das nicht herrlich, wenn Natasha ihre Großmutter kennenlernen würde?«

»O ja. Besonders unter diesen Umständen.«

Hercule warf Laura einen besorgten Blick zu. »Wie ernst ist Claires Lage?« fragte er rasch. »Bitte sagen Sie mir die Wahrheit.«

»Sie würde ich niemals anlügen, Hercule. Das müßten Sie inzwischen doch wissen. Claires Befinden hat sich kaum verändert. Keine wirkliche Besserung, aber zumindest keine Verschlechterung. Sie hat diese Serie von Chemotherapie-Behandlungen abgeschlossen und muß erst in ein paar Monaten wieder ins Sloan-Kettering. Genau gesagt im Herbst. Aber ganz besonders freut mich, daß sie sich so viel besser fühlt, seit sie sich hier auf Rhondda Fach aufhält.«

»Das ist gut zu wissen, ja«, sagte Hercule leise.

»Ich bete darum, daß Claire durchkommt.«

»Das tue ich auch.« Der alte Herr seufzte, wandte den Blick ab und legte die Hand über die Augen, um sie vor der Sonne zu schützen. Einen Moment später konnte er Laura wieder ansehen und sprach mit fester Stimme weiter. »Wenn ich etwas in meinem Leben bedaure, dann daß ich Claire nie gestanden habe, was ich für sie empfinde, sie nicht gebeten habe, meine Frau zu werden. Was bin ich für ein Narr gewesen! So viele vergeudete Jahre, in denen ich sie vielleicht glücklich gemacht hätte. Vielleicht hätte ich Claire dabei unterstützen können, ihren Schmerz zu lindern, diese schreckliche Verbitterung zu überwinden. Allein ihre innere Qual zu zerstreuen, wäre alles wert gewesen.«

»Sprechen Sie jetzt mit ihr«, riet die junge Frau und rückte unter dem Sonnenschirm näher an ihn heran. Voller Zuneigung drückte sie seinen Arm und lächelte zu ihm auf. »Sagen Sie ihr einfach, daß Sie sie schon immer geliebt haben. Sie brauchen ihr ja keinen ausdrücklichen Heiratsantrag zu machen. Aber erklären Sie ihr, wie tief Sie für sie empfinden. Dann werden auch Sie selbst sich besser fühlen, Hercule. Claire wird nicht böse sein, das garantiere ich Ihnen. Sie hat sich verändert. Nun ja, nicht vollkommen. Aber ihr bitterer Zorn ist zumindest teilweise verflogen. Reden Sie mit Claire.«

»Glauben Sie wirklich, Laura?« rief Hercule aus, und seine Augen leuchteten. »Ich werde Ihren Rat befolgen, aber nur, wenn Sie sich sicher sind, daß ich Claire nicht aufrege.«

»Natürlich. Eine Liebeserklärung von einem Mann wie Ihnen würde jeder Frau schmeicheln. Und Claire hätte etwas, auf das sie hinleben könnte ... gesund zu werden, um mit Ihnen zusammenzusein.«

»Glauben Sie, das würde sie in Betracht ziehen?«

»Möglich wäre das, ja. Jedenfalls weiß ich, daß Claire Sie sehr gern mag. Das hat sie mir verraten.«

Hercule strahlte. »Ich könnte ihr ein Leben ohne Sorgen bieten. Wir könnten reisen und alles unternehmen, was sie möchte. Wir müßten ja nicht unbedingt heiraten ... Solange sie die Frau an meiner Seite wäre, denn nur das ist mir wichtig.«

»Dann sagen Sie ihr das.«

Hercule nickte und verstummte dann. Er saß einfach da und blickte in die Ferne, zu den Weiden am Rand des Baches, der weiter hinten im Garten floß.

Der ältere Franzose und die junge Amerikanerin saßen

an diesem Freitag auf der Terrasse und gönnten sich einen Aperitif vor dem Mittagessen. Hercule war am Abend zuvor auf Rhondda Fach eingetroffen und erleichtert gewesen, Claire entspannt und viel vitaler und munterer anzutreffen, als er befürchtet hatte.

Einen Moment lang erwog er Lauras Rat. Dann riß er sich von dem Gedanken an Claire los. »Rosas Bilder zu finden ist eine anspruchsvolle Aufgabe.«

»Nun ja, offensichtlich kann ich nicht einfach losziehen und sie suchen. Denn genau wie Sir Maxim wüßte ich gar nicht, wo ich beginnen sollte. Aber sobald eines der Gemälde auf den Markt kommt, stehe ich auf dem Sprung ... und kann mich an seine Spur heften.«

Hercule nickte nur.

»Ich tue das für Rosa, aber auch für Natasha. Die Duval-Sammlung ist ihr Erbe.«

»Der Lunch sieht ja bombastisch aus, Fenice«, bemerkte Megan und musterte das Büffet an der Schmalseite des Eßzimmers. »Heute haben Sie sich selbst übertroffen.«

»Danke, Mrs. V. Aber ich hab bloß die Brötchen gebacken. Natasha hat alles ganz allein zubereitet: Nizza-Salat, Quiche Lorraine und den Karamelpudding und die Himbeeren für den Nachtisch. Also wirklich, Hut ab. Das Mädchen ist ein richtiges Wunderkind, eine ausgezeichnete kleine Chefköchin.«

»Vielen Dank, Fenice.« Natasha trat eben ins Speisezimmer, eine Flasche Rosewein in der Hand. Sie steckte sie in den Eiskübel. »Darf ich neben Ihnen sitzen, Grandma Megan?« fragte sie.

»Aber natürlich, Natasha, Liebes«, antwortete diese und lächelte dem jungen Mädchen zu. »Meinen Glückwunsch zu diesem wunderbaren Essen.«

»Das habe ich alles von Mom gelernt. Sie ist eine viel bessere Köchin als ich, aber ich bemühe mich, ihr nachzueifern.«

»Du wirst sie bald einholen, obwohl ich eher glaube, daß es schon soweit ist. Wo bleibt übrigens deine Mutter, Natasha?«

»Hercule holt sie herein. Sie hat eine Weile im Garten gesessen. Und Laura ist oben und zieht sich um. Ah, da sind sie ja endlich. Zumindest Mom und Hercule.«

Gemeinsam traten Hercule und Claire ins Eßzimmer. Claire hatte sich sorgfältig zurechtgemacht, und der Kaftan aus bernsteinfarben und rot bedrucktem Baumwollstoff stand ihr gut.

»Wo möchtest du sitzen, Liebes?« fragte Megan.

»Dort drüben, mit dem Rücken zum Fenster, damit die Sonne mir nicht in die Augen sticht«, antwortete Claire und ließ sich von dem dienstbeflissenen Hercule zu einem Stuhl führen.

Endlich traf auch Laura ein. Sie trug ein weites weißes Baumwollhemd zu schwarzen Hosen und eine auffällige Sonnenbrille mit schwarzem Gestell. »Die Hitze im Garten ist mörderisch, Gran. Ich bin froh, daß du im Haus geblieben bist.«

»Ja, das stimmt, für meinen Geschmack war es auch viel zu heiß«, warf Claire ein.

»Bald wird dir kühler, Claire«, versicherte Megan. »Du hast Natasha ja zu einer richtigen Meisterköchin ausgebildet«, fuhr sie fort. »Dieses ganze herrliche Essen ist ihr Werk.«

»Nicht die Brötchen«, erklärte Natasha rasch, »die hat Fenice gebacken.«

Über diesen Ausspruch lachte die ganze Gesellschaft. Und dann bedienten sich alle von den sommerlich leichten Speisen; nur Claire bekam ihren Teller von Natasha gefüllt. Hercule umrundete den Tisch und schenkte den Wein ein, und Laura füllte die Gläser mit Eiswasser auf.

Irgendwann während des Essens meldete Claire sich zu Wort. »Ich bin so glücklich, daß wir heute hier zusammengekommen sind. Die Menschen, die ich am meisten auf der Welt liebe, um mich zu haben …« Sie unterbrach sich und lächelte in die Tischrunde.

»Wir alle lieben dich, Claire«, erklärte Megan, griff nach Claires Hand und tätschelte sie zärtlich.

»Ich möchte euch allen danken … Ihr habt mir so wunderbar beigestanden und geholfen, mit meiner Krankheit fertig zu werden. Und ihr habt mir den Mut zum Kämpfen geschenkt.«

Später am Nachmittag ging Claire langsam den Flur entlang, klopfte an Lauras Zimmertür und trat ein. »Hoffentlich störe ich dich nicht. Ich weiß, daß du arbeiten wolltest«, erklärte sie und lehnte sich an den Türrahmen.

»Überhaupt nicht. Ich habe nur ein paar Kataloge durchgeblättert, die letzte Woche ins Büro geschneit sind. Nichts Dringendes.«

»Daß du so viel Zeit hier draußen bei mir verbringst, ist lieb, Laura. Ich mache mir nur Sorgen, du könntest deine Arbeit vernachlässigen.«

»Dazu kennst du mich doch zu gut. Außerdem sind Juli und August normalerweise ziemlich lahme Monate, weil jedermann in Urlaub fährt. Mach dir keine Gedanken. Wenn Alison mich im Büro bräuchte, würde sie nicht zögern, Alarm zu schlagen.«

Claire schloß die Tür hinter sich und trat ins Zimmer. Sie setzte sich auf das Sofa. Laura saß ihr gegenüber hinter ihrem provenzalischen Schreibtisch.

Sie legte die Beine hoch und warf ihrer Freundin einen

durchdringenden Blick zu. »Du hast Hercule geraten, mit der Sprache herauszurücken und mir zu erklären, daß er mich liebt.«

»Ja, weil er dieses Geständnis seit letztem Dezember vor sich herschiebt, vielleicht sogar schon länger. Ich war der Meinung, danach würde er sich besser fühlen. Und du ebenfalls, Claire. Ist das nicht ein schönes Gefühl zu wissen, daß ein wirklich wunderbarer Mann so für einen empfindet?«

»Doch, sicher. Aber wir haben keine Zukunft.«

»Hast du Hercule das gesagt?«

»Nicht so ausdrücklich. Ich habe mich irgendwie herausgeredet, weil ich ihn nicht schockieren wollte.«

»Wie soll ich das verstehen?«

»Laura, ich werde nicht mehr lange leben. Wie kann ich da an eine gemeinsame Zukunft mit Hercule denken?«

»Aber du hast dich in letzter Zeit viel besser gefühlt!« rief Laura. »Oder etwa nicht? Hast du uns allen etwas vorgemacht?«

»Nein, ich spiele kein Theater. Ich fühle mich wirklich kräftiger als seit langem, und die Schmerzen sind nicht so schlimm. Aber meine Tage sind gezählt, ob mir nun Wochen, Monate oder sogar ein Jahr bleiben. Deswegen kann ich keinem Mann ein Leben mit mir versprechen. Ich habe ganz einfach kein Leben mehr zu verschenken.«

»Doug sagte mir einmal, daß wir alle sterben, jeden Tag ein bißchen.«

»Das sind doch Haarspaltereien, Laura, das weißt du selbst.«

Laura ging über ihre Bemerkung hinweg. »Liebst du ihn?« fragte sie statt dessen.

»Ja, natürlich ... als den absolut wunderbaren Freund, der er mir immer war. Aber ich bin nicht auf dieselbe Weise verliebt in ihn, wie er für mich empfindet. Trotzdem würde ich den Versuch wagen, wenn ich nicht so krank wäre … Mit ihm zusammenleben und ausprobieren, ob die Beziehung funktionieren würde …«

»Hast du ihm das so gesagt?« wollte Laura wissen.

»Ich habe ihm erklärt, ich liebte ihn, wenn auch möglicherweise auf andere Art als er mich. Daß ich mich, wäre ich bei besserer Gesundheit, geehrt und geschmeichelt fühlen würde, seine Lebensgefährtin zu werden.«

Laura schwieg. Sie lehnte sich zurück und ließ den Blick durch ihr Zimmer schweifen. Die in einem blassen Apfelgrün gehaltenen Wände bildeten einen kühlen, zurückhaltenden Hintergrund für die schweren weißen Baumwollvorhänge mit ihrem Muster aus roten Rosen, die französischen Antiquitäten im ländlichen Stil, das breite, ganz in Weiß gehaltene Bett und den dunkelgrünen Teppich.

»Dieser Raum ist wirklich bezaubernd«, bemerkte Claire, die dem Blick ihrer Freundin gefolgt war. »Solange ich denken kann, habe ich dein Zimmer gern gemocht.«

»Den größten Teil unseres Lebens also«, flüsterte Laura und kämpfte die Tränen nieder, die ihr plötzlich in die Augen traten und drohten, sie zum Überlaufen zu bringen.

»Laura?«

»Ja, Claire?«

»Da ist eine Sache … Etwas, das ich dir nie erzählt habe«, begann Claire, um dann abrupt zu verstummen. Sie saß da und sah Laura mit großen Augen an. Abgesehen von ihrer Tochter war die Freundin ihr der liebste Mensch auf der Welt. Dennoch wußte sie nicht, wie sie fortfahren sollte.

»Ja, was denn?«

»Ich hätte dich schon vor langer Zeit ins Vertrauen ziehen sollen. Möglicherweise wäre mein Leben dann anders verlaufen.«

»Du klingst so ernst«, bemerkte Laura und erwiderte Claires intensiven Blick. »Anders in welcher Hinsicht?«

»Vielleicht wäre nicht alles so schiefgegangen, und ich wäre nicht so neurotisch geworden, so zornig, bitter und mißgünstig.«

Laura wirkte verdutzt. »Ich kann dir nicht ganz folgen«, entgegnete sie vorsichtig.

»Erinnerst du dich noch, wie du mich manchmal hier in deinem Zimmer gefunden hast? Wie ich, das Gesicht in einem Kissen vergraben, bitterlich schluchzend auf diesem Bett da lag?«

Laura nickte. »Du hast mir nie verraten, was dir fehlte.«

»Ich habe geweint, weil ich furchtbar bekümmert war, und habe das Kissen umklammert, als könnte ich mich so an dir festhalten. Meine Laura. Deine Freundschaft war das einzig Gute und Anständige in meinem Leben.«

»Erzähl mir, was dir damals zugestoßen ist, Claire. Ich muß wissen, worum das alles geht.«

»Mein Vater …«, Claire unterbrach sich und sah Laura hilflos an. Ihr Gesicht hatte eine kalkweiße Farbe angenommen, und sie vermochte nicht weiterzusprechen.

Laura stand von ihrem Schreibtisch auf und setzte sich zu Claire auf das Sofa. Sie nahm die Hand ihrer Freundin und hielt sie fest in der ihren. »Dein Vater hat dir etwas angetan. Versuchst du mir das zu erklären?«

Claire konnte nur nicken.

»O Liebes, warum hast du damals nie etwas gesagt? Ich hätte dir doch helfen können!« stieß sie hervor.

»Was hättest du für mich tun können?« entgegnete Claire und schüttelte den Kopf. »Du warst selbst noch ein kleines Mädchen, jünger als ich. Nicht einmal meine eigene Mutter konnte mich schützen.«

»Wußte sie davon?« fragte Laura mit vor Entsetzen bebender Stimme.

»Sie hat ja versucht, ihn aufzuhalten!« schrie Claire zornerfüllt. Dann versuchte sie sich zu fassen und sprach in ruhigerem Ton weiter. »Meine Mutter wollte mich beschützen, ihn daran hindern. Aber er hat sie zusammengeschlagen, bis sie nicht mehr stehen konnte, und ist dann wieder auf mich losgegangen. Er hat angefangen, als ich sieben war. Hat mich geschlagen und zugleich betatscht und geküßt. Ich habe mich gewehrt, solange ich konnte. Aber er wurde immer aufdringlicher, und schließlich habe ich nachgegeben. Weil ich mußte. Anders konnte ich ihn nicht davon abhalten, meine Mutter zu prügeln. Da war es leichter, einfach dazuliegen und die Zähne zusammenzubeißen, als Mutter mit hineinzuziehen und zuzuschauen, wie er ihr so schrecklich weh tat. Ab und zu habe ich mich schon zur Wehr gesetzt. Aber das kam mich teuer zu stehen. Dann hat er mich verdroschen, bis ich mich nicht mehr rühren konnte.«

»O Gott, wie entsetzlich! Du mußt ja die meiste Zeit zu Tode verängstigt gewesen sein.«

»Das war ich auch. Er war ein ekelhaftes Scheusal, und ich haßte ihn.« Claire begann zu weinen. Tränenüberströmt sprach sie weiter. »Aber wenigstens hat er aufgehört, meine Mutter zu schlagen, nachdem ich kapituliert hatte.«

Laura legte einen Arm um ihre Freundin und zog sie an sich, damit sie ruhiger wurde. »Hättest du dich mir doch bloß anvertraut, oder Großmutter. Wir hätten etwas unternehmen können. Ich weiß genau, daß wir dir geholfen hätten.«

»Ich hatte Angst, dir etwas zu sagen«, stieß Claire mit erstickter Stimme hevor. »Ich fühlte mich beschämt, verlegen. Das war alles so schmutzig und gemein. Manchmal glaubte ich, die Schuld müsse bei mir liegen. Ich war hin- und hergerissen und wußte nicht, was ich tun sollte. Also habe ich das Ganze einfach verdrängt, tief in mir vergraben und getan, als wäre nichts.« Sie begann haltlos zu schluchzen. Lange unterdrückte Gefühle brachen sich mit einem Mal Bahn und schüttelten ihren ganzen Körper.

Laura zog die Freundin fest an sich, streichelte ihre Schultern und murmelte sanfte, mitfühlende Worte, um sie mit ihrer Zuneigung zu trösten. Endlich beruhigte Claire sich. Nach und nach versiegten ihre Tränen, und sie setzte sich auf. In der Tasche ihres Kaftans kramte sie nach einem Papiertuch, wischte sich die Augen und versuchte, die Fassung wiederzuerlangen.

»Also hat dein Vater …«, begann Laura. »Ich meine, Grandma Megan hat einmal angedeutet, deine Mutter trinke, weil dein Vater ein Schürzenjäger sei. Aber da hat sie sich geirrt, oder? Statt dessen hat er seine eigene Tochter mißbraucht.«

»Glaub mir, Laura, er hat beides getan. Er war auch ständig hinter anderen Frauen her. So hat er seine Ehe zerstört und meiner Mutter das Herz gebrochen. Deswegen hat sie Zuflucht und Trost im Alkohol gesucht.«

»Das tut mir so leid«, flüsterte Laura. »Wie furchtbar, daß du all das allein durchstehen mußtest, Claire. Mir bricht das Herz, wenn ich nur daran denke.«

»Auf eine Weise war ich nicht verlassen, denn ich hatte dich und Grandma Megan. Und Grandpa Owen auch. Ihr wart meine Fluchtburg und Rhondda Fach mein sicherer Hafen. Wenn ich hier bei euch war, habe ich mich immer beschützt, geborgen und geliebt gefühlt.«

»Wann … wann hat er aufgehört?«

»Mit fünfzehn habe ich ihm gedroht, ich würde alles deinem Großvater erzählen und Grandma Megan bitten, mit mir zum Arzt zu gehen. Der würde mich untersuchen und ihr bestätigen, daß ich die Wahrheit sagte. Endlich hatte ich erkannt, daß ich mich zwar nicht mit Fäusten, aber mit Worten gegen ihn wehren konnte. Er hatte Angst, ich könnte ihn vor den Valiants bloßstellen. Ein Jammer, daß ich das nicht schon Jahre zuvor begriffen habe, sonst hätte ich eine Waffe gegen ihn in der Hand gehabt.«

»Ganz bestimmt, und ich wünschte, für dich wäre alles

anderes gekommen. Daß ich aber auch nicht gespürt habe, was da Furchtbares vor sich ging! Ich wußte, daß du viel geweint hast, aber ich habe geglaubt, du wärest unglücklich und besorgt, weil deine Mutter so viel Wodka trank.«

»Ich war eine gute Schauspielerin, nicht wahr?«

»Allerdings.«

»Mein Vater hat mich gelehrt, Männer zu hassen und ihnen zu mißtrauen. Er hat mich seelisch verkrüppelt und mein Leben zerstört. Wenn er mich nicht mißbraucht hätte, wäre ich heute ein ganz anderer Mensch, das weiß ich. O Laura, ich war erst sieben, als er damit anfing ...« Claires Stimme brach, und sie konnte erst nach einer kurzen Unterbrechung weitersprechen. »Ich bin mir sicher, ich hätte Philippe vertraut und wäre ihm eine bessere Frau gewesen, hätte mein Vater mich nicht vergewaltigt.«

Laura nickte. »Das glaube ich auch.«

»Jedes Mal, wenn Philippe eine Dienstreise antreten mußte, im Rahmen seiner Forschungen unterwegs war oder sich wegen seiner Arbeit in Quarantäne befand, war ich überzeugt, daß er mich betrog«, erläuterte Claire. »So wie mein Vater sich verhalten hätte, der wirklich ein Don Juan war. Jedenfalls habe ich Philippe ständig mißtraut. Ich empfand nur Groll und Verbitterung und habe dadurch bei meinem Mann viele Fehler gemacht.« Claire stieß einen tiefen Seufzer aus und schüttelte betrübt den Kopf. »In mancherlei Hinsicht habe ich Philippe bestimmt unfair behandelt. Er ist kein schlechter Mensch.«

»Hast du aus diesem Grund seinem Besuch am Sonntag zugestimmt? Weil du einsiehst, daß du in deiner Ehe ebenfalls Fehler begangen hast und nicht alles ausschließlich Philippes Schuld war?«

»Zum Teil. Aber auch, weil Natasha unbedingt möchte, daß er mich besucht. Sie wünscht sich mehr als alles andere, daß wir Freunde werden. Erst jetzt habe ich richtig begriffen, daß sie ihren Vater liebt.«

»Ja, ich weiß, Claire. Das hat Natasha mir auch anvertraut.« Laura räusperte sich und warf Claire einen langen, forschenden Blick zu. »Bist du immer noch überzeugt, daß Philippe während eurer Ehe eine Geliebte nach der anderen hatte?«

Claire biß sich auf die Lippen. Plötzlich wirkte sie tief bekümmert. »Vielleicht hat er tatsächlich die Wahrheit gesagt. In den letzten paar Wochen habe ich viel über mein Leben nachgedacht, und mir ist bewußt geworden, was für eine gestörte Persönlichkeit ich damals war. Mit *meiner* Vergangenheit konnte ich in solchen Dingen einfach nicht vernünftig denken.«

»Dein Vater war ein Ungeheuer! Er ist schuld an allen Seelenqualen, die du seit deiner Kindheit ausgestanden hast.« Laura war außer sich.

»Allerdings. Und er ist letztendlich dafür verantwortlich, daß ich an Krebs erkrankt bin.« Claire richtete sich auf und sah offen in Lauras leuchtendblaue Augen. »Das meine ich ernst.«

»Ich weiß, und ich neige ebenfalls zu deiner Ansicht. Du glaubst also, dadurch, daß du all das viele Jahre lang verdrängt hast, bist du anfälliger für Krebs geworden?«

»Was mein Vater getan hat, war abscheulich. Nur indem ich alles tief in meinem Inneren vergraben habe, konnte ich überhaupt weiterleben. Aber trotzdem hat das Erlebte in mir gearbeitet, mich zerstört und zu einem zornigen, argwöhnischen Menschen gemacht. In mir wütete eine Verbitterung, mit der ich nicht fertig wurde. Manchmal überwältigte die Vergangenheit mich fast, aber irgendwie habe ich es geschafft, weiterzumachen. Ich glaubte, ich würde mich besser fühlen, wenn mein Vater erst tot wäre. Aber da hatte ich mich geirrt. Und währenddessen fraßen die Erinnerungen weiter an mir … wie ein Krebsgeschwür.«

»Das ist sogar medizinisch bewiesen. Geistiger und emotionaler Streß kann zusammen mit der Verdrängung einer starken gefühlsmäßigen Erschütterung alle möglichen Krankheiten verursachen. Du hast recht, Claire.«

»Nun, da ich mich endlich jemandem anvertraut habe, fühle ich mich erleichtert. Vielleicht kann ich ja jetzt davon genesen ... im wahrsten Sinne des Wortes.«

»Das hoffe ich auch. Hast du denn nie jemandem erzählt, daß dein Vater dich mißbraucht hat? Nicht einmal Philippe?«

Claire schüttelte sich. »O Gott, nur das nicht. Wem außer dir hätte ich so etwas anvertrauen können? Du bist der Mensch, der mir am nächsten steht; und jetzt schau, wie lange ich gebraucht habe, um mit dir darüber zu sprechen.«

»Hättest du mir bloß früher dein Herz ausgeschüttet!«

»Das hätte ich wirklich tun sollen.«

»Du sieht erschöpft aus«, sagte Laura. »Möchtest du eine Tasse Tee?«

»Danke, das wäre nett«, antwortete Claire und zwang sich zu einem Lächeln.

Laura hatte recht, Claire fühlte sich plötzlich sehr müde und wie ausgepumpt. Daher legte sie sich auf Lauras Bett und kuschelte sich in die weißen Kissenberge. Wie oft hatte sie als Kind genau wie jetzt auf Laura gewartet! Sie sog den Geruch ihres Shampoos und ihr Parfüm ein. *Ma Griffe.* Laura trug es seit Jahren; und Claire mochte den frischen, grünen Duft.

Solange sie denken konnte, hatte sie sich danach gesehnt, zu den Valiants zu gehören, teilzuhaben an dieser wunderbaren Familie und all der Liebe, die diese Menschen so freigebig verströmten. Zum Glück hatten sie die kleine Claire damals als eine der Ihren aufgenommen und sie wie durch ein Wunder ihren Vater vergessen lassen und alles, was er ihr zu Hause antat. Auf Rhondda Fach wurde sie für kurze Zeit zu einem anderen Menschen. Und durch Laura hatte sie sich wieder sauber gefühlt, so wie ihre Freundin. Rein, unschuldig und unberührt. Ein gutes Mädchen.

Claire rollte sich in der Mitte des Bettes zusammen und schloß ein paar Sekunden die Augen. In ihrem Kopf liefen die Gedanken Amok, doch es gelang ihr, ihnen Einhalt zu gebieten und von neuem die Oberhand zu behalten. Sie durfte sich nicht länger mit der Vergangenheit befassen, denn sie hatte an die Gegenwart und die Zukunft zu denken. Die junge Frau wußte, daß sie nicht mehr lange zu leben hatte. Ihr Ende war nahe.

Sie wahrte den Schein und pflichtete Laura und den anderen bei, ihr Zustand habe sich gebessert. Sicher, hier auf Rhondda Fach fühlte sie sich kräftiger, als entwickelte sie plötzlich neue Energie. Aber sie würde nicht gesund werden. Die Chemotherapie hatte nichts bewirkt. Das hatten ihr die Ärzte erklärt, obwohl sie damit nur bestätigt hatten, was sie bereits selbst ahnte.

Was sie noch alles zu tun hatte! Am dringendsten war der Verkauf ihrer Wohnung in Paris. Aber darum würde Hercule sich kümmern und das Geld Laura zukommen lassen. Ihre Freundin würde die Summe auf das Treuhandkonto einzahlen, das sie für Natasha eingerichtet hatten. Claires Gedanken wandten sich ihrer Tochter zu, dem größten Wunder ihres Lebens und ihre beständige Freude. Claire lächelte, und bei dem Gedanken an ihre Tochter wurde ihr warm ums Herz. Nattie war mit Megan und Fenice unterwegs; genauer gesagt, wollten sie einkaufen. Natasha plante für heute ein ganz besonderes Abendessen.

Unverhofft wurde ihr schwindlig, und sie atmete tief durch. Wieder schloß sie die Lider. Nach ein paar Minuten erschien vor ihrem inneren Auge das frische, junge Gesicht ihrer Tochter; ein wunderschönes Mädchen, das noch sein ganzes Leben vor sich hatte. Claire empfand tiefe Dankbarkeit dafür, daß Laura in den kommenden Jahren für Natasha dasein, sie leiten und für sie sorgen würde. Ich kann in Frieden sterben, denn auf meine Laura kann ich mich verlassen, dachte sie.

Bis jetzt war Natasha sehr tapfer und beherzt gewesen. Widerspruchslos hatte sie hingenommen, daß ihre Mutter Laura die Vormundschaft übertragen hatte, und erklärt, das verstehe sie. Doch später hatte Claire ihren Äußerungen entnommen, daß zwischen dem Mädchen und ihrem Vater ein gutes Verhältnis bestand. Daher hatte sie schließlich nachgegeben und erlaubt, daß Philippe sie besuchte. Er würde übermorgen kommen, und sie mußte diese Stunden halt irgendwie durchstehen.

Hercule hatte ihr erzählt, daß Rosa Lavillard ebenfalls gebeten habe, sie sehen zu dürfen. Um sich zu entschuldigen, wie er sich ausgedrückt hatte.

Ihr Freund war der Ansicht, es sei wichtig für Natasha, ihre Großmutter kennenzulernen, und Claire überlegte, ob er möglicherweise recht hatte. Letzten Endes würde die Entscheidung darüber ohnehin bei Laura als Natties zukünftiger Erziehungsberechtigen liegen. So, wie ich es gewollt habe, dachte Claire bei sich. Als Laura mit dem Teetablett geschäftig hereingehuscht kam, schob sie sich auf dem Bett in eine sitzende Haltung.

»Zwei Becher von Grandpa Owens berühmtem Bergmannstee!« rief Laura. »Heiß, stark und süß. Und ein paar Stücke Schokoladenkuchen, mit den besten Empfehlungen von Natasha. Sie hat ihn heute morgen für dich gebacken.«

»Den mag ich am liebsten«, meinte Claire lächelnd. »Und diesen Tee ebenfalls.« Während sie noch sprach, bemühte sie sich, vom Bett zu steigen.

»Bleib bloß da, Claire«, befahl Laura und durchquerte eilig das Zimmer. Sie stellte Tasse und Kuchenteller auf den Nachttisch und stopfte dann die vielen Kissen in Claires Rücken zurecht. »So, das ist doch viel bequemer, oder?«

»O ja. Danke, Liebes.« Claire nahm einen Schluck Tee und fuhr fort. »Hercule hat mir von Rosas Bitte erzählt. Warum, glaubst du, möchte sie mich besuchen?«

»Deine Krankheit hat sie tief bestürzt, und sie möchte herkommen und dir sagen, wie sehr sie bedauert, dir keine gute Schwiegermutter gewesen zu sein.«

»Dann hatte Hercule also recht. Ich konnte ihm kaum glauben, Laura. Sie kommt also, um sich bei mir zu entschuldigen, habe ich das richtig verstanden?«

»Ja. Hercule hat dir nur gesagt, was er von mir gehört hatte.«

»Könnte sie nicht diesen Sonntag kommen, zusammen mit Philippe? Ich würde die beiden Besuche gern in einem Aufwasch erledigen, wenn du verstehst, was ich meine.«

»Doch, ja. In Ordnung, wenn du dich am Sonntag der Sache gewachsen fühlst, werde ich alles in die Wege leiten.«

»Ich schaffe das schon.«

»Dann bitte ich Grandma Megan nachher, Rosa anzurufen.«

»Die beiden könnten doch gemeinsam herfahren«, murmelte Claire. »Das wäre am praktischsten.«

Laura starrte sie verblüfft an. »Du hast ziemlich bereitwillig nachgegeben.«

Claire nickte. »Ich habe mich eben anders besonnen.« Sie lächelte schwach. »Ich tue das für Natasha. Das ist der eigentliche Grund. Und auch für dich, Laura. Wenn ich meinen Kampf gegen den Krebs verliere, wirst du – und Natasha natürlich auch – froh sein, wenn Philippe und Rosa dir beistehen. Sie werden dir eine große Hilfe sein.«

»Genau das hat Grandma Megan mir auch erklärt.«

»Megan ist eine kluge Frau, die weiß, wie es in der Welt

zugeht. Und sie hört wirklich das Gras wachsen. Deswegen glaube ich auch ihre Theorie über Doug.«

»Ich wußte gar nicht, daß Grandma eine hat«, rief Laura aus. Sie wirkte verblüfft.

»Sie behauptet, sie hätte sie dir auseinandergesetzt.«

»Niemals. Wann soll denn das gewesen sein? Hat sie dir das verraten?«

»Ja, Megan sagt, sie hätte kurz nach eurer Trennung mit dir darüber gesprochen. Sie hätte dir gegenüber angedeutet, Doug müsse jemand anders haben, eine Geliebte. Deswegen wäre er dir bezüglich der Wohnung und der sonstigen finanziellen Fragen so entgegengekommen.«

»Stimmt, das hat sie erwähnt«, meinte Laura leise. Jetzt fiel ihr alles wieder ein, und sie setzte sich auf die Bettkante. »Doug hat tatsächlich jemand anders kennengelernt, Claire.«

»Hat er dir das schließlich doch gestanden?«

»Ja. Aber erst, nachdem ich selbst darauf gekommen bin.«

»Wer ist sie?«

»Nicht sie, sondern er. Robin Knox.«

Claire schwieg einen Moment. Ein nachdenklicher Ausdruck huschte über ihre Miene. »Weißt du das genau?« fragte sie.

»Ja. Alle Anzeichen sind vorhanden. Außerdem hat Robins Freundin die Verlobung gelöst … Und er hat es mir gestanden.« Laura verstummte. »Wie auch immer, wir sind nicht mehr verheiratet, daher ist das Dougs Sache. Als wir uns trennten, habe ich ihm meinen Segen gegeben, und er weiß, daß ich immer für ihn dasein werde, falls er mich braucht. Und er für mich. So empfinden wir im Moment füreinander, Claire. Wir sind gute Freunde.«

»Das weiß ich doch«, entgegnete Claire. »Besser, daß es jetzt passiert ist und ihr einen Schlußstrich gezogen habt. Du bist noch jung genug, um ein neues Leben mit einem anderen Mann zu beginnen.«

»Da bin ich mir nicht so sicher«, wandte Laura leise ein.

»O ja, Laura, vertrau mir. Und zwar in nicht allzu ferner Zukunft.«

Laura warf ihr einen merkwürdigen Blick zu, enthielt sich aber jeglicher Antwort.

27

Völlig reglos saß Rosa Lavillard auf ihrem Stuhl neben Claires Bett. Sie sah die junge Frau an und wünschte, sie wäre nicht so krank, wünschte, sie könnte etwas tun, damit Claire sich besser fühlte. Doch sie wußte, daß ihr das nicht zu Gebote stand; selbst Philippe, der ein brillanter Arzt war, konnte hier nichts mehr ausrichten. Was für ein Jammer, dachte Rosa. Sie ist noch so jung, so schrecklich jung. Ihr Herz floß über vor Mitgefühl, und es kostete sie ihre ganze Beherrschung, nicht hier auf der Stelle um Claire zu weinen.

Plötzlich schlug Claire die Augen auf und schenkte Rosa ein schwaches Lächeln. »Tut mir leid, ich wollte eben nicht einnicken.«

»Kann ich dir etwas holen?« fragte Rosa besorgt.

»Vielen Dank, nein«, antwortete Claire leise.

Rosa holte tief Luft. »Damals vor all den Jahren habe ich dir Unrecht getan, Claire. Ich habe mich dir gegenüber falsch verhalten. Ehe ich ein Urteil über dich fällte, hätte ich versuchen müssen, dich zu verstehen, dich besser kennenzulernen.«

Claire blinzelte und schüttelte den Kopf. »Wie auch immer deine Einschätzung ausgefallen ist, höchstwahrscheinlich war sie richtig. Damals war ich ziemlich verstört.«

»Keine Chance habe ich dir gegeben, und das war nicht fair. Ich wollte Philippe beschützen. Versteh doch, ich habe geglaubt, du könntest seinen komplexen Charakter nicht begreifen, nicht verstehen, was als Sohn einer Holocaust-Überlebenden hinter ihm lag.«

»Geliebt habe ich ihn jedenfalls sehr.«

»Und er hat ebenso für dich empfunden, Claire. Aber ihr wart beide ziemlich sprunghaft, genau wie Pierre und ich, und solche Ehen besitzen meist keine große Zukunft. Meist jedenfalls nicht, denn meine hat irgendwie gehalten. Aber eure stürmische Beziehung hat mir halt auch Sorgen bereitet. Wenn ich jetzt an die Anfänge eurer Bekanntschaft zurückdenke, wird mir klar, daß ich nicht nett zu dir war. Bloß höflich und nichts weiter. Als reife Frau hätte ich das besser wissen müssen und nach dem Prinzip ›im Zweifel für den Angeklagten‹ handeln sollen.«

»Meine Ehe mit Philippe sollte wohl einfach nicht sein. Aber zumindest ist daraus ein wunderbares Kind entstanden. Ein wahrhaft unglaubliches Geschenk, meine geliebte Natasha.« Claires grüne Augen leuchteten hell.

»Alle erzählen mir, sie sei etwas ganz Beonderes und wirklich einzigartig«, bemerkte Rosa leise. »Und Natasha ist eine attraktive junge Frau. Sie wirkt in vielerlei Hinsicht älter, als sie ist.«

»So sind die Teenager heute alle. Du hast sie nicht oft gesehen, aber das liegt zum Teil daran, daß du in New York wohnst, Rosa, und Nattie den größten Teil ihres Lebens in Paris verbracht hat. Ich ... es tut mir furchtbar leid, daß du deine Enkeltochter nie richtig kennengelernt hast.«

Rosa neigte den Kopf, gab aber keine Antwort, sondern lehnte sich einfach zurück und versuchte, sich ein wenig zu entspannen. Sie hatte diese Begegnung herbeigesehnt, aber zugleich gefürchtet.

»Natasha wird in der Stadt leben, bei Laura, und die Chapin-High-School besuchen«, erklärte Claire.

»Das liegt ja ganz in meiner Nähe!« rief Rosa aus, die ihre plötzlichen Glücksgefühle nicht verbergen konnte.

»Ich weiß. Und ich möchte, daß ihr beiden einander kennenlernt. Höchste Zeit wäre es wirklich. Ich habe Laura gebeten, dafür zu sorgen.«

»Liebend gern würde ich Natasha öfter sehen, und dich ebenfalls, Claire. Ich möchte alles wiedergutmachen. Glaubst du, wir könnten vielleicht Freundinnen werden?«

Da Claire keine Antwort gab, sprach Rosa weiter. »Ich bitte dich von ganzem Herzen um Verzeihung, Claire. Damals habe ich mich furchtbar benommen und mein Verhalten seither bedauert. Kannst du dich nicht durchringen, mir zu vergeben?«

»Da ist nichts zu verzeihen. Wir alle haben uns falsch verhalten, jeder auf seine Weise.« Kurz schloß Claire die Augen und ließ sich in die Kissen sinken. Dann öffnete sie sie wieder und sah Rosa forschend an. »Eben hast du gesagt, du wärest damals der Ansicht gewesen, ich könnte Philippes Probleme nicht verstehen. Was genau hast du damit gemeint?«

»Wie du weißt, Claire, ist er der Sohn einer Überlebenden des Holocaust.« Rosa unterbrach sich und schüttelte den Kopf, als tadle sie sich für ihr Ungeschick. »Das war noch so eine Dummheit von mir. Ich hätte dir von meinen Kriegserlebnissen erzählen sollen. Du hattest ja gar keine Chance, mich zu begreifen, weil du viel zu wenig über mich wußtest. Was nun Philippe angeht, so fiel es ihm wie vielen Kindern in seiner Lage schwer, mit dem fertig zu werden, was mir und meiner Familie zugestoßen war. Er legte sich die Ansicht zurecht, er stelle einen ziemlich unbedeutenden Teil meines Lebens dar; bedeutungslos im Vergleich zu den ungeheuerlichen Dimensionen der Judenvernichtung. Diese grauenvolle Katastrophe überschattet und dominiert das Leben unserer Kinder. Manche Abkömmlinge von Überlebenden empfinden sogar eine merkwürdige Eifersucht auf ihre Eltern, weil sie wissen, daß sie selbst nie etwas so Gewaltiges wie den Holocaust erleben werden.«

Claire runzelte die Stirn. »Ich glaube nicht, daß Philippe so denkt.«

Zustimmend nickte Rosa. »Nein, weder damals noch heute. Problematisch war allerdings, daß er keine Familie hatte und nie so etwas wie eine gemeinsame Vergangenheit oder Familiengeschichte kennengelernt hat. Daß er darüber verbittert war, weiß ich genau.«

»Ja. Und es stimmt, daß Philippe sich tatsächlich oft seltsam benommen hat. Er war so voller Zorn damals.«

»Ich weiß, Claire.«

»Er hatte das Gefühl, etwas Bedeutendes vollbringen zu müssen. Leben zu retten, beispielsweise.«

»Das war immer die treibende Kraft hinter seinem Tun.«

»Kämpft Philippe immer noch mit diesen Problemen, Rosa?«

»Daran wird sich vielleicht nie etwas ändern, aber er hat gelernt, mit meiner Vergangenheit und seinem eigenen Leben umzugehen. So wie Pierre das gelungen ist. Als Hitler nach Frankreich einmarschierte, hielt mein späterer Mann sich mit seiner Familie in der Schweiz auf, und dort sind sie bis zum Kriegsende geblieben. Gott sei Dank hat er also persönlich nicht gelitten, obwohl auch seine Familie schwere Verluste zu beklagen hatte. Philippe hat gelernt, Zorn und Verzweiflung zu beherrschen. Mein Sohn ist ein guter und wertvoller Mensch, und ich glaube, er hat inzwischen seinen Frieden gefunden.«

»Das hoffe ich«, wisperte Claire.

»Geht's dir gut?« fragte Rosa und beugte sich mit besorgter Miene über Claire.

»Ja, ich bin in Ordnung. Nur ein bißchen außer Atem.«

Eine Weile saßen sie schweigend beisammen. Schließlich schlug Claire die Augen wieder auf und sah Rosa an. »Claire«, bat die Ältere, »kannst du mir vergeben?«

»Wenn du das unbedingt hören möchtest: Ja, ich verzeihe dir. Aber es gibt wirklich nichts, wofür du dich entschuldigen müßtest.«

»O doch«, beharrte Rosa.

Claire tastete nach Rosas Hand. »Grandma Megan hat mir kürzlich deine Geschichte erzählt, auch von der Höhle, wo deine Freunde dich versteckt hatten ... Eben alles, was dir zugestoßen ist. Wie in aller Welt hast du das alles durchgestanden?«

»Keine Ahnung. Die Frage habe ich mir schon oft gestellt. Willenskraft, Entschlossenheit und der Wunsch, die Nazis zu besiegen und mich nicht von ihnen unterkriegen zu lassen. Wahrscheinlich einfach Überlebenstrieb.«

»Warum hast du mir nicht schon vor Jahren davon erzählt? Und warum hat Philippe nie etwas gesagt?«

»Ich weiß nicht ... Vielleicht, weil ich einmal einer Frau begegnet bin, die lauthals verkündete, sie habe die Nase voll von diesen professionellen Juden, die jedem ihre Nummer unter die Nase hielten. Du weißt schon, die Registriernummer, die man im Konzentrationslager auf den Arm tätowiert bekam. Ihre Worte haben mich so tief verletzt, daß ich nie wieder mit einem Menschen über meine Vergangenheit gesprochen habe – nicht, daß ich überhaupt oft davon geredet hätte. Aber diese Frau hatte auf so scheußliche, verächtliche Weie das Leiden so vieler ... Millionen herabgewürdigt.«

»Ich verstehe.« Claire rutschte auf dem Bett herum und stützte sich auf den Ellbogen. »Rosa?«

»Ja, Claire?«

»Kannst du mir vergeben, daß ich dein Enkelkind so lange von dir ferngehalten habe?«

»Natürlich, selbstverständlich«, antwortete Rosa rasch.

»Aber um deine eigenen Worte zu gebrauchen: Du hast keinen Grund, dich zu entschuldigen.«

Claire bedeutete Rosa mit einer Handbewegung, näher zu kommen. »Setz dich doch zu mir auf die Bettkante«, bat sie leise.

Rosa tat, wie ihr geheißen, ohne den Blick von Claires Gesicht zu wenden.

»Ich werde es nicht schaffen«, flüsterte Claire und griff nach Rosas Arm. »Ich sterbe.«

»Nein, sag so etwas nicht, Claire!« Tränen traten Rosa in die Augen, doch sie blinzelte sie fort. »Ich weiß, daß du sehr krank bist, aber Laura sagte, dein Zustand habe sich gebessert.«

»Sicher, hier auf Rhondda Fach habe ich mich eine Zeitlang kräftiger gefühlt. Aber lange halte ich nicht mehr durch. Ich kann nicht weiterkämpfen, Rosa, ich bin so furchtbar müde.«

»Ach, meine arme Claire«, stieß Rosa hervor. Tränen rannen ihr die Wangen herunter und tropften auf ihre Hände, die Claires Finger umschlossen.

»Nicht weinen«, flüsterte Claire. »Ich habe meinen Frieden gefunden. Nur Natasha wird mir fehlen, und Grandma Megan und meine liebe Laura.«

Rosa brachte kein Wort heraus. Geraume Zeit saß sie auf dem Bett und hielt Claires Hand. Endlich beugte sie sich über die junge Frau, legte die Arme um sie und drückte sie an sich wie damals ihren Sohn, als er noch ein kleiner Junge war. Lange verharrten die beiden so.

Schließlich rückten die Frauen voneinander ab. »Sag den anderen nichts, ja?« bat Claire.

»Versprochen«, antwortete Rosa. Doch bei sich dachte sie: Alle anderen mögen sich täuschen lassen, aber Laura weiß Bescheid. Doch um Natashas willen spielt sie Theater.

Als Rosa sich anschickte, vom Bett aufzustehen, öffnete Claire die Augen. »Bitte geh noch nicht. Bleib noch ein paar Minuten. Ich muß ein wenig ruhen, ehe ich mit Philippe rede.«

Rosa nickte. »Gern. Soll ich dir etwas holen, Claire? Ein Glas Saft vielleicht?«

»Nein, vielen Dank. Leiste mir einfach noch ein bißchen Gesellschaft, Rosa.«

Philippe Lavillard und Laura saßen im Wintergarten, tranken Saft und plauderten. Sie waren allein. Vor einer Stunde war Philippe mit seiner Mutter auf Rhondda Fach eingetroffen und hatte zu seinem Leidwesen festgestellt, daß Natasha mit Fenice und Hercule Junot unterwegs war.

»Die drei bleiben aber lange aus«, bemerkte er jetzt verhalten lächelnd zu Laura. »Wohl ein richtiger Großeinkauf.«

»Bis zu Balsamo's, dem besten Obst- und Gemüseladen in dieser Gegend, fährt man ungefähr eine halbe Stunde hin und ebensolange zurück«, erklärte Laura ihm. »Außerdem mußten sie noch nach Kent, um ein paar andere Dinge zu besorgen. Aber keine Sorge, sie kommen bald.«

Philippe nickte. »Ich kann es halt kaum erwarten, Natasha wiederzusehen …« Aus seinen dunklen Augen sah er Laura eindringlich an. »Ich habe dir noch gar nicht gedankt, Laura«, sagte er herzlich. »Für alles, was du für Natasha getan hast und weiter tun wirst. Ich bin dir sehr dankbar.«

»Natasha ist ein bezauberndes Mädchen, das man einfach gern haben muß. Sie vergöttert Grandma Megan, und die beiden sind ein Herz und eine Seele. Jedenfalls freuen wir uns, sie bei uns zu sehen. Natasha strahlt soviel Schwung und Wärme aus, eine ansteckende Lebenslust. Immer ist sie gleich dabei, mit anzupacken und ihre Hilfe anzubieten. Und sie besitzt großes Verantwortungsgefühl; für ihr Alter ist sie schon sehr erwachsen.«

»Das stimmt, aber ich glaube, das trifft heute auf viele Kinder zu. Sie scheinen einfach früher reif zu werden. Außerdem ist sie bei einer alleinerziehenden Mutter aufgewachsen; sehr wahrscheinlich ist sie dadurch so unabhängig und tüchtig. Du kennst ja Claire … Sie hat Natasha immer wie eine Erwachsene behandelt und von ihr erwartet, daß sie sich dementsprechend benimmt.«

»Ich weiß«, gab Laura zurück und lachte. »Natasha mußte immer ihre Frau stehen. Ich bin übrigens sehr froh, daß du mit uns übereinstimmst, sie aufs Chapin zu schicken. Claire hat die Schule ausgesucht, und jetzt hoffe ich nur, daß Natasha aufgenommen wird.«

»Da bin ich mir ziemlich sicher«, meinte Philippe. »Nattie geht gern zur Schule, daher fällt ihr das Lernen leicht. Im übrigen scheint sie fleißig zu sein.«

»Das ist sie wirklich.« Laura nahm einen Schluck Apfelsaft, bevor sie weitersprach. »Gefällt dir Atlanta?«

»O ja. Wenn ich die Wahl hätte, würde ich New York allerdings vorziehen. Es geht doch nichts über die alte Heimat. Abgesehen davon ist New York eine so aufregende Stadt, daß ich einfach schrecklich gern hinziehen würde.«

»Dann fehlt dir Afrika wohl gar nicht?« bemerkte Laura und sah ihn fragend an.

»Absolut nicht.« Philippe zog eine Grimasse. »Die Krankheiten und Seuchen, die drückende Armut, die Menschenverachtung der Politiker und die Mordgier der Soldaten werde ich in hundert Jahren nicht vermissen. Nicht zu vergessen Dürre, Hungersnot und die bestialischen Kriege, die wahllos und in unvorstellbarem Ausmaß Tod und Zerstörung säen.«

»Da habe ich wohl eine dumme Frage gestellt«, murmelte Laura und wirkte peinlich berührt. Plötzlich kam sie sich ziemlich töricht vor.

»Nein, ganz und gar nicht«, versicherte Philippe ihr rasch und lächelte liebenswürdig. »Natürlich ist Afrika ein wunderschöner Kontinent, die Menschen sind liebenswürdig und die Wildschutzgebiete sind einzigartig, eine Welt für sich. Dort draußen im Busch stockt einem manchmal einfach der Atem. Aber irgendwann hatte ich einfach genug von Afrika ... Ich war ausgebrannt, Laura, vollständig erschöpft. Etwas in mir streikte, und dann verschwindet man am besten schnell, ehe man unachtsam wird und sich am Ende noch mit irgendeinem tödlichen Virus wie Ebola oder Marburg infiziert. Das habe ich auch Francine erklärt.«

»Wer ist Francine?« fragte Laura und warf Philippe einen mißtrauischen Blick zu.

»Francine Guillaume ist eine Dame aus den besten Kreisen der französischen Gesellschaft, die aber trotzdem noch ein Gewissen besitzt. Jahrelang hat sie meine Forschungsprogramme mit hohen Summen unterstützt, praktisch die ganze Zeit über, die ich dort im Auftrag des Pasteur-Instituts gearbeitet habe. Natürlich hat sie mir beigepflichtet, obwohl das hieß, daß ich aus einem ihrer Lieblingsprojekte ausscheiden mußte.«

»Virologe ist ein ziemlich gefährlicher Beruf. Eine riskante Tätigkeit, nicht wahr?«

Philippe sah sie schmunzelnd an. »Wie gesagt, nur wenn man nachlässig arbeitet. Dann können Müdigkeit oder chronische Erschöpfung leicht in ein Todesurteil umschlagen.«

Unvermittelt wechselte Laura das Thema. »Claire wirkt äußerlich gekräftigt«, bemerkte sie, »aber in Wirklichkeit geht es ihr nicht gut. Ich weiß, daß sie dir gestattet hat, mit ihrem Arzt am Sloan-Kettering zu reden. Warst du dort?«

»Ja, ich habe mit dem Mann gesprochen. Er meinte, Claire sei eine wahre Kämpfernatur, hart im Nehmen, aber sie …« Philippe unterbrach sich, denn Natasha stürzte in den Wintergarten. Über das ganze Gesicht strahlend rannte sie auf ihren Vater zu, um ihn zu begrüßen.

Philippe sprang auf, kam ihr auf halbem Weg entgegen und umarmte seine Tochter stürmisch. Natasha hielt ihren Vater fest umschlungen und vergrub das Gesicht an seiner Schulter.

Er liebt sie sehr, dachte Laura. Und noch wichtiger, das Mädchen erwidert seine Gefühle. Plötzlich fragte sich Laura, warum sie jemals etwas anderes geglaubt hatte, und gab sich sofort selbst die Antwort darauf. Sie nahm Philippe jetzt anders wahr. Heute sehe ich ihn so, wie er wirklich ist, dachte sie, und nicht so, wie er in seiner stürmischen Jugend war. Schließlich haben wir uns alle verändert, ich selbst, Claire und Doug ebenfalls. Menschen wachsen und reifen, und wenn sie Glück haben, bilden sie dabei positive, wertvolle Charakterzüge heraus. Ich hoffe, daß mir das gelungen ist. Philippe jedenfalls hat sich weiterentwickelt, das erkenne ich. Er ruht jetzt in sich selbst und geht seinen eigenen Weg. Und Natasha kennt ihn gut und nimmt das wahr.

Wie ähnlich die beiden sich äußerlich sahen! Kein Zweifel, wessen Tochter dieses Mädchen war. Beide waren hochgewachsen, schlank und von athletischem Körperbau. Natasha besaß die gleichen langen Beine wie Philippe, und auch ihr Gesichtsschnitt und die leicht schräggestellten Lider verbanden sie miteinander. Natashas Iris wies allerdings einen goldenen Bernsteinton auf, während Philippes Augen dunkel und gefühlvoll aus seinen kantigen Zügen blickten.

Schließlich rückten Vater und Tochter voneinander ab. »Wir sind am Fischstand gewesen«, rief Natasha aufgeregt aus, »und der Händler hatte frischen Hummer. Also gibt's Hummersalat zum Mittagessen. Mom liebt Hummer über alles!«

»Ja, das stimmt. Ich freue mich, daß du etwas gefunden hast, um Claires Appetit anzuregen«, lobte Laura sie und warf Philippe einen bedeutsamen Blick zu. »Vielleicht sollten wir jetzt nach oben gehen, damit du Claire einen kurzen Besuch abstatten kannst.«

»Sehr gern«, antwortete Philippe.

Philippe saß an Claires Bett und hielt ihre Hand, und es brach ihm fast das Herz. Er wußte, wie sehr sie litt, welche Schmerzen sie ausstand. Und er konnte nicht das Geringste für sie tun, höchstens ihre Sorge um ihre Tochter lindern. Er mußte ihr versichern, daß er sich nicht in die Vereinbarung einmischen würde, die sie mit Laura getroffen hatte. Trotzdem würden er und seine Mutter ihr immer mit Rat und Tat zur Seite stehen.

Als Philippe Lavillard in Claires Zimmer getreten war, hatte er gleich erkannt, daß sie und seine Mutter Frieden geschlossen hatten. Warum begreift man immer zu spät? fragte er sich. Warum muß immer erst eine Katastrope eintreten, damit die Menschen zueinander finden? Hätten die beiden Frauen dieses klärende Gespräch schon vor langer Zeit geführt, wäre das Leben seiner Tochter ganz anders verlaufen. Sie alle wären glücklicher gewesen.

Claire lag gegen ihre Kissen gestützt und sah ihn an. Philippe war immer noch der attraktivste Mann, dem sie je begegnet war, den »berühmten Doug« eingeschlossen. Mager, drahtig und ein stahlharter Körper, das war Philippe Lavillard. In diesen Mann hatte sie sich vor achtzehn Jahren leidenschaftlich verliebt. Ein *coup de foudre* war das gewesen, der sprichwörtliche Blitzschlag, und tief im Herzen hatte Claire niemals aufgehört, Philippe zu lieben. Sie hatten nur ganz einfach nicht zusammenleben können, weil da Claires furchtbares Geheimnis gewesen war – der

Mißbrauch durch ihren Vater – und Philippes eigenes Kindheitstrauma als Sohn einer Holocaust-Überlebenden. Von Anfang an standen unsere Karten schlecht, dachte Claire. Wir hatten keine Chance.

Zäh, entschlossen und ehrgeizig, das waren die wesentlichen Eigenschaften ihres Exehemannes, doch er war auch herzlich, liebevoll, zärtlich und außerordentlich mitfühlend. Jetzt begriff sie das. Zu spät. Jedenfalls für mich, dachte sie, aber nicht für jemand anderes. Philippe ist endlich bereit für eine neue Frau. Er hat all diese Jahre gewartet… Ja, vielleicht ist es jetzt wirklich Zeit für ihn.

»Es tut mir leid, daß unsere Ehe gescheitert ist, Philippe, so leid, daß ich dir so viel Schmerz zugefügt habe …« Claire verstummte, und ihre Augen füllten sich mit Tränen.

»Psst, Claire«, beruhigte Philippe sie sanft. »Niemand war schuld, weder du noch ich, sondern einfach … die Umstände. Vielleicht waren wir beide auch zu jung.« Er lächelte ihr zu. »Wenn wir uns heute kennenlernen würden, kämen wir besser zurecht.«

Sie nickte. »Nur daß du heute nichts mehr davon hättest.«

»Na, na«, flüsterte Philippe und führte ihre Hand an seinen Mund. Er drückte einen Kuß darauf und sprach weiter. »Bei Natasha hast du Großes geleistet. Sie ist ein wunderbares Mädchen, Claire. Ich liebe sie und habe sie immer geliebt. Nicht nur weil sie mein einziges Kind ist. Du hast geglaubt, sie sei mir gleichgültig, aber das war sie nicht. Niemals.«

»Ich weiß. Und es war falsch von mir, euch beide zu trennen. Heute bedaure ich das zutiefst.«

»Mach dir keine Selbstvorwürfe, Claire. Wir haben beide Fehler begangen.«

»Du wirst doch auf Laura aufpassen, ja? Ihr zur Seite stehen, wenn sie Hilfe braucht? Sie ist stark und fähig, aber trotzdem …«

»Um Natasha und Laura brauchst du dir keine Sorgen zu machen. Ich werde für sie dasein, das gelobe ich dir, Claire.«

»Rosa und ich … wir haben uns versöhnt.«

»Das dachte ich mir. Ich hab's dir vorhin vom Gesicht abgelesen.«

»Darf ich dich etwas fragen?«

»Nur zu.«

»Warum hast du nie wieder geheiratet?«

»Ich habe keine Frau mehr gefunden, die ich genug liebte, um eine Ehe zu wagen.«

Claire seufzte. Ein kurzes Schweigen trat ein, dann sprach sie weiter. »Merkwürdig, daß ich kurz vor meinem Tod alles so klar erkenne. Was für ein lächerlicher Moment, um die Antworten zu finden, nach denen ich mein ganzes Leben lang gesucht habe. Jetzt, wo sie mir nichts mehr nützen.«

Philippe hatte Claire aufmerksam zugehört und sie genau beobachtet. Nun bemerkte er, daß sie müde wurde. Ihre Züge wirkten angespannt, und sie sah plötzlich wie ausgelaugt aus. »Hast du große Schmerzen, Claire?«

»Nein. Na ja, ein bißchen schon, aber die Medikamente dämpfen sie. Ich würde gern eine Weile ausruhen.«

Philippe stand auf, beugte sich über seine Exfrau und küßte sie auf die Stirn. »Bis später dann.«

»Philippe?«

»Ja?«

»Warum wolltest du mich heute sehen?«

»Ich wollte dich beruhigen und dir versichern, daß du dir in keinerlei Hinsicht Sorgen um Natasha zu machen brauchst.«

Claire lächelte ihm zu und schloß ermattet die Augen.

Philippe strich ihr noch eine Haarsträhne aus dem Gesicht und verließ auf Zehenspitzen das Zimmer. Dann rannte er nach unten, um Laura zu suchen.

Sie wartete im Wintergarten auf ihn. Als er eilig in den Raum trat, wußte sie sofort und ohne daß er etwas zu sagen brauchte, daß es mit Claire zu Ende ging. Man konnte ihm die Nachricht von den Augen ablesen.

»Ihr geht's nicht gut, habe ich recht?«

Philippe nickte. »Leider nicht. Claire versucht zwar, vor ihrer Umgebung den Schein zu wahren, aber sie ist ziemlich schwach und angegriffen. Zum Mittagessen aufstehen kann sie bestimmt nicht; das möchte ich auf keinen Fall. Aber ich bezweifle auch stark, daß sie etwas zu sich nehmen könnte. Ich weiß, daß Natasha ihren berühmten Hummersalat zubereitet, aber ...« Abrupt unterbrach er sich, trat ans Fenster und blickte ein paar Sekunden in den sommerlichen Garten hinaus. Schließlich wandte er sich um und sah Laura direkt an. »Vielleicht solltet ihr beiden nach oben gehen und euch zu Claire setzen«, sagte er leise.

Laura nickte. Plötzlich wurde ihr die Kehle eng, und sie brachte keinen Ton heraus. Haltsuchend klammerte sie sich an die Stuhllehne und starrte Philippe wortlos an.

»Geh nach oben, Laura«, wiederholte er. »Ich schicke dir Natasha.«

Laura tat, wie ihr geheißen. Auf der Treppe kämpfte sie ihre aufsteigende Panik nieder. Sie fühlte eine Enge in der Brust, als krampfe ihr Herz sich zusammen. Leise trat sie in das weißblaue Zimmer, zog die Tür hinter sich zu, schlich zum Bett und setzte sich daneben auf den Stuhl.

Ihr Blick ruhte auf Claire, ihrer besten Freundin, ihrer Seelenschwester. Laura wußte, daß es vorüber war. Claire hatte dem Krebs mutig die Stirn geboten, doch nun ging diese heftige Schlacht ihrem Ende zu. Bald würde sie Frieden finden.

Als Laura ein leises Geräusch vernahm, blickte sie über die Schulter und sah Natasha hereinkommen. Ihr Gesicht hob sich kalkweiß von ihrem roten Haar ab, so daß ihre

Sommersprossen wie dunkle Flecken erschienen. Sie trat zu Laura und kniete neben ihrem Stuhl nieder.

»Mom liegt im Sterben«, flüsterte sie und blickte tränenüberströmt zu Laura auf. »So hat Dad das nicht gesagt, aber ich hab's an seiner Miene gesehen.«

Laura nickte, legte die Arme um das Mädchen und zog sie an sich. »Ja, du hast recht«, wisperte sie. »Für uns ist das furchtbar schwer zu ertragen. Aber deine Mutter hat in letzter Zeit so furchtbar gelitten. Bald ... bald ist sie erlöst.«

»Ich weiß ja«, hauchte Natasha zurück und wischte sich mit den Fingerspitzen die unaufhaltsam rinnenden Tränen ab.

Claire regte sich. »Seid ihr da ... Laura? Nattie?« Sie versuchte, den Arm nach ihnen auszustrecken, doch er sank kraftlos auf die Bettdecke.

Laura nahm ihre Hand, hielt sie fest und sank neben Natasha auf den Boden.

»Mom«, rief Natasha und mußte ein Aufschluchzen unterdrücken. »Wir sind hier, Mom.«

»Ich bin so froh, daß ich nach Rhondda Fach zurückgekehrt bin, Laura, dem einzigen Ort, wo ich jemals glücklich war«, murmelte Claire und schlug die Augen auf.

»Das weiß ich doch, Claire, und ich freue mich auch, daß du zu uns gekommen bist«, antwortete Laura leise.

»Was wäre ohne dich aus mir geworden, Laura?« Claire seufzte und sah zuerst ihre Freundin und dann Natasha eindringlich an. Mit einem Mal wirkten ihre Augen tiefgrün und leuchteten intensiver als jemals in ihrem Leben. Claire lächelte den beiden zu, ein strahlendes Abschiedslächeln. »Paßt aufeinander auf«, sagte sie. »Um meinetwillen.«

»Immer, Liebes, auf ewig«, gab Laura zurück. Tränen rannen über ihr Gesicht.

Natasha kletterte auf das Bett und umarmte ihre Mutter.

Claire hob ihr das Gesicht entgegen, und noch einmal trat jenes merkwürdige Strahlen auf ihre Züge. »Du warst der beste Teil von mir, bist das Beste, was von mir bleibt«, stieß sie hervor.

»Mom, ich liebe dich«, weinte Natasha. Ihre Tränen tropften auf Claires Gesicht.

Keine Antwort.

Natasha wiegte ihre Mutter in den Armen, und Laura kniete neben dem Bett und hielt die Hand ihrer Freundin umklammert. Beide konnten sich nicht überwinden, Claire zu verlassen, und so blieben sie lange Zeit bei ihr.

Schließlich löste Laura Claires Finger aus ihrer Hand. Sie beugte sich über die Tote und küßte ihr die Wange.

Dann verließ sie leise das Zimmer und ging nach unten, um den anderen mitzuteilen, daß Claire endlich frei war.

4. Teil

Frühjahr 1998

28

Megan saß am Tisch, sah Natasha an und dachte bei sich, wie hübsch das Mädchen heute abend aussah. In dem handbestickten, burgunderroten Seidenkleid, das Laura ihr vor kurzem in London gekauft hatte, wirkte sie sehr erwachsen. Das rotbraune Haar fiel ihr offen ums Gesicht und betonte ihre zarten Züge, und die großen bernsteinfarbenen Augen kamen Megan ausdrucksvoller denn je vor. Dieses Jahr wird sie sechzehn, dachte die alte Dame, obwohl sie in vielerlei Hinsicht älter wirkt. Aber vielleicht ist das gar nicht so übel.

»Du starrst mich so an, Grandma Megan. Gefällt das Kleid dir etwa nicht?« fragte Natasha.

»Doch, wirklich. Ich habe dich nur angeschaut, weil du heute abend besonders reizend aussiehst und sehr, sehr hübsch, mein liebes Mädchen.«

Natasha strahlte sie an. »Danke. Ich mag dieses Kleid; es ist cool, irgendwie mittelalterlich.«

In diesem Moment kam Rosa geschäftig aus der Küche herbeigeeilt. Sie trug eine gewaltige Servierplatte und rief aus: »Ich will nur hoffen, daß es noch eßbar ist und ich nicht alles vollständig zerkocht habe.« Sie setzte die Platte auf einer Anrichte ab, häufte mit Hilfe von Löffel und

Gabel Fleisch- und Gemüsestücke auf einen Teller und stellte diesen dann vor Megan hin.

»Vielen Dank«, sagte Megan. »Aber ich glaube kaum, daß man einen Schmorbraten zu lange im Topf lassen kann, oder, Rosa? Außerdem bist du eine so gute Köchin, daß du nie etwas anbrennen läßt.«

»Das meine ich auch, Grandma Megan«, sagte Natasha und blickte zu Rosa auf, die mit ihrem Teller an den Tisch trat. »Danke, Gran Rosa. Du bist echt die weltbeste Köchin. Bis auf Mom natürlich. Sie war die Größte.«

»Fang an zu essen, ehe alles kalt wird, Nattie«, entgegnete Rosa und bediente sich selbst.

Es war der erste Mai, und wie jeden Freitag aßen Megan und Natasha in Rosa Lavillards Wohnung in der East End Avenue zu Abend.

Laura kam dazu, wann immer ihr das möglich war; aber heute abend besuchte sie eine Kunstausstellung in Hélène Ravenels Galerie in der Madison Avenue, und nach der Veranstaltung wollte sie mit Hélène essen. »Warte auf mich. Ich hole dich dann bei Gran Rosa ab«, hatte Laura dem Mädchen heute morgen eingeschärft, bevor sie zur Schule aufgebrochen war. »Wenn du magst, kannst du dein neues Kleid anziehen.« Natasha hatte ihre Ziehmutter umarmt. »Einen wunderschönen Tag«, hatte sie ihr noch zugerufen und war aus der Tür gestürmt.

Claire war seit fast einem Jahr tot. Die ganze Familie hatte sich enorme Mühe gegeben, Natasha über diese schwere Zeit des Kummers und der Trauer hinwegzuhelfen. Durch Lauras, Megans und Rosas Mitgefühl, Verständnis und Liebe war Natasha besser als erwartet damit fertig geworden. Sie vermißte ihre Mutter und dachte täglich an sie, aber sie war erwachsen genug, um zu begreifen, daß sie ihr eigenes Leben weiterführen mußte, ohne allzuviel in die Vergangenheit zu blicken.

Wenn Natasha ein Problem hatte, wandte sie sich an

Laura oder auch an ihren Vater, gleich ob er sich in New York oder Atlanta aufhielt. Philippe besuchte sie häufig. Dann wohnte er bei Rosa, und Vater und Tochter hatten schon viele schöne Wochenenden miteinander verlebt. Manchmal unternahmen sie allein etwas, aber oft gesellte sich auch Laura zu ihnen, und sie hatten immer viel Spaß zusammen.

Natasha dachte an Laura, ihren Vater und die wachsende Vertrautheit zwischen den beiden. Ehe sie sich auf die Zunge beißen konnte, platzte sie auch schon damit heraus. »Mein Vater ist blöd, und Laura auch.«

Megan war so verdutzt, daß sie Messer und Gabel niederlegte. Stirnrunzelnd sah sie Natasha an. »Bringt man euch an der Chapin-School bei, so respektlos zu reden? Und ausgerechnet gegenüber deinem Vater, der sich krummlegt, um alles für dich zu tun, und Laura, die dir jede freie Minute widmet?«

»Megan hat recht.« Rosa schnalzte tadelnd mit der Zunge und schüttelte den Kopf. »Wie kommst du nur auf so etwas?«

»Ich wollte nicht respektlos sein, Grandma ... und Grandma«, antwortete Natasha und sah zuerst Rosa und dann Megan an. »Ich habe nur versucht zu sagen, was ich denke. Genau das, was Laura mir immer predigt.«

»Dann kläre uns bitte darüber auf, warum die beiden ›blöd‹ sind«, forderte Rosa ihre Enkelin auf. »Laß uns nicht im dunklen tappen.«

»Vielleicht habe ich das falsche Wort benutzt. Ich meine, sie sind dumm, weil ...« Das Mädchen verstummte und überlegte, ob es weiterreden sollte.

Nachdenklich richteten Megans wäßrige Augen sich auf Natasha, dann schaute sie schnell zu Rosa. Die alten Damen tauschten einen wissenden Blick. »Komm schon, heraus mit der Sprache, mein Kind«, sagte Megan. »Was soll das? Worauf willst du hinaus?«

»Na ja, sie sind ineinander verliebt. Das weiß ich ganz sicher«, gestand Natasha in verschwörerischem Ton.

»Das ist ja wunderbar!« rief Rosa strahlend aus.

»Da kann ich dir nur beipflichten«, warf Megan breit lächelnd ein.

»Wunderbar wäre es nur, wenn sie sich das auch sagen würden«, rief Natasha aus. »Aber das tun sie nicht. Wenn wir alle zusammen sind, lassen sie die Sache einfach laufen, schleichen umeinander herum und gucken irgendwie ... glasig. Nein, benebelt ist eher das richtige Wort. Versteht ihr nicht, mein Vater ist einfach ...«, ungeduldig schüttelte Natasha den Kopf. »Mir fällt dazu nur ein einziges Wort ein, Grandma und Grandma. Er ist blöd. Und Laura auch. Sie sollte ihm sagen, was sie fühlt. Das darf eine Frau doch heutzutage.«

Rosa verbiß sich ein Schmunzeln. »Vielleicht verhält sich die Angelegenheit nicht ganz so, wie du glaubst, Nattie. Bist du dir sicher, daß die beiden verliebt sind?«

»Absolut, und meine Freundin Katie denkt dasselbe. Wir wissen es einfach.«

»Angesichts eures reichen Erfahrungsschatzes in solchen Herzensdingen glaube ich das gern«, bemerkte Megan amüsiert.

Natasha kicherte los.

»Wenn dem so wäre, hätte ich etwas bemerkt, glaube ich«, meinte Rosa und wirkte plötzlich nachdenklich. »Aber mir ist absolut nichts aufgefallen.«

»Mir auch nicht«, pflichtete Megan ihr bei.

»Vielleicht klärt sich die Lage ja, wenn Philippe erst in New York wohnt«, überlegte Rosa laut. »Ich bin so froh, daß er den Forschungsauftrag an der Columbia-Universität angenommen hat. Das wird ihm guttun, und dir auch, Natasha.«

»Und Laura.« Natasha prustete von neuem los.

»Du behauptest, die beiden seien verliebt, aber wieso

bist du dir so sicher? Ich meine, was haben Philippe und Laura getan, um dich zu dieser Ansicht zu bringen, Natasha?« bohrte Megan.

»Ich habe gesehen, was für Blicke mein Vater Laura zuwirft, wenn sie nicht weiß, daß er sie anschaut. Und wie sie ihn anhimmelt, wenn er mit etwas beschäftigt ist, mir zum Beispiel auf Rhondda Fach in der Küche hilft. Außerdem lachen sie ständig über dieselben Sachen, und wenn Daddy Laura ein Kompliment macht, wird sie ganz rot und sieht total durcheinander aus.« Noch einmal blickte Natasha zwischen Megan und Rosa hin und her. »Ihr müßt mir einfach glauben. Mein Vater liebt Laura, und sie liebt ihn«, erklärte sie bestimmt.

Die beiden Frauen tauschten einen weiteren bedeutungsvollen Blick. »Du wünschst dir das sehr, stimmt's, Natasha?« fragte Rosa schließlich.

Lächelnd nickte das Mädchen. Seine Augen strahlten vor Glück. »O ja, ja, ja. Ich möchte, daß sie heiraten, damit wir drei eine Familie sind.«

»Aber vielleicht täuschst du dich, Nattie, weil du das so unbedingt möchtest«, mahnte Rosa sie.

»Nein, ehrlich nicht, Gran Rosa. Ich bilde mir nichts ein. Meiner Freundin Katie ist es auch aufgefallen. Wenn er Laura doch bloß küssen würde! Kürzlich auf der Farm dachte ich, es wäre soweit, aber dann ist doch nichts passiert. Ich glaube, Laura dachte dasselbe, weil sie nachher so enttäuscht aussah.«

»Und wann soll das gewesen sein?« wollte Megan wissen. »Ich habe euch doch jedesmal nach Rhondda Fach begleitet.«

»Klar, aber da waren wir draußen, unten am Fluß«, erklärte Natasha ihr. »Die beiden gingen voraus, und Katie und ich sind ein ganzes Stück hinter ihnen hergetrödelt. Laura und Daddy standen da und blickten aufs Wasser hinaus, und dann haben sie sich einander zugewandt und sich in die Augen gesehen. Katie hat mich am Arm gepackt und geflüstert, ›jetzt küßt er sie, jetzt küßt er sie‹, aber er hat nicht.«

Megan blickte zur Seite, um ihre Belustigung zu verbergen. Schließlich sah sie Natasha direkt an. »Was sollen wir jetzt unternehmen?« fragte sie. »Hast du eine Idee?«

»Nein.« Natasha schüttelte den Kopf. »Fällt dir nichts ein, Grandma Megan?«

»Noch nicht so recht.«

»Wie steht's mit dir, Gran Rosa?«

Rosa schürzte die Lippen. »So spontan nicht. Und außerdem, was sollten wir auch tun … Wir können uns nicht einfach einmischen. Die beiden sind schließlich erwachsene Menschen.«

Plötzlich stieß Natasha einen Freudenschrei aus. »Genau! Wir müssen bloß die richtige Situation schaffen! Und ich weiß auch schon, wie.«

»Und das wäre?« fragte Rosa.

»Ende des Monats hat Laura Geburtstag. Wir können ein kleines Abendessen für sie geben und Dad dazu einladen. Irgendwie wird es dann passieren, das weiß ich ganz einfach.«

Megan nickte. »Eine Geburtstagsparty für Laura ist eine gute Idee, Natasha. Ich wünschte, ich hätte selbst daran gedacht. Na gut, fangen wir an, Pläne zu schmieden.«

29

Überpünktlich begann Rosa Lavillard mit ihren Vorbereitungen für den Nachmittagstee. Viel zu früh, das wußte sie selbst, aber sie war nervös und aufgeregt und mußte sich einfach beschäftigen.

Sie knipste den elektrischen Wasserkocher an, nahm das feuchte Tuch von dem Metalltablett mit den Honigkuchen und nahm sie in Augenschein. Das Gebäck sah verführerisch aus; das würde Laura schmecken. Auch die Makronen, die auf einem anderen Teller lagen, liebte Laura. Rosa hatte sie heute morgen frisch gebacken.

Gestern hatte Laura angerufen und sich für heute zum Tee angekündigt. Sie habe aufregende Neuigkeiten für Rosa, hatte sie erklärt, etwas, das sie ihr lieber persönlich mitteilen wolle. Rosa konnte sich nicht vorstellen, was dahinter stecken mochte ... Laura und Philippe? Hatte Natasha recht gehabt? Möglich.

Rosa seufzte und holte ihr bestes Service aus dem Küchenschrank. In den zehn Monaten seit Claires tragischem Tod hatten Philippe und Laura zwangsläufig viel Zeit miteinander verbracht. Das gemeinsame Band zwischen ihnen war nach wie vor Natasha. Auch Rosa hatte die beiden beobachtet und wie Natasha bemerkt, daß sie einander umschlichen. Tatsächlich hatte sie schon häufig überlegt, ob ihr Sohn vorhatte, sich Laura zu erklären. Bis jetzt war das allerdings noch nicht geschehen. Zumindest war das ihr Eindruck, den Natasha kürzlich abends bestätigt hatte.

Leise vor sich hinsummend stellte Rosa zwei Gedecke mit Rosenmuster auf ihr gutes Silbertablett. All diese Spekulationen waren müßig, wies sie sich zurecht. In Kürze würde sie erfahren, warum Laura sie hatte sehen wollen.

Als wenige Minuten später die Gegensprechanlage summte und Laura sich aus dem Foyer meldete, setzte Rosa ein strahlendes Begrüßungslächeln auf und lief zur Wohnungstür. Sie öffnete sie und erblickte Laura, die eben aus dem Aufzug trat, die Hand zum Gruß erhob und über den Flur auf sie zukam.

»Hallo, Laura, willkommen!« rief Rosa aus, nahm die Hand der jungen Frau und zog sie herzlich in die Arme.

»Hallo, Rosa«, gab Laura zurück, erwiderte die Umarmung der Älteren und zog die Tür hinter sich zu.

»Wie schön, dich zu sehen«, fuhr Rosa fort. Sie trat ein Stück zurück, nahm Laura prüfend in Augenschein und bemerkte das smarte marineblaue Kostüm mit den passenden Accessoires. »Du siehst reizend aus, ganz, ganz bezaubernd.«

»Danke Rosa. Du ebenfalls.«

Lächelnd murmelte Rosa ein paar Dankesworte, dann traten die beiden Frauen in den Salon. »Setz dich doch, Laura«, bat Rosa. »Der Tee ist fertig. Ich gehe ihn eben holen und bin sofort zurück.«

Laura blickte sich um und sank in einen der behaglichen Sessel. Sie lächelte versonnen. Wie würde Rosa wohl auf ihre Mitteilung reagieren? Sie wird verblüfft, aber überglücklich sein, entschied Laura und lehnte sich, immer noch leise schmunzelnd, zurück. Sie war selbst so froh über diese neue Wendung, daß sie kaum an sich halten konnte und dem Moment entgegenfieberte, in dem sie Rosa davon erzählen würde.

Rosa kehrte mit dem Teetablett zurück, setzte es auf den Couchtisch und nahm Laura gegenüber Platz. »Du nimmst Zitrone, nicht wahr?«

»Ja bitte, und Süßstoff.«

Rosa nickte und ließ eine Zitronenscheibe in Lauras Tasse gleiten. »Ich habe Honigkuchen und Makronen gebacken«, verkündete sie. »Deine Lieblingsplätzchen.«

»Du bist so lieb zu mir, Rosa«, sagte Laura fröhlich. »Immer mußt du mich verwöhnen.«

Rosa antwortete nichts, sondern reichte Laura nur lächelnd die Teetasse.

»Vielen Dank«, murmelte Laura, nahm eine Makrone und biß hinein. »Köstlich. Ich liebe Kokosraspel. Du mußt Natasha einmal zeigen, wie man die bäckt.«

»Ja natürlich. Die Kleine kann ja ausgezeichnet kochen und dürfte mit dem Rezept keine Probleme haben.« Rosa nahm einen Schluck Tee und setzte die Tasse wieder ab. Sie lehnte sich zurück und warf Laura einen forschenden Blick zu. »Gestern hast du erwähnt, du hättest mir etwas Aufregendes zu erzählen. Ich kann kaum erwarten, es zu hören.«

Laura stellte ihre Tasse ebenfalls auf den Tisch. »Eine wunderbare, eine überwältigende Neuigkeit.«

Strahlend und erwartungsvoll beugte Rosa sich vor. »Nun *sag* schon endlich.«

»Ich habe eines deiner Bilder gefunden.«

»Ach.« Rosa sank zurück und starrte Laura verständnislos an. »Du hast ein Bild gefunden«, wiederholte sie.

Laura erwiderte Rosas erstaunten Blick. »Du verstehst doch, oder?« fragte sie rasch. »Es ist mir gelungen, ein Gemälde aufzuspüren, das deinem Vater gehört hat. Eines der Bilder, die von den Nazis geraubt wurden. Einen Matisse, Rosa. Stell dir nur vor, einen Matisse.«

»O mein Gott, eins von Papas Gemälden!« schrie Rosa auf. »Kaum zu glauben. Wie hast du das nur aufgetrieben, Laura? Was ist passiert?«

»Vor ungefähr fünf Monaten – ich hielt mich in London auf und arbeitete an Sir Maxims Kunstsammlung – stieß ich auf den Katalog eines kleinen Wiener Museums. Du weißt ja selbst, daß die von Nazis geraubten Bilder heute über die ganze Welt verstreut sind. Jedenfalls enthielt der Katalog das Foto eines Matisse. Das Bild zog sofort meine Aufmerksamkeit auf sich, weil es denselben Namen trug wie eines der Gemälde aus den Aufzeichnungen deines Vaters, die du mir vor einziger Zeit geliehen hattest. Ich bin mir sicher, du kennst ihn ebenfalls ... *Junge Marokkanerin im Roten Kaftan, eine Mandoline in der Hand.*«

»O ja, Laura, natürlich!« rief Rosa aus und schlug die Hände vor den Mund. Überraschung, Aufregung und längst entschwundene Erinnerungen trieben ihr die Tränen in die Augen. Sie blinzelte sie fort. »Ich erinnere mich sehr gut an den Namen – und an das Bild. Ein herrliches Stück, äußerst farbenfroh mit viel Rot und Violett, Tiefblau und einem leuchtenden Gelb. Ein ganz typischer Matisse.«

»Das stimmt. Sobald ich das Foto in dem Katalog entdeckt hatte, bin ich von London aus nach Wien geflogen. Dort bin ich ins Museum gegangen, um das Gemälde anzusehen und mit dem Kurator zu sprechen. Ich versuchte ihn zu überzeugen, daß das Bild dir gehört. Selbstverständlich wollte er einen eindeutigen Besitznachweis, eine Provenienz, sehen. Gleich nach meiner Rückkehr nach New York habe ich ihm eine Kopie der betreffenden Seite in den Aufzeichnungen geschickt, auf der das Bild mit allen Einzelheiten aufgeführt ist. Eine Woche später rief der Mann an und behauptete, er bräuchte noch mehr Beweise. Da war ich natürlich mit meiner Weisheit am Ende.«

Rosa nickte. »Weitere Nachweise existieren nicht. Was hast du also unternommen?«

»Wie gesagt war ich ratlos, doch dann half mir ein erstaunlicher Zufall weiter. Ich hatte mein Erlebnis in Wien gegenüber Sandra Newsham, einer meiner Klientinnen, erwähnt. Der Name des Matisse kam ihr sofort bekannt vor, und sie meinte, kürzlich in einem alten Kunstkatalog ein Foto davon gesehen zu haben. Sie war ganz aufgeregt, als ihr einfiel, daß sie im Haus einer Freundin in der Schweiz darauf gestoßen sein mußte. Ein Anruf bei dieser Dame, einer gewissen Gilda Sacher, ergab, daß Sandra das Bild nicht in einem Katalog entdeckt hatte, sondern in einer Kunstzeitschrift, die einen Bericht über die Sacher-Sammlung veröffentlicht hatte. Der Matisse hatte einmal zu dieser Sammlung gehört.« Laura lehnte sich zurück und unterbrach sich kurz.

»O nein, hör jetzt nicht auf, bitte. Das ist alles so aufregend«, rief Rosa.

»Daraufhin bin ich natürlich in die Schweiz gereist, genauer gesagt nach Montreux, wo Mrs. Sacher lebt. Sie ist Ende Sechzig, gebürtige Engländerin und hat die Sammlung von ihrem verstorbenen Mann Leon Sacher geerbt, einem Schweizer Geschäftsmann. Dieser hatte im Lauf seines Lebens eine erstaunliche Kunstsammlung zusammengetragen. Selbstverständlich besaß jedes Gemälde in dieser Sammlung einen Herkunftsnachweis, und bei dem Matisse war als Vorbesitzer der Name ›M. Duval, Paris, Frankreich‹ aufgeführt.«

»Du lieber Gott! Das fasse ich nicht!« Rosa hatte die Augen weit aufgerissen und konnte kaum noch still sitzen. »Und damit konntest du dann endlich den Kurator in Wien überzeugen?« fragte sie.

»Nicht ganz. Dazu brauchte es noch etwas mehr«, antwortete Laura. »Warte den Rest der Geschichte ab. Ich fragte Mrs. Sacher, wie der Matisse in das Museum gelangt sei, und sie erklärte mir, sie habe ihn zusammen mit einer Reihe anderer Bilder an einen Händler in Genf veräußert. Dieser wiederum verkaufte den Matisse an einen Kunden in Wien, von wo aus er schließlich in dem besagten Museum landete. Ich wollte von ihr wissen, ob sich auf der Rückseite der Leinwand irgendwelche Markierungen befänden. Ja, antwortete sie, die Buchstaben DU, dann ein Schrägstrich und die Nummer 3958. Ich erklärte Mrs. Sacher, auf diese Weise hätten die Nazis die Gemälde, die sie stahlen, katalogisiert, mit den ersten zwei Buchstaben des Namens des Besitzers und einer Nummer. Dieser Umstand war ihr unbekannt gewesen. Jedenfalls holte sie dann eine Kopie der Provenienz hervor, die sich als bemerkenswertes Dokument erwies. Diesem Herkunftsnachweis zufolge war der Matisse vor dem Kauf durch Mr. Sacher von ›M. Duval, Paris‹ in die Hände einer gewissen Madame Wacker-Bondy, ebenfalls Paris gelangt und von dort aus an einen H. Wendland. Diese beiden Namen wiederum bedeuteten Mrs. Sacher nichts, mir jedoch sprangen sie ins Auge und verrieten mir allerhand.«

»Und was, Laura?« fragte Rosa.

»Darauf komme ich jetzt. Da ich inzwischen sehr vertraut mit dem Schicksal jüdischer Raubkunst bin, kamen die Namen mir sofort bekannt vor. Hans Wendland war berüchtigt. Er arbeitete für die Nazis und verbrachte den Großteil der Kriegsjahre in der Schweiz, wo er in Görings und Hitlers Auftrag ›entartete Kunst‹ wie die Impressionisten und Neoimpressionisten für die nichtssagenden alten Meister einhandelte, die diese beiden Nazi-Größen vorzogen. Nun geriet kurz nach meinem Zusammentreffen mit Mrs. Sacher beinahe zufällig ein weiteres Dokument in meine Hand. Das aus dem Britischen Kriegsministerium stammende Papier erhielt ich über Sir Maximilian West, und darin hieß es, ein gewisser Hans Wendland, der für die Nazis tätig war, habe im Jahr 1942 eine Lieferung aus Paris entgegengenommen, die aus einem Eisenbahnwaggon voller Kunstgegenstände bestand. Von der Speditionsfirma Wacker-Bondy.« Laura unterbrach sich und sah Rosa forschend an. »Erkennst du jetzt den Zusammenhang?«

»Ja, ich glaube schon.«

»Ungefähr zu dieser Zeit geschah, während ich Nachforschungen zu deinem Matisse anstellte, etwas noch Erstaunlicheres. Sir Maximilian erhielt die Kopie einer Notiz, die eine gewisse Maguerite Gressy im Juni 1966 verfaßt hatte. Diese Dame war Museumskuratorin und eine bekannte Persönlichkeit der französischen Résistance, und sie hatte es irgendwie fertiggebracht, zahlreiche Gemälde, die von den Nazis in Paris gestohlen wurden, weiterzuverfolgen. Ihre Aufzeichnungen bestätigten, daß ein Gemälde von Matisse mit dem Titel *Junge Marokkanerin im Roten Kaftan, eine Mandoline in der Hand* durch Maurice Duval von der Galerie Duval et Fils ›bei Madame Wacker-Bondy‹ in Verwahrung gegeben wurde. Will heißen, es wurde zusammen mit anderen Bildern im Magazin der gleichnamigen Spedition eingelagert.«

Rosa saß sprachlos da, starrte Laura an und versuchte, diese Fülle von Informationen zu verdauen.

»In Madame Gressys Notiz waren auch mehrere Renoirs aufgelistet, daher hatte ein alter Freund Sir Maxims aus französischen Kunstkreisen, ein Händler, ihm das Papier zukommen lassen. Leider stellte sich heraus, daß die Bilder nichts mit der Westheim-Sammlung zu tun hatten. Aber Sir Maxim, der genau wußte, daß ich nach Hinweisen auf deinen Matisse suchte, gab es an mich weiter.«

»Jetzt hattest du aber mehr als genug Beweise, oder?«

»So ziemlich. Zumindest dachte ich das. Also begab ich mich – bewaffnet mit Kopien von Mrs. Sachers Herkunftsnachweis, dem Papier aus dem britischen Ministerium und der Gressy-Liste – von neuem in das Wiener Museum und wurde bei dem Kurator vorstellig. Dieses Mal war er ein wenig zurückhaltender, besonders, nachdem ich ihm die Dokumente vorgelegt hatte. Ich stellte ihm sogar Kopien davon zur Verfügung. Außerdem teilte ich ihm mit, wenn wir zu keiner Einigung gelangten, würde ich in Kürze rechtliche Schritte einleiten, um das Museum zur Rückgabe des Matisse zu zwingen. Ich erwähnte auch, daß ich eine Pressekonferenz plane, um die Medien über meine Entdeckung und meine Bemühungen um eine Rückführung des Bildes zu unterrichten. Der Mann kam mir ziemlich stur vor und meinte, das alles ändere nichts an der Rechtslage, so daß ich mich verabschiedete. Ich muß ihm aber doch Angst eingejagt haben, denn er rief mich noch am selben Abend im Hotel an und bat mich, nichts zu unternehmen, ehe er nicht mit dem Direktorium des Museums gesprochen habe. Als ich nach ein paar Tagen weder von ihm noch vom Museum gehört hatte, bin ich abgereist, zuerst zurück nach London und von dort aus nach New York. Zu Hause begann ich dann, alle Belege für die Pressekonferenz vorzubereiten. Doch vor drei Tagen erreichte mich plötzlich ein Anruf des Kurators. Das Museum wird deinen Anspruch anerkennen, Rosa. Sie behaupten zwar, sie hätten das Bild in gutem Glauben erworben und nichts von seiner Geschichte geahnt, aber sie werden dir das Gemälde zurückgeben.«

Rosa schüttelte ungläubig den Kopf. »Warum wollen sie mir das Bild schenken, da sie es doch völlig legal erworben haben? Das will mir nicht in den Kopf.«

»Die Museumsleute haben Angst, Rosa. Sie können keine schlechte Publicity gebrauchen, und sie haben noch den weltweiten Skandal um die Schweizer Nummernkonten, das gestohlene jüdische Gold und den Betrug an den Opfern des Holocaust im Gedächtnis. Daher wollen sie vermeiden, daß ihrem Museum Ähnliches widerfährt. Außerdem haben sie möglicherweise eingesehen, daß du moralisch gesehen im Recht bist und der Matisse nach all den Jahren wieder in deinen Besitz gehört.«

Rosa brachte kein Wort heraus, so gerührt war sie. Noch einmal schüttelte sie staunend den Kopf und begann dann – vollkommen überwältigt von dem Gehörten – zu schluchzen.

Laura ging zu ihr, setzte sich neben sie auf die Couch und nahm die Hand der älteren Frau. »Endlich ein wenig Gerechtigkeit für dich, Rosa«, flüsterte sie.

Aus tränenumflorten Augen sah Rosa sie an. »Ich kann kaum glauben ... daß du all das für mich getan hast. Danke, danke. Du hast mir einen Teil meiner Seele zurückgegeben, Laura, ein Stückchen von meiner Familie. Dafür werde ich dir ewig dankbar sein. Ich stehe für immer in deiner Schuld.«

30

»Da hast du etwas wirklich Wunderbares für meine Mutter getan, Laura«, erklärte Philippe Lavillard einige Tage später. Er war mit Natasha zu einem Besuch nach Kent gekommen. »Ich möchte dir danken.«

»Ganz ehrlich, Philippe, du brauchst dich nicht zu bedanken. Ich bin halt über das Bild gestolpert, und von da an habe ich einfach getan, was ich mußte.«

Philippe lachte. »Ich weiß ja, wie du über Nazi-Raubkunst empfindest. Dann saust du los wie ein Hund, der einen Knochen gewittert hat. Aber ganz im Ernst«, fuhr er feierlich fort, »mir ist auch klar, daß du ein sehr moralisch denkender Mensch bist, Laura, und ich bewundere deine Integrität.« Er sah sie offen an. »Was für ein gutes Gefühl, daß der Matisse dort im Museum hängt und nur auf meine Mutter wartet. Und schön, das Bild wieder in der Familie zu haben. Aber am wichtigsten ist mir, daß du meiner Mutter etwas … etwas Kostbares geschenkt hast. Inneren Frieden. Und das höchstwahrscheinlich zum ersten Mal, seit diese Verbrecher vor fünfzig Jahren ihre Eltern und Geschwister nach Auschwitz verschleppt haben.«

»Es wäre schön, wenn ich das geschafft hätte« rief Laura rasch aus und erwiderte Philippes eindringlichen Blick.

»Ich mag Rosa schrecklich gern. Sie ist eine außergewöhnliche Frau, und ich bin froh, wenn ich dazu beitragen konnte, ihr eine Freude zu bereiten. Gott weiß, daß sie im Leben Schweres durchgemacht hat. Schlimmeres, als die meisten Menschen sich auch nur vorstellen können. Was sie als Kind für Trauer, Schmerz und Angst ausgestanden haben muß! Allein bei dem Gedanken läuft es mir kalt über den Rücken.«

»Sie hat dir das meiste davon erzählt, nicht wahr?«

Laura nickte. »Ja. Das scheint dich zu überraschen.«

»Ich war wirklich erstaunt, als sie das mir gegenüber zum ersten Mal andeutete. Nicht wegen dir und Grandma Megan, sondern weil sie noch nie jemandem etwas aus ihrer Vergangenheit erzählt hat. Zumindest bis dahin nicht.«

»Was glaubst du, warum sie ein solches Geheimnis daraus macht, Philippe?«

Bevor er antwortete, überlegte er einen Moment. »Jemand hat ihr gegenüber einmal eine merkwürdige Bemerkung gemacht; über professionelle Juden, die herumlaufen und jedem die Nummer auf ihrem Arm unter die Nase halten. Mutter sagt, ihr sei dabei heiß und kalt geworden, denn sie könne sich nicht vorstellen, daß ein Holocaust-Überlebener auf so haarsträubende Weise Reklame mit seiner Vergangenheit macht. Diese Frau hatte Rosa tief verletzt, und seitdem hat sie ihre Vergangenheit ... geschützt. Ihre Erinnerung gehörte nur ihr allein, und einzig meinem Vater und mir hat sie erlaubt, daran teilzuhaben ... Bestimmt verstehst du das. Ihre Erlebnisse waren ihr auf seltsame Weise ... heilig, und sie wollte nicht, daß sie durch das Mitgefühl, die Gleichgültigkeit oder den Zweifel anderer Menschen besudelt würden. Genau das waren ihre Worte. Ich verstehe, was sie meint, und du doch gewiß auch?«

»Allerdings. Ihre Vergangenheit ist für Rosa etwas sehr Persönliches, und so viele Menschen würden ...«, sie verstummte, räusperte sich dann und beendete ihren Satz. »Würden nicht das Einfühlungsvermögen aufbringen, die traumatischen Folgen solcher Erfahrungen zu verstehen, und das Gefühl der Entwurzelung, das daraus entspringt.«

Philippe lehnte sich zurück und gab keine Antwort. Wie schon so oft hatte diese Frau es fertiggebracht, ihn zu rühren und zu verblüffen. Wahrscheinlich war das ihre Art, dachte er. Zumindest übte sie diese Wirkung auf ihn aus. Philippe versuchte, nicht allzu eingehend über Laura Valiant nachzudenken. Daß er sie liebte, war ihm klar. Doch er hatte Angst, sich ihr zu offenbaren, weil er nicht wußte, wo sie stand. Andererseits würde er das wohl nie erfahren, wenn er nicht den ersten Schritt tat.

»Deine Mutter muß noch entscheiden, wann sie mit mir nach Wien fliegen kann, um das Bild zu holen«, bemerkte Laura. »Hat sie mit dir darüber gesprochen?«

»Das hat sie, und sie hofft, daß du Ende des Monats Zeit hast.«

»Ich bin mir ziemlich sicher, daß sich das ermöglichen läßt … Um die Wahrheit zu sagen, bin ich genauso aufgeregt wie sie.«

»Das sind wir wohl alle. Hör mal, Laura, was hältst du davon, Natasha mitzunehmen? Ein so denkwürdiges, ja phänomenales Ereignis sollte sie unbedingt miterleben.«

»Du hast recht. Ja, sie soll ruhig mitkommen, Philippe.«

»Schön, daß du einverstanden bist. Und du hast hoffentlich nichts dagegen, wenn ich auch noch hinterherzockle, oder?«

Seine Frage überrumpelte Laura, doch sie verbarg ihr Erstaunen. »Nein, natürlich nicht«, meinte sie vorsichtig. »Schließlich wird das Bild eines Tages dir gehören. Und auf jeden Fall mußt du dabeisein, um dich mit deiner Mutter zu freuen.«

Doch innerlich schauderte Laura bei dem Gedanken, mit Philippe unterwegs zu sein, im selben Hotel zu wohnen wie er und sich längere Zeit in seiner Gesellschaft aufzuhalten. In letzter Zeit machten ihre neu entdeckten Gefühle ihr seine Nähe zur Qual. Denn sie hatte sich zu ihrer eigenen Verblüffung in Philippe verliebt. Nachdem sie sich von der schockierenden Erkenntnis erholt und ihr Gleichgewicht wiedergefunden hatte, war ihr klargeworden, daß sie in einer unhaltbaren Lage steckte. Sie mußte mit Philippe zusammentreffen, weil er der Vater ihrer Pflegetochter war. Aber ihn zu sehen war, als wandle sie auf glühenden Kohlen. Daher hatte sie endlich beschlossen, sich rar zu machen, wenn er Natasha besuchte. Sie erfand geschäftliche Termine, verzog sich zum Arbeiten ins Büro und hielt sich so oft wie möglich aus dem Weg. Doch ihr ständiges Verschwinden hatte Natasha betrübt, und seitdem bestand das Mädchen darauf, daß sie alles gemeinsam unternahmen. Ob auf Rhondda Fach oder in New York, Natasha ließ sich immer wieder etwas einfallen, um Philippe und Laura zusammenzubringen.

»Ich werde den Gedanken an all die Zufälle nicht los«, ergriff Philippe von neuem das Wort. »Zuerst stolperst du über den Matisse, und dann fallen dir diese ganzen Dokumente in den Schoß. Einfach so, zack.« Lächelnd schnippte er mit den Fingern. »Ein Glücksfall nach dem anderen.«

Laura konnte darüber nicht lachen. »Ich muß dir etwas Merkwürdiges erzählen, Philippe«, antwortete sie mit ernster Miene. »Was die Jagd nach Beutekunst aus dem Zweiten Weltkrieg angeht, so scheint es von Zufällen nur so zu wimmeln. Nehmen wir die Goodmans, zwei Brüder, die heute in Los Angeles leben. Auf der Suche nach Kunstwerken, die ihr Vater vierzig Jahre lang aufzuspüren versuchte – Stücken aus dem Besitz ihrer Großeltern in den Niederlanden –, haben sie kürzlich gleich vier gewaltige Treffer gelandet. Das scheint jedem zu passieren, der sich auf der Spur von Beutestücken der Nazis befindet … Jemand findet eine alte Inventarliste, ein Dokument oder einen Besitztitel. Dann stößt ein anderer völlig unvermittelt in einem obskuren Museum auf ein Bild, ein Gemälde taucht in einer Ausstellung auf oder wird zum Verkauf angeboten. Fast schon umheimlich, all diese Vorfälle.«

»Vielleicht hat ja Gott die Hand im Spiel«, versetzte Philippe leise.

Laura warf ihm einen raschen Blick zu, sagte jedoch nichts. Schon möglich, dachte sie.

Philippe stand auf, durchquerte die Bibliothek und blieb am Fenster stehen. Was für ein friedliches Bild, dachte er. Eine langgestreckte Weide, zwei Pferde, die darauf grasten und aus der Ferne das leise Plopp-plopp der Tennisbälle. Natasha und ihre Freundin Katie lieferten sich auf dem Tennisplatz ein Match. Was für ein beruhigendes Geräusch, dachte er, ebenso tröstlich wie diese idyllische Umgebung. Das Getrampel von schweren Schaftstiefeln, das Zukrachen von Kerkertüren und die qualvollen Schreie der Opfer des Holocaust schienen einer anderen Welt anzugehören. Das alles war fast sechzig Jahre her, doch die entsetzlichen Erinnerungen verfolgten seine Mutter immer noch. Die Vergangenheit ist unveränderlich, überlegte Philippe. Rosa kann ihr nicht entrinnen, denn sie trägt sie immer mit sich.

Laura meldete sich zu Wort und verblüffte ihn von neuem. »Deine Mutter hat Claire nie viel über ihre Vergangenheit erzählt, oder?«

Er fuhr herum und sah Laura an. Ihm war, als hätte sie seine Gedanken gelesen. »Nein. Sie fühlte sich nicht in der Lage dazu. Ein paar Dinge habe ich Claire selbst anvertraut, aber vielleicht nicht genug. Ich habe mich oft gefragt, wieso eigentlich nicht. Wahrscheinlich hatte ich Angst.«

»Wovor?«

»Ich habe gefürchtet, dieses ganze Grauen und die

furchtbare, tragische Vergangenheit meiner Mutter könnten Claire zu sehr erschüttern. Claire hat als Kind ein so ruhiges, von der Welt abgeschiedenes Dasein geführt und stammte aus einer derart privilegierten, behüteten Welt …«

Diese völlige Verkennung der Tatsachen versetzte Laura in Rage, und ehe sie sich Einhalt gebieten konnte, schrie sie schon los. »Privilegiert, ha! Wenn du von Geld redest, vielleicht, aber behütet wurde sie nicht! Claire war schutzlos und ausgeliefert.«

Philippe warf ihr einen eigenartigen Blick zu. Da hatte er wohl einen wunden Punkt bei Laura getroffen. Er kam zurück und setzte sich zu ihr vor den Kamin. »Ich glaube, ich kann dir nicht ganz folgen«, sagte er vorsichtig.

Laura schüttelte den Kopf und holte tief Luft. »Da ist etwas, das ich dir schon lange erzählen wollte«, begann sie sehr leise. »Etwas aus Claires Leben, und ich bin mir sicher, sie würde wollen, daß du davon erfährst. Ich habe eigentlich nur auf den richtigen Moment gewartet. Aber da ich nun schon damit herausgeplatzt bin, kann ich dich auch gleich in den Rest einweihen. Weißt du noch, wie du mich einmal in Paris gefragt hast, ob ich eine Ahnung hätte, was Claires Haß auf alle Männer erklären könnte?«

»Ich erinnere mich.«

»Kurz vor ihrem Tod hat Claire mir ihr Herz ausgeschüttet und von ihrer Kindheit erzählt. Und was ich da zu hören bekam, war so entsetzlich, daß ich nicht weiß, wie sie diese Zeit durchgestanden hat.«

Philippe runzelte die Stirn. »Versuchst du mir zu erklären, daß Claire bei ihren Eltern zu leiden hatte?«

»Genau das.«

»Aber warum hat sie dir früher nichts davon gesagt? Oder mir, als wir verheiratet waren?«

»Philippe, sie hat mir anvertraut, daß sie sich zu Tode geschämt hat. Verstehst du, sie wurde von ihrem Vater mißhandelt. Wenn er betrunken war, pflegte er sie und ihre Mutter zu verprügeln. Eigentlich auch in nüchternem Zustand. Er hat Claires Mutter abscheulich behandelt, denn er hat sie nicht nur geschlagen, sondern auch auf ungeheuerliche Weise betrogen. Jack Benson war ein eingefleischter Schürzenjäger. Und er hat Claire sexuell mißbraucht. Man kann wohl behaupten, daß sie mehr als genug Grund hatte, Männer zu hassen und ihnen zu mißtrauen.«

Während Laura sprach, war in Philippe eine furchtbare Kälte hochgekrochen, deren er sich nicht zu erwehren vermochte. Er fühlte sich wie erstarrt, und Claires Schicksal brach ihm fast das Herz. »Das würde ich auch sagen«, meinte er nach einer Weile stockend. »Die arme, liebe Claire. Sie war immer so zart und zerbrechlich, und als Kind muß sie ungeheuer verletzlich gewesen sein. Wie konnte jemand in der Lage sein, sie zu schlagen, ihr weh zu tun? So etwas ist schrecklich, unmenschlich. Ihr Vater muß ein Ungeheuer gewesen sein. O Gott, ich kann gar nicht daran denken, was sie gelitten haben muß.« Philippe preßte die Handflächen auf die Augen, und als er Laura schließlich wieder anschaute, sah sie Tränen an seinen schwarzen Wimpern glitzern.

»Claire hat das alles sehr gut verborgen«, erläuterte Laura ihm leise. »Zumindest hier bei uns auf Rhondda Fach war sie vor seinen abscheulichen Grausamkeiten sicher. Als sie etwas älter war, ist sie sogar sehr gut mit ihrem Vater fertig geworden. Sie hat gedroht, ihn vor meinen Großeltern bloßzustellen, und daraufhin hat er sie in Ruhe gelassen.«

»Hätte Claire mir doch nur davon erzählt! Ich hätte doch Verständnis dafür gehabt. Und vielleicht hätte ich ihr irgendwie helfen können, Laura. Wie traurig, daß sie mich derart ausgeschlossen hat. Vielleicht ... nun, um ehrlich zu sein, hat sie mich wohl als Gegner gesehen.«

»O nein, tief in ihrem Inneren bestimmt nicht. Ausgerechnet dich, der du ein so grundanständiger Mensch bist, Philippe …« Abrupt unterbrach sich Laura. Wer wußte, was ihr noch herausrutschte, wenn sie weitersprach.

Auch Philippe war daran gelegen, das Thema zu wechseln. »Was meinst du, sollen wir zum Tennisplatz spazieren und nachsehen, was die Mädchen machen?«

»Warum nicht?« antwortete Laura, sprang auf und sauste in Richtung Tür. Sie mochte nicht länger allein mit Philippe sein.

Auch Philippe hatte sich erhoben. Als Laura an ihm vorbeikam, legte er die Hand auf ihren Arm und hielt sie auf. »Danke, daß du mir von Claires Kindheit erzählt hast«, sagte er mit einem tiefen Blick in ihre blauen Augen. »Das erklärt so vieles. Ich bin froh, daß du so viel Vertrauen zu mir hattest.«

Laura konnte nur nicken. Sie wünschte, er würde ihren Arm loslassen, denn seine Berührung wirkte wie ein Stromstoß, der durch ihren ganzen Körper jagte. Sie wußte, daß sie ihm gegenüber wehrlos war.

»Also wirklich, das letzte Jahr war alles in allem so scheußlich, daß mir absolut nicht nach einer Geburtstagsfeier zumute ist«, erklärte Laura ihrer Großmutter mit einem matten Lächeln. »Vielen Dank, aber lieber nicht, Gran.«

»Aber ein Geburtstag bedeutet doch in Wahrheit, daß ein ganz neues Jahr in deinem Leben beginnt, und wer weiß, vielleicht wird das ja ganz wunderbar?« argumentierte Megan und überlegte, wie sie Laura umstimmen sollte.

Ihre Enkelin gab keine Antwort. Laura stand auf, ging zum Fenster und blickte auf den East River hinab. Ihre Gedanken beschäftigten sich mit Philippe Lavillard. Manchmal fragte sie sich, ob Natasha einen Verdacht hegte, bemerkt hatte, wie sie für ihren Vater empfand und versuchte, sich als Ehestifterin zu betätigen. Aber man kann keine zwei Menschen verkuppeln, wenn der eine davon nicht interessiert ist. Und Philippe hegte bestimmt keine zärtlichen Gefühle für sie. Erst kürzlich hatte Natasha verkündet, es gebe keine spezielle Frau in seinem Leben. Plötzlich fragte sich Laura, warum Nattie für nötig gehalten hatte, das ausdrücklich zu sagen. Vielleicht ahnte das Mädchen ja doch, was sie für ihren Vater empfand. Intelligent genug war sie jedenfalls. Gott sei Dank brauche ich nur ein paar Tage in Wien zu bleiben, dachte Laura. Sobald das Museum Rosa das Bild übergeben hat, kann ich nach London entfliehen.

»Du siehst aus, als machtest du dir große Sorgen um etwas«, unterbrach Megan ihre Grübelei.

Laura drehte sich um und nickte. »Ein bißchen schon, Gran. Im Büro ist momentan sehr viel zu tun. Ich ersticke unter Arbeit.«

»Ach du meine Güte, bloß Geschäfte. Und ich hatte gehofft, daß du an einen netten jungen Mann denkst.«

»Rede keinen Unsinn.« Laura kehrte zu ihrer Großmutter zurück, die auf der Couch saß. »Woher sollte ich wohl Zeit für einen Mann nehmen, egal ob jung oder alt? Ich schufte wie ein Pferd, muß wegen Sir Maxim ständig zwischen London und New York pendeln und ziehe eine Fünfzehnjährige groß. Die im übrigen bald sechzehn wird. *Das* ist die Feier, die wir planen sollten, Gran. Natashas Sweet-Sixteen-Party.«

»Bis dahin ist noch lange Zeit. Im Augenblick denke ich an deinen Geburtstag. Und ich möchte dieses Abendessen geben. Ganz im kleinen Kreis, nur du und ich und Natasha, und Rosa natürlich. Außer, du möchtest noch jemand anders einladen. Wie steht's mit Alison und Tony?«

»Die beiden werden nicht kommen; seit Alison wieder schwanger ist, gehen sie kaum noch aus. Nein, sonst fällt mir niemand ein.«

»Wirklich niemand?« hakte Megan hoffnungsvoll nach.

»Eigentlich nicht.«

»Kein junger Mann?«

»Nein, Gran«, antwortete Laura und mußte zum ersten Mal seit Tagen lachen.

»Aber du bist damit einverstanden, daß ich eine Feier für dich ausrichte, oder, mein Mädchen?«

»Ja sicher, warum nicht? Anscheinend hast du mich ja schon übertölpelt, du hinterlistige alte Hexe. Aber bitte keinen Geburtstagskuchen.«

»Versprochen. Und keine Luftballons«, witzelte Megan, ohne ihr Pokerface zu verziehen.

»Und wann möchtest du dieses Abendessen veranstalten, Gran?«

»Das liegt bei dir. Mußt du Sir Maximilian West diesen Monat noch einmal aufsuchen?«

»Nein. Er und seine Frau befinden sich auf Reisen. Ich will allerdings mit Rosa nach Wien fliegen. Aber erst Ende des Monats, also kann ich mich nach dir richten.«

»Dann möchte ich, daß wir deinen Dreiunddreißigsten genau an deinem Geburtstag feiern. So, wie sich das gehört.«

31

»Alles Gute zum Geburtstag, Laura!« rief die ganze Gesellschaft, hob die Champagnergläser und trank ihr mit Dom Pérignon zu.

»Vielen Dank«, lächelte Laura. »Ganz besonders dir, Grandma Megan, für meine herrliche Dinnerparty. Alles war absolut wundervoll.«

»War mir ein Vergnügen«, entgegnete Megan und schob ihren Stuhl zurück. »Jetzt laßt uns in den Salon wechseln. Zeit, deine Geschenke auszupacken, liebste Laura.«

»O ja, unbedingt!« rief Natasha und sprang auf. »Los, kommt schon, Laura und Dad.«

Laura hielt es nicht länger in Philippes Nähe. Rasch stand sie auf und eilte mit Natasha ins Wohnzimmer. Seit dem Moment, als Philippe in der Wohnung ihrer Großmutter aufgetaucht war, hatte sie sich schwindlig und zittrig gefühlt. Er hatte sie überrascht. Nie hätte sie damit gerechnet, daß er zu ihrer Geburtstagsfeier einfliegen würde. In gewisser Weise war sie erfreut, daß er die Mühe auf sich genommen hatte, obwohl der vernünftigere Teil ihrer selbst ihr davon abriet. Was hatte das schon zu bedeuten? Heute war Freitag, und Philippe kam häufig am Wochenende nach New York, um Natasha zu besuchen.

Als sie ins Zimmer trat, kam Natasha auf sie zugerannt und faßte ihre Hand. »Hierher, Laura, aufs Sofa. Ich setze mich neben dich und reiche dir deine Geschenke.«

»Wie du möchtest«, antwortete Laura und tat wie ihr geheißen.

Megan und Rosa folgten den beiden, begleitet von Philippe, in gemessenerem Tempo. Sobald die alten Damen Platz genommen hatten, bezog er neben dem Kamin Aufstellung, um die ganze Aktion von diesem günstigen Punkt aus zu beobachten. Hoffentlich gefiel Laura sein Geschenk, das er an seinem letzten Wochenende in New York in einem Antiquitätenladen aufgestöbert hatte. Damals war er überzeugt gewesen, daß sie es mögen würde, doch mit einem Mal fühlte er sich verunsichert. Und dabei wünschte er sich so sehr, genau das Richtige getroffen zu haben!

Wie immer, wenn er sich im selben Raum mit Laura aufhielt, wurde sein Blick automatisch von ihr angezogen. Für Philippe war sie die schönste aller Frauen; nicht nur äußerlich, sondern auch von ihren inneren Werten her. Laura war etwas ganz Besonderes, ungekünstelt, verständnisvoll und mitfühlend. Auf der Welt liefen nicht viele Frauen wie sie herum.

Philippe liebte Laura Valiant. Schon seit vielen Monaten, und wenn er ehrlich mit sich ins Gericht ging, vielleicht sogar länger. An jenem kalten Dezembertag im Musée d'Orsay, der jetzt fast zwei Jahre zurücklag, hätte er gern länger mit ihr geredet. Doch dann war seine Mutter gekommen und hatte ihr Gespräch unterbrochen. Und plötzlich mußte er hinter Rosa herhetzen und hatte sich gefragt, wann er Laura wohl wiedersehen würde. Jetzt überlegte er, wie er ihre Beziehung auf eine neue Basis stellen könnte. Vielleicht sollte er an diesem Wochenende einen Vorstoß wagen. Andernfalls würde er sich bis nach seinem Umzug nach New York gedulden müssen. Er konnte kaum erwarten, in derselben Stadt zu leben wie Laura ...

»Ich danke dir, Rosa«, rief Laura aus. »Der Renoir-Band ist prachtvoll.« Sie stand auf, gab Rosa einen Kuß und kehrte dann an ihren Platz auf der Couch zurück.

»Das hier ist von Grandma Megan«, verkündete Natasha und reichte Laura ein kleines Päckchen.

Nachdem sie das Papier abgerissen hatte, lag eine abgegriffene lederne Schmuckschachtel auf Lauras Hand. Sie spähte hinein und erblickte einen schmalen, mit Diamantsplittern besetzten Ring, den sie herausnahm und an ihren kleinen Finger steckte.

»O Grandma, der ist ja wunderschön! Vielen Dank!« Laura lief zu Megan und fiel der alten Dame um den Hals.

»Dein Großvater hat ihn mir vor vielen Jahren geschenkt«, erklärte Megan, »und ich war mir sicher, daß er dir passen würde.«

»Und das ist meines.« Natasha präsentierte ihr eine lange, schmale Schachtel. Lächelnd blickte Laura zu dem Mädchen hoch, das auf der Sofalehne saß. Aus der Pappschachtel zog sie einen weißen Chiffonschal, der von Hand mit rosa Blüten bemalt war. »Der ist ja ganz bezaubend«, rief Laura aus und streckte Natasha die Arme entgegen.

Das Mädchen beugte sich herunter, und die beiden umarmten sich. »Ich hab ihn selbst bemalt, und die Pfingstrosen hab ich ausgesucht, weil sie deine Lieblingsblumen sind. Und jetzt kommt dein letztes Geschenk. Von Dad.«

Lauras Blick huschte zu Philippe, der neben dem Kamin stand. Er deutete ein Lächeln an und nickte. »Ich hoffe, es gefällt dir«, murmelte er. Plötzlich kam er sich verlegen und ein bißchen tölpelhaft vor.

»Ganz bestimmt«, antwortete Laura und löste vorsichtig Band und Papier. Noch einmal kam eine alte, lederbezogene Schmuckschachtel zum Vorschein. Mit einem Mal ganz aufgeregt hob Laura den Deckel ab – und blickte auf eine der herrlichsten Kameenbroschen, die sie je gesehen hatte. »Einfach exquisit, Philippe«, rief sie aus, erhob sich und schritt langsam zum Kamin. Kurz und oberflächlich streifte sie seine Wange mit den Lippen und trat dann rasch von ihm fort. »Vielen herzlichen Dank.«

»Wußte ich doch, daß etwas fehlte«, fiel Natasha ein. »Musik. Ich bin sofort zurück.« Leise vor sich hinsummend rannte sie aus dem Salon.

»Manchmal ist sie ein richtiger Wirbelwind«, meinte Megan, »aber wenn ich mich recht erinnere, war ich in ihrem Alter nicht anders. Komm, Laura, laß mich Philippes Geschenk einmal ansehen.«

Laura ging zu ihrer Großmutter und zeigte die Brosche erst ihr und dann Rosa. Mit vielen Ahs und Ohs nahmen die alten Damen sie in Augenschein. »Sie ist wirklich wunderschön, Philippe«, wiederholte Laura.

Er reagierte nur mit einem Lächeln.

Sanfte Klänge erfüllten den Raum, als Natasha zurückkehrte. »So, das ist besser, oder, Grandma Megan? Du hast doch gesagt, du wünschtest dir Musik für heute abend.«

»Ja, das habe ich, Kind, und du hast genau das Richtige ausgesucht.«

Natasha war zu ihrem Vater an den Kamin getreten. »Du solltest Laura zum Tanzen auffordern, Dad«, wisperte sie. »Schließlich ist heute ihr Geburtstag.«

Philippe sah seine Tochter an. »Und wo sollen wir tanzen?« fragte er leise.

»Draußen in der Diele. Vor dem Eßzimmer.«

Philippe folgte ihrem Blick und nickte. Doch dann zögerte er und setzte sich erst in Bewegung, als Natasha ihn anschob. »Nun mach schon, Dad.«

Philippe durchquerte den Salon und blieb vor dem Sofa stehen. Er sah auf Laura hinab und lachte leise und verlegen. »Da die Musik nur für dich spielt, zu Ehren deines Geburtstags ... würdest du mit mir tanzen, Laura?«

»Sehr gern«, antwortete sie. Zusammen traten sie durch die Tür des Wohnzimmers in die Halle hinaus.

Philippe nahm Lauras Hand, legte den Arm um ihre Taille und zog sie an sich. Langsam, ohne ein Wort zu sprechen, drehten sie sich auf dem Mamorboden.

Laura zitterte innerlich. Sie bekam kaum Luft.

Philippe war ebenso nervös wie sie, verbarg das jedoch während des Tanzes erfolgreich. »So schlimm war es doch nicht, oder?« fragte er, als die Musik verklang. Er ließ Lauras Hand los und trat von ihr fort.

»Nein, ganz und gar nicht«, entgegnete Laura und entfernte sich ebenfalls.

Sie schlenderten in den Salon zurück, fanden den Raum jedoch leer vor. Aus der Bibliothek vernahmen sie Stimmen und Gelächter. Verwirrt sahen sie einander an. In diesem Moment startete eine weitere Platte, und die Klänge einer romantischen Ballade erfüllten die ganze Wohnung.

Philippe blickte zu Laura hinab. »Hast du auch das Gefühl, daß hier eine Verschwörung gegen uns im Gange ist?«

»Eigentlich komme ich mir nicht wie ein Opfer vor«, murmelte Laura. »Du etwa?«

»Ganz im Gegenteil«, antwortete Philippe und nahm ihre Hand. »Tanzen wir noch einmal?« Er führte sie zurück in die Halle, wo wundersamerweise jetzt gedämpftes Licht herrschte.

Die beiden standen auf der marmornen Fläche und sahen einander tief in die Augen. Keiner von ihnen vermochte den Blick abzuwenden. Und dann, ehe er sich Einhalt gebieten konnte, trat Philippe einen Schritt näher und zog Laura in die Arme. Ihre Lippen trafen sich, und Laura schmiegte sich an ihn. Leidenschaftlich küßte er sie, und sie erwiderte seine Zärtlichkeiten glühend. Endlich lösten sie sich voneinander. »Darf ich hoffen, daß du ebenso empfindest wie ich, Laura Valiant?« fragte Philippe leise.

»Kommt darauf an, wie deine Gefühle aussehen«, entgegnete sie, ohne den Blick von seinem Gesicht abzuwenden.

»Ich habe mich wahnsinnig und bis über beide Ohren in dich verliebt«, erklärte er.

»Und ich liebe dich«, rief Laura und stürzte sich von neuem in seine Arme. »Für den Rest meines Lebens.«

»Unseres Lebens, meinst du wohl«, flüsterte Philippe in ihr Haar hinein.

ANMERKUNG DER AUTORIN

Zwei der in diesem Roman erwähnten Gemälde existieren in Wirklichkeit nicht. Das Bild *Tahitianische Träume* von Paul Gauguin entstammt der imaginären Sammlung von Sigmund und Ursula Westheim, Personen aus meinem Roman *Was das Herz nicht vergißt,* die dort dem Holocaust zum Opfer fallen. Sir Maximilian West, ihr Sohn, Erbe und zugleich Anwärter auf das fiktive Bild, ist ein weiterer erdachter Charakter aus demselben Buch. *Junge Marokkanerin im Roten Kaftan, eine Mandoline in der Hand* von Henri Matisse gehört zu der ebenfalls erfundenen Sammlung von Maurice Duval, einer Figur des vorliegenden Romans. Die literarische Freiheit, beide Gemälde zu erfinden, habe ich mir erlaubt, weil dies der Dramaturgie der Geschichte diente. Außerdem wollte ich keine wirklichen Bilder von Gauguin und Matisse einbeziehen. Keinesfalls möchte ich den Anschein erwecken, tatsächliche Werke von Paul Gauguin und Henri Matisse seien umstritten oder ihre Besitzverhältnisse zweifelhaft.